GOLDMANN

Buch

Houston unter der drückenden Hitze des texanischen Sommers: Die Lethargie der Stadt wird unterbrochen durch eine Serie von Morden. Opfer sind immer junge Frauen, die zu den teuersten und exklusivsten Callgirls der Stadt gehören. Sie werden an den verschiedensten Plätzen gefunden: im schmierig-grünen Wasser des Buffalo-Sumpfsees, im gediegenen Schlafgemach ihres noblen Apartments oder im hoch wuchernden Gras am Fuße eines Ladedocks. Erst die Hartnäkkigkeit von Detective Sergeant Stuart Haydon bringt die verzweigten Spuren zusammen; Spuren, die in ein Schattenreich führen, wo sich die High Society und die Unterwelt von Houston zusammenfinden. Und im Schutze dieses Schattenreiches findet der Mörder immer neue Opfer.

Ruth Rendell urteilte über Lindseys meisterhaft geschriebenes Buch: »Der Roman hat mich hingerissen. Unglaublich hart, brutal und realistisch, besitzt er zugleich Szenen von ungewöhnlichem menschlichen Verständnis und Gefühl. Manchmal war ich gezwungen, das Buch aus der Hand zu legen wegen seiner unglaublich schockierenden Wirkung – aber ich konnte nicht widerstehen, es gleich danach wieder weiter zu lesen …«
Und Tony Hillermann: »Großartige Charaktere, packende Handlung, ich wollte, der Roman wäre von mir.«

Autor

David L. Lindsey lebt und arbeitet in Austin, Texas. Er war lange Jahre Lektor und hatte einen kleinen Verlag, bevor er selbst zu schreiben begann. Detective Stuart Haydon ist die sympathische Hauptfigur seiner Romane, deren neuester für den Edgar-Allan-Poe-Preis nominiert wurde.

Außerdem vom Autor bei Goldmann:

Sog der Gewalt (9765)
Todesspirale (9908)
Amaranta (41214)

DAVID L. LINDSEY

KALTER AMOK

R O M A N

Aus dem Amerikanischen von
Friedrich A. Hofschuster

GOLDMANN VERLAG

Titel der Originalausgabe: A Cold Mind

Umwelthinweis:
Alle bedruckten Materialien dieses Taschenbuches
sind chlorfrei und umweltschonend.
Das Papier enthält Recycling-Anteile.

Der Goldmann Verlag
ist ein Unternehmen der Verlagsgruppe Bertelsmann

Umschlagillustration: Design Team München
Umschlagfoto: Erben, München
Dieser Roman erschien bereits unter der Titelnummer 4962
Druck: Elsnerdruck, Berlin
Verlagsnummer: 41045
Ge/Herstellung: Gisela Rudolph/sc
Made in Germany
ISBN 3-442-41045-2

3 5 7 9 10 8 6 4

Für Joyce

Auf keinen Fall jedoch sollte eine klinische Analyse dazu benutzt werden, das moralische Problem des Bösen zu verdunkeln. Genauso wie es bösartige und gutartige »geistig gesunde« Menschen gibt, gibt es auch bösartige und gutartige Geisteskranke. Man muß die Bösartigkeit als das nehmen, was sie ist, und unser moralisches Urteil wird durch die klinische Diagnose nicht aufgehoben. Aber auch noch der bösartigste Mensch ist ein Mensch und hat Anspruch auf unser Mitgefühl.

Erich Fromm: Anatomie der menschlichen Destruktivität

Aber die Grenze, die gut und böse trennt, verläuft mitten durch das Herz eines jeden menschlichen Wesens. Und wer will schon einen Teil seines eigenen Herzens zerstören.

Alexander Solschenizyn: Der Archipel Gulag

1

Roland Silva steuerte den Wagen, eine Hand lässig auf dem Lenkrad liegend. Er saß gegen die Tür gelehnt, um den vollen Strahl der kalten Luft aus dem Ventilator der Klimaanlage auf sein Gesicht zu bekomnien. Aus einem Pepsi-Becher fischte er zerstoßenes Eis.

»Kothman muß den Wagen während seiner Schicht gefahren haben«, sagte er mürrisch. »Die Luft, die da rauskommt, riecht wie aus der Kloake.«

Peter Walther schüttelte das blonde Haupt. Auch sein schlaksiger Körper lehnte an der Tür, während seine Augen in der schmutzigen Dunkelheit die kleinen Fachwerkhäuser kritisch prüften. Selbst gegen Ende seiner Schicht, wo er sich am wenigsten wünschte, einem Betrunkenen zu begegnen oder zu einer Familienstreitigkeit gerufen zu werden, beobachtete er sehr bewußt die Ränder der Schatten, wo neunzig Prozent dessen stattfand, was eigentlich nicht stattfinden durfte.

Es war nur noch eine knappe Stunde bis zu ihrer Ablösung, und Walthers und Silvas Fahrt durch das Mexikanerviertel im Magnolia Park entfernte sie nie allzuweit von den Lichtern des Navigation Boulevards, der Nabelschnur, die sie mit der annähernd fünf Meilen entfernten Polizeistation in der Innenstadt verband.

Die beiden Männer waren seit neun Monaten Kollegen beim Einsatz – lange genug, um ein Kind zu bekommen, dachte Walther –, und sie hatten ihre Launen und ihre empfindlichen Punkte kennengelernt. Erst kürzlich war Lenny Kothman, ein zigarrenrauchender Bär von Streifenbeamten, der einen Softball wie eine Kanonenkugel schleudern konnte, für Silva zu einem Dorn im Fleisch geworden. Und seit Kothman wußte, daß Silva, der bei ihren Spielen am Samstagnachmittag bis dahin jeden kaltstellen konnte, nicht mit den Bällen fertig wurde, die Kothman als »geschmiert« bezeichnete, hatte sich dieser Dorn tiefer eingegraben und war zu einem schwärenden Dauerschmerz geworden.

»Ist dir eigentlich klar«, sagte Walther, und seine Stimme wurde von dem Fenster vor seinem Gesicht reflektiert, »daß du inzwischen so weit bist, Kothman für alles und jedes die Schuld zu geben?«

Silva schaute Walther scharf an und drehte das Radio leiser.

»Was willst du damit sagen?« fuhr er ihn an.

»Ich sage nur, daß es mir auffällt«, erwiderte Walther.

»Scheiße.« Silva kippte sich den letzten Rest der zerkleinerten Eiswürfel in den Mund und warf dann den leeren Becher auf den Sitz. Er kaute wütend und schaute verdrießlich drein, während sie an der katholischen Marienkirche vorbeifuhren.

Walther lächelte vor sich hin. Wenn sie diesmal den Navigation Boulevard erreichten, würde Silva scharf nach links einbiegen, in das Licht der Hauptdurchgangsstraße brausen und in einem ungestümen Versuch, die aufgestauten Frustrationen loszuwerden, die Nadel des Tachos auf hundertzwanzig jagen, ehe er den Wagen wieder auf die vorgeschriebene Höchstgeschwindigkeit verlangsamte. Dabei würden sie schweigend ein Drittel des Weges zum Streifenwagen-Depot zurücklegen, und Silva würde sich wohler fühlen. Kleinigkeiten bedeuteten ihm eine Menge.

Aber statt einzubiegen, fuhr Silva weiter durch die 76. Straße in Richtung auf die stinkenden Werften, die den Wendeplatz des Schiffskanals von Houston säumten. Als ihn Walther fragend anschaute, zuckte Silva mit den Schultern und sagte: »Abwechslung macht das Leben süß.«

Die Straßen wurden enger, als sie sich den Werften näherten. Tanker und Frachter mit flimmernden Lichtern lagen in den Docks oder warteten am Wendeplatz; ihre exotischen Fahrten hatten ein Ende gefunden im ranzigen Gestank der Chemiefabriken jenseits des Hafens und in den öligen Dieselwolken aus den Barkassen, die das Wasser durchpflügten. Jenseits des Kanals stöhnte eine Schiffssirene.

»Du hast zur Abwechslung wirklich eine idyllische Route gewählt«, sagte Walther. »Und du hast einen großen Fehler gemacht.«

»Nee. Wir werden gleich umdrehen. Und dann halten wir nur noch an, wenn wir zufällig auf eine wilde Schießerei stoßen.«

Sie krochen die mit Schlaglöchern übersäte Straße entlang, wo sich Ladenfronten mit stillen Bars abwechselten, deren Neonreklamezeichen dunkel waren in dieser letzten Stunde vor dem Tagesanbruch. Eine einzelne Hure, ein müdes, eingefallenes Gesicht, beobachtete sie mit den Augen einer Rauschgiftsüchtigen aus einer Tür, durch die weiches, bläuliches Licht auf die Straße fiel.

Silva folgte der Straße bis zum letzten Lagerhaus am westlichen Ende des Hafenbeckens und fuhr dann an der Vorderseite der Werften entlang zurück, ließ dabei den Suchscheinwerfer über die verrosteten, gußeisernen Fronten gleiten, dort, wo selbst die neueren Bauten alt und verfallen aussahen, den ständigen Angriffen der säurehaltigen Luft und des Salzwassers ausgesetzt. Am Ende des Lichtkegels sahen sie, wie sich in dem hoch wuchernden Gras am Fuße eines der Ladedocks etwas bewegte. Silva schaltete das Fernlicht ein und beschleunigte, während sich Walther aufrichtete. Die beiden sahen, wie ein streunender Köter aus dem Schatten trat, vor ihnen mit erhobenem Kopf, das Maul voll Eingeweide, die ihm aus den Lefzen hingen, die Straße überquerte und dann über die Böschung hinunter zum Kanal verschwand.

»Heilige Jungfrau«, sagte Silva angewidert. »Das schöne Amerika.«

Und dann plötzlich kam die Frau auf sie zu, von der entgegengesetzten Seite des Lagerhauses. Ihre Augen waren weit aufgerissen und rollten in den Höhlen, ihr Mund stand offen und bildete ein schwarzes Loch, dort, wo ihr Gesicht hätte sein müssen.

»Verdammt!« schrie Silva und trat auf die Bremse. Er fühlte ein leichtes Erschüttern des rechten vorderen Kotflügels; Walther sprang aus dem Wagen, und ließ die Tür offen, während Silva den Rückwärtsgang einlegte.

Bevor Silva aussteigen konnte, sah er, wie Walther im Schein des Lichts zurücksprang, wie seine Hand nach dem Dienstrevolver griff. Ein dunkler Riß glitzerte auf seiner linken Wange; sein Gesicht drückte Überraschung aus. Dann war die Frau auf den

Beinen und stürmte mit zerzaustem Haar und wehendem Rock durch das staubige Gras auf einen Zaun zu, der sich vom letzten Lagerhaus bis zum Rand der sandigen Böschung über dem Kanal erstreckte.

Silva drehte den Suchscheinwerfer in ihre Richtung und sprang aus dem Wagen, während Walther, der seine Geistesgegenwart wiedergewonnen hatte, das Schulterhalfter zuknöpfte und dann hinter der Frau herlief.

Die Frau prallte mit dem Gesicht gegen den Zaun, als ob sie ihn nicht gesehen hätte. Durch den Aufprall stürzte sie zu Boden, doch gleich danach war sie wieder auf den Beinen und lief weiter. Und dann prallte sie erneut wie blind gegen den Zaun.

»Was, zum Teufel, ist mit der los?« brüllte Silva.

Walther war bei ihr und hielt sie fest, bevor sie sich ein zweites Mal aufrichten konnte; er hatte sichtlich Mühe, sie nach unten ins Gras und in den Sand zu drücken.

»Fessle ihre Füße«, rief Walther Silva zu, während er selbst sich auf einen ihrer Arme kniete und Handschellen um das freie Handgelenk schnappen ließ. Blut lief ihm über die Wange und tropfte von seinem Kinn in das Haar der Frau.

Silva knurrte, nachdem er ihre Füße gefesselt und sich wieder erhoben hatte.

»Scheiße, Mann. Die hat dich ganz schön erwischt!« keuchte er und schaute auf Walther hinunter. »Wo ist das Messer?«

Walther schüttelte den Kopf. »Kein Messer«, sagte er und überprüfte die Handschellen. »Sie hat mich gebissen.«

»Gebissen?«

»Ja, verdammt«, sagte Walther ungeduldig. Er hatte sich auf seine Knie zurückgehockt, um die sich windende Frau zu betrachten und inzwischen Luft zu schöpfen.

»Was die wohl genommen hat! Wette zehn zu eins, es war *Angeldust.«*

»Keine Ahnung«, keuchte Walther. Er nahm sein Taschentuch heraus und tupfte sich damit das Gesicht ab. Dabei fühlte er die offene Wunde. Die Frau hatte tatsächlich ein Stück aus seiner Wange herausgebissen. Walther fühlte sich benommen, außerdem war ihm übel.

Die beiden beobachteten, wie die junge Frau zu keuchen und heftig zu zucken begann. Walther rollte sie rasch auf die Seite und strich ihr behutsam das Haar aus dem Gesicht. Schleim bedeckte seine Hände und verklebte ihr Haar, zusammen mit seinem Blut.

Jetzt konnten sie sie erstmals richtig sehen. Eine Mexikanerin, vielleicht fünfundzwanzig Jahre alt, mit starken indianischen Gesichtszügen. Schwer zu sagen, ob sie hübsch war. Ihr Gesicht war verzerrt, während sie fast an ihrem eigenen Schleim erstickte, der ihr aus dem Mund lief. Plötzlich riß sie den Kopf nach hinten, und ihre Halsmuskeln traten hervor.

»He, Mann!« Silva trat zurück. »Die geht hopps!« Er drehte sich um und rannte zurück zum Wagen, zum Funkgerät.

Walther, der noch immer rittlings auf der Frau saß, beobachtete sie aufmerksam. Er versuchte, ihre Zunge zu prüfen, aber sie schnappte wieder nach ihm, und eine Stelle unter dem kleinen Finger an seinem Handrücken begann zu bluten. Er fluchte, war verwirrt. Versuchsweise legte er ihr die andere Hand auf die Schulter und packte sie dann mit aller Kraft, als wollte er sie beruhigen und ihr auf diese Weise zu verstehen geben, daß sie nicht allein war. Silva hatte die Blinklichter eingeschaltet, damit es der Krankenwagen leichter hatte, die Stelle zu finden, und das kirschrote Licht streifte das Gesicht der jungen Frau alle zwei Sekunden wie ein pulsierendes inneres Feuer, das sie zu verzehren drohte.

»Ich weiß nicht«, sagte Walther laut ins Leere. »Ich habe keine Ahnung.« Er hatte seine Verletzung vergessen; dabei war die ganze linke Seite seines Gesichts blutverschmiert. Das Blut tropfte immer noch auf das verzerrte Gesicht und das Haar der jungen Frau.

Die Stimmen aus dem Funkgerät bellten teilnahmslos, durchsetzt vom Knacken der Statik. Weit entfernt im Zentrum der funkelnden Stadt war jetzt eine Sirene zu hören, die sich ihnen näherte.

In der Dunkelheit, zwanzig Meter vor ihnen, wo der Zaun endete und sich die Böschung hinunter zum schmutzigen Wasser des Kanals senkte, tauchte der Köter wieder auf. Halb ins hohe

Gras geduckt, hob er leicht seine blutige Schnauze und suchte in der Nachtluft nach einem Hinweis, der ihm die seltsame Szenerie mit den roten Lichtblitzen erklären konnte. Plötzlich schnupperte er etwas, das kurze Haar auf seinem knochigen Rücken stellte sich auf, dann drehte er sich bedächtig um und verschwand in die Deckung der Dunkelheit, hinunter zum Wasser.

2

Stuart Haydon trat einen Schritt vom schmierig-grünen Wasser des Buffalo-Sumpfsees zurück und beobachtete die Strahlen des ersten Sonnenlichts, die durch die Kiefern brachen und auf den weißen Overalls der drei Männer spielten, welche sich bemühten, den Körper der Frau auf die Sandbank zu ziehen. Ein dünner Dunstschleier hing über dem Wasser. Haydon mußte an eine moderne Version der *Frau vom See* denken.

Er warf einen Blick über die Schulter auf die drei Gestalten, die schweigend im feuchten Gras standen, ein paar Meter weiter oben auf dem sanft geneigten Abhang. Leo Hirsch sollte die Aussagen der beiden Jungen festhalten, welche die Tote gefunden hatten, aber jetzt, wo die Frau ausgestreckt auf der Sandbank lag, hatten sich die drei umgedreht, um den tropfnassen Leichnam zu betrachten. Eine cremeweiße Brust hing verführerisch aus dem Ausschnitt der Hemdbluse, und der nasse Rock bauschte sich um ihre Taille, so daß man eine Stelle festgeklatschten, schwarzen Haars zwischen den langen, wächsernen Beinen sehen konnte. Ein Schenkel war dunkel beschmiert mit dem öligen Schlamm des Sees.

Der Polizeifotograf, der die Leiche bereits mehrmals fotografiert hatte, als sie noch im Wasser trieb, umkreiste die Tote wie ein Geier und konzentrierte sich mit voyeuristischer Genauigkeit darauf, während er näher herankam, um Großaufnahmen zu machen. Als er damit fertig war, legte der Assistent des Coroners, mit einer merkwürdigen Vorstellung von Schicklichkeit, ein kleines Handtuch auf das Gesicht der Toten.

Haydon schaute sich wieder um. »Sprich jetzt mit ihnen, Leo«, forderte er Hirsch auf, ging dann zu dem Leichnam hin und hockte sich davor nieder. Der Assistent des Coroners versuchte der Toten den Rock auszuziehen.

»Laßt sie doch, wie sie ist«, sagte Haydon. »Oder haben Sie etwas gesehen? Blutergüsse oder so? Etwas, das wir untersuchen sollten?«

»Nichts.« Er war ein junger Mann, etwas untersetzt, mit kurzem Messerhaarschnitt, einer vom Haarspray steifen Frisur und einem buschigen Schnauzbart, der trotz aller Bemühungen buschig blieb. »Es sieht auch nicht so aus, als ob sie zuvor in einen Kampf verwickelt gewesen wäre.« Er strich durch ihr strähniges Haar. »Sie hat wahrscheinlich nicht länger als drei oder vier Stunden im Wasser gelegen. Ihre Finger und die Fußsohlen sind faltig, aber sie ist noch kaum aufgequollen.«

»Okay, macht weiter und schafft sie in den Wagen, bevor die Reporter hier auftauchen.«

Haydon schaute zu, wie man die Tote auf die Bahre legte und sie mit einem Papierlaken bedeckte, das rasch das Wasser aufsog, da, wo es am Körper oder an der Kleidung anlag. Dann schnallten sie die Leiche fest und stiegen mit der Bahre den Hang hinauf durch eine Kiefernschonung, die den See von den Häusern abgrenzte; der Ambulanzwagen parkte oben in einer Sackstraße. Haydon drehte sich wieder um und schaute hinunter zum Ufer des brackigen Wassers, dort, wo es in dickes Schilf überging. Seine Augen verengten sich gedankenabwesend; sie sahen nicht das, worauf sie blickten, während er allein auf dem nassen Gras stand, dort, wo die Frau eben noch gelegen hatte, wo ihr Leichnam ausgestreckt gewesen war in einer Art stummer Provokation.

Plötzlich bückte er sich nach einem trockenen Kiefernzweig, der zu seinen Füßen lag, und ging dann am Ufer entlang, wobei er im dichten Gras und im Schilf herumstocherte. Man konnte nicht sehen, wo sie ins Wasser gegangen war. Vermutlich nicht hier, sondern an einer ganz anderen Stelle. Er schaute hinüber zu den dichten Wäldern auf der anderen Seite des Sees. Vor ihm lag der riesige Memorial Park von Houston. Er hörte den Verkehr von Loop 610 herüber, einer Straße, die sechs oder acht Blocks entfernt den Wald am Westrand des Parks durchschnitt.

Haydon warf den Stock weg und ging hinüber zu Leo und den beiden Kindern. Die Jungen waren etwa zwölf Jahre alt und trugen die »Uniform« der jungen Leute in Tanglewood, einem Viertel, wo die obere Mittelschicht wohnte: Adidas-Joggingschuhe, Tennisshorts von Izod und nachgemachte Fußball-Trikots der »Oilers«.

»Rickey war gerade dabei zu erklären, wie sie hierherkamen und die Tote gefunden haben«, sagte Leo und blinzelte Haydon zu. »Das ist Detective Haydon«, bemerkte er zu den Jungen. »Erzähl doch noch einmal, Rick, wie das war.«

»Jawohl, Sir«, sagte der Junge. Er schaute Haydon durch ein Gestrüpp von wolligem, blondem Haar an, das dringend hätte geschnitten werden müssen, und grinste altklug. Haydon konnte den Burschen auf Anhieb nicht leiden. »Wir haben Frösche fangen wollen.« Er hielt einen angespitzten Bambusstock hoch. »Im Bayou gibt es eine ganze Menge davon. Wir brauchen sie für Experimente.«

»Was für welche?«

»Nur gewöhnliche alte Kröten.«

»Ich meine, was für Experimente?«

»Wissenschaftliche«, sagte der zweite Junge. Seine Stimme klang tief und melancholisch. Er grinste auch nicht.

»Das ist Doug«, erklärte Leo.

»Wir sind da unten entlanggekommen«, fuhr der erste Junge fort, »und haben uns nach Fröschen umgeschaut, als wir diesen Papiermond unter Wasser entdeckt haben. Wir haben mit unseren Speeren danach gestochert, bis wir ihn erwischt haben.«

»Nur, daß es kein Papiermond war«, sagte Doug grimmig. »Es war ihr Hintern.«

»Der Hintern?« Leo zog die Augenbrauen hoch.

»Genau«, sagte Rick. »Ich hab' ihren Hintern aufgespießt.«

Leo Hirsch machte sich eine Notiz und schüttelte dazu den Kopf.

»Natürlich haben wir gleich gewußt, daß es kein Papiermond war«, fuhr Rick fort. Er wollte sich die Geschichte nicht wegnehmen lassen. »Also hab' ich noch mal danach gestochert und dann fest zugestoßen. Da ist ihr Hinterkopf aus dem Wasser aufgetaucht.« Er führte vor, wie das gewesen sein mußte, indem er sich steif nach hinten beugte und einen erstarrten Gesichtsausdruck zeigte. »Ihr Haar hatte sich im Schilf verfangen, und als ich den Speer bewegte, muß sie freigekommen sein, oder so.«

»Dann sind wir hinaufgegangen zu uns, weil meine Mama zum Flugplatz gefahren ist, und haben die Polizei angerufen«, sagte Doug.

»Warum seid ihr nicht in Ricks Haus gegangen?« fragte Hirsch. Er warf einen Blick auf seine Notizen. »Das wäre doch näher gewesen.«

»Ausgeschlossen«, sagte Rick.

»Seine Mama ist super-streng«, erklärte Doug. »Sie hätte uns bestimmt nicht mehr zurückkommen lassen, um zuzuschauen.«

»Habt ihr euch das Gesicht der Frau angeschaut, als sie dort auf der Sandbank gelegen hat?« fragte Haydon.

Sie nickten, waren ein wenig betroffen, weil es nicht das Gesicht war, das sie am meisten beeindruckt hatte.

»Habt ihr sie schon einmal gesehen?«

Nur Doug nickte.

»Kennst du sie?« fragte Leo. Er zog einen Strich quer über die Seite seines Notizblocks.

»Nein, Sir; aber ich weiß, wo sie wohnt.«

»Wo denn?«

»Da oben an der Pinewold.«

»Ist das die Sackstraße?«

»Jawohl, Sir.«

»Und ihr lebt in der Nähe?«

»Ja, Sir. In der Pine Hollow.«

»Hat sie eine Familie, Kinder?«

»Ich glaube nicht. Ich glaube, sie ist nicht verheiratet.«

»Warum glaubt ihr das?«

»Na ja . . . Ich habe viele Männer gesehen, die sie besucht haben. Sie verstehen schon. Ich glaube, sie ist vielleicht geschieden.«

»Vielleicht«, sagte Haydon. Den Kindern entgeht nichts,

dachte er. »Dann haben wir ja genau vor ihrem Haus geparkt, oder?«

»Jawohl, Sir.«

Ohne noch etwas zu sagen drehte sich Haydon um und ging der dunklen Spur nach, welche die Sanitäter im taufeuchten Gras hinterlassen hatten. Die anderen folgten ihm.

Als sie die Sackstraße erreichten, filmte ein Kameramann vom Fernsehen gerade die Assistenten des Coroners, wie sie die Tür an der Rückseite des Wagens schlossen und dann vorne einstiegen. Der Kameramann folgte ihnen und filmte, wie sie abfuhren. Eine junge Frau in einem flotten Sommerkostüm schaute dem Wagen nach, die Hände in herausfordernder Haltung in die Hüften gestemmt. Hinter ihr lehnte ein Mann mit zerzaustem Bart an einem rostigen Volvo und grinste. Als er hörte, wie sich die beiden Kriminalbeamten und die Jungen näherten, drehte er sich zu ihnen um. Sein Grinsen wurde breiter, als er Haydon erblickte.

»Dachte mir doch, daß Sie es sind«, sagte er zu Haydon, der ihn ignorierte und einfach weiterging.

Die junge Frau drehte sich ebenfalls um, und Haydon erkannte in ihr die neue Moderatorin einer lokalen Fernsehstation. Sie kam mit entschlossenen Schritten auf ihn zu und stellte sich vor, während sie Haydon die Hand entgegenstreckte. Haydon blieb stehen, schüttelte ihr die Hand und nickte.

»Sie sind Detective Haydon?« fragte sie.

Wieder nickte er.

»Können Sie mir sagen, was hier passiert ist?« Sie deutete mit ihrem Stenoblock hinunter auf den Sumpfsee.

Haydon schüttelte den Kopf.

»Ach, kommen Sie«, sagte sie und zeigte ein gekünsteltes Lächeln. »Sie glauben doch nicht, daß Sie das geheimhalten können. Was ist passiert?«

»Sie wissen momentan genauso viel wie ich«, antwortete er.

»Sergeant Haydon«, erklärte sie, »ich weiß nicht einmal, ob ein Mann oder eine Frau unter diesem Tuch gelegen hat. Und die Assistenten des Coroners wollten mir kein Wort verraten.« Sie konnte ihren Ärger kaum verbergen.

»Das war auch gut so«, sagte Haydon und ging an ihr vorbei zu seinem neutralen Dienstwagen.

Der bärtige Reporter begann zu lachen. »Hab' ich dir doch gesagt«, erklärte er der Frau. »Haydons Fälle sind immer streng geheim.«

»Jetzt warten Sie mal eine Minute, verdammt noch mal«, rief die Frau Haydon nach. »Was haben Sie mit dem Büro des Coroners zu tun? Sie haben gar keine Amtsbefugnis.« Sie lief ihm ein paar Schritte nach, bis Leo Hirsch und die beiden Jungen an ihr vorbeikamen, um Haydon zu seinem Wagen zu folgen.

»He, ihr Jungs – habt ihr gesehen, was da unten passiert ist? Wollt ihr euch heute abend im Fernsehen sehen? He!« Sie wandte sich an den Kameramann. »Bennie, so schieß sie doch wenigstens von hinten!« fuhr sie ihn an.

Die Scheinwerfer leuchteten auf, und Haydon wirbelte herum.

»Bennie! Lieben Sie Ihren Beruf? Möchten Sie ihn behalten?«

Die Scheinwerfer gingen aus.

»Bennie!« kreischte die Frau. »So schieß sie doch! Schalt das verdammte Ding schon an!«

»Es gibt nichts zu schießen«, verteidigte sich der Kameramann. »Vier Rücken. Was ist das schon?«

»Du mieses, kleines Arschloch!« schrie die Frau. »Das kostet dich deinen Job.«

Der Zeitungsreporter warf den Kopf in den Nacken, lachte und schlug mit der Hand gegen die Motorhaube des Volvos.

Die Frau stürmte am Kameramann vorbei und stieg in den weißen Übertragungswagen des Fernsehsenders ein, der mit riesigen roten Lettern an beiden Türen markiert war. Dann rammte sie den Rückwärtsgang hinein, stieß ein Stück zurück und fuhr mit aufheulendem Motor davon.

»Du blöde Ziege!« rief ihr der Kameramann nach und zeigte ihr den Mittelfinger, als sie ihn nicht mehr sehen konnte. »Die kann noch nicht mal ihr Loch von einem Mäuseloch unterscheiden«, fügte er dann hinzu.

Der Reporter lachte immer noch, als er den Kameramann mit einer Geste einlud, zu ihm in den Wagen zu steigen. Sie fuhren gemeinsam weg und winkten Hirsch zu, als sie an den beiden Kriminalbeamten und den Jungen vorbeikamen, welche keineswegs die Bedeutung dessen übersehen hatten, was hier geschehen war. Als sich Haydon jetzt an sie wandte, hörten sie mit besonderer Aufmerksamkeit zu.

»Ist das ihr Haus, das dort drüben?«

Doug nickte. Genau wie Rick, obwohl der es angeblich nicht wußte.

Haydon öffnete die Fahrertür und kletterte hinter das Lenkrad. Er setzte sich per Funk mit der Polizeistation in Verbindung, um sich die Namen der Hausbewohner geben und sie per Computer überprüfen zu lassen, dann schaute er hinüber zu dem Haus, während er auf die Information wartete. Leo dankte den beiden Jungen für ihre Hilfe. Er gab jedem von ihnen eine seiner Visitenkarten und sagte ihnen, sie sollten ihn anrufen, falls ihnen noch etwas einfiele, was die Polizei interessieren könnte. Danach gingen die beiden Jungen die leichte Steigung der Straße hinauf und schauten sich noch einmal um, ehe sie um die Ecke verschwanden.

»Was glaubst du?« fragte Leo, während er die dichten Bäume und Büsche betrachtete, welche die einzelnen Häuser schützend umgaben. Diese Grünzonen waren ein Vorzug, der von den Grundstücksmaklern nicht stark genug hervorgehoben werden konnte.

»Sie hatte keine Unterwäsche an«, sagte Haydon und betrachtete immer noch das Haus.

»Ja. Ich hatte schon fast damit gerechnet, daß man sie ihr als Knebel in den Mund gesteckt hätte.«

»Lewis meint, sie hat nicht sehr lange im Wasser gelegen. Vielleicht sollten wir das Ufer in dieser Gegend genauer ins Auge fassen.«

Leo zuckte mit den Schultern.

Die Kühle der Nacht wich rasch der Wärme des Vormittags. In einer halben Stunde würde es heiß werden, und in einer weiteren Stunde drückend und schwül. Vom Golf, der achtzig Kilometer entfernt war, zogen Wolken herauf. Es würde nicht zum Regnen kommen, aber bis gegen Mittag würde man sich bei der Schwüle nach einem erfrischenden Guß sehnen.

Leo zog sein Sportsakko aus und warf es auf die Motorhaube des Wagens. Er wischte sich die fettige Stirn mit einem Taschentuch und nahm eine Packung Pfefferminzbonbons heraus. Er fraß diese Bonbons gegen Mundgeruch, seit er zu rauchen aufgehört hatte.

Haydon blieb im Wagen sitzen und starrte durch die offene Tür ins Freie. Er trug einen pergamentfarbenen Sommeranzug von Uomo, dazu ein blütenweißes Hemd und eine dunkle, graubraune Krawatte. Später am Tag, wenn die Hitze unerträglich wurde, würde er vielleicht das Sakko ausziehen, aber die Krawatte würde keinesfalls auch nur gelockert werden. Sein sandfarbenes Haar wies an den Schläfen graue Strähnen auf, und wenn man ihn genauer ansah und sich auf die braunen Augen mit den ambrafarbenen Flecken konzentrierte, sah man erste Fältchen in den äußeren Augenwinkeln, die sich nach unten zogen, wenn er lächelte – was in letzter Zeit freilich nur selten vorkam. Sein Gesicht hatte einen leichten Olivton, eine schöne, gerade Nase und Lippen, die man weder als schmal noch als voll bezeichnen konnte. Er war genau einsachtzig groß und schlank.

Leo wandte sich an Haydon. »Warum hast du eigentlich das Angebot zur Beförderung nicht angenommen?«

Haydon starrte immer noch über die Straße auf das Haus, aber Hirsch sah die Andeutung eines Lächelns auf dem Gesicht des Kollegen, das rasch wieder erstarb.

»Ich habe mich offenbar in dir geirrt«, sagte Haydon. »Ich dachte, du würdest mich schon auf der Fahrt hierher danach fragen.«

»Ich habe gelernt, mich zu beherrschen«, erklärte Hirsch und grinste. Mit seinen Sechsundzwanzig war er zehn Jahre jünger als Haydon und sah sogar noch jünger aus mit seiner Vorliebe für Designer-Jeans und Leinenhemden mit Button-down-Kragen. Er trug noch immer dieselbe Pilotenbrille wie auf dem College und war in gewisser Weise typisch für die neue Generation, der man immer häufiger auf den Polizeiakademien begegnete. Er war nicht durch Zufall zur Polizei gekommen wie viele der Altersgenossen von Haydon, hatte seine Karriere vielmehr sehr sorgfältig vorbereitet und ein Diplom in Psychologie und zwei

Jahre Strafrecht an der Universität von Texas studiert, ehe er in die Akademie eingetreten war. Seine Einstellung gegenüber der Legislative glich mehr der Haltung des Friedenskorps aus der Kennedy-Ära als der jener Männer, die aus der Akademie gekommen waren, um in den sechziger und frühen siebziger Jahren die Rebellionen der jungen Leute zu bekämpfen.

Haydon antwortete nicht auf die Frage von Hirsch; es schien, als habe er sie völlig vergessen. Dann, gerade als Hirsch nachhaken wollte, erklärte Haydon: »Ich dachte, ich warte erst mal, bis ich vierzig bin.«

»Was?«

Der Lautsprecher zischte; Haydon beugte sich vor und drehte die Lautstärke auf. Die Frequenz des Morddezernats befand sich auf einem anderen Kanal als die der üblichen Abteilungen; normalerweise waren die Übertragungen sehr deutlich und recht informell.

»Haydon?« Lieutenant Dystal sprach langsam und klar, mit dem Tonfall eines stiernackigen Südstaatlers. »Ich habe eine Hausbewohnerin für Sie. Eine Puppe namens Sally Steen, ich buchstabiere: S-T-E-E-N, zweiundvierzig Jahre alt. Hat eine lange Latte wegen Prostitution. Meistens als Callgirl, für die besseren Freier. Ich glaube, Ed Mooney hat mit ihr mehr zu tun gehabt als alle anderen bei der Sitte. Er könnte Ihnen einen genauen Überblick verschaffen.«

»Können Sie mir einen Ausdruck über sie besorgen und bei Mooney hinterlassen, daß er sich bei mir melden soll?«

»Wird gemacht.«

»Und könnten Sie den Papierkram für einen Durchsuchungsbefehl in die Wege leiten, damit wir ihr Haus filzen können?«

»Okey-dokey.«

»Wir sehen erst mal nach, ob jemand zu Hause ist. Wenn nicht, fahren wir hinunter zum Ben Taub und sehen nach, was mit ihr passiert ist.«

»Bis später«, sagte Dystal, und der Lautsprecher verstummte.

Als sie an der Tür klingelten, rührte sich nichts drinnen. Leo schlich um das Haus herum und versuchte, durch die Fenster hineinzuschauen – ohne Ergebnis. Es war ein luxuriöses Haus.

Wenn Sally Steen es mit dem Lohn ihres Berufs bezahlt hatte, konnte man davon ausgehen, daß sie nicht in dunklen Ecken auf die Freier gewartet hatte.

Zögernd verließen die beiden Kriminalbeamten die Gegend, ohne auch nur einen Blick in das Haus geworfen zu haben.

3

Das Allgemeine Krankenhaus Ben Taub befand sich am Nordrand des ausgedehnten Klinikzentrums von Texas gegenüber der Rice-Universität und des ausgedehnten Hermann-Parks. Als Wohlfahrtseinrichtung behandelte es die meisten Notfälle der Stadt, darunter auch die Mehrzahl der Gewaltopfer in Houston. Der grüne Saal im Ben Taub war nächst einem Kriegslazarett der beste Ort, wo junge Internisten und Chirurgen die Behandlung traumatischer Fälle erlernen konnten.

Die beiden Kriminalbeamten fuhren zum Hintereingang des Krankenhauses und bogen in die Auffahrt ein, die zur Notaufnahme und zur Leichenhalle führte. Sie parkten in zweiter Reihe hinter einem Wagen, der so aussah, als gehörte er einem diensthabenden Arzt, und gingen dann zu der Rampe, wo die Leichenwagen be- und entladen wurden. Die Luft war bereits drückend geworden; sie wurde vom heißen Asphalt reflektiert und stand unbewegt zwischen den Betonmauern der Auffahrt. Die grauen Stahltüren des Lifts glitten auf, und die beiden Männer betraten eine Kabine, die sich gleich danach fast geräuschlos in die Leichenhalle, einer Welt aus weißen Kacheln und rostfreiem Stahl, senkte. Sie blieben an einem Schreibtisch innerhalb der blankpolierten Schwingtür stehen und machten sich mit einem Mädchen bekannt, das nach Hirschs Ansicht zu hübsch war, um in einer Leichenhalle zu arbeiten. Haydon sagte ihr, was er wollte, und fragte nach Dr. Vanstraten.

»Er ist momentan in der Autopsie«, sagte das Mädchen, nahm einen Block, der an der Wand klemmte, und blätterte ihn mit ihren schlanken Fingern durch. Ihr schulterlanges, rötliches Haar war an den Seiten zurückgekämmt und wurde mit Schildpattkämmen festgehalten. Sie sprach ein wenig geziert, und ihre Lippen schnitten jedes Wort mit berechneter Genauigkeit ab. Hirsch verliebte sich auf der Stelle in diesen Mund.

»Mal sehen«, sagte sie. »Es ist eine Unbekannte, unsere zweite heute vormittag aus der Kategorie ›Mord nicht ausgeschlossen‹. Es dürfte ein Fall für Sie sein. Sie können hineingehen. Ich nehme an, Dr. Vanstraten ist bald fertig damit. Er hat sie, gleich nachdem sie eingeliefert wurde, drangenommen.«

Hirsch zuckte bei ihrer Wortwahl zusammen.

»Wir besorgen uns eine Tasse Kaffee und kommen dann zurück«, sagte Haydon. »Würden Sie ihm bitte Bescheid sagen?«

»Gern«, antwortete sie und lächelte.

»Sie ist neu«, stellte Hirsch beim Hinausgehen fest.

»Fast jedesmal, wenn wir hierherkommen, sitzt eine Neue am Schreibtisch«, sagte Haydon.

»Stimmt.«

Sie fuhren mit dem Lift nach oben zu einer Automaten-Imbißbar, wo sie Kaffee aus Pappbechern tranken. Als sie danach wieder hinunterkamen, hatte Vanstraten die Autopsie beendet und war beim Telefonieren. Er saß auf der Schreibtischkante und sprach in der vertraulichen Weise, wie sie Haydon von allen Ärzten kannte und die für den selbstbewußten Coroner typisch war. Als Vanstraten das Gespräch beendet hatte, stand er auf, schüttelte den beiden Kriminalbeamten die Hände und lächelte.

»Ihre Proben sind bald fertig«, sagte er. »Ich hoffe nur, Sie erwarten nichts Besonderes bei diesem Fall.« Vanstratens feine, nordische Züge erinnerten Haydon stets an den glücklosen deutschen Theologen Dietrich Bonhöffer. Vanstraten war größer als Haydon, mindestens um sechs Zentimeter, und hatte eine solide Statur, die ihm die nötige Kraft zum täglichen Umgang mit Leichen verlieh. Er kleidete sich sehr sorgfältig und liebte Anzüge mit Westen in europäischem Schnitt, welche die Aufmerksamkeit in Houstons schnellebiger *haut monde* erregten, wo er eine Art makabrer Popularität besaß.

»Ich versuche, möglichst gar nichts zu erwarten«, sagte Haydon.

»Eine sehr sichere Philosophie«, erwiderte Vanstraten, ohne die Bemerkung allzu ernst zu nehmen, und fuhr fort: »Der Bericht wird gleich nach der Mittagspause getippt, aber ich kann Ihnen schon einmal ein paar Hinweise geben.«

Er verschränkte die Arme vor der Brust, zeigte dabei seine Manschettenknöpfe aus Porzellan und eine neue, superdünne Concord Delirium an seinem kräftigen, behaarten Handgelenk. Einige der Kriminalbeamten beim Morddezernat bezeichneten Vanstraten als den »geschniegelten Dämon vom Ben Taub«, aber Haydon sah ihn ein wenig anders. Er mußte wohl, denn der Leiter der Gerichtsmedizin war kaum eleganter gekleidet als er selbst. Sie konnten sich gut leiden und hatten mehr Gemeinsamkeiten als das ungewöhnliche Interesse für Leichen.

»Diese Frau ist wahrscheinlich eine Prostituierte. Sie ist Mitte Vierzig, obwohl sie den Körper einer um zehn Jahre jüngeren Frau besitzt. Ihr Cervix ist vernarbt von Abtreibungen, vermutlich hat sie mehrere hinter sich, und sie hat Herpesschäden um die Genitalien und an ihrem rechten Mundwinkel. Es muß nicht unbedingt der gleiche Virustyp sein. Sie hat einen Bluterguß an der Innenseite des linken Oberschenkels und einen kleineren an ihrer linken Wade. Ich nehme an, diese Blutergüsse sind in Bezug auf die Todesursache nicht von Belang. Die einzigen anderen Anzeichen einer Gewaltanwendung sind mehrere merkwürdige Wunden an ihrem Gesäß, die ihr erst nach ihrem Tod zugefügt wurden . . .«

»Zwei Jungen haben sie gefunden«, erklärte Leo. »Sie haben auf ihr herumgestochert, bevor ihnen klarwurde, was sie da entdeckt hatten.«

»Hm. Nun, sie scheint an einer akuten Asphyxie mit fataler Hypoxie gestorben zu sein«, sagte Vanstraten. »Ist sie ertrunken? Ich weiß es nicht. Vielleicht.«

»Vielleicht? Sie können es nicht mit Sicherheit feststellen?«

Vanstraten zog die Stirn in Falten, eine leicht indignierte Reaktion auf Haydons Ungeduld. »So einfach ist das nicht zu bestimmen«, sagte er.

»Das haben Sie mir noch nie zuvor bei einem Ertrunkenen gesagt.«

»Durchaus möglich. Ich erinnere mich freilich nicht, daß Sie mir jemals zuvor einen Leichnam gebracht haben, der ertrunken ist«, erwiderte Vanstraten pointiert. »Es gibt keine anatomischen oder chemischen Anzeichen, die eindeutig auf den Tod durch Ertrinken hinweisen. Das kann man nur durch die Umstände beim Tod feststellen und durch eine komplette Autopsie, bei der man alle anderen Todesursachen ausschließt. Es handelt sich dabei um einen Eliminationsprozeß. Aber es gibt nichts, was Tod durch Ertrinken beweisen könnte.«

Vanstraten deutete mit verschränkten Armen nach draußen. »Sie ist im Wasser dahingetrieben, ihre Lungen waren ödematös. Aber es gibt vieles, was eine pulmonäre Ödemie hervorruft. Zum Beispiel eine Pneumonie. Häufig findet man bei Ertrunkenen größere Mengen von Schaum, der aus Mund und Nase des Opfers quillt. Doch das ist auch der Fall bei Todesfällen, die durch gewisse Gifte verursacht werden. Übrigens war das hier nicht der Fall. Allerdings habe ich eine beträchtliche Menge hochviskosen Speichels gefunden. Etwa sechzig Prozent der Todesfälle durch Ertrinken werden durch Blutungen im Mittelohr verursacht. Hier gab es keine Anzeichen dafür. Sie hatte kein Wasser im Magen, was auch ein häufiges Anzeichen für Tod durch Ertrinken ist. Wir entdeckten nur eine Spur von Alkohol. Kurz gesagt, wir haben zwar Symptome gefunden, die auf den Tod durch Ertrinken hinweisen, während andere bei dieser Todesart häufige Anzeichen fehlten. Außerdem war sie eine Prostituierte, was alles mögliche nahelegt. Das ist Teil der Patientengeschichte, von der ich vorhin sprach.« Vanstraten hielt inne. »Soll ich sie weiter untersuchen?«

Haydon ignorierte die rhetorische Frage. »Und was ist mit Gift?«

»Ich glaube kaum, daß das eine Rolle spielt. Aber ich habe Gewebeproben genommen, und wir lassen sie durch die toxikologischen Tests laufen.« Wieder lächelte er. »Danach werde ich Ihnen eine ›mögliche‹ Todesursache nennen können.«

Einer von Vanstratens Helfern kam aus dem Autopsieraum mit einem kleinen Behälter aus Schaumstoff, der die Proben, die das Polizeilabor benötigte, enthielt, und einem Umschlag mit den Fotos aus der Pathologie. Hirsch nahm den Behälter in Empfang, setzte sich an den zweiten Schreibtisch und überprüfte den Inhalt anhand der Liste für die Proben, die bei einer Autopsie des Morddezernats nötig waren. Dann spannte er ein Formblatt in die Schreibmaschine und begann es auszufüllen.

»Wir erhielten einen kurzen Bericht über die Frau, bevor wir hierhergekommen sind«, sagte Haydon und trat einen Schritt von Hirsch weg. »Sie haben recht, die Frau war eine Prostituierte. Leo wird alles, was wir bisher wissen, in das Formular eintragen. Was ist mit Rauschgift?«

»Wenn sie welches genommen hat, dann nicht mit einer Spritze«, erklärte Vanstraten. »Sie war ›sauber‹. Kein Hinweis auf alte Narben. Und keine auffallenden Hinweise auf den Genuß von Kokain oder andere Rauschgifte.« Er las Haydons Gedanken. »Ihre Anatomie war in Ordnung. Wenn mit ihrem Tod etwas faul ist, können wir das nur im Labor feststellen, nicht an ihrem Körper bei einer anatomischen Untersuchung.«

»Das ist ja reizend«, sagte Haydon.

»Betrachten Sie es von meinem Standpunkt, Stuart. Solche Fälle unterbrechen das, was zum Langweiligsten auf der Welt gehört: die einfallslose Todesart. Es ist erstaunlich: Nach der Geburt ist das Ende eines Lebens zweifellos das bedeutendste Ereignis. Dennoch werde ich immer wieder daran erinnert, wie wenig ernst die Menschen dieses Ereignis nehmen. Wenn Hannah Arendt der Meinung ist, das Böse sei banal, dann sollte sie sich mal ein paar Wochen mit dem Tod befassen.«

Haydon wartete geduldig, während Vanstraten eine theatralische Pause einlegte.

»Jeden Tag sehe ich Menschen, die ihre Existenz beendet haben und dabei nicht mehr Kreativität aufwandten, als sie erforderlich ist, um einen Hahn aufzudrehen und ein Glas mit Wasser zu füllen. Wenn diese arme Frau an einer Krankheit, durch einen Unfall oder durch Selbstmord gestorben ist, kann ich den tieferen kosmischen Sinn respektieren. Wenn andererseits jemand ihren Tod verursacht hat, ohne sich dabei des Naheliegendsten zu bedienen, dann kann ich für diese Abwechslung nur dankbar sein. Solange die Sache Vergangenheit bleibt«, fügte er rasch hinzu und absolvierte sich damit von dem moralischen *faux pas,* gerade das allzu sehr zu genießen, was eigentlich hätte verhindert werden sollen.

Das alles sagte er in einer Mischung aus Scherz und Ernst, die nicht genau zu definieren war. Harl Vanstraten war der einfallsreichste Wissenschaftler, den Haydon jemals kennengelernt hatte.

Haydons Piepser meldete sich. Er schaltete das Gerät ab, das an seinem Gürtel hing, und schaute sich nach einem Telefon um. Das Mädchen, das zu hübsch war, um in der Leichenhalle zu arbeiten, schob ihm das ihre über den Schreibtisch hinweg zu. Es war Ed Mooney. Haydon berichtete ihm, was geschehen war, und sie verabredeten sich in einem Drugstore an der Montrose, in einer halben Stunde.

Hirsch war fertig mit dem Ausfüllen des Formblattes und gab die gelbe Kopie dem Mädchen mit dem rötlichen Haar. Er ließ sich Zeit dabei, fragte, ob die Korrekturen auf der Kopie lesbar seien und ob sie etwas entdeckt habe, was fehlte.

»Okay«, sagte Haydon zu Vanstraten. »Wann können Sie mir Nachricht über die Untersuchungen geben?« Er kannte die Antwort: fünf oder sechs Tage – aber Leo war gerade dabei, bei dem Mädchen einen guten Eindruck zu hinterlassen. Dazu konnte er ein paar Minuten zusätzlicher Zeit gut gebrauchen.

»Die Resultate im Hinblick auf Rauschgift – morgen. Die Gewebeproben in fünf Tagen, vielleicht in einer Woche. Die toxikologischen Tests dauern zwei bis vier Wochen, wenn sie im normalen Ablauf durchgeführt werden. Falls es dringend ist, könnte ich dafür sorgen, daß sie eher in zwei als in vier Wochen fertig sind.«

Haydon schüttelte den Kopf. »Es ist nicht dringend.« Dann: »Wirklich schade, nicht wahr?«

»Was?«

»Daß es nicht dringend ist.«

Auf Vanstratens Gesicht zeigte sich ein amüsiertes Lächeln, während er in die Brusttasche seines Mantels griff und ein goldenes Zigarettenetui herausnahm. Er bot Haydon eine Zigarette an und nahm selbst eine heraus, dann zündete er beide mit einem zum Etui passenden Feuerzeug an.

»Das war aber eine melancholische Bemerkung«, sagte er.

Haydon inhalierte den Rauch der filterlosen Dunhill. Dann schaute er hinüber zu Hirsch und dem Mädchen, das zu hübsch war, um in der Leichenhalle zu arbeiten.

»Nichtsdestotrotz . . .«, sagte er.

4

Das Drugstore war in der Mitte des Blocks zwischen der Montrose und der Roseland und grenzte an einer Seite an einen Waschsalon, an der anderen an ein Buchantiquariat. Hirsch ließ Haydon aussteigen und fuhr dann ins Präsidium, um den Papierkram über Sally Steen zu erledigen, die jetzt zum Fall Nummer 6-14-82-01 geworden war.

Ed Mooney wartete an einem Tischchen mit schwarzem Plastiküberzug im Coffeeshop und Grillroom an der Rückseite des Drugstores. Er kaute an einem ausgetrockneten Krapfen und trank Milch dazu. Haydon setzte sich, und Mooney hob sein Milchglas salutierend, um danach einen Klumpen des zähen Teigs hinunterzuspülen.

»Hol dir ruhig auch einen«, sagte er und streckte beim Schlukken den Hals. »Frischer als jetzt werden sie wohl nie mehr.«

Im Coffeeshop standen nur vier Tische und eine Theke mit sechs Hockern. Haydon warf einen Blick über die Theke, der von den starren Augen eines mondgesichtigen Mädchens mit einem Teint wie rohe Buletten erwidert wurde. »Kaffee«, sagte er.

»Ich kann das Zeug nicht mehr trinken«, sagte Mooney. »Ein Geschwür.« Er drückte die Finger seiner Hand auf die Magengegend, und Haydon stellte überrascht fest, daß Mooney fett wurde. Das war ihm bisher noch gar nicht aufgefallen.

»Ich dachte, Milch ist schlecht bei Magengeschwüren. Es macht zuviel Magensäure, oder so.«

»Da gehen die Ansichten auseinander«, sagte Mooney sachverständig. »Mir scheint sie gut zu bekommen.«

Das Mädchen brachte Haydons Kaffee, und Mooney aß den

letzten Bissen seines Krapfens, während er sich mit seinem Stuhl herumdrehte und sich gegen ein Regal mit Schuheinlagen von Dr. Scholl lehnte. Die Plastikpackungen raschelten, wenn er sich bewegte.

»Also was gibt's?« fragte er, während er kaute. »Was ist mit Sally passiert?« Mooneys buschige, braune Augenbrauen zogen sich fragend nach oben, und Haydon bemerkte, daß sein natürlich geröteter Teint unter der intensiven Sonne von Texas zu leiden begann. Auf der Oberseite der Wangen war plötzlich ein ganzes Netz winziger roter Äderchen zu sehen.

»Zwei Jungen haben sie gefunden, als sie in der Buffalo Bayou lag. Vorläufig gibt es nichts, womit wir etwas anfangen könnten. Vanstraten hat gerade erst mit seinen Untersuchungen begonnen.«

»Du meinst, sie ist nicht erschossen, erstochen oder sonstwie umgebracht worden?«

»Nein. Van hat auf Anhieb nichts dergleichen feststellen können.«

Mooney richtete seinen Blick auf die weißen Kacheln des alten Drugstores. »Weißt du, manchmal, wenn diese Mädchen in das Alter von Sally kommen, sehen sie mehr Probleme vor sich als gute Zeiten. Ihnen stehen schlimme Dinge von Zuhältern und Freiern bevor; sie leben von schlechten Trips mit Drogen, leben von der Erniedrigung durch Kerle, die sie eigentlich für immer zu lieben versprochen hatten – es geht ihnen im Grunde noch schlechter als jedem Vietnam-Veteranen –, und dann plötzlich entschließen sie sich, selbst die Kerze auszublasen. Vielleicht hatte Sally das Leben einfach satt.«

»War sie der Typ, der in so einem Fall leicht aufgibt?«

Mooney hielt vorsichtig seine Unterlippe zwischen zwei Finger und schüttelte dann den Kopf. »Eigentlich nicht.«

»Wie lange war sie schon im Geschäft?«

»Oh, eine lange, lange Zeit. Es ist ihr nicht gelungen, einen zu finden, der sie da rausholt und heiratet, wie es jenen passiert, die Glück haben. Sie war immer eine von den besten, hat nur in den größeren Hotels gearbeitet. Aber der Callgirl-Markt ist hart. Man muß immer aussehen, als ob man grade einer Doppelseite des *Penthouse* entstiegen wäre. Straffe, volle Titten, glatte Haut, keine Falten. Das heißt, man muß zwischen achtzehn und fünfundzwanzig sein.«

»Vanstraten meint, daß sie sich sehr gut gehalten habe.«

»Das war ihr Glück. Sally hat sich länger behaupten können als die meisten, weil sie sich wirklich nach allen Regeln der Kunst getrimmt hat, in einem Studio drüben in San Felipe. Sie war mutig, aber dann hat es sie anscheinend doch eingeholt. Sie war eine Weile verschwunden. Ich glaube, sie hat es auf dem gleichen Gebiet in Dallas versucht. Als sie wieder hier auftauchte, war sie bereits eine Sprosse heruntergestiegen auf der Leiter und hat sich mit Anzeigenkunden begnügen müssen.«

»Wie hat sie sich das Haus leisten können? Oder hat es ihr nicht gehört?«

Mooney grinste. »Sie war schlau, Stuart. Wenn man nach Anzeigen arbeitet, ist das sicher ein hartes Leben; man muß von einer Stadt in die andere fahren zu einer Kundschaft, die man nicht kennt, aber wenn ein Mädchen gut ist, kann es dabei ohne weiteres zweitausend pro Woche verdienen. Sally hatte sich vorgenommen: zehn Monate, und keinen Tag länger. Zum erstenmal in ihrem Leben hat sie das Geld zusammengehalten wie ein Geizhals. Am Ende der zehn Monate hatte sie ein schönes Bündel auf die Bank gebracht. Sie kaufte sich das Haus in der Pinewold Street wegen der ruhigen, abgeschirmten Lage und der guten Adresse.«

»Aber sie hat sicher nicht so viel verdient, daß sie das Haus kaufen und sich gleichzeitig zurückziehen konnte. Was hat sie noch gemacht?«

»Wenn man mit Anzeigen arbeitet, bringt das neben dem Geld eine Menge Kontakte.« Mooney unterdrückte ein Rülpsen. »Als Sally zurückkam nach Houston und sich dieses Haus kaufte, ließ sie das Hurenleben hinter sich. Jetzt war sie eine gutaussehende Frau mit einer guten Adresse und vielen Männern, die ihr gern Gesellschaft leisteten. Wenn ihre alten Freier nach Houston kamen, was so oft der Fall war, daß sie ihren Terminkalender voll hatte, dann empfing sie sie als Gäste. Genau wie jede andere alleinstehende Frau, die einen Freund bei sich hat, der sie bumst. Nur daß diese Freunde ein paar Scheinchen auf ihrer

Hausbar liegenließen, wenn sie gingen. Es war alles Spaß und Vergnügen.«

Mooney trank die Milch aus und zuckte dann zusammen, während er die Hand auf seinen Magen preßte. »Nein, wenn ich darüber nachdenke, ist es eigentlich sehr gut gelaufen für die alte Sally. Ich glaube nicht, daß sie vorhatte, ihr Leben in dieser stinkenden Bayou zu beenden.«

»Mit wem hat sie gearbeitet, wenn sie eine Wochenendparty gab?«

»Nur mit einem Mädchen. Judith Croft. Judith, nicht Judy. Sally hat sie oft geholt, wenn was Größeres anlag. Sie arbeiteten prima zusammen, waren gute Freundinnen.«

Das Mädchen mit der fortgeschrittenen Akne kam herüber und schenkte Haydon Kaffee nach. Er hätte gar keinen mehr gewollt, dankte ihr aber trotzdem. Dann schüttete er aus zwei Päckchen Zucker hinein und rührte den Kaffee um.

Ein junges vietnamesisches Mädchen, das einen kleinen Jungen fest an der Hand hielt, kam herein und näherte sich schüchtern der Eßtheke. Die beiden standen schweigend hinter den Hockern und studierten die Speisekarte über dem Grillrost. Die Kellnerin musterte sie, ohne ein Wort zu sagen. Nach einer kurzen, leisen Beratung mit dem kleinen Jungen bestellte das Mädchen: »Einen Speck-Sandwich.«

»Zum Mitnehmen oder Hieressen?« fragte die Kellnerin.

Das vietnamesische Mädchen nickte.

Die Bedienung zögerte einen Moment, wollte etwas sagen, zuckte dann mit den Schultern und ging weg, um das Sandwich zuzubereiten.

Als der Speck auf dem Grill zischte und der Geruch von gesalzenem Schweinefleisch die beiden Kriminalbeamten erreichte, schaute Mooney Haydon an und sagte: »Ich habe gehört, du hast deine Beförderung zum Lieutenant abgelehnt.«

Haydon wußte nicht, was er antworten sollte. Er rutschte auf seinem Stuhl hin und her.

»Ein anderer Takt, eine andere Melodie . . .« sagte Mooney. In seiner Stimme lag mehr als die Andeutung von Bitterkeit. Seine dickliche Hand zerknüllte eine Papierserviette.

Haydon trank einen Schluck des schrecklichen Kaffees. Das war noch besser, als etwas sagen zu müssen.

»Sechs Jahre sind eine lange Zeit«, bemerkte Mooney.

Sie waren gemeinsam von der Kriminalpolizei übernommen worden. Mooney war stets hitzköpfig gewesen, schlau und aggressiv. Er wurde rasch befördert und ließ Haydon zunächst einmal hinter sich. Dann stieß Mooneys Karriere plötzlich gegen eine Mauer. Junge Männer, die in einer hierarchischen Organisation zu rasch nach oben kommen, machen sich Feinde, die sie für den Rest ihrer Karriere scharf beobachten, und die Polizei bildet da keine Ausnahme. Jemand hatte offenbar die Bremse gezogen bei Mooneys schnellem Nachobendrängen auf der Leiter.

Zurückblickend erkannten beide die Unausweichlichkeit dessen, was da geschehen war. Mooney war schlau, aber er hatte keine Beziehungen, keine persönlichen Freunde in höheren Positionen, die sich um ihn kümmerten, wenn er mit seiner Aggressivität die falschen Leute verärgerte. Er war zu sehr mit dem beschäftigt, was er am besten konnte, als daß er sich zudem noch um interne Politik hätte kümmern können, und plötzlich war er ganz allein. Man schob ihn von einer Abteilung in die andere, bis er mehr oder weniger auf Dauer bei der Sitte landete.

»Diese Arschlöcher«, sagte Mooney. »Ich glaube, wenn ich nicht so ein Trottel gewesen wäre, hätte ich es auch schaffen können.« Er seufzte – das Seufzen eines fetten Mannes. »Aber sieh dir Dystal an. Verdammt, der war auch nicht gerade ein schüchternes Veilchen. Doch er ist nach oben gekommen. Dabei brauchte er nicht einmal gute Freunde.« Er schüttelte den Kopf. »Diese Arschlöcher.«

In all den Jahren hatte Haydon beobachtet, wie Mooneys stagnierende Karriere an ihm fraß wie starke Säure, und dennoch hatte sich Mooney stets geweigert, das wilde, irische Temperament zu zügeln, das zu seiner Unbeliebtheit bei der Verwaltung beitrug, die sehr empfindlich reagierte im Hinblick auf Beamte, welche eines Tages die Polizei wegen brutaler Handlungen in die Schlagzeilen bringen konnten. Haydon borgte sich Mooney für seine Abteilung aus, wann immer er konnte, aber ansonsten ging es mit Mooneys Karriere nicht voran. Seine

Kriege waren fröhlich und seine Lieder traurig; er war sich selbst sein ärgster Feind.

»Warum hast du es abgelehnt?« fragte Mooney jetzt. »Ich bin einfach neugierig.«

»Ich weiß es selbst nicht genau«, antwortete Haydon. »Aber es schien mir nicht der richtige Zeitpunkt zu sein.«

Er starrte auf den Kaffee und fühlte Mooneys Blick auf sich. Als er hochschaute, wandte sich Mooney ab, ein spöttisches Lächeln auf den Lippen.

5

Judith Croft lebte in einer teuren Wohnanlage, keine zwei Meilen von dem Haus entfernt, wo Leo Hirsch, ausgerüstet mit einem Durchsuchungsbefehl, die Besitztümer von Sally Steen durchforstete. Haydon hielt vor dem unbesetzten Pförtnerhaus und warf einen Blick auf den bunten Lageplan hinter Plexiglas, der die dorfartigen Straßen zeigte, welche alle mit Briar- begannen: Briarwood, Briarlane, Briargrove. Sehr hübsch.

Er fand die Adresse Briarcliff am Ende einer Sackstraße auf der entgegengesetzten Seite der Anlage. Das Haus war in dezentem französischen Stil gebaut, also immerhin eine Stufe besser als die imitierten elisabethanischen Halbfachwerkbauten, die von den Architekten vor ein paar Jahren bis zur Erschöpfung errichtet worden waren. Haydon folgte einem gepflasterten Seitenweg durch ein Tor in einer Hecke und um ein paar Oleanderbüsche herum in einen kleinen, abgeschlossenen Vorgarten. Das Pflaster des Vorgartens war erst kürzlich abgespritzt worden, und die Blumenbeete strömten einen feuchten, schweren Duft aus. Haydon stand unter der zurückgesetzten Tür und drückte auf die Klingel.

Es dauerte einen Augenblick, dann öffnete sich die Tür ein paar Zentimeter. Haydon hielt seine Dienstmarke hoch.

»Miss Croft?«

»O mein Gott!«

Haydon konnte nur ein blaßblaues Auge und kurzgeschnittenes, schwarzes Haar sehen. Dazu witterte er den Geruch von Shampoo.

»Miss Croft?« wiederholte er.

»Ja, ja«, sagte sie resignierend.

»Ich bin Stuart Haydon von der Kriminalpolizei. Darf ich reinkommen?«

Die Tür öffnete sich etwas weiter und enthüllte ein Gesicht mit bemerkenswert schönen Zügen und einem marmorweißen Teint.

»Haben Sie einen Durchsuchungsbefehl?«

»Nein, aber ich habe auch nicht die Absicht, irgend etwas zu suchen. Sie brauchen mich nicht einzulassen, aber ich glaube, sie sollten es tun.«

»Dann kommen Sie schon, verdammt.«

Die Tür wurde geöffnet, und Haydon trat in einen hellen, sonnigen Raum, dessen Fenster hinausgingen auf einen gepflegten Rasen. Dahinter war die Bayou zu sehen. Der Raum war in Gelb- und Grüntönen eingerichtet, mit gepflegten Grünpflanzen in Weidenkörben, die hier und da auf den Möbeln standen.

Judith Croft schloß die Tür hinter Haydon und führte ihn zu einer Sitzgruppe, die aus einem Sofa und drei bequemen Sesseln bestand. Die Frau war groß und trug ein Hauskleid, gelb wie Teerosen, das bis zum Boden ging und so dünn war, daß es in der Helle des Raums fast durchsichtig wirkte. Während Haydon ihr folgte, sah er, daß sie nirgends am Körper von der Sonne gebräunt war. Er konnte sogar die Grübchen über den Hüften erkennen. Sie drehte sich um, war sich der Wirkung ihrer hohen Brüste mit den dunklen Brustwarzen bewußt, die man durch den dünnen Stoff erkennen konnte, und ließ sich auf einen der Sessel nieder, die mit weizenfarbigem Stoff bezogen waren. Haydons Blick fiel auf das dunkle Dreieck zwischen ihren Schenkeln, bevor sie die Falten des Hauskleids über dem Schoß zusammenzupfte.

Sie deutete auf das Sofa. »Setzen Sie sich doch«, sagte sie ungeduldig.

Er ließ sich ihr gegenüber nieder, während sie ein beschlagenes Glas mit einer Orangenscheibe auf Eis und Wodka oder Gin in die Hand nahm. Er schätzte sie auf Anfang Zwanzig. Sie war reizend anzusehen; ihr glänzendes Haar umrahmte ihr schönes Gesicht. Ihre Bewegungen waren elegant, und sie strömte das Selbstbewußtsein einer Frau aus, die schon lange über die Macht ihrer Schönheit Bescheid weiß. Sie war kultiviert, *très chic.* Es gab vermutlich keinen Kriminalbeamten außer ihm selbst, der es sich hätte leisten können, eine Nacht mit ihr zu verbringen.

Sie zog ein Bein hoch und schaute Haydon über den Rand ihres beschlagenen Glases hinweg an, den sie an ihre weichen, blassen Lippen drückte.

»Sie arbeiten, soviel ich weiß, mit Sally Steen«, sagte Haydon.

Sie antwortete nichts und trank einen Schluck.

Haydon fand es wenig sinnvoll, um den Brei herumzureden. Er kam direkt zur Sache.

»Sie wurde heute morgen tot aufgefunden. Sie trieb in der Buffalo Bayou, nicht einmal hundert Meter von ihrem Haus entfernt.«

Das Eis im Glas klimperte, und der passive Ausdruck, hinter dem sich Judith Croft verbergen wollte, erfror zu betäubter Ausdruckslosigkeit.

»Wir wissen bis jetzt noch nicht, woran sie gestorben ist. Wir hoffen, der Gerichtsmediziner kann uns die Todesursache nennen. Aber das kann noch eine Weile dauern. Inzwischen versuchen wir, soviel wie möglich über ihr Leben in den letzten paar Tagen zu erfahren.«

Judith Croft stellte ihr Glas auf einen kupfernen Abstelltisch, der mit Jade eingelegt war. »Sind Sie sicher, daß es Sally ist?« Sie mußte sich erst räuspern, ehe sie die Frage stellen konnte.

Haydon nickte. Merkwürdig, wie oft die Leute diese Frage stellten.

Sie warf den Kopf nach hinten, um sich die Locken aus der Stirn zu schütteln. »Das ist nicht zu fassen.« Sie schluckte. »Großer Gott!«

»Haben Sie sie in letzter Zeit gesehen?«

Haydon wartete, während die Gedanken des Mädchens versuchten, den Begriff Tod zu verarbeiten. Sie hörte seine Frage wie ein verzögertes Echo von jenseits des langen Schweigens.

»Nein.« Jetzt richteten sich ihre Augen wieder auf ihn. »Nein, ich habe sie seit drei oder vier Tagen nicht gesehen.«

»Wann haben Sie sie zuletzt gesehen?«

»Wann – mein Gott, ich muß überlegen.« Sie strich sich mit der Hand über das glatte pechschwarze Haar. »Vor drei Tagen.«

»Ein – Arbeitsbesuch?«

»Welche Rolle spielt das?« fragte sie kalt. »Oder sind Sie von der Sittenpolizei?«

»Nein.«

»Dachte ich's doch. Mordkommission?«

»Stimmt.«

»Dann haben Sie mit Ed Mooney gesprochen.«

»Ja.«

»Mooney ist nett. Er ist kein Spießer.«

Haydon fragte sich, was das aus Mooneys Perspektive bedeutete.

»Warum waren Sie dort?«

»Sie hat mich angerufen. Hatte Magenschmerzen und leichtes Fieber; sie brütete irgend etwas aus. Wir tranken etwas und sahen uns einen Redford-Film im Fernsehen an. Als er vorbei war, hatte sie Kopfschmerzen, also bin ich nach Hause gefahren.«

»Und bei diesem Besuch haben Sie sie zuletzt gesehen?«

»Richtig. Das war das letztemal, daß ich sie gesehen habe. Aber ich hab' am nächsten Tag mit ihr telefoniert. Das war vorgestern.«

»Um welche Zeit?«

»Vormittags, gegen zehn. Sie fühlte sich noch immer nicht wohl und bat mich, einen ihrer Leute zu empfangen.«

»Und das haben Sie getan?«

»Ja. Ich habe sie gestern nicht angerufen; es – es paßte nicht.« Ihr Blick wandte sich von ihm ab und wurde wieder nachdenklich. »Aber heute habe ich sie angerufen, um mich zu erkundigen, wie es ihr geht. Als sie nicht an den Apparat ging, dachte ich, es geht ihr besser und sie ist ausgegangen.«

»Wissen Sie von irgend jemandem, der sie nach Ihnen besucht haben könnte? Jemand, der vielleicht gestern bei ihr gewesen ist?«

»Nein. Ich kenne nicht ihren – Terminkalender.«

»Wissen Sie, ob sie mit irgendeinem ihrer Bekannten Schwierigkeiten hatte? Ob sie von jemandem belästigt wurde?«

»Sally hat in solchen Fällen nicht lange gefackelt. Wenn einer ihr auch nur ein bißchen grob kam, war sie für ihn einfach nicht mehr zu sprechen. Das hat sie denen überlassen, die mehr für S und M übrig haben.«

»Und wie lange kennen Sie sie?«

»Zwei, das heißt, fast drei Jahre.«

»Haben Sie all diese Zeit mit ihr zusammengearbeitet?«

»So ungefähr.«

»Und Sie können sich niemanden denken, der ihr etwas Böses antun wollte? Vielleicht jemand mit – sagen wir – unstetem Charakter?«

»Unstet, mein Gott . . . Ist sie – ist sie erschossen worden oder so? Ich dachte, Sie wissen nicht, woran sie gestorben ist.«

»Wir wissen es nicht. Aber ich nehme an, es hat jemanden gegeben, der etwas gegen Sally hatte. Vielleicht einer, der hitzköpfig genug war, um sie zu töten. Wenn die Fakten fehlen, stellt man eine Menge Vermutungen an und sieht zu, wohin sie einen bringen.«

Sie dachte darüber nach. »Nun ja, man lernt alle möglichen Menschen kennen. Es ist zwar nicht vergleichbar mit den Anzeigen oder dem Geschäft auf der Straße, aber man lernt trotzdem alle möglichen Leute kennen. Die Wahrscheinlichkeit ist groß, daß auch mal ein merkwürdiger Typ darunter ist. Aber ich könnte Ihnen keinen Namen nennen, niemanden, den sie wegen Mordes an Sally ausquetschen könnten. Ich kann mir niemanden denken, der dafür in Frage käme.«

Zwischen Judith Crofts Augenbrauen waren zwei Falten entstanden, das einzige Anzeichen dafür, daß sie die Stirn runzelte. Sie hatte beide Hände in den Schoß gelegt und knipste gedankenverloren mit ihren rosa lackierten Daumennägeln.

»Das ist unglaublich«, wiederholte sie. »Und Sie meinen wirklich, daß sie ermordet wurde?«

»Das habe ich nicht behauptet. Wir wollen nur herausfinden, was da passiert ist.« Er beobachtete ihr Gesicht. »Sie hätte auch durch einen unglücklichen Zufall ertrinken können.«

Judith Croft schaute ihn verständnislos an.

»Sie war übrigens nicht betrunken«, sagte er. »Sie hatte nicht genug Alkohol im Blut. Aber vielleicht hat sie Selbstmord begangen.«

»Nein. Ich kenne sie gut genug, um das behaupten zu können. Das halte ich für ausgeschlossen.«

»Oder sie hat die falsche Kombination von Medikamenten genommen.«

»Ebenfalls ausgeschlossen«, sagte die Croft. »Sie hat grundsätzlich kein Rauschgift genommen. Sie hatte etwas dagegen. Nicht aus moralischen Gründen, aber sie machte viel Geld, mehr als genug, und wollte noch eine Weile weiterarbeiten. Sie hätte solches Zeug niemals angerührt. Alkohol, ja, in ziemlichen Mengen. Und hier und da ein Beruhigungsmittel, um über Depressionen hinwegzukommen. Aber das war alles.«

Haydon wartete.

»Und was war das für eine Krankheit? Ist es möglich, daß sie daran gestorben ist?« fragte sie.

»Es wäre durchaus möglich. Aber warum schwamm sie dann im Wasser?«

»Ist sie vergewaltigt worden?«

»Wenn das der Fall war, hat sich das bei der Autopsie nicht gezeigt. Und in Anbetracht ihres Berufes hätte ein bißchen Samen, den man findet, gar nichts zu bedeuten.«

Judith Crofts Augen waren wieder in die Ferne gerichtet, während sie über die Richtung nachdachte, welche das Gespräch genommen hatte. Haydon schaute sich in dem hellen, sauberen Raum um, der sich in ein sehr unpersönliches Eßzimmer und in eine Küche fortsetzte. Judith Croft war eine ordentliche Frau mit hervorragendem Geschmack. Er schaute sie wieder an. Sie sah großartig aus. Dann fühlte er ihren Blick auf sich.

Er nahm das Notizbuch aus der Tasche seines Jacketts.

»Können Sie mir die Namen der Klubs nennen, die Miss Steen häufiger besuchte?«

Miss Steen. Mein Gott! Er amüsierte sich. Unpersönlichkeit war immer seine Reaktion, wenn man ihn bei einer menschlichen Regung überrascht hatte.

»Der Club Bragança. Maxie's. Der Boulevard. Copa's. La Brasilia.«

»Drei lateinamerikanische Klubs?«

»Brasilianische. Sie liebte brasilianische Musik. Dort gibt es noch Live-Bands.«

»Haben Sie sie manchmal in diese Klubs begleitet?«

»Ja, manchmal. Wir beide mögen brasilianische Musik.«

»Haben Sie in den Klubs Freier kennengelernt?«

»Manchmal.«

»Kennen Sie ihre Stammgäste?«

»Ja, das kann ich sagen.«

»Wären Sie bereit, ihre Liste der Freier mit uns durchzugehen und uns die Männer so zu beschreiben, wie Sie sie sehen? Es wäre natürlich vertraulich.«

»Woher haben Sie eine Liste ihrer Freier?« Sie schaute ihn scharf an.

»Falls wir eine solche Liste finden sollten.«

Sie nahm ihr Glas vom Tisch, trank langsam daraus, bis die klare Flüssigkeit zur Hälfte weg war. Haydon wußte, worum er sie da bat. Das konnte das Ende ihrer lukrativen Karriere bedeuten. Sie und Sally Steen forderten Honorare, welche die Mehrzahl der Männer, die in Houston lebten oder hier durchreisten, von vornherein ausschlossen. Unter ihren Klienten gab es prominente Männer, die bereit waren, hohe Summen zu bezahlen, nicht nur für ihr Vergnügen, sondern auch für die Sicherheit, daß dieses Vergnügen streng diskret behandelt werden würde. Kein Kriminalbeamter konnte einem Callgirl, das Namen und Adresse bekanntgab, garantieren, daß sie vor der Presse geschützt blieb. Geheimnisse, die im Zusammenhang mit Morden stehen, lassen sich nicht leicht bewahren. Wenn der Name Judith Crofts erst in den Zeitungen stand, würden die Freier nicht einmal zugeben, je ein Callgirl gekannt zu haben, geschweige daß sie sie weiterhin wie üblich besuchen würden. Wenn es erst bekanntwurde, war Judith Crofts leichtes, süßen Leben augenblicklich zu Ende.

»Ich muß darüber nachdenken«, sagte sie.

»Gut.« Haydon stand auf und steckte sein Notizbuch ein.

Dann reichte er ihr eine seiner Visitenkarten. »Würden Sie mich anrufen, falls Ihnen etwas einfällt, das uns helfen könnte?«

Sie nickte, erhob sich ebenfalls und folgte ihm zur Tür. Er öffnete sie, trat ein paar Schritte hinaus und drehte sich um zu einer letzten Frage.

»Sie hatte keine Angehörigen?«

Das Mädchen schüttelte den Kopf. »Ihre Eltern sind tot. Das heißt, soviel ich weiß. Und über andere Verwandte hat sie nie gesprochen.« Dann, tastend: »Was ist mit einem Begräbnis?«

»Wenn es keine Familie gab, keine Freunde –« Er schaute sie an. »– dann wird das County das Begräbnis übernehmen. Man wird die Kosten dafür von ihrem Vermögen bestreiten.« Das düstere Ende eines Lebens auf der Sonnenseite der Straße.

Judith Crofts Augen wurden rot, als sie vor ihm stand; ihr nackter Körper schimmerte im Licht, das aus dem hellen Wohnraum fiel, als Silhouette durch das dünne Hauskleid.

»Mein Gott«, sagte sie mit rauher Stimme. »Wenn man gewußt hätte, daß es einmal so endet . . .«

Die Situation, dieses Mädchen und ihre Bemerkung trafen Haydon überraschend tief, und er sprach, bevor er wußte, was er darauf sagen wollte.

»Wie hätte es denn Ihrer Meinung nach enden sollen?« fragte er ziemlich scharf. »Haben Sie gedacht, Sie beide würden immer so weitermachen, immer dieses leichte Leben, und in Glanz und Gloria altern?«

Judith Croft schaute ihn erst schockiert und verwirrt, dann plötzlich nüchtern an, in rascher Folge. Ihr Blick traf sich mit dem seinen, und ihre Augen wurden undurchsichtig wie Lapislazuli, während sie langsam die Tür schloß.

6

»Sally Steen war eine sehr ordentliche Frau«, sagte Hirsch und stellte den Pappkarton mit den Sachen, die er aus dem Haus in der Pinewold Street gebracht hatte, auf einen der Schreibtische.

Leo hatte den Durchsuchungsbefehl von Lieutenant Dystal erhalten und den Nachmittag damit verbracht, das Haus zu durchsuchen. Als er schließlich mit seinen Kartons zurück ins Büro kam, war es später Nachmittag. Haydon hatte Mooney im Sittendezernat angerufen und ihn gebeten, ihm beim Durchsehen der Sachen von Sally Steen zu helfen. Mooney konnte am besten die Dinge interpretieren, die Hirsch gefunden hatte.

Haydon und Mooney schoben die überquellenden Aktenkörbchen an die Wand, stapelten sie übereinander und stellten das Telefon obendrauf. Haydon nahm ein großes Blatt Papier und einen Stift heraus, um die einzelnen Gegenstände aufzulisten, die Hirsch vor den beiden Kriminalbeamten auf den Tisch legte.

Als erstes kam ein dicker Umschlag. »Die Krankenversicherung bei der American National. Eine gute Versicherung. Die Prämien haben sie ein Vermögen gekostet, aber sie hätte keinen Cent zu bezahlen brauchen, wenn sie mal ins Krankenhaus gemußt hätte.«

Dann holte er einen zweiten Umschlag heraus und legte ihn auf den Tisch. »Eine Police von der Metropolitan World Lebensversicherung. Über zwanzigtausend Dollar. Begünstigter: Judith Croft. Eine Police der TransContinental, über hunderttausend Dollar. Begünstigter: Judith Croft.«

Mooney pfiff durch die Zähne.

Hirsch legte ein Dokument auf den Tisch. »Die Fotokopie ihres Testaments. Es ist ziemlich einfach: Alles, was sie besitzt, geht an Judith Croft.«

»Im Ernst?« Mooney streckte die Hand nach dem Umschlag aus und zog das Dokument heraus. Er las es rasch vor, wobei er die gesetzlichen Floskeln wegließ. »Ist das nicht 'ne tolle Sache?«

Ein weiterer Umschlag klatschte auf den Schreibtisch. »Drei Verträge, die die Mitbesitzerschaft der Steen an drei Klubs belegen: ›Copa's‹, ›La Brasilia‹ und ›Club Bragança‹. Die Anteile sind verschieden und nicht hoch. Den größten hatte sie am ›La Brasilia‹: zwanzig Prozent. Die beiden anderen lauten über jeweils zehn.«

Hirsch zog einen länglichen, dicken Fensterumschlag aus dem Karton. »Und sie besaß Immobilien. Das hier ist der Mietvertrag über ein Haus, das sie vermietet hat. Das Haus befindet sich am West University Place.«

»Ich habe Sallys Geschäftssinn unterschätzt«, bemerkte Mooney. »Das ist in der Nähe der Rice Street, in deiner Gegend, Stuart.«

Haydon blätterte in den Papieren. »Sieht aus, als ob sie es vor etwas mehr als einem Jahr gekauft hätte.«

»Und nun kommt das Dessert«, sagte Hirsch. Er langte mit beiden Händen in den Karton, holte zwei schwere Fotoalben heraus und knallte sie auf den Tisch. Obendrauf legte er ein schwarzes Adreßbuch im Oktavheftformat.

Die ersten Fotos zeigten keine sexuellen Aktivitäten, aber es bestand wenig Zweifel daran, bei welchen Gelegenheiten sie entstanden waren. Auf vielen der Fotos gab es nackte Frauen zu sehen, und während Sally selbst nur auf wenigen zu erkennen war, erkannte Haydon häufig den köstlichen, nackten Körper und das Lächeln von Judith Croft.

Die drei Kriminalbeamten schauten das Album gemeinsam durch. Nach den Kleidern und den Autos im Hintergrund auf einigen der Fotos zu urteilen, waren diese erst vor kurzem aufgenommen worden. Die Hintergründe wechselten: Skihänge, Swimming-pools, Strände, Innenräume. Die Kriminalbeamten studierten genau die Gesichter der Männer. Das war der Teil, den Haydon am meisten haßte. Eine Scheu, die er seit seinen Tagen beim Sittendezernat nicht verloren hatte. Zu oft hatte er bekannte Gesichter entdeckt, Gesichter, die man aus dem Fernsehen kannte, die als Förderer von Stiftungen zugunsten verkrüppelter Kinder, als Bauherren neuer Gebäudekomplexe oder als Leiter wichtiger Ämter aufgetreten waren. Gesichter, die in diesem Zusammenhang nicht zu ihrem öffentlichen Image paßten; und Gesichter, die unvertraut waren, aber prominenten Männern gehörten, von denen man zwar vernommen, die man aber nie gesehen hatte, bis sie unter den kleinen, bunten Vierecken in der Privatkollektion einer Prostituierten auftauchten.

Inzwischen waren sie beim zweiten Album angekommen, und Haydons Halsmuskeln waren genügend verspannt, um ihm das bekannte Stechen anzukündigen, das den Kopfschmerzen vorausging. Mooney, der rechts von ihm saß, blätterte durch die Seiten und schaute erwartungsvoll auf das, was noch kommen würde.

»Okay, Jungs, und jetzt die Soße zum Fleisch«, sagte er und blätterte die nächste Seite um, ein breites Grinsen auf dem Gesicht. In einer Serie von einem Dutzend sieben-mal-zehn-Fotos waren drei verschiedene Gruppen nackter Frauen und Männer durch jeweils rote, blaue oder gelbe Filter aufgenommen. Die Fotos waren alle aus einem Winkel geschossen, der über den Nackten lag, die sich in Verrenkungen auf einem großen, runden Bett wälzten. Auf einem Nachttisch standen Flaschen mit Alkoholika, und das Blitzlicht der Kamera wurde von den vielen Spiegeln an den Wänden und an der Decke reflektiert, so daß an manchen Stellen der Fotos Sternreflexe der Kameralinse zu sehen waren und hier und da ein Gesicht verdeckten. Die nackten Körper schimmerten auf den mit Farbfiltern aufgenommenen Fotos in Rubinrot, Saphirblau oder Goldgelb.

»Schaut euch das mal genauer an«, sagte Hirsch.

»Hör schon auf zu sabbern«, erwiderte Mooney. »Für zwei Stunden mit solchen Mädchen müßtest du Dreiviertel deines Monatsgehaltes ausspucken, Leo.«

»Vielleicht wäre es die Sache wert«, meinte Hirsch.

»Worauf du dich verlassen kannst. Und dann hätte jeder Erpresser in der ganzen Stadt diese Fotos bei sich, um dich bei passender Gelegenheit ranzunehmen.«

»Du bist wirklich zu pingelig, Mooney.«

»Da kannst du recht haben. Näher wie jetzt kommen wir solchen Leuten nie, ohne ein gewaltiges Risiko einzugehen. Du darfst sie nur anschauen. Alles, was darüber hinausgeht, führt dazu, daß du dir nicht nur die Finger verbrennst.«

Haydon öffnete seine Schreibtischschublade und nahm eine Lupe heraus. Er ließ sie über die Fotos gleiten. »Ich möchte wissen, ob alle diese Bilder in ein und demselben Raum aufgenommen worden sind.«

»Wahrscheinlich.« Mooney beugte sich näher hin. »Du wärst überrascht, wie kreativ diese Püppchen mit der Kamera umgehen. Stroboskopblitze, Blacklight, Spiegel, reflektierendes Material. Ich weiß nicht, was es da noch alles gibt.«

»Leo, ist das ein Zimmer im Haus der Steen?«

»Nein. Ich habe keines gesehen, das diesem ähnelt.«

Mooney ließ sich von Haydon die Lupe geben und zog sich das Album näher heran, um besser sehen zu können. Er konzentrierte sich erst auf ein rotes, dann auf ein blaues und zuletzt auf ein gelbes Foto. Dann kehrte er zu dem roten zurück, atmete schwer, und sein Bauch preßte sich gegen die Schreibtischkante.

»Stuart«, sagte er nach längerem Schweigen, »vielleicht hast du da etwas, was dir weiterhilft. Ja.« Er rieb den fetten Daumen gegen eines der Fotos, als könnte er damit den Farbeffekt des Filters fortwischen, der das Erkennen der Details erschwerte. »Ja, das wäre möglich. Ich glaube nämlich, die Möbel sind von derselben Farbe wie der jeweilige Filter.«

Haydon und Hirsch betrachteten die Fotos, während Mooney erklärend fortfuhr. »Auf den roten Fotos ist die nackte Haut rosa, genau wie es sein soll, wenn man weiße Haut mit einem Rotfilter fotografiert. Aber die Möbel erscheinen in gleichmäßigem, dunklerem Rot. Wenn das ein gewöhnlicher Raum wäre, müßten Teile der Möbel dunkler und andere heller erscheinen, je nachdem, welche Farbe sich mit dem Rot des Filters mischte. Klar? Das gilt auch für die anderen. Hier zum Beispiel sind die Körper gelb, aber die Möbel schimmern gleichmäßig in dunklerem Gold; hier sind die Körper blau, und die Möbel, ja, der ganze Raum erscheinen in gleichförmig dunklerem Blau.«

»Das stimmt«, sagte Hirsch und deutete damit an, daß er Mooneys Folgerung kapiert hatte. »Wenn alles in dem Raum weiß gewesen wäre, würde es im Farbton ungefähr den Körpern entsprechen. Aber die Räume und die Möbel sind gleichmäßig dunkler.«

»Genau«, sagte Mooney. »Also haben wir hier einen roten Raum, hier einen blauen und hier einen gelben, und alle wurden mit den entsprechenden Filtern fotografiert.«

»Oder mit dem entsprechenden Licht beleuchtet und ohne Filter fotografiert«, ergänzte Haydon.

»Ich weiß nicht, ob das diesen Effekt hervorrufen würde.« Mooney betrachtete wieder die Fotos.

»Ich werde es bei Murray im Labor herausfinden. Wir brauchen ohnehin Vergrößerungen.«

»Moment mal«, sagte Hirsch. »Es ist derselbe Raum. Die Möbel sind identisch, sie stehen gleich, es sind dieselben Bilder an den Wänden, dieselben Kommoden, Kleiderschranktüren, alles.«

Wieder beugten sich die drei Kriminalbeamten über das Album, gaben sich die Lupe weiter und betrachteten nacheinander die Fotos. Schließlich richtete sich Haydon auf und warf die Lupe auf das Album.

»Es sind drei verschiedene Räume«, sagte er.

»Quatsch«, erwiderte Mooney zweifelnd.

»Schaut sie doch an.« Haydon zeigte mit dem Bleistift auf eine Kommode im roten Zimmer. Die Spitze wies auf den Griff der mittleren Schublade. »Die Griffe sind so geschwungen, daß man die Finger durchstecken kann.« Jetzt zeigte die Bleistiftspitze auf eine andere Schublade. »Hier ist es dasselbe, wie auch auf allen anderen roten Fotos, aber nicht auf den blauen und den gelben.« Er zeigte auf einen Wecker zwischen den Schnapsflaschen auf dem Nachttisch. »Das hier ist so ein altmodischer, den man aufziehen muß, mit der Klingel obendrauf. Schaut euch die in den anderen Räumen an. Das sind elektrische Uhren. Dann hier: Der Nachttisch im blauen Zimmer ist niedriger als das Bett. Bei den beiden anderen Zimmern ist er ein wenig höher.«

»Aber sie sollten identisch erscheinen«, sagte Hirsch.

Haydon nickte. »Wir haben jemanden unter uns, der schnell begreift.«

Mooney stieß ein zustimmendes Grunzen aus. »Und die Möbel sind nicht billig, das steht fest.«

Haydon stand auf und überließ die Fotos Mooney und

Hirsch, die versuchten, einander auszustechen beim Entdecken zusätzlicher Diskrepanzen in den verschiedenen Räumen. Haydon dachte einen Augenblick lang nach, dann nahm er das Adreßbuch und blätterte es durch. Es enthielt nur Vornamen, und alle Telefonnummern hatten auswärtige Vorwahlen. In dem Buch stand nicht eine einzige Nummer aus Houston.

»Leo, wo hast du das gefunden?« fragte er.

Hirsch blickte auf. »In einem Fach hinter einem Haufen von Kleidern in ihrem Schlafzimmerschrank. Das heißt, ich nehme an, es war ihr Schlafzimmer. Es gab noch zwei andere, aber sie sahen nicht so aus, als ob sie ständig bewohnt würden.«

»War es nicht abgesperrt?«

»Was – das Fach? Klar. Ich mußte hinaus zum Wagen und mir ein Brecheisen holen.«

»Ist das alles, was in dem Fach war?«

»Nein. Ich habe hier noch einen zweiten Karton mit Bankauszügen, Einkaufsquittungen und so weiter.«

»Ich glaube nicht, daß wir schon alles haben.« Haydon warf das Adreßbuch auf den Schreibtisch, und Mooney nahm es in die Hand. Er brauchte nicht lange, um zu verstehen, was Haydon meinte.

»Vielleicht ist das ihre alte Kundenliste, aus der Zeit, als sie Anzeigen aufgab. Vielleicht hat sie die für alle Fälle aufbewahrt.«

Haydon ging zu seinem Schreibtisch und setzte sich. Dann fummelte er geistesabwesend an den Tasten des Computers herum.

»Eine Menge dieser Fotos sind außerhalb von Houston aufgenommen«, sagte er. »Viele wahrscheinlich in einem anderen Bundesstaat. Glaubt ihr, es sind überhaupt irgendwelche hier in Houston entstanden?«

»Vielleicht nicht«, antwortete Mooney. Er warf einen Blick auf die Versicherungspolicen und die anderen Dokumente, die Hirsch in sorgfältig beschrifteten Mappen eingeheftet gefunden hatte. »Sie war ordentlich, kein Zweifel. Wenn sie keine hiesigen Kunden in Gefahr brachte, indem sie Adressen, Namen und Telefonnummern herumliegen ließ, dann erscheint es mir auch unwahrscheinlich, daß sie ein Album mit ihren Fotos besaß.«

»Gut, gehen wir einmal davon aus, daß keines der Fotos in Houston aufgenommen worden ist. Aber ich dachte, sie hätte aufgehört, außerhalb der Stadt zu arbeiten.«

»Wer behauptet denn, daß sie auf diesen Fotos gearbeitet hat?« sagte Mooney. »Verdammt, auch eine Hure macht mal Urlaub.«

»Die hier sehen aber nicht wie Urlaubsfotos aus.«

Mooney zuckte mit den Schultern und nahm wieder die Lupe zur Hand. Er begann mit der ersten Serie von einfarbigen Fotos.

Haydon blickte hoch und schaute Hirsch an. »Leo, ich schlage vor, du gehst diesen zweiten Karton durch und findest heraus, wer ihr Anwalt ist. Wenn Judith Croft noch nichts weiß von ihrem Glück, dann sollte man ihr das Testament möglichst noch eine Weile vorenthalten. Außerdem müssen wir wissen, wer das Haus am University Place gemietet hat.«

Hirsch streckte beide Arme aus. »Reicht es gleich morgen früh?«

Haydon warf einen Blick auf seine Armbanduhr. »Entschuldigung. Klar, morgen früh reicht. Danke, Leo.« Es war fast halb sieben.

Hirsch nahm sein Jackett, verabschiedete sich von den anderen und verschwand durch den fast leeren Bereitschaftsraum. Haydon schaute ihm nach und fühlte sich plötzlich sehr müde.

»Gesegnet sei mein Hinterteil«, sagte Mooney. Er hatte ein Knie auf einen Drehstuhl gestützt und beugte sich über eines der blauen Fotos. Haydon betrachtete ihn von der anderen Seite des Schreibtischs.

Mooney deutete mit seinem dicken Zeigefinger unter das lachende Gesicht einer Blondine, die sich auf dem runden Bett räkelte. Ein Mann ohne erkennbare Muskeln war auf allen vieren über ihr und drückte sein Gesicht gegen eine ihrer schweren Brüste. Die Körper eines anderen Paares schmiegten sich an ihre linke Seite, und ihr Gesicht war kaum zu erkennen zwischen dem Rücken des zweiten Mädchens und dem Rücken des Mannes ohne Muskeln.

»Die hier heißt Sandy Kielman. Sie ist erst vor kurzem an einer Überdosis gestorben. Sie war teuer und hat in den letzten

Jahren ganz schöne Leistungen erbracht. Ich kannte sie seit ungefähr einem Jahr, wußte aber nicht, daß sie mit Sally in Verbindung stand.«

»An einer Überdosis, sagst du?«

»Ja. Eigentlich hat sie nie viel genommen, was übrigens für die meisten dieser Callgirls gilt, aber eine Freundin sagte, sie sei seit Tagen krank gewesen – Atembeschwerden. Vermutlich hat sie es mit der Angst zu tun bekommen, als sie tagelang so dagelegen hat, und schließlich hat sie ein paar von den gelben Dingern genommen, um sich zu beruhigen.« Er schnippte mit den Fingern. »Das war's auch schon. Es war nicht viel, aber sie war ja auch kein sehr großes Mädchen.« Er schaute hinunter auf das Foto. »Bis auf ihre Titten.«

»Wann ist das passiert?«

»Ungefähr vor drei Wochen. Unsere Leute haben die Sache untersucht. Ich glaube, Wallace und Jenkins. Wallace hat es mir mitgeteilt.« Mooney nickte in Richtung auf die Fotos. »Sie ist auf allen vier blauen Fotos zu sehen, aber das hier ist das einzige, auf dem man ihr Gesicht erkennen kann. Ohne dieses Foto hätte ich sie nicht erkannt. Komisch.«

»Und die Freundin dieser Kielman hat gesagt, sie war ein paar Tage vor ihrem Tod krank?«

»Ja. Eine Erkältung, oder was weiß ich.«

»Genau das gleiche hat die Croft über die Steen gesagt. Sie hätte Fieber gehabt, Kopfschmerzen, so, als ob sie etwas ausbrütete.«

Mooney drehte sich herum, lehnte sich nach hinten und schaute Haydon an. »Was ist los? Glaubst du, daß du da auf was gestoßen bist?«

»Es wäre möglich. Wie viele Mädchen sind in den letzten paar Jahren hier in Houston gestorben?«

»Meinst du Callgirls? Keine Straßennutten?«

»Nur Callgirls.«

»Nicht, daß ich wüßte.«

»Jetzt haben wir immerhin zwei innerhalb von drei Wochen. Diese Fotos bringen mich auf den Gedanken, daß die Steen etwas viel Komplizierteres laufen hatte als nur exklusive, teure

Bumsereien mit Top-Managern. Ich fühle einfach, daß da noch etwas anderes dahinterstecken muß.«

»Etwas anderes.« Mooney zeigte sich unbeeindruckt.

»Du sagst, Sally hat ausschließlich mit der Croft gearbeitet, aber hier sind die Kielman zu sehen und ein paar andere Mädchen, die wir noch nicht identifiziert haben. Und ich erkenne die Croft auf keinem dieser einfarbigen Fotos.«

»Aber auch nicht Sally. Vielleicht hatte sie mit den Leuten auf den Fotos gar nichts zu tun. Vielleicht hat sie ihr jemand gegeben.« Mooney zeigte mit dem hinteren Ende seines Bleistifts auf eines der einfarbigen Fotos. »Verdammt, wie kommen wir eigentlich darauf, daß Sally etwas mit diesen Bildern zu tun hat?«

»Du sagst, du hättest nicht gewußt, daß die Kielman mit der Steen bekannt war, was bedeuten würde, daß sie sich kannten.«

»Ich habe es einfach so gesagt, ohne lange darüber nachzudenken.«

»Solche Gefühle sind oft sehr brauchbar«, erklärte Haydon. »Das ist noch besser als Logik. Und was sagst du dazu, daß die Kielman und die Steen ähnliche Symptome zeigten, bevor sie starben?«

»Stuart«, erwiderte Mooney, »diese Symptome sind so allgemein wie nur irgend etwas. Jede Krankheit vom Schnupfen bis zur schwarzen Pest beginnt mit Kopfschmerzen und Fieber.«

»Aber da ist noch mehr. Immerhin genug, daß man sich darüber Gedanken macht.« Haydon beugte sich in seinem Stuhl nach vorn und blickte auf das Fotoalbum, das vor Mooney auf dem Schreibtisch lag. Sandy Kielmans Gesicht lachte ihn an.

»Es stimmt: Hier ist genug, daß du dir darüber Gedanken machen kannst, Stuart. Dein Problem besteht darin, daß du anders denkst als die meisten. Damit kannst du dich in deinem Job halten. Aber ich werde dir was sagen: Eines Tages läßt du dich verleiten, und deine Intelligenz tritt zutage. Du überschätzt diese Leute, setzt bei ihnen zuviel voraus.«

»Ich möchte wissen, woran die beiden erkrankt sind.«

Mooney grinste. »Glaubst du vielleicht, daß sich in unserem Betondschungel ein unbekannter Bazillenträger herumtreibt, der unsere kleinen Mädchen mit TB infiziert?«

Haydon schwieg, dann langte er über den Tisch nach dem Album. »Ich glaube, ich leg' mir das da unters Kopfkissen.«

»Keine schlechte Idee«, sagte Mooney.

7

Haydons Heimweg erforderte es nicht, die Schnellstraßen zu benutzen, die Houston wie die Saugarme von Polypen umgeben und die Stadt vom Golf von Mexiko her mit ihren erstarrten Adern aus schimmerndem Beton erwürgen. Statt dessen verließ er die Canyons aus Stahl und Glas in der Innenstadt mit ihren ewig neuen Baustellen und erreichte bald das alte Viertel Montrose. Ein palmenbestandener Boulevard führt dort durch eine innerstädtische Kommune, die so exzentrisch und irreal wirkt wie wenige in dieser nach allen Seiten ausgeuferten Stadt.

In Houston gibt es so gut wie keine Baubeschränkungen. Die einzige Autorität ist das Geld. Es ist der Antrieb für manischen Größenwahn, für ein Wachstum, welches so unkontrolliert und ungehindert vor sich geht, daß es ans Obszöne grenzt. Die Stadt liegt weit geöffnet vor einem da wie ein gieriges, nymphomanes Weib, das sich jedem freigiebig darbietet, der es sich leisten kann und der es besteigen will. Viele können es und tun es. Montrose ist einer der zahllosen Abkömmlinge ihrer Seitensprünge.

In den dreißiger und vierziger Jahren war Montrose ein Wohnviertel der oberen Mittelklasse gewesen. Zweistöckige Häuser mit hübschen Veranden und viel Grün dazwischen; sauber getrimmte Rasenflächen; Eichenalleen, wo man an Sommernachmittagen nicht viel mehr als das Klappern einer Fliegengittertür oder das Geräusch von Rollschuhen auf den Gehsteigen hörte.

Erstaunlicherweise war das erhalten geblieben. Vieles war jedoch hinzugekommen. Aus den jungen Müttern der vierziger Jahre waren die Witwen der achtziger geworden. Um die Häuser nicht zu verlieren, die sie nicht mehr halten konnten, hatten sie sie in Pensionen und Apartments für wohlhabende Collegestudenten und junge Karrieremenschen verwandelt, die noch nicht genug verdienten, um sich eine der teuren Apartmentwohnungen in den großen Komplexen der Innenstadt leisten zu können. Mitten in den stillen Straßen entstanden Geschäfte, und einige der alten Häuser wurden in Kunstgalerien verwandelt, mit modischen Schönheitssalons in den oberen Stockwerken, oder in schicke Kanzleien junger, aufsteigender Anwälte, die der Innenstadt zwar nahe, aber nicht allzu nahe sein wollten.

Dazu hatten sich die Homosexuellen der Stadt auf Montrose gestürzt, wie sich ein bunter Schmetterling auf eine verbleichende Rose stürzt, und die Westheimer Straße, die Hauptarterie, die sich vom Westteil des Zentrums bis zum Loop 610 durch das Viertel zieht, war zu einem Boulevard mit Massagesalons, Knutschklubs, Läden für Body-Art, und »In«-Restaurants mit hängenden Grünpflanzen, Neonkunst und Oben-ohne-Bedienungen geworden. Auch die Kriminalitätsrate hatte sich verändert. In Montrose wurde jetzt ein wesentlicher Prozentsatz der Tötungsdelikte von Houston begangen.

Aber das Bohème-Leben von Montrose erstarrte unter dem festen, selbstgerechten Blick von Broad Acres, dem Nachbarviertel, wo Haydon in einer Welt lebte, die sich noch nicht verändert hatte und voraussichtlich auch nie verändern würde. Älter als River Oaks, die Enklave der *nouveau riche,* war Broad Acres exklusiv mit der Patina der Geschichte versehen, die das Protzige seiner Häuser milderte. Hier verstand man das Leben in Begriffen einer ganz anderen Realität. Es gab keine gequälte Humanität, die bis zum Wahnsinn nach dem so schwer zu fassenden Etwas suchte, das man nur durch unaufhörliche Veränderungen zu finden hoffte. Hier waren die Heiterkeit und die Gelassenheit zu Hause. Die Familien in ihren stattlichen Häusern wußten genau, wer sie waren, wohin sie gingen und vor allem, woher sie kamen. Alter Geldadel.

Als Haydon das Fenster herunterkurbelte, um durch den Duft der frischgemähten Rasenflächen die Hitze und die abgestandene Luft fortzuspülen, die sich bei der Fahrt durch das Zentrum im Wagen angesammelt hatte, tönte der Schlag der Turmglocken der Rice-Universität über die mit alten Eichen bestandenen Wiesen. Haydon hielt an der säulenbewehrten Einfahrt zu seinem Haus, drückte auf den Knopf der Fernbedienung und wartete darauf, daß sich die schmiedeeisernen Tore öffneten. Sein Blick fiel auf einen moosgrünen Fleck, der sich vom Schieferdach bis zu einem Sandstein-Fenstersturz im zweiten Stock ausbreitete. Er fragte sich, ob er das Dach hätte nachsehen lassen sollen. Wie lange hielten Schieferdächer? Wahrscheinlich ewig.

Er fuhr durch das Tor die ziegelgepflasterte Auffahrt entlang zur *porte cochère,* wo er den sandfarbenen Dienstwagen hinter seinem eigenen, königsblauen Jaguar Vanden Plas parkte. Nachdem er aus dem Wagen gestiegen war, ging er zum Rand des Rasens, um auf Cinco, den alten Collie, zu warten, der bereits dahertrottete von seinem Versteck hinter der verästelten Glyzinie, die über die ganze Vorderfront wucherte. Cinco fiel kurz in eine Art Trab, dann verlangsamte er zu einem gemäßigten Hoppeln. Obwohl jeder Sommer seinen Zoll von dem alten Hund forderte, stand seine Rute mit der weißen Spitze senkrecht nach oben und wedelte wie ein Metronom hin und her, als er sich Haydon näherte, der den Hund streichelte und mit ihm sprach. Haydon liebte den Collie mit einer Art melancholischer Zuneigung. Cincos Schnauze wurde in kauziger Weise grau, und an den Rändern der Nase und an den Spitzen der Ohren erschienen kleine Flecken, wie Leberflecke an den Händen alter Menschen.

Die beiden gingen halb um das Haus herum, vorbei an einer sanft geschwungenen Laube, die ganz mit Klematis überwuchert war, zu einem breiten, von Mauern begrenzten Rasen, auf dem Zitrusbäume wuchsen. In ihrem täglichen Ritual wanderten Herr und Hund durch die grasbewachsenen Baumreihen, während Haydon den Ansatz der Sommerfrüchte prüfte und sich vornahm, Pablo daran zu erinnern, daß er jetzt den Dünger wechseln sollte. Eine Lachtaube gurrte in den Ebenholzbäumen, als sie zum Haus zurückschlenderten. Sie gingen die Terrassentreppe hinauf, Cinco mit vorsichtigen, arthritischen Bewegungen, Haydon mit Rücksicht auf den alten Hund lässig und langsam. Oben angekommen, waren die riesigen Terracotta-Pflanztröge, die an der Balustrade standen an der Reihe. Cinco wartete schläfrig, während Haydon bei jedem Pflanztrog stehenblieb und eine einzelne Blüte von den üppigen Bougainvilleen zupfte, deren kirschrote Kelche im Schatten wie ein Feuerwerk wirkten.

Cinco streckte sich glücklich auf den kühlen Boden der Terrasse aus, während Haydon die Terrassentür aufschloß und hineinging in die große Diele, die quer durch das Haus bis zur Vorderfront verlief. Er nahm die Post von dem kleinen Tischchen in der Diele, wo Gabriela sie hingelegt hatte, und ging dann in die Küche. Auf einem Hackblock in der Mitte des quadratischen Raums stand ein Tablett, bedeckt mit einer gestärkten, weißen Leinenserviette. Haydon legte die Post und die Bougainvilleenblüten auf das Tablett, holte sich ein kleines Glas aus einem der Schränke und eine halbleere Flasche Chablis vom Weinregal und brachte dann alles hinüber in die Bibliothek. Dort stellte er das Tablett und das Glas auf einen Refektoriumstisch und öffnete die Türen, die von der Bibliothek auf die Terrasse führten. Dann trat er auf die Terrasse und füllte die kleine Schüssel, die neben Cincos Pfoten stand, mit Chablis. Die Rute des Collies bewegte sich in Vorfreude, ehe er den Wein zu schlabbern begann, ohne sich dabei auch nur aufzurichten. Haydon ging wieder hinein, nahm die Serviette vom Tablett und begann die rosa Krevetten zu schälen, die er, bevor er sie aß, in Gabrielas Remouladensauce tauchte.

Als er damit fertig war, lehnte er sich zurück, um die Post durchzugehen, während er gelegentlich an dem Wein nippte. Er fand einen großen Umschlag von seinem Anwalt. Es war Ende Juni; die Entscheidungen für das dritte Quartal mußten überdacht, Aktien neu bewertet und Finanzen arrangiert werden. Außerdem war eine Rechnung von Federico Sodi für die beiden letzten Anzüge gekommen und eine von der Gärtnerei für die neuen Sträucher, die Pablo bestellt hatte. Haydon starrte einen Moment auf die bunte Postkarte mit Kirschblüten, die sich in Tidal Basin spiegelten, mit dem Lincoln Memorial im Hintergrund. Er drehte sie um und sah, daß sie von Pearson stammte, einem Detektiv bei der Mordkommission, der diesmal schon früh Urlaub gemacht hatte und mit seiner Familie nach Washington gefahren war. Außerdem war ein Prospekt einer neuen

Pizzeria in der Audubon Street gekommen und ein Brief von der Polizei in Baton Rouge.

Er legte die Post beiseite, ohne sie zu öffnen, und schaute hinaus auf die Terrasse, wo Cinco jetzt auf der obersten Stufe der Treppe lag. Der alte Hund hatte die Vorderpfoten in der aristokratischen Weise der Collies gekreuzt, und die Ohren waren ein wenig aufgestellt, während er ein Eichhörnchen auf dem darunterliegenden Rasen beobachtete. Das durchdringende, zugleich einschläfernde Zirpen der Grillen kam durch die offene Terrassentür wie die Seele des Sommers, uralt und zeitlos.

Haydon dachte über die Frage nach, die sowohl Hirsch als auch Mooney gestellt hatten, und warum er sie nicht beantwortet hatte. Aber ihm war erst seit kurzem klargeworden, was die Veränderung, die in den letzten sechs Monaten mit ihm vorgegangen war, bedeutete, und er wußte noch nicht, was er dagegen unternehmen sollte. Es war wirklich eine Schande. Er war verdrossen und wütend. Wenn ein Mann zum Klischee wurde, war das der endgültige Abstieg. Vielleicht in diesem Moment bereits ein Abstieg, der nicht mehr rückgängig zu machen war. Lange Zeit hatte Haydon es nicht glauben wollen. Er hätte eigentlich anders sein müssen, eine Ausnahme unter den stereotypen, zynischen Polizeibeamten.

Aber er hatte es sich schließlich eingestehen müssen: Nach elf Jahren waren seine Gefühle ausgebrannt. Es gab keine Überraschungen mehr für ihn, keine Wunder, Geheimnisse oder bestürzenden Enthüllungen. Es gab nur die erstickende, vorhersehbare Endgültigkeit des Lebens, die er in fatalistischer Weise bedauerte, was ihm albern vorkam in der Weise, wie sich ein unbelehrbarer Raucher vorkommen mußte, wenn man ihm sagte, daß er an Lungenkrebs sterben würde: keine Hoffnung, und niemand daran schuld außer ihm selbst. Sein Idealismus war gestorben. An seine Stelle war ein analytischer Blick getreten; er kam sich vor wie vom grünen oder grauen Star befallen, der seine Sicht verschleierte und seine Sensibilität vor der unnachgiebigen Bösartigkeit der anderen schützte, vor den Messerstechereien, den Schlägereien, den Vergewaltigungen und Verstümmelungen. Eine alles beherrschende Enttäuschung hatte von ihm Besitz ergriffen, eine Enttäuschung, die so schwer auf ihm lastete, daß sie alles andere ausschloß.

Als das Telefon klingelte, verließ er die Terrasse und ging zu dem Apparat, der auf einem Teetisch neben einem roten, ledernen Sessel stand.

»Ich habe eine Einladung zu einer Weinprobe heute abend«, sagte eine Stimme. »Veranstalter ist die Stoffirma von Manuel Canovas. Punkt sieben. Wir könnten danach zu ›Bernie's‹ zum Essen gehen. Ich wäre in der Stimmung für ›Bernie's‹.«

Er stellte sich Nina vor, wie sie an ihrem Zeichenbrett stand, in ihrem Atelier in der Nähe der Universität. Ihr helles, zimtfarbenes Haar würde nach hinten frisiert sein wie bei Evita Perón, die Seidenärmel bis zu den Ellbogen hochgekrempelt, die Finger verschmiert mit den Pastelltönen der Buntstifte, während sie den Hörer mit einer Schulter ans Ohr klemmte und dabei weiterzeichnete, im Oberlicht des atriumartigen Raums. Das Nordlicht im Studio dieses Hauses wäre zu weich und zu schwach zum Arbeiten gewesen.

»Aber ›Bernie's‹ erfordert eine gewisse Konzentration«, sagte er.

»Genau«, antwortete sie. »Die sollten wir genießen.«

»Ein besonderer Anlaß?«

»Ja. Wir.«

»Ich muß heute arbeiten.«

»Ach, ver-, das soll wohl ein Scherz sein.«

»Nein, es ist ernst.«

»Ein dringender Fall?«

»Nicht unbedingt.«

»Dann laß da doch jemand anders ran.«

»Kann ich nicht«, sagte er, was der Wahrheit entsprach. Aber abgesehen davon wollte er weder zu einer Weinprobe noch zu »Bernie's« gehen. Er wußte, es war nichts Besonderes, kein Herzenswunsch von Nina. Sie versuchte nur, ihn auf sanfte Weise von zu Hause loszueisen.

»Vielleicht morgen abend«, sagte er und kam sich wie ein Schuft vor.

»Ja, vielleicht.« Ihre Stimme war ausdruckslos geworden, und er nahm an, daß sie mit dem Zeichnen aufgehört hatte und in das gleiche, schwächer werdende Licht hinausschaute, das er hinter der offenen Terrassentür sah.

»Es tut mir leid«, sagte er. »Schau, es wird nicht länger als bis Mitternacht dauern. Geh doch allein; es bringt nichts, wenn du hier herumsitzt. Wenn ich fertig bin, trinken wir zusammen ein Glas und können miteinander reden. Okay?«

»Nein. Ich will nicht allein zu ›Bernie's‹ gehen. Ich gehe zu der Weinprobe und besorge mir auf dem Nachhauseweg etwas zum Essen. Aber sieh zu, daß du vor Mitternacht zu Hause bist, ja?«

»Ich werde es versuchen«, sagte er. Dann legte er den Hörer auf und schaute sich in dem Raum mit den vielen Bücherregalen um. Es war ein großer Raum, der schönste im ganzen Haus. Die Gesetzesausgaben seines Vaters nahmen einen Großteil der Regale neben der Tür ein, die hinausging in die Diele des Westflügels. Wenn es nach Webster Haydon gegangen wäre, hätten die Gesetzbücher seines Sohnes einen ebenso großen Raum daneben beansprucht. Aber es war anders gekommen. Nach einem Jahr Jurastudium hatte sich Haydon entschlossen, Polizeibeamter zu werden. Ein Polizist mit einem Master-Diplom in englischer Literatur, was weit entfernt von den Vorstellungen seines Vaters gewesen war.

Als er sich zu einem anderen Beruf entschloß, hatte Haydon mit vier Generationen Familientradition gebrochen, aber es war eine Tradition, die schon sein Vater aufgeweicht hatte, als er als junger Mann Boston verlassen hatte, um sein Studium an der Columbia-Universität zu vollenden, statt in Harvard. Dann ging er, statt in die Familienfirma einzutreten, nach Großbritannien, um die englische Gesetzgebung zu studieren. Er heiratete eine Schottin, womit er die Träume seiner Familie zerstörte, die darauf abzielten, die Verbindungen in Boston zu stärken, und zog zuletzt auch noch nach Mexico City, um das mexikanische Rechtssystem zu studieren. Seine Familie hatte inzwischen die Hoffnung aufgegeben und konnte nur noch in familiärer Gemeinsamkeit die Köpfe schütteln, als er sich schließlich in der feucht-schwülen Golfstadt Houston niederließ. Das war Anfang der vierziger Jahre gewesen.

Rückblickend freilich schien Webster Haydon nur richtige Entschlüsse getroffen zu haben. Sein exzentrischer Intellekt und seine gesellschaftlichen Kontakte in Mexico City und Houston hatten es ihm ermöglicht, juristischer Berater der Ölmagnaten auf beiden Seiten der Grenze zu werden. Ganz nebenbei sammelte er ein gewaltiges Vermögen an. Ja, rückblickend war es eine brillant gesteuerte Karriere gewesen.

Aber Haydons völliger Verrat an der Tradition war zweifellos eine Enttäuschung gewesen, sogar für seinen Vater. Dennoch baute diese Enttäuschung keine Mauer auf zwischen Vater und Sohn. Der alte Herr erkannte zuviel von seiner eigenen, unabhängigen Denkweise bei seinem Sohn, als daß er sie für schlecht halten konnte. Er wurde nach und nach Haydons kreativer Helfer. In seiner Bibliothek, umgeben vom kollektiven Wissen ihrer beiden Berufe, hatten sie sich viele Nächte lang miteinander unterhalten, und in ihren Gesprächen war es oft bis an den Rand dessen gegangen, was sie wußten, und weit darüber hinaus – bis an die Grenzen von Theorie und Vermutungen.

Haydon vermißte ihn. Mehr als gleich nach seinem Tod und mehr, als er sich das jemals hätte träumen lassen.

8

Copa war ein kleiner Klub einen Block von der North Main Street entfernt, da, wo sie durch das sich ausbreitende lateinamerikanische Viertel nördlich des Zentrums verlief. Die weiße Gipsfassade wurde bis auf die grüne Neonschrift von einem Vorgarten kaschiert, der an der Straße lag und von Bananenstauden und großen, fächerförmigen Palmettos fast erstickte. Haydon parkte am Randstein und bahnte sich dann einen Weg durch den üppigen Dschungel zu der grünlackierten Tür des Klubs.

Drinnen blieb er an der Tür stehen und wartete, bis sich seine Augen an das grünliche Dämmerlicht gewöhnt hatten. Es gab ungefähr zwei Dutzend Tische mit Holzstühlen und Kerzen, die unter grünen Glaskugeln brannten, welche auf Kokosnußschalen steckten. In der Mitte des Raumes befand sich eine kleine, leere Tanzfläche. An ihrem Rand saß ein magerer junger Bursche in einem dunklen Anzug an einem Flügel und spielte launische Interpretationen von Bary-Manilow-Hits für ein verstreut herumsitzendes, desinteressiertes Publikum.

Haydon ging an die mit Bambus verkleidete Bar und bestellte sich Scotch mit Wasser. Der Barkeeper, ein kleiner, untersetzter Mann Ende Dreißig mit schütterem, schwarzem Haar und dunklen Rändern um die Augen, bereitete Haydons Drink mit gelangweilter Tüchtigkeit zu. Als er das Glas auf die Theke stellte, gab Haydon ihm einen Fünf-Dollar-Schein und beobachtete, wie er sich um das Wechselgeld bemühte.

»Ich dachte, es gibt hier lateinamerikanische Musik«, bemerkte Haydon.

»Täglich außer Dienstag«, sagte der Barkeeper verdrossen. »Am Dienstag ist hier normalerweise nicht viel los – wie Sie sehen.« Er deutete auf die Tische. »Also lassen wir diesen Burschen einfach dahinklimpern, was ihm Spaß macht. Lateinamerikanische Bands sind teuer. Der hier macht es praktisch umsonst.«

Haydon nippte an seinem Scotch. Zuviel Wasser. Der Barkeeper ging ans andere Ende der Theke und mixte drei Drinks – etwas mit Grenadine, einen Screwdriver und etwas mit Gin – für eine ungeduldige Kellnerin, deren Netzstrümpfe an den Oberschenkeln herunterhingen. Sie war hager und busenlos, mit den Nasenlöchern einer chronischen Kokainschnupferin.

Als der Barkeeper die Drinks fertig hatte, kam er zurück zu Haydon mit einer Handvoll Limonen, die er in Scheiben schnitt und in ein Glas mit gehacktem Eis gab.

»Wissen Sie, wo ich Larry Shaver finden kann?« fragte Haydon.

»Wer will das wissen?« erwiderte der Barkeeper. Er stemmte beide Hände mit gestreckten Armen auf die Theke und seufzte.

Haydon zog seine Dienstmarke hervor. Der Barkeeper beugte sich hinunter, schaute sie an, erkannte, was es war, und riß den Kopf angeekelt zur Seite.

»Was, zum Teufel, soll Larry angestellt haben?«

»Nichts. Ich möchte mich mit ihm über jemand anders unterhalten.«

»Und was hat dieser andere Jemand angestellt?«

»Ist er hier?«

Der Barkeeper musterte Haydon. »Sie ziehen sich nicht wie ein Bulle an.«

Haydon streckte ihm die Handflächen entgegen, als wollte er um Nachsicht dafür bitten.

»Okay. Ich bin es selbst.«

Haydons Lächeln zeigte, daß es Shaver nicht gelungen war, ihn hereinzulegen, und Shaver zeigte einen Ausdruck gelangweilter Herablassung.

»Kennen Sie Sally Steen?« fragte Haydon.

»Natürlich.«

»Haben Sie sie in letzter Zeit gesehen?«

»Vor zwei oder drei Abenden.«

»Wo?«

»Hier.«

»Wissen Sie genau, was das für ein Abend war?«

»Vielleicht. Worum geht's?«

»Man hat sie heute morgen gefunden. Sie lag in der Buffalo Bayou.«

Shaver riß die Augen auf, und sein Kopf schnellte nach vorn, fragend und erschreckt zugleich. Haydon fand, daß Shavers Reaktion echt war.

»Tot?«

»Wir wissen nicht, ob es sich dabei um einen Mord handelt. Aber das wird überprüft.«

Shaver schluckte. »Sind Sie sicher, daß es Sally ist?«

Haydon nickte und trank einen Schluck von seinem verwässerten Scotch.

»Das ist doch nicht zu fassen!« sagte Shaver zu Haydon, als ob dieser seine Skepsis teilen müßte. Er nahm eine Packung Zigaretten aus seiner Hemdtasche und zündete sich eine davon an. »Nun ja, ich kann genauer angeben, wann sie zuletzt hiergewesen ist. Es war – äh – am Samstagabend. Ja, vor drei Tagen.«

»Früh oder später?«

»Früh. Halb elf.«

»War sie in Begleitung?«

»Nein. Sie ist allein hergekommen und allein wieder gegangen. Als sie hier war, hat sie bei ein paar Leuten gesessen. Lauter unterschiedliche Typen. Sie war ... Na ja, sie versuchte, jemanden aufzutreiben.« Gleich danach schien er zu bedauern, das Wort ausgesprochen zu haben.

»Sie besitzt Anteile an diesem Klub, nicht wahr?«

Shaver verengte die Augen und legte den Kopf argwöhnisch zur Seite.

»Sie ist tot«, sagte Haydon, »und wir wissen nicht, warum. Daher müssen wir alles überprüfen.«

»Okay, ja, das verstehe ich«, erwiderte Shaver unsicher. »Sie besaß zehn Prozent.«

»Und wie kommt das?«

Shaver zog an seiner Zigarette. »Ich kenne Sally noch von der Zeit, als ich einen anderen Laden gehabt habe, draußen am Golf-Schnellweg. Das Geschäft ist gut gegangen, bis dieser verdammte Travolta-Film rausgekommen ist. Das hat damals alles verändert. Die Leute haben lauter Nachtklub-*Scheunen* gebaut. Und was haben sie reingestellt? Mechanische Stiere! Sechzig Quadratmeter, fünfhundert Tische! Zwei Bands, die gleichzeitig spielten. Scheiße. Das Ganze ist zu einem einzigen Karneval geworden. Mein Laden war klein, und die Großen haben mich ausgestochen wie ein Mauerblümchen.«

Er schüttelte den Kopf und dachte darüber nach. Es schien ihn noch immer zu wurmen.

»Und das Dümmste ist, daß diese neuen Schuppen auch schon im Sterben liegen«, sagte er. »Eine vorübergehende Narretei. Wird sich nicht halten. In dem Geschäft muß man immer auf Draht sein. Wer erinnert sich heute noch an Discos? Ich brauche etwas, was danach auch noch zieht. Lateinamerika, ja, das wird ganz groß. Ich meine, richtig groß.«

Haydon schaute ihn verständnislos an, bis Shaver das Schweigen brach.

»O ja, sicher, Sally. Na ja, sie kam immer ins ›Broken Spoke‹.

Das war mein Laden. Sie hat gemerkt, daß ich Schwierigkeiten hatte, und hat mir was angeboten, damit ich den Laden wieder zum Laufen bringe. Aber es war zu spät. Als ich das ›Copa‹ eröffnete, brauchte ich etwas Kapital, und ich erinnerte mich an ihr Angebot. Ich rief sie an und bot ihr zehn Prozent für eine kleine Finanzspritze.«

Haydon trank aus, und Shaver langte nach dem Glas.

»Nein, danke«, sagte Haydon. »Außer Ihnen und Sally gibt es noch zwei Geschäftspartner, nicht wahr?«

»Zwei, ja. Geschäftsleute. Beide sind mit fünfzehn Prozent beteiligt.«

»Dann gehören Ihnen sechzig Prozent?«

Shaver nickte.

»Seit wann kennen Sie Sally?«

»Schon lange.«

Haydon schaute ihn wieder fragend an.

»Okay. Seit – mal nachrechnen – seit sechsundsechzig. Damals hatte sie in Hotels gearbeitet. In den guten. Ich trainierte in einem Studio, wollte Gewichtheber werden. Ich weiß, heute sieht man das nicht mehr, aber damals dachten einige Leute, ich hätte das Zeug dazu. Sie hat auch dort trainiert. Scheiße, man kann es ja sagen: Sally und ich haben damals viel besser ausgesehen.«

»Kennen Sie jemanden, mit dem sie über Kreuz gewesen ist? Jemanden, der sie umlegen wollte oder es getan haben könnte?«

»Nee, Scheiße. Keine Ahnung. Ich meine, bei ihrem Beruf –«

Jetzt nickte Haydon. »Und was ist mit Sallys anderen geschäftlichen Interessen? Wissen Sie etwas über die beiden anderen Klubs, von denen sie Anteile besaß.«

»Was?«

»Die beiden anderen lateinamerikanischen Klubs.«

»Sie hat Anteile bei zwei anderen Klubs?«

»Haben Sie das nicht gewußt?«

»Verdammt, nein, ich hatte keine Ahnung davon«, antwortete Shaver indigniert, als hätte ihm Haydon etwas sehr Unanständiges vorgeworfen. »Was sagt man dazu! Was denn für Klubs? Nein, lassen Sie mich raten. Es kann nur der ›Club Bragança‹ und das ›La Brasilia‹ sein.«

Wieder nickte Haydon.

»Kann ein Mensch den Weibern trauen? Das ist ein echter Interessenkonflikt. Kein Wunder, daß sie nicht viel hier reingetragen hat. Verdammte Sauerei ... Wette, ich hab' von allem nur die Samen und die Stengel gekriegt.«

»Kennen Sie die beiden anderen Klubs?«

»Klar, sicher. Der eine ist hübsch und der andere hübscher.«

»In welcher Reihenfolge?«

»›La Brasilia‹ ist der beste. Richtig fein. Ich meine, er ist immerhin drüben an der Post Oak. Besser kann man es sich kaum wünschen, oder?«

»Kennen Sie die Besitzer?«

»Nein, die kenne ich nicht«, sagte Shaver gepreßt. Seine Stirn furchte sich nachdenklich; er wischte die längst saubere Theke mit einem feuchten Lappen, den er in der Hand hatte. Er war wütend darüber, daß die Steen ihre Teilhaberschaft so freigiebig angeboten hatte wie ihren Körper.

»Kennen Sie Judith Croft?« Haydon brachte ihn in die Gegenwart zurück.

»Ja.«

»Und?«

»Ich weiß nur, daß sie manchmal mit Sally hier war.«

»In das ›Broken Spoke‹ ist sie nie gekommen?«

»Ja, doch, dorthin auch.«

»Waren sie eng befreundet?«

»Ja, ich glaube. Sie waren ein gutes Paar.«

»Sind Sie schon mal im Haus der Steen gewesen?«

»Ich weiß nicht mal, wo sie wohnt. Hören Sie, ich möchte eines klarstellen: So gut kannte ich sie auch wieder nicht. Nur durch die Klubs, Sie verstehen. Durch ihren Beruf ist sie viel herumgekommen. Okay, ich hab's ein paarmal mit ihr getrieben, damals, in meiner Muskelmann-Zeit. Umsonst, möchte ich hinzufügen. Ich hätte es mir nicht leisten können, sie zu bezahlen. Sie hat mich gemocht, aber es hat nicht lange gedauert, war nur eine kurze Freundschaft – ein paar Monate. Seitdem ist es eine reine Bekanntschaft, eine Beziehung über den Tresen. Und die geschäftliche Beziehung – aber das wissen Sie ja schon. Das ist alles. Sie hatte haufenweise Geld, also brauchte ich mir nichts zu denken, als ich ihr Angebot angenommen habe. Und das ist alles. Ehrlich.«

Die Barry-Manilow-Songs gingen Haydon allmählich auf die Nerven. Es war ohnehin Zeit zum Gehen: Shaver hatte sein Pulver verschossen.

»Kann ich eine von den Limonenscheiben haben?« fragte Haydon.

»Wie?«

»Limonenscheiben. Kann ich eine haben?«

»Klar. Eine Limonenscheibe«, sagte Shaver. Er stach mit seinem Barmesser in eine Scheibe und streckte sie dann Haydon hin, der sie mit spitzen Fingern vom Messer nahm und zugleich vom Hocker rutschte. Dann preßte er ein paar Tropfen von dem Saft in den Mund.

»Ich bin Ihnen für Ihre Hilfe dankbar«, sagte er.

»He, hören Sie«, Shaver streckte die Hand aus und legte sie auf Haydons Arm. »Wird das mein Geschäft berühren?«

»Ich glaube kaum. Ich nehme zumindest an. Sallys Anwalt wird sich demnächst bei Ihnen melden.«

»Ihr Anwalt?«

»Der Nachlaß muß geregelt werden.«

Shaver zog wieder den Kopf ein und schüttelte ihn, als könnte er seinem Glück noch nicht trauen. »Das kostet mich bestimmt eine Menge Gebühren oder so. Verdammt. Ein Ärger mehr. Bei diesem Geschäft kommt man wirklich nie raus aus der Scheiße. Ihr Anwalt. Mein Gott! Jedesmal, wenn ich einem Anwalt auch nur auf zehn Meter in die Nähe komme, muß ich blechen.«

Haydon ging auf die Tür zu und war schon fast dort, als ihm Shaver nachrief: »He, hören Sie!«

Haydon blieb stehen und drehte sich um.

Shaver verdrehte seltsam die Schultern und trat von einem Fuß auf den anderen. »Tut mir leid, daß sie tot ist, und so weiter. Es ist wirklich schade. Sie verstehen?«

Haydon nickte und ging dann hinaus in die heiße, feuchte Luft des Abends.

9

Sie saßen nebeneinander in der warmen, purpurnen Nacht, tranken Gin mit Zitronensaft auf etwas Eis und hatten die Beine ausgestreckt und auf das Geländer der Terrasse gelegt. Haydon lehnte seinen nackten Rücken an das kühle Gitter des schmiedeeisernen Stuhls und betrachtete den rötlichen Widerschein der Nacht auf den weiten, weißen, mexikanischen *calzones,* die er statt eines Pyjamas anhatte. Ninas nackte Beine waren dunkler und hoben sich deutlich vom Rand des perlweißen Seidenhemds ab, das nur knapp die Schatten ihres Schoßes verbarg.

»Ich habe nicht gedacht, daß du vor zwölf heimkommst«, sagte sie. »Ein Punkt für dich.« Sie drückte seine Hand.

»Ich habe es auch nur mit Mühe geschafft.«

»Mit Mühe ist gut genug für mich«, sagte sie, streckte ihr Bein aus und legte es quer über das seine, rieb dann die Innenseite seines Fußes mit den Zehenspitzen.

Es tat ihm gut. Manchmal, im Bett, wenn sie sich erschöpft hatten, schliefen sie, während sie die Innenseite seines Fußes mit den Zehenspitzen rieb, in dieser Stellung ein. Es war, fand er, eine einfache, aber unverwechselbare und von Herzen kommende Geste zwischen Menschen, die einander brauchten.

Das schwache, weit entfernte Summen der Stadt wurde durch die Bäume und Hecken gedämpft, die das Grundstück umgaben, und ging beinahe unter im rhythmischen Zirpen der Grillen im Gras. Glühwürmchen schaukelten wie die Laternen kleiner Boote über ihnen in den Zitronenbäumen.

Haydon fühlte, daß Nina mit ihm sprechen wollte. Sie war nicht zufrieden damit, hier zu sitzen, noch einen Gin mit Zitrone zu trinken und noch einen und noch einen, bis ihre Gedanken so feucht und gesättigt waren wie die Nacht. Er dagegen wollte genau das, bis alles davongetrieben war und es keinen Unterschied mehr gab zwischen der Wirklichkeit und etwas, das er vielleicht träumte. Der Morgen würde überraschend kommen, ohne daß er auf ihn zu warten brauchte.

Aber Nina liebte es nicht, die Kontrolle über sich zu verlieren. Ja, es war gerade ihre Beherrschung gewesen, die ihre Ehe so reich und erfüllt gemacht hatte. Leute, die sie beide kannten, hätten sie als vernünftige Menschen beurteilt, die sie beide auch waren. Aber die Vernunft war Ninas Seele; sie war so natürlich für sie wie ihre Sinnlichkeit, deren sie sich völlig bewußt war und die sie ganz beiläufig akzeptierte. Selbst ihre Leidenschaft war maßvoll, ein bewußter Appetit, und deshalb hatte Haydon nicht selten das Gefühl, daß sie eine weit tiefere, größere Dimension ihrer Liebe empfand als er. Sie ließ nichts in den Nebeln des Deliriums davontreiben, sondern genoß alles ganz bewußt und erreichte durch reine Konzentration eine fast metaphysische Erkenntnis, die auf ihn wie ein Aphrodisiakum wirkte. Ninas Vernunft war eine Gabe, ein seltenes Talent.

Für Haydon dagegen war Vernunft eine Disziplin, die man ihm beigebracht hatte. Für ihn war sie der beste Weg zum Überleben, für das Durchs-Leben-kommen, aber sie fiel ihm nicht leicht, und es gab Zeiten, wo er sie völlig verneinte. Diese Zeiten – seine »schwarzen Perioden«, wenn er allem, was sein Leben zusammenhielt, den Rücken zukehrte – waren sein Fluch und sein bestgehütetes Geheimnis. Seines – und das von Nina.

Sie hatte es zum erstenmal erlebt, nachdem sie schon zwei Jahre verheiratet gewesen waren. Sie hatten miteinander gestritten, daher täuschte sie sich über den Grund seines Verschwindens, hatte aber immerhin die Geistesgegenwart zu erklären, daß er einen Darmvirus erwischt habe, als sein Lieutenant anrief und fragte, warum Haydon nicht zum Dienst erschienen sei. Sie wollte nicht, daß ihre Streitigkeiten auch noch unter seinen Kollegen besprochen wurden. Als er auch nach dem zweiten Tag noch nicht zu Hause aufgetaucht war, wußte sie, daß etwas passiert sein mußte, und begann daran zu zweifeln, daß sein Verschwinden etwas mit ihrem Streit zu tun hatte.

Haydon war schließlich um drei Uhr morgens nach Hause gekommen, über die Terrassentreppe, gefolgt von einem mitleidsvoll-mürrischen Cinco, der seinen Schwanz zwischen die Beine geklemmt hatte. Haydon war beim Versuch, die Tür zur Bibliothek zu öffnen, zusammengebrochen, und Nina, die sich schon zuvor gefaßt hatte, was seinen Anblick betraf, hatte ihn nach oben gebracht. Obwohl er noch seinen Anzug anhatte, mit gelockerter Krawatte, sah er aus wie ein Penner. Unrasiert, verschwitzt, schmutzig und wegen unerträglicher Kopfschmerzen laut stöhnend. Mager, eingefallen, nicht in der Lage, seinen Blick auf irgend etwas zu richten, lag er hilflos auf dem Bett, während sie ihn auszog, ihn mit einem feuchten Handtuch abrieb und ihm schließlich das kühle Laken bis an die Hüfte zog. Sie gab ihm eine doppelte Dosis Fiorinal und blieb bei ihm sitzen, bis die Wirkung einsetzte. Alles, was er sagen konnte, war: »Das geht niemand etwas an«, dann schlief er ein.

Er schlief siebenundzwanzig Stunden ohne aufzuwachen. Nina war die ganze Zeit in seiner Nähe, rief den Arzt an, um sich zu erkundigen, ob es schlecht war, wenn er so lange schlief, und wartete. Er erwachte wie jeden Morgen um sechs und streckte die Arme nach ihr aus. Sie war bereits erwacht, als er sich zu bewegen begonnen hatte, und blickte ihn an. Als er sie sah, lächelte er mit seinen glänzenden Augen und strich mit seiner schmalen Hand über ihre nackte Brust bis zur Hüfte hinunter, wo er sie liegenließ.

»Das mache ich manchmal«, hatte er einfach gesagt. »Es hat nichts mit uns zu tun.« Sein Mund war trocken nach dem Fieber, und er schluckte.

»Manchmal?«

»Selten«, hatte er gesagt.

»Nicht, seit wir verheiratet sind.«

»Kurz vorher.«

»Und es wird wieder passieren?«

»Ja.« Er schloß die Augen, öffnete sie dann wieder. »Aber danach ist alles in Ordnung. Ich brauche nur ein paar Wochen, um die verlorenen Pfunde wieder zu ersetzen.« Er versuchte jetzt mit dem Mund zu lächeln. »Ich habe Hunger wie ein Wolf.«

Nina hatte etwas sagen wollen, aber dann füllten sich ihre Augen unwillkürlich mit Tränen. Seine langen, schmalen Finger strichen über ihren Mund.

»Wir können später darüber reden«, sagte er, und sie schlang die Arme um ihn und zog ihn an sich. Sie lagen beieinander, sprachen kein Wort, tauschten aber ihre Gefühle in der Umarmung, während die Morgensonne durch das Zimmer wanderte und das Bett vergoldete.

Sie hatten auch danach nicht darüber geredet, nicht so, wie er es versprochen hatte. Sie erfuhr nie, was in diesen zwei Tagen geschehen war, oder an einem der anderen Tage in den folgenden Jahren, wenn er unerwartet verschwunden war und dann zurückkehrte, zu krank und ausgezehrt, um irgend etwas anderes tun zu können als die Sache auszuschlafen wie ein Betrunkener nach einem Riesenrausch. Aber das konnte nicht der Grund sein. Sie hatte längst erfahren, daß Haydon einen höchst empfindlichen Magen geerbt hatte, der es verhinderte, daß er zum Alkoholiker geworden wäre. Sein System rebellierte längst, bevor er so viel getrunken hatte, daß es ihm schadete. Er trank jeden Abend ein paar Glas Gin mit Zitronensaft, hatte sich aber nie daran gewöhnt und brauchte die Menge nicht zu erhöhen. Manchmal trank er absichtlich zuviel als Ersatz für die Schlaftabletten, wenn er im Lauf einer langen Schicht mehr gesehen hatte, als er sehen wollte. Rauschgift kam aus demselben Grund nicht in Frage. Haydons metabolisches System reagierte rasch; das hielt ihn schlank, und er hatte eine niedrige Toleranzschwelle für Stimulanzien, die ihn wahrscheinlich gesund erhielt.

Sie waren nun schon über ein Dutzend Jahre verheiratet, und er hatte recht behalten. Diese Tage, an denen er verschwand, waren selten, aber sie kamen regelmäßig und offenbar unvermeidlich. Das Alter veränderte das in keiner Weise. Und Nina hatte sich stoisch darein gefügt, betrachtete sich als Verschworene, die sein Geheimnis kannte und bewahrte. Sie hatte sich geweigert, ihn zu bedrängen. Nach dieser ersten Episode hatte sie ihn eine Woche lang mit unbewußt gefurchter Stirn umhegt, und er hatte sie gelegentlich dabei ertappt, wie sie ihn mit sorgenvollen Blikken betrachtete. Grausamerweise hatte er ihr nie etwas erklärt, hatte ihre Sorgen nicht gemildert. Sein Schweigen in diesen Wochen hatte die Regeln gesetzt für die weiteren Perioden, die kommen würden und kamen. Beide litten darunter, aber Ninas schweigendes Mitgefühl war ein beredter Beweis für ihre uneingeschränkte Treue. Es war die eine, einzige Anomalie ihrer Ehe. Ihr Schweigen zu diesem Thema war das Ausnahmeopfer, das sie ihm brachte, trotz ihrer angeborenen Vernunft. Er hatte es angenommen mit all dem Ernst, in dem sie es darbrachte.

Das alles ging ihm durch den Kopf, während sie beisammensaßen in der Dunkelheit. Er fühlte, daß sie unruhig war.

»Einen Penny für deine Gedanken«, sagte sie plötzlich.

Er war überrascht. »Nichts«, wich er aus. »Ich entspanne mich nur.«

»Was macht dir Kummer?«

»Höchstens ein paar Mücken.«

»Komm schon«, sagte sie. Er fühlte, daß sie lächelte.

»Du meinst etwas anderes?«

»Ja, etwas anderes.«

»Es ist nichts.«

»Komm schon, Stuart.«

Er trank, bevor er sprach. Hatte mehr Zitrone in diesen Drink gepreßt, und die klare, scharfe Säure zog seinen Mund zusammen, ehe er den Schluck unten hatte.«

»Nun ja, ich fürchte, ich bekomme meinen Job nicht mehr in den Griff. Jetzt bringe ich schon die Arbeit mit nach Hause.«

»Das hast du immer getan. Du hast die Arbeit nie im Griff gehabt.« Sie rieb die Innenseite seines Fußes, und er sah ihre dunkle Gestalt aus den Augenwinkeln, als auch sie einen Schluck trank. Sie bewegte sich geschmeidig und weich und ein wenig traurig, wie er vermutete.

Cinco warf sich auf den Fliesen neben ihrem Stuhl zur anderen Seite.

»Dann ist es, weil ich zur Zeit etwas mehr als üblich mit nach Hause bringe.«

»Etwas Besonderes?«

»Alles ist besonders.«

»Hast du dich schon einmal gefragt, ob du nicht lieber etwas anderes tun möchtest?«

Es hatte bis dahin nie zur Diskussion gestanden, nicht einmal andeutungsweise, und es überraschte ihn, daß sie es jetzt in Betracht zog.

»Nein«, sagte er.

»Keinen flüchtigen Augenblick lang?«

»Ich glaube, es gibt nichts auf dieser Welt, was ich nicht mindestens für einen flüchtigen Augenblick lang in Frage gestellt hätte.«

»Aber nicht jetzt?«

»Nein, nicht jetzt.« Er wußte nicht, warum er log.

»Ich dachte, du hättest in letzter Zeit darüber nachgedacht.« Sie strich wieder mit den Zehenspitzen über seinen Fußrücken, dann glitten die Zehen weiter über die Sohle bis zu seinen Zehen und zurück zum Knöchel.

Er sah, wie sich dabei ihr langes, festes Bein abwinkelte, und es verlangte ihn plötzlich danach, sie zu lieben – mehr als alles andere auf der Welt. Er betrachtete sie in der kobaltblauen Nacht mit einem Gefühl, das so neu und erregend war wie in ihrer ersten Nacht. Er stellte sein Glas auf den Boden, beugte sich zu ihr hinüber, wischte ihr das lange Haar aus dem Gesicht und küßte sie leicht. Sie rutschte ein wenig näher und neigte den Kopf, so daß seine Lippen das weiche Haar an ihrem Nacken berührten. Es duftete nach *Je reviens.*

»Gehen wir hinein«, sagte sie.

10

Die Kassettenfenster waren für die Nacht geöffnet, und der Ventilator an der Decke zog die schwere Meeresluft herein und tränkte sie mit dem Duft von Ninas Parfüm. Sie schlief in Haydons Armbeuge, während er auf dem Rücken lag und das gleichmäßige Heben und Senken ihrer weichen Brüste an seinem Körper fühlte. Sie war warm und verschwitzt – sie beide waren es, aber es machte ihm nichts aus. Er hatte das Schlafzimmer offen haben wollen in dieser Nacht, um die schleichende Angst abzuwehren, die ihn zu erdrücken schien. Er beobachtete den Spinnenschatten der Ventilatorblätter und wunderte sich über die sich in ihm ausbreitende Trauer in der süßen Luft, die sie beide umgab. Sein Herzschlag wechselte den Takt; der unregelmäßige Rhythmus war so laut, daß er dachte, Nina müßte es hören. Ein deutliches Anzeichen von Streß, wie immer. Er mußte an irgend etwas anderes denken; schlafen würde er ohnehin in den nächsten Stunden nicht können.

Langsam drehte er sich auf die Seite und wartete, bis sich Nina auf den Rücken gelegt hatte, während er seinen Arm unter ihr hervorzog. Mehr als tausendmal war er schon dankbar gewesen für ihren tiefen, gesunden Schlaf. Er stand auf, schnürte seine *calzones* enger und ging barfuß aus dem Zimmer und über die breite, geschwungene Treppe nach unten. Ging in die Küche, preßte den Saft zweier Zitronen in ein Glas mit zerstoßenem Eis und goß Wasser dazu. Er nahm den Drink mit in die Bibliothek und schaltete eine Stehlampe mit grünem Schirm ein, die über dem Refektoriumstisch hing. Dann zog er das Telefon zu sich her und rief bei der Sittenpolizei an. Mooney war unterwegs. Sie würden versuchen, ihn per Funk zu erreichen und ihm sagen, daß er zurückrufen solle.

Haydon schaltete die Lampe aus, stand im Dunkeln und blickte hinaus auf die Terrasse. Die weiße Spitze von Cincos Schwanz leuchtete hell auf den Bodenfliesen neben Ninas Sessel. Haydon trank den Zitronensaft und genoß das Geräusch des zerstoßenen Eises im Wasser, das so angenehm war in der tropischwarmen Nacht wie der Drink selbst. Er wartete.

Als das Telefon klingelte, nahm er den Hörer ab, ehe das erste Rufzeichen zu Ende war.

»Stuart? Hier spricht Ed. Was machst du – schläfst du auf dem Telefon?«

»Das hat aber schnell geklappt.«

»Was?«

»Ich habe gerade mit der Zentrale gesprochen.«

»Du hast mich gerade angerufen? Ich bin nicht im Wagen. Was wolltest du?«

»Und was wolltest du?«

»Na ja – okay. Ich wollte dir nur sagen, daß ich deine Theorie gar nicht mehr für so verrückt halte.«

»Eine fabelhafte Zeit, um mir das mitzuteilen, Ed.«

»Ja. Aber ich glaube, ich habe noch was anderes für dich.«

»Und was?«

»Ich stehe ungefähr zwei Meter vor einem der hübschesten Callgirls, das ich je gesehen habe; sie ist nackt.« Er ließ eine Pause entstehen, um den Effekt zu verstärken.

»Und?«

»Sie ist tot.«

Haydon tastete auf dem Tisch nach einer Zeitschrift und stellte das angelaufene Glas darauf, um die Holzplatte zu schützen.

»Wo bist du?« fragte er.

»Überraschung: Ich bin in Sally Steens vermietetem Haus am West University Place.«

»Wie bitte?«

»Du hast richtig gehört.«

»Was, zum Teufel, geht da vor, Mooney?«

»Es ist eine ziemlich lange Geschichte, und ich möchte nicht länger allein in der Wohnung bleiben mit der toten Frau. Komm doch rüber, okay?«

»Du bist allein?«

»Richtig. Komm her, ja?«

»Hast du schon jemand angerufen?«

»Nee. Aber ich glaube, ich sollte die Zentrale anrufen und mitteilen, daß ich dich schon erreicht habe, sonst schicken sie noch jemanden her.«

»Es weiß also niemand außer mir, daß du dort bist?«

»Eine alte Frau von gegenüber weiß es. Ich erzähle dir davon, sobald du hier bist.«

»Okay. In einer Viertelstunde.«

Haydon drückte auf den Knopf und wählte dann Hirschs Nummer an. Er war zu Hause und sah angeblich einen Film im Fernsehen. An der Art, wie er sprach, konnte Haydon erkennen, daß er ein Mädchen bei sich hatte.

»Tut mir leid, Leo«, sagte er, nachdem er es erklärt hatte.

»Macht nichts.«

»Aber bring eine gute Kamera mit, ja? Du sollst die Fotos diesmal selbst machen.«

Vanstraten war nicht zu Hause, aber seine Frau Jean teilte Haydon mit, daß er noch im Labor sei. Als Haydon im Büro des Coroners anrief, kam ein Assistent an den Apparat und bat ihn, eine Minute zu warten. Es dauerte etwa fünf Minuten, bis Vanstraten sich meldete.

»Haydon hier. Tut mir leid, aber ich habe schon wieder eine Prostituierte. Es wäre mir lieb, wenn Sie sie persönlich anschauen könnten.«

»Die Adresse?«

Haydon nannte sie ihm.

»Ich bin dort, so schnell ich es schaffe.«

Als Haydon aufgelegt hatte, merkte er, daß Nina hereingekommen war.

»Ich dachte, du schläfst«, sagte er.

»Ich habe geschlafen.«

»Entschuldige.«

»Ach, hör schon auf, dich zu entschuldigen. In den letzten drei Minuten hast du dich insgesamt dreimal entschuldigt.«

»Wir reden beim Frühstück darüber«, sagte er und küßte sie – zu hastig, dachte er später, als er Zeit hatte, darüber nachzudenken –, dann lief er nach oben, um sich anzuziehen.

Sally Steens Haus war eine Doppelhaushälfte in der Viertelmillion-Preisgruppe. Ed Mooney wartete neben einer Gaslaterne, die bleiches Licht verstreute und eine Glyzinie beleuchtete, deren lila Blüten im Schein der Laterne einen wächsernweißen Schimmer erhielten. Haydon parkte am Randstein und stieg aus. Mooney führte ihn an dem beleuchteten Vorgarten vorbei, dann standen sie einen Augenblick im Dunkeln, während Mooney die Sachlage erläuterte.

»Okay. Erstens wirst du froh darüber sein zu erfahren, daß ich im Dienst bin. Ich habe heute abend die Schicht von Simpson übernommen, der am nächsten Wochenende für mich einspringt. Nachdem du heute nach Hause gefahren bist, habe ich über unser Gespräch nachgedacht, bin zurückgegangen ins Büro und habe herumtelefoniert. Erst mit Judith Croft, dann habe ich hier angerufen, um zu sehen, ob da etwas läuft. Es stellte sich heraus, daß die Wohnung seit drei Wochen überwacht wird. Ein

Team von unserem Dezernat hat versucht, ein bißchen Klarheit zu gewinnen über ein paar Ladys aus besseren Kreisen, die sich tagsüber ein Taschengeld dazuverdienen, während der Mann im Büro oder auf Geschäftsreise ist.

Ich war neugierig, also kam ich hierher, um mit den Bewachern zu reden. Es waren zwei von der Spezialeinheit, echte Spinner. Sie sagten, ein Mädchen namens Theresa Parmer hätte die Wohnung gemietet, aber mehr könnten sie nicht sagen, außer daß sie sich um die Besucher gekümmert hätten. Aber sie wüßten nichts. In den letzten drei Nächten ist hier weder jemand gekommen noch jemand gegangen. Ich habe ihnen vorgeschlagen, sie eine Weile zu vertreten, damit sie etwas essen gehen können. Sie sind gerade zehn Minuten weg, da hält ein Streifenwagen an und zwei Männer gehen auf die Tür zu. Ich springe aus dem Wagen und frage, was los ist. Sie sagen, die Frau im Haus nebenan hätte angerufen. Sie glaubt, es sei was Verdächtiges im Gange.«

»Und das ist die ältere Frau, die du am Telefon erwähnt hast?«

»Richtig. Ich komme gleich dazu. Also, zunächst erklärte ich den Leuten, daß das Haus hier überwacht wird und daß ich die Sache erledige. Es sieht so aus, als ob Mrs. Vine – das ist die Nachbarin – heute früh aus dem Haus gekommen ist, um die Zeitung zu holen. Sie sah, daß die Tür des Hauses von Miss Parmer einen Spalt offenstand, dachte sich aber nichts dabei. Als sie kurz vor Mittag einkaufen ging, stand die Tür noch immer offen. Den Nachmittag verbrachte sie bei ihrem Sohn in Piney Point, und als sie kurz nach Einbruch der Dunkelheit zurückkam, war es immer noch dasselbe. Sie hat zu Abend gegessen und danach ferngesehen. Die Nachrichten, dann Jimmy Carson, und als der späte Film etwa halb zu Ende war, hat sie noch mal nachgesehen. Alles unverändert. Also hat sie die Polizei angerufen.«

»Warum ist das den Bewachern nicht aufgefallen?«

»Von der Straße aus kann man die Haustür nicht direkt sehen. Sie ist hinter einem Spalier und einem Gebüsch versteckt. Aber man kann sehen, wer über den Weg vom Gehsteig zur Tür geht.«

»Du hast das demnach überprüft.«

»Richtig.«

»Okay, dann wollen wir mal sehen.«

Sie gingen über den gewundenen Plattenweg vorbei an blühenden Myrtenbüschen, die den Blick von der Straße völlig abschirmten. Durch die fein gerippten Zweige sah man eine zweite Gaslaterne blinken. Die Haustür stand immer noch offen, und Mooney stieß sie mit dem Fuß weiter auf, schaltete dann ein Licht in der Diele ein. Das Haus war mit viel Einfallsreichtum entworfen, wie es ein Architekt nennen würde; auf mehreren Ebenen, was dem Ganzen einen höhlenartigen Eindruck vermittelte.

Die Eingangsdiele befand sich im Parterre, und von dort aus ging es ein paar Stufen hinauf in den Wohnraum. Der Boden bestand aus Terrazzofliesen, die Einrichtung war ausgesucht gutes Art Deco, stilgetreu bis zu den Aschenbechern. Der Kamin war mit einer Glaseinfassung umrahmt, durch die man die Ziegel sehen konnte, und stand im Wettstreit mit einer alten Wurlitzer-Musikbox, die eine Ecke beherrschte und deren knallbunte Farben und Lichter grüne, rosa und blaue Reflexe auf die schneeweißen Wände und die Decke warfen. Die Möbel waren neu, aber im Stil der dreißiger Jahre nachgebaut: hochgepolsterte Sessel und Diwans mit plissierten Überzügen und viel Stahlrohr. Die Stoffe zeigten bunte Blumenmuster, die an einer Wand als Fresco wieder auftauchten, das an eine mexikanische Straßenszene auf einer gemalten Kunstpostkarte aus den dreißiger Jahren erinnerte.

Den Wohnraum umgab eine Galerie, deren Wände mit Neonkunst, Spiegeln und dem Kitsch aus dieser Epoche vollhingen. Kleine Palmen in bemalten, mexikanischen Keramiktöpfen warfen Dschungelschatten des Pastellichts auf die weißlackierte Balustrade.

Sie blieben einen Augenblick lang stehen, während Haydon sich umblickte und das ausgesuchte Ambiente auf sich wirken ließ. Dann ging er hinüber zu der Musikbox und schaute auf die handgeschriebenen Schildchen neben den beleuchteten Plastiknummern. Alle Titel waren in Portugiesisch. Die Interpreten waren ihm weitgehend unbekannt, aber er erkannte ein paar der berühmtesten Namen: Chico Buarque, Maria Bethania, Gal Costa, Antonio Carlos Jobim, Simone, Vinicius de Moraes, Elis Regina, Alcione. Die Künstler und die Musik stammten ausschließlich aus Brasilien. Ein Lied war in Großbuchstaben geschrieben und rot unterstrichen: EU TE AMO, die Themamusik eines brasilianischen Films mit demselben Titel, der seinerzeit, als er nach Nordamerika und Europa exportiert worden war, eine Sensation bewirkt hatte. Noch eine zweite Nummer war rot unterstrichen, der englische Titel klang geheimnisvoll: »Burundi Black«.

»Dort drüben ist eine Küche«, sagte Mooney und zeigte auf einen Durchgang. »Und ein Bad. Das ist alles auf dieser Ebene. Die Galerie bildet eine eigene Etage. Die drei Schlafzimmer gehen alle auf die Galerie hinaus, aber man muß drei Stufen hinaufgehen. Sie haben alle ein eigenes Bad. Ihr Schlafzimmer ist das letzte.«

Er ging die Treppe hinauf. Haydon folgte ihm, wobei er das Haus aus verschiedenen Blickwinkeln sehen konnte, während er auf die Galerie und zu den Schlafzimmern ging. Als sie vor dem letzten in der Reihe standen, ging Mooney ihm die drei Stufen voraus. Dann langte er hinein und berührte einen Dimmer, den er langsam aufdrehte. Der Raum dahinter schimmerte erst dunkel-golden, dann begann er flammend zu leuchten, als das Licht voll aufgedreht war.

Alles in dem Raum war mandarinrot: der Teppich, die Wände, die Möbel, das runde Bett in der Mitte. Und mitten auf dem Bett lag Theresa Parmer; ihr nackter Körper war eine zarte Narbe in der weitgeöffneten Scharlachblüte der Bettdecke. Sie hatte das eine Bein ausgestreckt, das andere in embryonaler Weise angezogen. Ihr Oberkörper lag fast flach auf dem Bett; ein Arm war unter dem Körper, der andere hing über die Bettkante. Ihr langes, schwarzes Haar lag ausgebreitet auf dem Bett, als ob sie für einen Fotografen posiert hätte.

Haydon schaute erst das Mädchen und dann Mooney an. »Und die anderen Schlafzimmer?«

Mooney nickte. »Blau und gelb«, sagte er.

Haydon ging auf die andere Bettseite und fand eine rote

Lampe, die vom Nachttisch gefallen war; der Schirm klemmte zwischen dem Bett und dem Nachttisch. Eine halbleere Flasche Johnnie Walker lag auf dem durchweichten Teppich, der größte Teil ihres Inhalts hatte sich dort ergossen. Neben der Flasche lag ein rotes Glas – zerbrochen. Eine Spur zerknüllter und durchnäßter, roter Papiertaschentücher führte über den roten Teppich vom Bett bis zum Bad.

Haydon stieg vorsichtig darüber und ging ins Bad. Rote Fliesen, rotes Waschbecken, rote Toilettenschüssel, rotes Bidet. Eine in den Boden eingelassene, rote Badewanne, groß genug für mehrere Leute und voll von schmutzigen, roten Handtüchern, die allmählich zu schimmeln begannen. Ein roter Slip lag in der Ecke neben der Toilettenschüssel, und ein rotes Negligé war um die Säule geschlungen, auf der das Waschbecken ruhte. Der Arzneischrank stand offen; man sah eine zerknautschte Zahnpastatube, eine Flasche mit Mundwasser, eine Packung Antibabypillen, Visine, Leukoplast. Im untersten Regal befanden sich sieben viereckige Plastikbehälter, wie man sie in Geschenkläden bekommt. In jedem befanden sich Pillen von verschiedenen Farben.

»Ed, komm und sieh dir das mal an.«

Der Ire kam vorsichtig herüber ins Bad zu Haydon, warf einen Blick in das Schränkchen auf die farbigen Pillen und begann zu zitieren:

»Gelbe Jäckchen, Purpurherzen, rote Vögel, Pfirsiche, Speed, Fußbälle. Barbiturate und Amphetamine.« Er steckte den Finger in eine offene Medizinflasche, die auf dem Waschbecken stand, hob sie hoch. Es war Emetrol, von Behrmanns Apotheke.

»Emetrol?« fragte Haydon.

»Vermutlich hatte sie einen verkorksten Magen.«

»Hast du nicht mal was gesagt von Callgirls, die normalerweise kein Rauschgift nehmen?«

Mooney zog die Mundwinkel nach unten und zuckte mit den Schultern.

Als sie wieder ins Schlafzimmer zurückkehrten, ging Mooney weiter durch die Galerie, während Haydon die Hände in die Hosentaschen steckte und noch einmal an die Bettkante trat. Er beugte sich über die Tote und blickte auf ihr Gesicht. Schaumiger Speichel war ihr aus dem halboffenen Mund gedrungen und über den Hals bis aufs Kissen gelaufen. Ein Teelöffel voll war in dem Grübchen am Hals getrocknet.

Mooneys Stimme kam aus der Galerie, dann hörte man Hirsch und Vanstraten, letzterer klang besonders kurz angebunden.

»Ich werd' verrückt«, sagte Hirsch, als er das Zimmer betrat.

»Laßt euch nichts davon entgehen«, sagte Haydon, als er an Hirsch vorbeikam, der sich bückte, um den Film in die Kamera einzulegen und die richtige Empfindlichkeit einzustellen.

Haydon gesellte sich zu Mooney und Vanstraten auf der Galerie.

»Soll ich jetzt den Laborwagen rufen?« fragte Mooney.

»Es wird sich nicht vermeiden lassen«, antwortete Haydon. Der erste Blitz erhellte die Galerie. »Ja, ruf an.«

Vanstraten lehnte geduldig an der Balustrade. Haydon bot ihm eine Zigarette an, aber der Pathologe schüttelte den Kopf.

»Das ändert die Sachlage natürlich«, sagte Haydon. »Jetzt brauche ich das Ergebnis der Tests so schnell wie möglich.«

»Natürlich«, erwiderte Vanstraten. Und dann: »Sehr interessant.« Er nickte in Richtung auf die offenstehende Tür des roten Schlafzimmers.

»Ja. Im Bad ist ein Medizinschränkchen voller Zeug. Ich hab' noch nicht viel herumgekramt in dem Zimmer.«

»Nichts Schauderhaftes?«

»Nein. Sie ist einfach tot.«

»Genau wie die beiden anderen?«

»Genau wie sie.«

Sie warteten schweigend, jeder mit seinen Gedanken beschäftigt.

11

Als Hirsch fertig war, kam er die drei Treppen herunter und verpackte seine Kamera und das übrige Gerät. Vanstraten nahm seine schwarze Tasche und betrat das Zimmer, gefolgt von Haydon und Hirsch. Er stellte die Tasche auf das Bett neben das tote Mädchen, nahm einen hellgrünen Chirurgenkittel heraus und schlüpfte hinein. Die elastischen Ärmelenden bedeckten seine weißen Hemdmanschetten. Dann nahm er ein Paar Chirurgenhandschuhe heraus und streifte sie sich über.

»Kann ich den Dimmer auf groß stellen?« fragte er. Dann ging er langsam um das Bett, um das nackte Mädchen von allen Seiten betrachten zu können. Als er in Höhe ihres Kopfes angekommen war, beugte er sich abrupt hinunter und näherte sein Gesicht dem ihren. Er schnüffelte an ihrem Mund, an der Schläfe, dem Haaransatz. Dann ging er wieder um das Bett herum und blieb vor ihren Füßen stehen.

Mit beiden Händen faßte er vorsichtig den Knöchel des hochgezogenen Beins, zog dann den Fuß langsam nach unten und fühlte so nach der Spannung in den steifwerdenden Muskeln. Anschließend griff er nach ihrem Kopf und bewegte ihn von der einen Seite auf die andere, wobei er darauf achtete, daß die Schleimspuren nicht verwischten, während er die Nackenmuskeln testete.

Er trat wieder zurück und betrachtete das Mädchen, bückte sich erneut, schob seine Hände unter ihre nackten Hüften und drehte sie ein wenig, so daß die Tote danach flach auf dem Rükken lag. Er prüfte an der Innenseite ihres rechten Schenkels und der Hüfte den *livor mortis,* nahm die Abdrücke der zerknüllten Decke auf dem verfärbten Fleisch wahr, begutachtete dann ihre Hände, die Fingernägel, die Innenseiten ihrer Arme und Handgelenke. Er nahm ein kleines Fläschchen aus seiner Tasche, kratzte ein wenig von dem getrockneten Speichel ab und nahm dann noch eine Probe aus dem Mundwinkel, wobei er die Lippen auseinanderzog und den Mund mit einer Hand offenhielt.

Dann steckte er wieder die Hände unter den Körper und drehte die Tote mit erfahrenen Griffen um, so daß sie nun auf dem Bauch lag. Er hob das Haar hoch und betrachtete ihren Hals. Er überprüfte die Totenflecken auf der Rückseite und an dem Bein, das ausgestreckt gewesen war. Dann drehte er die Tote wieder auf den Rücken, sah sich den Hals an und schaute in ihre leblosen Augen.

Schließlich richtete er sich auf, und seine Arme hingen schlapp an den Seiten, während er gedankenverloren die Augenbrauen hochzog.

Aus der Tasche nahm er zwei Einweg-Thermometer und riß die Zellophanhülle ab. Dann rollte er die Tote auf die Seite und steckte das eine Thermometer in ihren Anus, um die Rektaltemperatur zu messen. Das zweite war von einer Aluminiumhülle umgeben; er steckte das spitze Ende etwa zehn Zentimeter tief unter die rechte Brust und drückte es dann mit der Handfläche der rechten Hand durch die Bauchdecke direkt in die Leber.

Vanstraten hatte noch mehr zu tun, aber Haydon wollte nicht länger zusehen. Er trat vom Bett zurück und zog sich seine eigenen Latex-Handschuhe an. Hirsch folgte seinem Beispiel, dann durchsuchten sie die Schränke und Kommoden.

»Sie hatte teure Garderobe«, sagte Hirsch. Er schob ein paar Kleiderbügel zur Seite und besah sich die Etiketten und durchsuchte die Taschen. »Das sind Geschäfte, von denen ich noch nie was gehört habe. Verdammt, schau dir die Schuhe an. Wie lange hat die wohl zum Anziehen gebraucht?«

Er fuhr in seiner Arbeit fort und redete dabei mit sich selbst, während er den Schrank von oben bis unten durchsuchte. Das Gemurmel gehörte zum Programmieren von Hirschs Computer-Gehirn. Wenn er sich später an seinen Schreibtisch setzte, um den Bericht abzufassen, würde sein Computer die Informationen mit erstaunlicher Genauigkeit wiedergeben. Niemand in der ganzen Abteilung, ausgenommen vielleicht Pete Lapier, konnte Hirschs Berichte an Detailgenauigkeit übertreffen. Als Haydon begonnen hatte, mit dem jungen Kriminalbeamten zusammenzuarbeiten, war ihm das Gemurmel auf die Nerven gegangen. Inzwischen bemerkte er es kaum noch.

In der ersten Kommode befand sich nur Unter- und Reizwäsche, aber in der obersten Schublade der zweiten Kommode entdeckte er erotische Spielsachen, und in der Schublade darunter fand er das unvermeidliche Notizbuch über die Klienten. Er steckte sich das Ringbuch in die Tasche und suchte dann weiter in der Schublade, förderte aber nichts außer Unterwäsche und Strümpfen ans Tageslicht. Dann ging er zur Badezimmertür.

»Hast du gute Fotos geschossen, Leo – auch hier drinnen?«

»Ja, klar.«

Haydon ging ins Bad und nahm die Handtücher aus der Badewanne, eines nach dem anderen. Es lag nichts darunter, aber er fand lange, kastanienbraune Haare, die an den öligen, feuchten Wänden der Wanne klebten, und lockige Schamhaare in den Handtüchern und rings um den Ausfluß der Wanne. Er schaute hinter die Tür und kam dann ins Schlafzimmer zurück. Vanstraten stand neben dem Bett, zog sich die Gummihandschuhe aus und betrachtete das Mädchen. Dann blickte er auf.

»Ich werde Proben von den Medikamenten im Bad mitnehmen«, sagte er und ging mit einem Päckchen kleiner Glasröhrchen hinüber.

»Irgendwas in den Schränken und Kommoden?« fragte Haydon seinen Kollegen.

»Nichts außer Kleidung und ein paar kessen kleinen Gummi- und Lederkostümen«, antwortete Hirsch.

Die beiden gingen hinaus auf die Galerie, gerade als Mooney die Leute des Coroners und die Labortechniker hereinließ. Haydon und Hirsch schritten zur nächsten Tür und betraten das blaue Schlafzimmer. Dort setzten sie die Durchsuchung fort, in der gleichen Weise wie im roten Zimmer, und gingen dann auch noch das gelbe Zimmer durch. Keines der beiden Zimmer schien in letzter Zeit benützt worden zu sein. In den Medizinschränkchen befand sich nur das Übliche, und in den Schränken hingen nur ein paar erotische Lederkostüme und Gummikleidung.

»Sieht so aus, als wäre das rote Zimmer das Hauptquartier gewesen«, sagte Hirsch, als sie zum drittenmal hinaustraten auf die Galerie.

»Vermutlich«, antwortete Haydon. Er hörte, daß die Leute

vom Labor noch im roten Zimmer herumhantierten, und als er hinüberschaute über die Balustrade, sah er Vanstraten auf einem Diwan mit Blumenmuster sitzen und Notizen machen. Den grünen Chirurgenkittel hatte er inzwischen ausgezogen. Haydon ging die Treppe hinunter und ließ sich in einem Sessel gegenüber dem Coroner nieder. Er wartete und schaute zu, wie rosa und grüne Blasen in den Plastikröhren der Musikbox hochstiegen.

Nach ein paar Minuten klappte Vanstraten sein Notizbuch zu und steckte den Kugelschreiber in die äußere Brusttasche seines Anzugs.

»Der *rigor mortis* beginnt jetzt allmählich am Hals und an den oberen Extremitäten«, sagte er. »Dort setzt er üblicherweise zuerst ein. Die Glieder sind noch beweglich. Ich würde schätzen, sie ist seit sechs oder sieben Stunden tot. Wenn ich die Temperatur hier drinnen richtig schätze, beträgt sie ungefähr zweiundzwanzig Grad – das jedenfalls zeigt der Thermostat am Treppenabsatz –, und ihre Körpertemperatur sollte demnach dreißig bis zweiunddreißig Grad betragen. Beträgt sie aber nicht. Sie ist fast normal, knapp siebenunddreißig, was darauf hindeutet, daß sie hohes Fieber hatte, als sie starb.

Die Stellung des Körpers zeigt, daß sie sich im Todeskampf gewunden hat. Nicht so, als ob sie mit jemand kämpfte; man erkennt keinerlei blaue Flecken oder Blutergüsse, die sonst unvermeidlich gewesen wären. Es ist, als ob sie sich bei hohem Fieber im Delirium hin- und hergeworfen hätte. Ich glaube nicht, daß sie in den letzten vierundzwanzig Stunden Geschlechtsverkehr hatte. Genauer werde ich das allerdings erst später sagen können. Ist Ihnen der Speichelfluß aufgefallen?«

»Ja.«

»Ich habe keinerlei Parfüm an ihr bemerkt. Das könnte darauf hinweisen – ich weiß, damit pfusche ich Ihnen ins Handwerk –, aber es könnte darauf hinweisen, daß sie schon mehrere Tage lang krank war und sich keine Mühe mehr machte, Parfüm zu benützen. Wenn es sich um einen plötzlichen, überraschenden Tod gehandelt hätte, dann würde man vermutlich Parfüm an ihr wahrgenommen haben.«

Haydon nickte. »Und was glauben Sie?«

»Meine Mutmaßungen erfolgen nach der Autopsie. Wollen Sie bei dieser dabeisein?«

»Muß ich denn?«

»Nicht unbedingt.«

Haydon schlug seine langen Beine übereinander. »Vor drei Wochen haben Ihre Leute eine Autopsie vorgenommen, an einem Callgirl namens Sandy Kielman. Ich weiß nicht, wer es gemacht hat. Aber ich bitte Sie, die Proben zu teilen und sie denselben Tests zu unterwerfen wie bei Sally Steen und bei diesem Mädchen hier.«

»Dann müssen Sie uns einen Spezialantrag schicken. Sie wissen, der Papierkram.«

»Ich komme morgen vormittag vorbei. Außerdem beantrage ich Dringlichkeit in allen drei Fällen.«

Vanstraten fuhr sich mit der Hand über die Stirn. »Ja, ich glaube, Sie haben recht. Die Fälle sind sonderbar genug, daß so etwas gerechtfertigt ist. Allerdings nur rückblickend. Nur wegen der Anzahl von Toten innerhalb einer kurzen Zeitspanne. Medizinisch, und in sechs- oder achtmonatigen Intervallen, wären sie keineswegs als ungewöhnlich aufgefallen.«

»Erinnern Sie sich an die Kielman?«

»Ja. So viele Nutten kommen bei uns wieder nicht herein.«

»Und was geht Ihrer Ansicht nach vor?«

»Ich weiß es nicht, Stuart. Es kann alles möglich sein. Vielleicht irgendein verrückter, unbekannter Virus, der alle drei Frauen befallen hat. Also eine Sache ohne kriminellen Hintergrund. Wenn kriminell, denkt man natürlich als erstes an Gift. In diesem Fall müßte es freilich ein sehr exotisches Gift sein. Wenn es etwas Gewöhnliches gewesen wäre, hätten wir es längst. Und wenn es sich um Mord handelt, dann wurden die Drogen im Fall Kielman und in diesem nur dazu benützt, die Sache zu verschleiern. Sie komplizieren die chemischen Reaktionen der Körpergewebe und der Körperflüssigkeiten, mit denen wir arbeiten müssen. Wenn es wirklich Morde sind, dürfte Sally Steen das beste Untersuchungsobjekt sein.«

»Es sind Morde«, bekräftigte Haydon. »Und irgend etwas daran ist merkwürdig.«

»Merkwürdig . . .« sagte Vanstraten und schien über den Klang des Wortes nachzudenken.

»Wenn jemand Streit hat mit einer Prostituierten, ist es meistens ein Zuhälter, der mit einem rebellischen Mädchen sein Geschäft machen will, oder in Fällen von Callgirls ein verängstigter Freier, der glaubt, daß sie ihn reingelegt hat und erpressen will. Dabei benützen die Täter als Waffe ein Messer, einen Revolver, oder sie erschlagen die Frau. Nichts, was auf besonderen Einfallsreichtum hinweisen würde. Es ist die Banalität des Todes, von der wir gestern gesprochen haben. Hier haben wir es mit recht unauffälligen Todesursachen zu tun. Da scheint jemand kreativ zu sein, sehr kreativ, in der Tat. Es kann vielleicht lange dauern, bis wir dahinterkommen, was da passiert ist.«

Vanstraten wollte noch etwas sagen, aber er wurde abgelenkt von Geklapper und von den Bewegungen der Männer, die ihre Ausrüstung oben in der Galerie einpackten. Die Assistenten von der Leichenhalle, beide in Weiß, kamen aus dem roten Schlafzimmer mit dem Leichnam von Theresa Parmer, den sie mit einem Papiertuch bedeckt und auf eine Leichtmetallbahre geschnallt hatten. Ihnen folgten die Spezialisten vom Erkennungsdienst der Polizei, die in Beuteln und Aktentaschen ihre Beweise forttransportierten. Dieser makabre Gänsemarsch bewegte sich am blauen und am gelben Schlafzimmer vorbei und dann die Treppe hinunter durch die karnevalistisch bunten Farbreflexe der Blasen in den Plastikröhren der Musikbox.

12

Der junge Mann saß allein an der Theke und schaute die Frau über die gläsernen Zuckerspender und die Serviettenhalter aus Chrom hinweg an. In Reno Sweeney's »Tenth Street Diner« waren nur diese zwei Personen außer Reno selbst, der emsig seinen knochigen Körper von der Küche in den Speiseraum und wieder zurück bewegte. Es war genau vier Uhr morgens. In ein paar Stunden würde der Himmel auf der gegenüberliegenden Straßenseite hell werden, über den großen vorhanglosen Fenstern von »Divas Tanzakademie«, und die Frühstücksstammgäste würden nach und nach eintreffen und erwarten, daß der alte Reno zehn Dinge gleichzeitig schaffte. Also bereitete er sich jetzt schon auf den Ansturm vor.

Genau genommen hatte die Frau damit angefangen, den jungen Mann zu beobachten. Sie war von der dunklen Straße hereingekommen, erschöpft nach einer Marathon-Nacht, und das erste, was sie im hellen Licht des Lokals gesehen hatte, waren die Schultern des Mannes gewesen, als er auf einem Hocker an der Theke saß. Sie hatte die müden Augen gerade auf ihn gerichtet, als er die Hand ausstreckte, blitzschnell über die Plastiktheke gleiten ließ und eine Fliege fing. Sie sah es, aber das einzige, was sie dabei empfand, war die Erleichterung darüber, daß er ihr den Rücken zugekehrt hatte. Nein, um diese Zeit brauchte sie niemanden mehr anzumachen. Sie wandte den Kopf ab und ging zu einer der Nischen neben dem Fenster, durch das man auf die graue Straße hinausschauen konnte.

Reno sah sie von der Küche aus durch die runden Fenster in der Klapptür und kam heraus mit einer Speisekarte und einer Tasse Kaffee.

»Verdammt lange Nacht«, sagte er. Es war eine Feststellung, keine Frage, und sie antwortete: »Da können Sie recht haben«, und bestellte Bratkartoffel und zwei Rühreier mit Toast, ohne auf die Speisekarte zu schauen. Reno ging im Krebsgang zurück in die Küche, und die Frau streifte sich unter dem Tisch die Schuhe von den Füßen und zündete sich eine Zigarette an. Dann wanderte ihr Blick zu dem Mann an der Theke. Es gab ja sonst nichts zu tun.

Sie sah ihn jetzt im Profil. Er war jung, höchstens sechsundzwanzig, und sah gut aus, eher wie ein Italiener als ein Mexikaner, obwohl seine Hautfarbe dunkel war. Sein Haar war modisch kurzgeschnitten, wie bei den männlichen Mannequins in *Vogue* und *Mademoiselle* frisiert und rings um die Ohren ausrasiert. Er trug gute Kleidung, eine Hose mit einem beigen Hemd, dessen oberster Knopf offen war, dazu ein helles, europäisches Sportsakko. Von ihrem Platz aus konnte sie nur einen Fuß sehen, einen sportlichen Schuh, der aussah wie ein geflochtener Sommerslipper.

Sein ausgeprägtes Kinn war glattrasiert, hatte ein Grübchen, und die vollen Lippen darüber wirkten verdammt sexy. Aber es war sein Ausdruck, der sie dazu verführte, ihn zu beobachten und das, was er tat. Es war ein sonderbarer Ausdruck; sie würde ihn erst viel später verstehen. Seine Oberlippe war an einem Mundwinkel leicht angehoben, was der Beginn eines spöttischen Grinsens sein konnte, während sich die Nasenlöcher leicht blähten, als hätten sie etwas Unangenehmes und Empörendes entdeckt. Seine Augen wirkten ruhig, sie schienen Selbstsicherheit auszudrücken oder Gedanken, die seine Teilnahme so sehr erforderten, daß er darin aufzugehen schien.

Auf der verkratzten, ehemals roten Plastiktheke hatte der junge Mann eine Pfütze aus Wasser und Zucker entstehen lassen. Als die Fliegen kamen – und es gab keinen Mangel an Fliegen bei Reno – fing er sie und zerdrückte sie bedächtig in seiner Handfläche. Sie wußte es nicht, hatte aber den Tod der fünften Fliege miterlebt, als sie hereingekommen war. Jetzt schubste er die kleinen Leichen mit einem Zahnstocher herum, arrangierte sie erst so und dann wieder anders. Manchmal im Kreis und manchmal in einer Reihe und experimentierte damit herum, als wollte er eine ganz besondere Wirkung erzielen, die im Einklang stand zu seinem seltsamen Gesichtsausdruck.

Erst als Reno das Essen brachte, blickte der junge Mann auf und sah die Frau an. Er richtete den Blick auf sie und beobachtete sie die ganze Zeit, während sie aß. Sein Blick war ungeniert und intensiv wie der eines geistig Behinderten, der etwas Interessantes sieht und es gierig und offen beobachtet.

Ihr war es egal. Es gab eine Menge viel schlechter aussehender Kerle, die sie mit den Augen ausgezogen hatten. Als sie fertig war und sich zum Kaffee eine Zigarette anzündete, rutschte er vom Hocker und kam zu ihr herüber. Sie ignorierte ihn, bis er direkt vor ihrem Tisch stand, dann blickte sie zu ihm hoch. Verdammt, in manchen Nächten hätte man keinen Freier auftreiben können, und wenn man nackt durch die Straßen gegangen wäre, und ein andermal standen sie geradezu Schlange.

»Entschuldigen Sie«, sagte er höflich, »ich wollte Sie fragen, ob ich mich ein paar Minuten zu Ihnen setzen darf.«

»Meinetwegen«, antwortete sie und deutete mit der Zigarette auf den Stuhl, der ihr gegenüberstand. Na wenn schon, dachte sie, wenigstens sieht er gut aus.

Er trat in die Nische, und sein Ausdruck war noch immer unverändert. Jetzt, als sie ihn genauer sah, bemerkte sie, daß er einen zu langen Hals und abfallende Schultern hatte. Seine Hände wirkten alles andere als kräftig, als er die Finger auf dem Tisch verschränkte. Sie war etwas enttäuscht, weil sie fand, daß er homosexuell wirkte.

»Wir sehen uns nicht zum erstenmal«, begann er. »Wohnen Sie hier in der Gegend?«

»Vielleicht.« Sie merkte, daß sie einen unerwartet zurückhaltenden Ton angeschlagen hatte.

Er versuchte zu lächeln, aber statt dessen wurde es ein Grinsen. »Ich habe ja nur gefragt«, sagte er. »Ich wollte Ihnen nicht zu nahe treten.«

Seine Stimme war nicht die eines Schwulen. Er hatte einen leichten Akzent, aber sie konnte ihn nicht identifizieren.

Und sie entgegnete nichts.

Sein Grinsen verschwand, und sein Blick richtete sich auf ihre Brüste, verweilten dort. Sie fühlte sein Starren, als wäre es spürbar, als würde er ihre Brüste berühren, liebkosen, kneten. Dabei vermutete sie ein geheimes Gefühl hinter seinen Augen, etwas, das seltsam verwandt mit Erschütterung zu sein schien.

»Hören Sie«, sagte er, »ich will aufrichtig sein mit Ihnen. Ich weiß, wo Sie wohnen.« Er sprach präzise, so, als fürchtete er, etwas Falsches zu sagen. Das hatte sie nicht erwartet. Er war ihr so selbstsicher vorgekommen. Vielleicht hatte sie sich getäuscht.

»Ich . . . Ich bin Ihnen sogar einmal nachgegangen.« Er hob eine Hand, als wollte er sie davon abhalten, zu denken, was eine Frau in einem solchen Fall denkt. »Aber . . . Ich wollte nur wissen, wo Sie wohnen. Sonst nichts.«

»Wozu haben Sie das getan?« Sie schaute ihn mit gefurchter Stirn an und strich sich mit unruhiger Hand über ihr Haar, fühlte plötzlich, wie drahtig es geworden war vom Haarspray.

Zuviel Wasserstoffsuperoxid, in zu vielen Jahren, aber sie mußte es tun – blond kam sie immer noch am besten an.

»Ich habe Sie in Montrose gesehen«, wiederholte er. »Ich habe immer mit Ihnen gehen wollen, aber es sollte nicht so – so gewöhnlich sein. Nicht so, wie Sie es mit den anderen machen.«

Er sprach mit den Händen, versuchte ernsthaft, ihr Verständnis zu gewinnen. »Nicht in einem billigen Motelzimmer, sondern so, als wenn sie eine ganz normale Frau wären, eine Durchschnittsfrau, wenn Sie verstehen, was ich meine. Eine Freundin. Also bin ich Ihnen nachgegangen. Und ich sah Sie einfach als eine Frau, die in dieser Straße, in diesem Apartment wohnte. Ich wußte, daß Sie oft hierherkommen. Ich bin gestern und vorgestern um diese Zeit hiergewesen, habe darauf gewartet, daß ich mit Ihnen sprechen kann.«

Sie schaute ihn an. Dieser Bursche hatte ein Problem, und in ihr keimte der Verdacht, daß sie wußte, worin es bestand. Armer Teufel. Es war wirklich eine Schande, ansehen zu müssen, wie sich diese Kerle dazu zwangen. Sie hatte es schon früher ein paarmal erlebt, und wenn der Mut den Mann zum Manne macht, dann konnte sie diesen Kerlen nur bestätigen, daß sie trotz allem Männer waren. Man hätte denken können, heutzutage wäre so etwas nicht mehr nötig. Verdammt, manchmal sah es so aus, als ob die halbe Welt schwul wäre, und da war nun dieser arme Teufel und dachte, er müßte sich dazu zwingen, es mal mit einer Frau zu versuchen. Sie wußte nicht, ob sie ihn bemitleidete, oder was.

»Ich bin für heute fertig«, sagte sie kalt. Und außerdem betreibe ich keine Praxis für Psychotherapie, fügte sie in Gedanken hinzu.

»Bitte – bitte sehen Sie das doch nicht als – als Arbeit. Versuchen Sie, es so zu sehen, als ob wir uns hier ganz einfach und ganz zufällig kennengelernt hätten.«

Plötzlich wurde sie wütend. »Ich weiß schon selbst, wie ich darüber denken soll«, fuhr sie ihn an. »Und Sie müssen den Verstand verloren haben. Bei mir gibt's kein Freibier, für niemanden, und schon gar nicht für irgendwelche verdammten Schwulen, die mich auf diese Weise –«

»Nein, nein, sagen Sie das nicht. Ich will ja bezahlen. Sie verstehen nicht.«

»Psst, verdammt, reden Sie doch nicht so laut.« Sie strich sich nachdenklich über das strohige Haar. »Vergessen Sie's«, flüsterte sie rauh. »Ich denke nicht daran, Sie mit nach Hause zu nehmen. Und Sie sollten jetzt lieber gehen.«

»Ich bezahle das Doppelte.« Er beugte sich über den Tisch, imitierte unbewußt ihr Flüstern. »Zweimal so viel wie Sie normalerweise bekommen.«

Sie sah, wie sich auf seiner Oberlippe Schweißperlen bildeten. Seine Augen hielten sie fest bei dem Versuch, sich verständlich zu machen. Doppelt? Würde er wirklich doppelt bezahlen? Bei Gott, das mußte er auch, denn für weniger würde sie ihn nicht anfassen – eher noch für das Dreifache. Nein, so etwas hatte sie nicht nötig.

»Ich erhalte normalerweise hundert Dollar«, spottete sie, »für die halbe Stunde.« Es war eine Lüge, und sie diente dazu, die Knaben von den Männern zu trennen, sozusagen.

»Zweihundert? Und in Ihrer Wohnung? Nicht in einem Motel?«

»Genau«, sagte sie steif und glaubte nicht, daß er darauf eingehen würde. »Bei mir.«

»Und was darf ich tun?« fragte er. Seine Stimme klang zitternd und nachdrücklich zugleich.

»Für zweihundert Dollar können Sie, verdammt noch mal, tun, was Sie wollen.« Jetzt lächelte sie. Es konnte nicht besonders viel sein.

Ohne zu antworten, langte er in seine Jackettasche und zog seine Brieftasche heraus. Sie schaute zu, wie er an einer Reihe von Zwanzigern vorbeiblätterte, um zu den Fünfzigern zu kommen. Dann nahm er vier davon heraus und legte sie fächerförmig auf den Tisch.

Sie schaute ihn an, warf dann rasch einen Blick auf die Küchentür. »Die halbe Stunde beginnt mit der Sekunde, in der wir mein Schlafzimmer betreten«, sagte sie und sammelte das Geld ein.

»Das ist mir recht.« Er versuchte wieder zu lächeln, aber es gelang ihm nicht. Ein krankhafter Ausdruck trat in sein Gesicht.

Sie gingen drei Blocks weit nebeneinander her in ein stilles, altes Viertel nicht weit vom Cherryhurst Park und bogen dann in die Einfahrt eines zweistöckigen Doppelhauses ein. Hinter einem Oleandergebüsch mit weißen Blüten, die im grauen Licht des frühen Morgens wie kleine Rauchwölkchen aussahen, führte eine Außentreppe zu einem Apartment auf der Rückseite. Er folgte der Frau über die Treppe und sah zu, wie sich ihre Hüften unter dem dünnen Kleid bewegten. Dann blieb er mit ihr auf dem Treppenabsatz stehen, während sie den Schlüssel herausnahm und aufsperrte.

Drinnen brannte ein Licht, in einer Wandfassung: ein einziges, schwaches Birnchen, eine Art Nachtbeleuchtung, die mit ihrem Schein die völlige Dunkelheit abzuwehren versuchte.

»Sehr hübsch«, sagte er zu rasch, während er sich umschaute.

»Dänische, moderne Möbel.«

»Sieht teuer aus«, sagte er freundlich.

Es sah nicht teuer aus, und sie wußte es. »Das Schlafzimmer ist hier«, sagte sie.

Er folgte ihr durch eine Diele in einen verdunkelten Raum. Hier brannte gar kein Licht, und sie schaltete auch keines an. Tastete sich statt dessen langsam zum Fenster und öffnete die Jalousie. Das bleiche Licht der Laterne draußen vor dem Haus fiel auf das Bett, dünne Streifen pulverblauen Lichts.

Er schaute sich um, betrachtete alles, sobald sich seine Augen an das schwache Licht gewöhnt hatten. Dann begann er zu schnüffeln. Sie konnte es zunächst kaum glauben, aber er schnüffelte wie ein Hund und schaute sich dazu um.

»Ich schalte die Klimaanlage nicht ein, wenn ich nicht hier bin«, erklärte sie verteidigend. »Es ist zu teuer. Aber natürlich ist die Luft dann recht dumpf.«

»Ich mag es so«, sagte er.

Sie schaute ihn an. Scheiße. Ein Spinner. Ohne ein Wort zu sagen, langte sie durch die Lamellen der Jalousie und schob das Fenster hoch. Das Zimmer würde nicht allzu schnell auskühlen. Die Luft, die durch das Fenster hereindrang, war feucht und roch nach Meer.

Sie drehte sich um und schaute ihn an. »Wie wollen Sie es denn?«

»Haben Sie Körperpuder hier?« fragte er.

»Körperpuder?«

»Ja.«

»Ja, ich habe Körperpuder.«

»Den werden wir brauchen.«

Sie schüttelte den Kopf, ging ins Bad und kam zurück mit einer Dose Fabergé.

»Ist sie voll?«

»Ja. Ich hab' seit langem keinen Puder benützt.«

»Gut«, sagte er. »Dann werden wir uns ausziehen.«

Aber er rührte sich nicht. Stand da mit den Armen an den Seiten, während er zusah, wie sie ihre Bluse aufknöpfte und auszog. Sie achtete nicht auf ihn, als sie den Rock und danach den Slip fallenließ, machte eine Schulterbewegung und nahm sich den Büstenhalter ab, dann ließ sie ihn fallen, streifte die Stumpfhose ab, ließ alles auf dem Boden liegen und wandte sich dann ihm zu.

Während sie ihn anschaute, begann er sich auszuziehen. Sie nahm an, das war ein Teil dessen, was ihn besonders aufregte. Er hatte keineswegs einen unattraktiven Körper. Sein olivfarbener Teint war gleichmäßig und hatte die Straffheit der Jugend. Sie sah, daß er etwas tat für seine Figur, und wenn er sich bewegte, dann mit der Gelenkigkeit eines Tänzers, grazil und selbstsicher. Vielleicht wurde es doch keine schlechte Sache.

Er legte die Hose sorgfältig auf einen Stuhl, wobei er sich bemühte, die Bügelfalte zu erhalten und keine anderen Falten entstehen zu lassen. Die Schuhe stellte er nebeneinander vor den Stuhl, die Socken legte er zusammen und steckte sie in die Schuhe hinein. Als alles ordentlich hingelegt war, langte er in eine seiner Jackentaschen und nahm einen Parfümzerstäuber heraus. Er ging zum Bett und stellte den Zerstäuber auf den kleinen Glastisch. Ohne ein Wort zu sagen, setzte er sich auf das Bett, legte sich dann langsam nieder im Schein des Lichts von draußen, streckte die Beine aus, preßte sie zusammen und drückte auch die Arme und Hände steif an die Seiten.

Sie stand da und wartete auf seine Anweisungen.

»Streu den Puder über mich«, sagte er. Er hatte die Augen geschlossen.

»Wohin?« fragte sie dümmlich.

»Überall.« Seine Stimme klang leise und unbewegt.

»Auch auf das Gesicht?«

»Überall hin.«

Sie begann, überstäubte ihn mit einer dünnen Schicht Puder, wobei sie an den Füßen begann und sich allmählich nach oben arbeitete. Als sie bei den Schenkeln angekommen war, hielt sie einen Augenblick lang inne und gab dann eine besonders dicke Lage auf seine Lenden, weil sie dachte, daß ihm das Spaß machte, dann fuhr sie fort, bis sie den Oberkörper, das Gesicht und den Kopf bestäubt hatte.

»Okay«, sagte sie.

»Mach weiter, bis ich ganz weiß bin.«

Sie zögerte.

»Du vergeudest meine Zeit«, fuhr er sie an. »Na los, mach schon weiter.«

Sie begann wieder, streute diesmal größere Mengen von Puder auf ihn, bis er sich in den Haaren an den Beinen, auf der Brust und zwischen den Beinen gehäuft hatte. Sie puderte ihn, bis alle kleinen, drahtigen Härchen begraben waren, während er still dalag, bis auf einen Teil von ihm, der sich wie eine lepröse Schlange erhoben hatte aus der weißen Fläche. Sie fuhr fort, ihn zu pudern, bis sein Körper zu zittern begann mit einer sexuellen Intensität, die sie als lange aufgestautes Verlangen erkannte.

»Stop«, sagte er plötzlich, und sie zuckte zusammen.

Er lag absolut ruhig da und schwitzte heftig unter der Puderschicht. Danach, ganz langsam bewegte er erst die Beine, dann die Arme, und erhob sich vom Bett in der steifen Art einer Leiche, die in einem Horrorfilm aus einer Kalkgrube gezogen wird. Er blieb neben dem Bett stehen; der Puder war an seinem Körper festgeklebt wie Gips, bis auf zwei dunkle Stellen, wo er das Weiß weggeblinzelt hatte: Seine Augen starrten sie an.

»Leg dich auf das Bett«, sagte er.

Seine Stimme hatte sich deutlich verändert. Die Unterwürfigkeit war hinter der Schicht aus Puder verschwunden, und an ihrer Stelle gab ein herrischer Leichnam die Kommandos in grausamem, hartem Befehlston. Sie ging zögernd zum Bett, wußte instinktiv, daß sie es jetzt mit einer völlig veränderten Persönlichkeit zu tun hatte. Das war nicht der Mann, der ihr die zweihundert Dollar bezahlt hatte. Sie legte sich in die weißen Umrisse, die seine Position andeuteten, und nahm seine vorherige Stellung ein. Sie versuchte, seine Gedanken zu lesen, und um ihm zu Gefallen zu sein, nahm sie die Dose und begann ihren Körper zu pudern.

»Nein!« keuchte er, und sein Mund war ein schwarzes Loch im Puder, als er sich bewegte. Er nahm ihr die Dose ab und stellte sie auf den Boden. »Mach die Beine breit. Die Arme auch.«

Sie wollte nicht. Es war eine ungeschützte Position, vor allem unter diesen Umständen – fast eine Art Opferung.

»Tu schon, was ich dir sage!«

Sie begann langsam die Beine zu spreizen.

»Weiter.«

Es war ein schwerer Fehler gewesen. Das war nicht in einer halben Stunde vorbei. Es würde erst vorbeisein, wenn er das erreicht hatte, was er tun mußte. Sie versuchte, an die zweihundert Dollar zu denken.

»Schließ die Augen!« befahl er.

Sie schloß sie nur teilweise und beobachtete ihn nervös durch die Wimpern. Er streckte einen weißen Arm aus, nahm den Zerstäuber vom Glastisch und ging damit ans Fußende des Betts, so, daß sie ihn nicht sehen konnte.

Plötzlich traf ein kühler Schauer ihre Fußsohlen. Er sprühte auf die Zehen und langsam die Beine nach oben; der kühle Spray traf ihren Schoß und füllte den Raum mit dem süßlichen Duft von Lavendel. Zwischen den Beinen wartete er kurz; sie hatte es geahnt. Der kühle Nebel erreichte ihren Bauch, kroch weiter nach oben bis zu ihren Brüsten. Als sie glänzten und sich kleine, parfümierte Bächlein bildeten, sprühte er weiter nach oben bis zu ihrem Gesicht.

»Atme es ein«, sagte er, und sie fühlte den Nebel. Der Duft bewirkte Übelkeit. »Einatmen – tief . . .« forderte er und sprühte den Nebel auf ihr Gesicht. Sie atmete das Zeug ein, fühlte, wie es in ihren Mund und in die Lungen drang, bis sie befürchtete, daß sie daran ersticken würde. Als sie gurgelnde Geräusche von sich gab, hörte er auf.

»Laß die Augen zu«, warnte er sie.

Sie sah durch die parfümverklebten Wimpern, wie er sie umkreiste, sie von hoch oben besprühte, sich dann duckte und rhythmisch flüsterte. Er bewegte sich wie bei einer gespenstischen Samba, so nahe, daß sie das Zischen des Zerstäubers hörte, zusammen mit ihren tiefen Atemzügen, während sie in dem Lavendelduft dahintrieb. Sie sah ihn, weiß wie ein Gespenst, im Schein des bläulichen Lichts, als er sie in einem geheimen Ritual umtanzte, das ihn völlig beherrschte und sie vor Angst erstarren ließ.

Plötzlich hörte er auf. Er stellte den Zerstäuber auf den Boden neben die Puderdose, und sie fühlte, wie das Bett unter seinem Gewicht nachgab, als er sich direkt über sie beugte. Dann, langsam wie ein Insekt, das sich aus dem Kokon schält, kratzte er sich den Puder mit den Fingernägeln ab. Er begann mit dem Gesicht, ließ die Brösel des schweißverklebten Puders auf ihr Gesicht fallen, wo es sich im Lavendelparfüm auflöste und in den Tränen, die sie nun nicht mehr zurückhalten konnte. Seine Lepra wurde die ihre, als er sich nach unten arbeitete, den festgebackenen Puder von seinem Hals auf ihren Hals fallen ließ, von seiner Brust auf die ihre, von seinem Bauch auf den ihren . . .

13

Lieutenant Bob Dystal hatte zwei identische schokoladenbraune Anzüge. Beide hatte er erst kürzlich gekauft, als er seinen einzigen anderen, einen rostfarbenen Freizeitanzug mit weißen Nähten, schließlich hatte ausmustern müssen, weil seine Schäbigkeit allmählich Aufsehen erregte. Er kaufte sich die zwei gleichen Anzüge aus drei Gründen: erstens, weil sie im Ausverkauf billig zu erhalten waren, zweitens, weil er die Farbe mochte, und drittens, weil es zu jeder Zeit schwer genug war, in irgendeinem Geschäft zwei Anzüge Größe achtundvierzig zu finden, die so sehr nach Mittelklasse aussahen, daß Dystal sich darin wohlfühlte.

Vom ersten Tag an, als Dystal einen seiner neuen Anzüge getragen und Haydon gesagt hatte, daß er sich noch einen zweiten, identischen gekauft habe, fragte sich Haydon, wie das zu verstehen war. Wieso, zum Teufel, kaufte sich jemand zwei identische Anzüge? Würde Dystal den einen tragen, bis er zur Reinigung mußte, und dann den anderen anziehen? Würde er wochenweise die Anzüge wechseln oder vielleicht täglich? Oder würde er einen beiseitelegen in einer Art Vorratsaktion, bis der andere abgetragen war wie der rostfarbene Freizeitanzug?

Glücklicherweise entdeckte dann Haydon an der rechten Schulter des einen Anzugs einen der bei Double-knit-Stoffen unvermeidlichen Knoten im Material. Von nun an beobachtete Haydon die Sache mit verstärktem Interesse. In den sechs Wochen, seit Dystal die Anzüge besaß, hatte er sie in keiner festen Folge getragen. Der Knoten war nur unregelmäßig zu sehen. Es schien, als ob Dystal jeden Morgen einfach in den Schrank langte und einen Anzug zu fassen bekam, wobei es ihm egal war, ob er dabei den, der rechts oder den, der links hing, erwischte. Es hätte Haydon auch sehr gewundert, wenn der Lieutenant methodisch vorgegangen wäre.

An diesem Morgen trug Dystal den Anzug ohne Knoten im Stoff, als er sich in seinem Drehstuhl zurücklehnte und gelassen Haydons Bericht las. Die beiden Männer tranken dampfenden Kaffee, Haydon aus einem Pappbecher vom Automaten in der Bereitschaft, und Dystal aus einer plumpen Thermoskanne.

Haydon rieb sich die Augen, hatte viel zu wenig geschlafen und wünschte, er könnte das winzige Hitachi-Radio, das hinter Dystal auf einem Aktenschrank stand, zum Fenster hinauswerfen. Es spielte unaufhörlich, und die Lautstärke war so schwach, daß man von der Country-und-Western-Musik nur hier und da einen Ton oder ein paar Fetzen vom Text verstehen konnte. Die nur stoßweise an sein Ohr dringenden Laute machten Haydon in einer Weise verrückt, wie es nur bei der chinesischen Wasserfolter der Fall gewesen wäre. Er versuchte verzweifelt, nicht darauf zu achten.

Ohne die Augen von dem Bericht abzuwenden, langte Dystal nach der Thermoskanne und trank einen langen, tiefen Schluck vom, wie Haydon wußte, stärksten und schwärzesten Kaffee, den man sich denken konnte. Dystal schlürfte vernehmlich und mit Genuß, dann legte er in einer Geste, die fast kindlich wirkte, eine seiner riesigen Bärenpranken an seinen Kopf, während er weiterlas.

Haydon betrachtete die gewaltige Pranke und erinnerte sich an eine Nacht in einer schmalen, dunklen Gasse im strömenden Regen, als Dystal, stumm vor Zorn, einen kopulierenden Rauschgifthändler vom halbnackten Körper einer vierzehnjährigen Süchtigen riß, die der Dealer mit einer heftigen Dosis Heroin gefügig und bewußtlos gemacht hatte. Der stämmige Kriminalbeamte hatte das Gesicht des völlig überraschten Dealers mit einer Hand gepackt und auf Armeslänge vor sich gehalten, als er zu drücken begann.

Das Gesicht des Mannes erwies sich als erstaunlich elastisch; es dehnte sich wie eine Gummimaske, bis alle Züge von Dystals Hand bedeckt waren. Der Dealer hatte sich gewehrt und dabei gequiekt wie ein sterbendes Schwein. Als Dystal schließlich sein Opfer losließ, drehte er zuvor noch die Faust herum, so daß die Gesichtshaut des Dealers von der Stirn bis zum Kinn aufriß. Danach fiel der Mann schlapp und bewußtlos in den Dreck der Gasse.

Der Pflichtverteidiger des Dealers hatte später erreicht, daß die Stadt dem Mann fünftausend Dollar für das Honorar des Gesichtschirurgen bezahlte. Es hatte dem Dealer jedoch wenig geholfen. Die Spuren von Dystals grotesker Selbstjustiz würden den Mann bis ans Ende seiner Tage begleiten.

»Das ist ja recht interessant«, sagte Dystal mit seinem lauten, schleppenden Südstaatenakzent, als er jetzt den Bericht auf seinen Schreibtisch knallte und Haydon anschaute. Er nahm eine glatte, weiße Packung No-Name-Zigaretten aus der Hemdtasche und zündete sich eine davon mit einem altgedienten Feuerzeug mit Bulldozer-Zeichen an. Dann steckte er das Feuerzeug in die Brusttasche unter dem Stars-and-Stripes-Abzeichen, das er sich stets ansteckte. »Und was wollen Sie unternehmen?«

»Ich brauche Ihre Unterschrift auf dem Antrag für die beschleunigte Behandlung der drei Autopsien . . .«

»Drei?«

»Sandy Kielmans Körperflüssigkeiten und Gewebe. Sie sollten genauso untersucht werden wie die beiden anderen.«

»Okay.«

»Und ich möchte mich in der nächsten Woche ausschließlich dieser Sache widmen. Ich arbeite zur Zeit an nichts, was nicht eine Weile aufgeschoben werden könnte. Das gilt auch für Leo.«

»Ja, ich glaube, das könnte gehen. Was noch?«

»Und ich möchte mir Mooney für diese Zeit vom Sittendezernat ausborgen.«

Dystal runzelte die Stirn und kratzte sich mit dem Daumen am Haaransatz. Er trug sein schmutzigbraunes Haar so, wie er es schon in seiner Schulzeit getragen hatte. Mitte der fünfziger Jahre in der kleinen Stadt Bronte im Westen von Texas: an den Seiten so kurz, daß die Haut durchschimmerte, mit einem sorgfältigen Scheitel und mit Brillantine frisiert.

»Ich werde sehen«, sagte er und schnippte die Asche mit dem Nagel des kleinen Fingers von der Zigarette. Dann seufzte er tief, als er eine der Schreibtischschubladen mit der Spitze seines Stiefels Größe sechsundvierzig herauszog, sich dann zurücklehnte und beide Füße auf die Schublade legte. Danach kniff er nachdenklich die Augen zusammen und fragte: »Was, glauben Sie, ist da im Gange?«

Haydon schüttelte den Kopf. »Van meint, sie könnten an einer Art von Virusinfektion gelitten haben, die enorm ansteckend ist.«

»Aber das kaufen Sie ihm nicht ab.«

»Nein, und ich glaube auch nicht, daß Van der Meinung ist. Wenn diese Mädchen Straßennutten gewesen wären, mit hohen Freierzahlen und nachlässiger Hygiene, vielleicht. Aber diese Mädchen sind den Straßennutten nicht einmal entfernt ähnlich. Sie sind hochklassig, genau wie ihre Klienten.« Haydon ließ eine Pause entstehen, dann fügte er hinzu: »Und das bedeutet, daß wir sofort eine gnadenlose Media-Show erwarten können, sobald auch nur das Geringste durchsickert.«

»Ja, darüber habe ich auch schon nachgedacht. Deprimiert Sie das nicht? Und wer ist der Täter?«

»Es könnte ein Dutzend Männer sein oder mehr, mit einem Dutzend Motiven.«

»Was meinen Sie mit Männern? Ich sehe momentan keinen besseren Verdächtigen als diese Croft.«

»Wenn sie über die Erbschaft Bescheid weiß. Und das würde nur den Tod der Steen erklären. Was ist mit den beiden anderen?«

»Vielleicht wußten sie etwas, was sie nicht wissen sollten.«

»Aber die Kielman ist fast drei Wochen vor der Steen gestorben.«

»Man kann nie wissen«, sagte Dystal.

»Was mich am meisten wurmt, sind die Umstände, unter denen alle drei gestorben sind. Auch wenn es entfernt an eine Virusinfektion erinnert, heißt das noch nicht, daß es irgendwie ungewöhnlich ist.«

»Gift?«

»Van meint, wenn Gift im Spiel wäre, müßte es ein sehr exotisches sein. Die üblichen hätten sie längst bei der vorläufigen Autopsie gefunden, und die Tests haben bisher auch noch keinen Hinweis darauf ergeben.«

Haydon zündete sich eine von seinen Fribourg & Trayer-Zigaretten an, damit er nicht den Gestank von Dystals Glimmstengeln ertragen mußte. »Nehmen wir einmal an, es handelt sich um ein ganz ausgefallenes Gift«, sagte er. »Wie viele Leute sind mit allen dreien bekannt gewesen, die über die technischen Möglichkeiten verfügten, ihnen dieses Gift eingeben zu können?«

Dystal stieß einen knurrenden Laut aus. »Ach, zum Teufel, Stu. Das kann sich ein schlauer Schüler aus den Büchern in der Bibliothek herausklamüsern. Verdammt, wenn sie heutzutage schon Atombomben bauen können nach den Büchern in den Bibliotheken . . .«

»Vorausgesetzt, sie haben Plutonium. Fragt sich, wie sie da drankommen. Ich weiß, was Curare bewirkt, und was Succinylcholin tut, aber ich kann weder das eine noch das andere in meiner Apotheke kaufen. Und wenn, dann sagen mir die Bücher in den Bibliotheken noch lange nicht, wie man Menschen so damit vergiftet, daß es bei der Autopsie nicht herauskommt. Die mei-

sten würden ein einfacheres Gift verwenden – Zyankali, Nikotin, Strychnin –, und das hätte sich längst bei Vans Tests gezeigt. Denken Sie an die exotischen Giftmorde in der Kriminalgeschichte. Wer waren die Leute, die solche Gifte verwendet haben?«

Dystal überlegte kurz und atmete heftig durch den offenen Mund. »Ja, ich verstehe, was Sie meinen.« Er starrte auf seine Stiefelspitzen und bewegte die Zehen, daß das Leder knarrte.

»Wir wissen nicht, was Vanstraten finden wird, aber wir wissen, daß alle drei Frauen nach einer ähnlichen Krankheit gestorben sind, die mehrere Tage dauerte. Nach dem Wenigen, was wir wissen, scheint sich diese Krankheit durch ganz normale Symptome zu äußern. Wenn ich jemanden auf diese Weise umbringen müßte, würde ich genau das haben wollen.«

»Schon möglich«, sagte Dystal, nickte langsam und schaute noch immer seine Stiefel an.

»Nächste Frage«, fügte Haydon hinzu. »Wie viele Callgirls gibt es momentan, die Fieber haben, Kopfschmerzen bekommen und Erkältungssymptome zeigen, mitten im Sommer? Ich will gar nicht daran denken.«

Bob Dystal drückte seine Zigarette in einem Glasaschenbecher mit den Umrissen des Staates Texas aus, auf dessen Boden verfärbte Klapperschlangen zu sehen waren. Er stemmte beide Ellbogen auf die Schreibtischplatte, nahm die Füße von der Schublade und stieß sie zu. Dann ging er rasch einen Computerausdruck durch, der zwischen den beiden gelegen hatte.

»Worauf wollen Sie hinaus?« fragte er.

»Es gibt immer die Möglichkeit, daß da ein Psychopath am Werk ist. Wenn noch ein Mädchen in dieser Art und Weise gefunden wird, rechne ich sogar bestimmt damit.«

Dystal schaute Haydon an, ohne zu sprechen, sein bekanntes, katatonisches Starren, das die meisten Menschen unangenehm berührte. Der große Mann hielt einen mit Blicken fest, und während man selbst den Blicken zu entkommen versuchte, schaltete er auf ein ganz anderes Thema um. Wie bei vielen Menschen mit hoher Intelligenz waren solche Idiosynkrasien ein natürlicher Teil von Dystals komplizierter Tarnung. Sein alltäglicher Anzug und seine entsprechenden Manieren waren auf unschuldige Weise trügerisch, denn Dystals Erkenntnisse und Einsichten bei den Vorgängen im Gehirn krimineller Naturen stellten seine Ausbildung auf dem Gebiet der gesellschaftlichen Verhaltensweisen weit in den Schatten.

»Nun, Stu«, sagte er gedehnt und schob Haydons Bericht über den Schreibtisch auf ihn zu, »sieht so aus, als hätten Sie sich da eine Arbeit angelacht, die geradezu für Sie geschaffen ist.«

14

Peter Walther war größer, als Haydon angenommen hatte. Der junge Streifenbeamte saß unbequem auf dem Holzstuhl und hatte den Schlagstock und den 38er Dienstrevolver nach vorn geschoben, damit er sich anlehnen konnte. Seine rechte Wange war verpflastert; die Schwellung war bisher nicht zurückgegangen.

»Ich bin Ihnen dankbar dafür, daß Sie so schnell hergekommen sind«, sagte Haydon. »Und ich möchte mich dafür entschuldigen, daß ich Sie zu Hause angerufen habe, aber ich dachte, Sie kommen gar nicht zum Dienst.« Dazu warf er einen Blick auf Walthers verpflastertes Gesicht.

»Ich wäre auf alle Fälle gekommen«, sagte Walther.

»Gut. Ihr Bericht war ordentlich geschrieben und ungewöhnlich ausführlich in den Details, aber ich möchte dennoch ein paar zusätzliche Punkte mit Ihnen besprechen. Detective Hirsch und ich untersuchen eine möglicherweise miteinander in Verbindung stehende Serie von Todesfällen. Die Opfer – es handelt sich bisher um drei – sind alle Callgirls. Jede von ihnen ist nach einer mehrtägigen Krankheit gestorben. Die Symptome der Krankheit entsprachen weitgehend denen einer Bronchialerkältung. Vielleicht paßt auch Ihr Mädchen in dieses Schema. Wir können uns freilich nicht vorstellen, wie; wir tappen in der ganzen Sache noch ziemlich im dunkeln. Okay?«

Walther nickte.

»Wie gesagt, Ihr Bericht war sehr sorgfältig. Ich bin sicher, ich kenne alle Fakten, die Sie mir geben können. Was ich noch genauer erfahren möchte, ist Ihr persönlicher Eindruck von dem, was da passiert sein könnte. Teilen Sie mir Ihre diesbezüglichen Gefühle mit, also Dinge, die Ihnen nicht konkret genug erschienen, als daß Sie sie in Ihrem Bericht erwähnt hätten. Ich möchte Ihre gefühlsmäßige Reaktion auf das erfahren, was geschehen ist, Ihre Ansicht über das Mädchen, wie sie sich verhielt, wie die ganze Sache abgelaufen ist. Verstehen Sie, was ich meine?«

»Ich glaube, ja.«

»Gut. Haben Sie etwas dagegen, wenn ich unser Gespräch auf Band aufnehme? Ich mache das nur zu meiner Bequemlichkeit – sonst wäre ich gezwungen, mir Notizen zu machen.«

»Nichts dagegen.«

Haydon drückte die Knöpfe des Kassettenrekorders, der neben seinem rechten Ellbogen auf dem Schreibtisch lag.

»Haben Sie einen Autopsiebericht über die Frau?« fragte Walther.

»Nein. Ich habe erst heute früh von ihr gehört. Aber ich habe darum gebeten, und ich nehme an, er wird in Kürze hier sein.«

Walther überlegte einen Augenblick. »Wir haben in unserem Bericht geschrieben, daß wir annehmen, das Mädchen hätte eine ungünstige Reaktion auf irgendein Rauschgift gezeigt. Möglicherweise LSD oder Angel Dust. Aber ich selbst habe nie jemanden erlebt, der unter dem Einfluß von Drogen durchdreht. Sicher, ich habe auf der Akademie darüber gelesen, und wir haben einen Lehrfilm gesehen.«

»Ich verstehe. Aber ihre Reaktionen entsprachen dem, was Sie wußten?«

»Jawohl, Sir.«

»Wieso kamen Sie auf LSD oder Angel Dust?«

»Wir wußten, daß manche Leute so darauf reagieren; das, was man einen schlechten Trip nennt. Ich meine, das war uns bekannt.«

»Können Sie mir noch einmal beschreiben, wie sich die Frau verhielt? Ihre Eindrücke?«

Hirsch hatte Walthers Bericht am Schreibtisch nebenan gelesen und war gerade mit dem letzten Absatz fertig, als Haydon die Frage stellte. Jetzt faltete er den Bericht zusammen und hörte zu.

Walther berührte unwillkürlich die Pflaster auf seinem Gesicht und rutschte auf dem Stuhl mit der geraden Lehne hin und her.

»Es war ziemlich gespenstisch. Ich habe so etwas nie zuvor erlebt. Als sie aus dem Dunkeln auf uns zugeschossen kam, mit wehendem Haar und flatterndem Rock, die Augen und den Mund weit aufgerissen, war das ... Na ja, es war erschreckend. Aber ich habe in dem Augenblick eigentlich gar nichts gedacht. Es geschah alles so schnell, und das Adrenalin war wirklich sofort in unseren Adern. Aber ich habe seitdem viel darüber nachgedacht.« Er drehte den Kopf nachdenklich zur Seite. »Ich erinnere mich nicht genau daran, ob sie geschrien hat oder nicht, aber zurückblickend meine ich, sie hat geschrien.«

»Sie war wie eine Verrückte, haben Sie geschrieben. Sie sei wie blind auf die Scheinwerfer zugerannt.«

»Nein, sie ist nicht blind ins Licht gelaufen, wie das ein Hund oder ein Reh manchmal tut. Sie ist absichtlich darauf zugerannt. Sie hat das Licht natürlich gesehen. Und das war seltsam, denn nur Sekunden später, als ich ihr nachgelaufen bin, ist sie gegen einen Drahtzaun gerannt, zweimal, als ob sie ihn nicht gesehen hätte. Dabei war er fast zwei Meter hoch.«

»Und wie war das, als sie Sie gebissen hat?«

»Ich habe mich nach unten gebeugt, um nachzusehen, ob sie verletzt war nach dem Zusammenprall mit unserem Wagen. Sie schien irgendwie betäubt zu sein. Gerade als ich mich auf ein Knie stützte, ist sie auf mich losgegangen. Das Wort ›beißen‹ bezeichnet nicht ganz, was sie tat. Sie hat mich regelrecht angefallen.«

»Und daraufhin haben Sie sie geschlagen?«

Walther zögerte einen Herzschlag lang. »Ja, Sir, das habe ich. Es war eine reine Reflexhandlung. Ich habe ausgeholt und sie geschlagen. Dann bin ich aufgesprungen, habe meine Dienstwaffe gezogen – und dann bin ich allmählich wieder zu mir gekommen. Mir war klargeworden, daß sie verrückt ist und sich nicht beruhigen würde, wenn ich mit meinem Achtunddreißiger auf sie ziele. Gleich danach ist sie aufgesprungen und davongerannt, und ich bin ihr nachgelaufen.«

»Wie war ihr Zustand?«

»Schlecht. Ihr Laufen war mehr ein Taumeln, wie unter einem Zwang, hinter dem ungeheure Energie steckt. Ich meine, sie ist gut vorangekommen, aber sie schwankte immer zur Seite, als würde sie nur so schnell rennen, um das Gleichgewicht zu behalten. So, als würde sie in die Richtung fallen, in der sie lief. Ich weiß nicht, ob sie vielleicht durch meinen Schlag die Orientierung verloren hatte. Jedenfalls, als ich sie schließlich zu fassen bekam, hatte ich ziemlich zu tun, um sie festzuhalten, bis mir Silva geholfen hat.«

»Und was geschah, nachdem Sie ihr Handschellen angelegt hatten?«

»Sie wurde völlig steif. Sie hat sich nicht mehr gewehrt, bemühte sich auch nicht, die Fesseln zu zerreißen. Ihre Augen waren immer noch weit offen. Sie schien entsetzt zu sein. Vermutlich hatte sie Halluzinationen. Dachte vielleicht, ich würde sie töten, oder was weiß ich.«

»Und während alledem hat sie kein Wort gesagt?«

»O nein. Das konnte sie nicht.«

»Sie konnte nicht?«

»Ihr Hals war völlig zu, glaube ich.«

»Und warum glauben Sie das?«

»Sie hat durch den Mund geatmet, und selbst dabei schien sie nicht genug Luft zu bekommen. Ihre Halsmuskeln waren inzwischen stark hervorgetreten, und der Speichel, der ihr aus dem Mund lief, hat es ihr auch nicht leichter gemacht. Sie konnte nicht reden. Sie stieß zwar Geräusche aus, aber es war nur eine Art Gurgeln.«

»Wissen Sie, ob sie Fieber hatte?«

»Fieber? Das ist schwer zu sagen. Es war heiß, und wir waren gerannt. Ich schwitzte ganz schön und merkte, daß auch sie schwitzte. Vielleicht kam das vom Fieber. Jedenfalls hat sie geschwitzt, das steht fest.«

»Und dann?«

»Sie wurde immer steifer, und schließlich bekam sie das, was Roland und ich für Krämpfe und Zuckungen hielten. Ich habe so etwas schon öfters erlebt. Ich drehte sie auf den Bauch, versuchte, ihr irgendwie zu helfen. Aber ich konnte ihr nicht einmal den Speichel abwischen. Sie hat mich wieder gebissen.«

Er hielt seine rechte Hand hoch. Ein großes Pflaster bedeckte den Handrücken und einen Teil der Handfläche. »Roland und ich dachten, daß diese Krämpfe lebensbedrohend sein konnten. Epileptiker sehen auch so aus. Uns ist Angst geworden, und Roland hat einen Krankenwagen gerufen. Als er eintraf, war sie schon tot.«

Haydon lehnte sich zurück. »Haben Sie das Gefühl gehabt, daß sie vor jemandem davonlief, als sie auf Sie zukam?«

Walther schüttelte entschieden den Kopf. »Nein. Ich glaube, sie hat den Wagen angegriffen. Sie lief nicht vor etwas davon, sondern rannte voll auf uns auf.«

»Haben Sie sich in dem Gebüsch umgesehen, aus dem sie aufgetaucht war?«

»Jawohl, Sir. Während wir warteten, bis der Coroner mit seiner vorläufigen Untersuchung fertig war, nahm ich meine Taschenlampe und habe die Gegend abgesucht. Ich habe aber nichts gefunden. Man hätte vielleicht bei Tag genauer suchen sollen.«

»Sonst noch was? Irgend etwas, woran Sie sich im Zusammenhang mit diesem Vorfall erinnern? Sie haben vorhin gesagt, daß Sie lange darüber nachgedacht haben.«

»Das stimmt, weil es so unheimlich gewesen ist. Es kommt schließlich nicht oft vor, daß einem jemand mit voller Absicht in die Scheinwerfer rennt.«

Walther schaute erst Haydon und dann Hirsch an. Es gab nicht mehr viel zu sagen.

»Okay. Ich danke Ihnen«, sagte Haydon und schaltete das Tonbandgerät aus. »Ich bin Ihnen sehr dankbar. Hoffentlich verheilen die Wunden rasch, damit Sie die Sache vergessen können.«

Der schlaksige Streifenbeamte stand auf. »Ich wollte, das ginge so einfach.«

»Wie meinen Sie das?«

»Nun, sie hat immerhin ein Stück aus meiner Wange gebissen, das so groß ist wie ein halber Dollar. Der Gesichtschirurg meint, ich könnte mich auf eine Serie von Hautübertragungen gefaßt machen, damit das Loch allmählich aufgefüllt wird.«

»Mein Gott«, sagte Hirsch.

Walther ging zur Tür, blieb dann stehen und drehte sich um. »Da ist noch etwas. Sie haben vermutlich noch nicht die Fotos gesehen, die man im Leichenhaus von ihr gemacht hat.«

Haydon schüttelte den Kopf.

»Das Mädchen war – wunderschön. Wirklich wunderschön.« Er lächelte ironisch und ging.

Haydon schaute dem jungen Mann nach, wie er durch den Raum der Kriminalbereitschaft ging und verschwand. Dann drückte er auf den Rückspulknopf.

»Du weißt, um wen es da geht, Leo?«

»Die Unbekannte, die Vanstraten gestern früh seziert hat.«

»Stimmt.«

Die Kassette schaltete automatisch ab. Haydon nahm sie heraus, beschrieb sie mit dem Filzschreiber und warf sie dann Hirsch zu.

»Könntest du das auf der Heimfahrt beim Leichenhaus vorbeibringen? Aber sieh zu, daß Vanstraten persönlich das Band bekommt. Wenn er nicht da ist, kannst du ihm eine Nachricht hinterlassen, bei dem Mädchen, mit dem du gestern gesprochen hast. Dann rufst du ihn zu Hause an und hinterläßt auch eine Nachricht bei seiner Frau. Ich möchte, daß er das hört, bevor er weiterarbeitet an dem Fall. Und wenn du schon dort bist, kannst du auch die Papiere ausfüllen, damit die Unbekannte wie die anderen beschleunigt untersucht wird. Außerdem brauchen wir ein retuschiertes Foto. Sie sollen sich beeilen, wir müssen das alles morgen früh in Händen haben.«

15

Am Donnerstagmorgen ging Haydon durch den fensterlosen und trübe beleuchteten Korridor im zweiten Stock des Polizeipräsidiums von Houston an der Riesner Street. Am Ende des Korridors, der unerklärlicherweise in abscheulichem Grau gefliest war, konnte er die Schreibtische der Mordkommission sehen. Er trat beiseite, um zwei schwarzen Frauen auszuweichen, die die gelben Kunststofffliesen des Bodens wischten, mit dem gleichen Desinfektionsmittel, das sie im Stadtgefängnis verwendeten und das in die Augen stach, und ging an den Toiletten vorbei, wo zwei Klempner in Overalls bei offenen Türen ein Urinbecken mitten auf dem schmutzigen Boden zerlegten.

Er ging um den großen Entlüftungsschacht herum, der sich zwischen die beiden Glastüren drängte. Der Schacht blies einen Strom warmer, medizinisch riechender Luft aus dem Korridor in den ebenfalls fensterlosen Raum der Kriminalbereitschaft, der seine Trübseligkeit dem Architekturkonzept moderner Sachlichkeit aus den fünfziger Jahren verdankte.

Dann bahnte sich Haydon einen Weg durch das Labyrinth von Schreibtischen, vorbei an Kriminalbeamten, die zur Tagesschicht eintrafen und in Gruppen beisammenstanden, um die typische Morgenfaulheit zu vertreiben. Er ging direkt auf den Kaffeeautomaten zu, schenkte sich einen Becher ein, gab genug Milchpulver dazu, daß die Brühe die ölige Farbe von Klärschlamm annahm, und brachte den Becher mit in den Glasverschlag, den er mit Hirsch teilte. Hirsch und Mooney warteten bereits auf ihn.

Die beiden Kriminalbeamten, die eben noch über die neuesten Kürzungen im Etat der Stadt gemeckert hatten, blickten auf, sagten guten Morgen und kamen dann auf das Thema der verkommenen Straßen von Houston zu sprechen. Haydon nahm seine Beretta vom Gürtel und legte sie mit dem Halfter in die oberste Schublade des Aktenschranks, neben die Revolver von Hirsch und Mooney. Dann zog er sein Sakko aus und hängte es mit einem Drahtkleiderbügel an den Haken hinter der Tür. Als er schließlich an seinem Schreibtisch saß, nippte er an dem Kaffee, konnte kaum glauben, was die Maschine da ausgespien hatte, und trank es zuletzt doch.

»Eins nach dem anderen«, sagte er und schaute Hirsch an. »Hast du das Band zu Vanstraten gebracht?«

»Klar. Er war selbst noch da, also habe ich es ihm persönlich übergeben.«

»Gut.« Er schaute Mooney an. »Hat es Probleme gegeben, weil man dich für fünf oder sechs Tage hierher versetzt hat?«

»Ich glaube nicht. Dystal hatte schon alles vorbereitet, als ich heute morgen zum Dienst gekommen bin. Er sprach allerdings nicht von fünf oder sechs Tagen.«

»Noch besser. Ed, du solltest mit der Steen, der Parmer und der Kielman anfangen. Es muß da einen ziemlich guten Nachrichtendienst geben; Kunden, Bekannte, Freunde. Sieh zu, ob du irgendwas herausfinden kannst über diese farbigen Zimmer.«

»Okay, aber ich glaube, es wird ziemlich schwierig sein, nach gestern abend von den Mädchen was rauszukriegen«, erwiderte Mooney. »Die halten jetzt erst mal dicht. Soll ich auch mit der Croft reden? Die weiß bestimmt, was geschehen ist.«

»Nein. Das spare ich mir für später auf.«

»Glaubst du, daß sie in Gefahr ist? Sie hat bestimmt so eng mit ihnen zusammengearbeitet wie diese drei untereinander.«

»Und was denkst du?«

»Ich finde, sie ist schließlich erwachsen. Sie weiß, was gespielt wird. Wenn sie fürchtet, daß etwas faul ist, kann sie sich ja einschließen, bis sich die Situation geklärt hat.«

»Finde ich auch.«

»Habt ihr schon den *Chronicle* gelesen?« fragte Hirsch.

»Die haben viel Spaß gehabt mit dem roten Schlafzimmer, nicht wahr?« sagte Haydon. »Wer hat ihnen die Information gegeben?«

Hirsch schaute peinlich berührt drein. »Einer der Reporter hat einen neuen Labortechniker ausgequetscht. Der Bursche wußte noch nicht, wie man sich in einem solchen Fall verhält. Verständlich.«

»Aber nicht zu dulden. Hat schon jemand mit ihm gesprochen?«

Hirsch warf einen Blick auf Mooney. »Ich«, sagte er dann.

»Der Reporter hatte genug Details«, fuhr Haydon fort, »um die Geschichte saftig zu machen. Ich kann es ihm nicht verdenken. Es war ziemlich auffallend. Trotzdem ist es für die Presse bis jetzt ein einzelner Vorfall. Die Kielman war eine Frau, die krank wurde und starb. Die Geschichte der Steen erschien nur auf den hinteren Seiten, und von dem mexikanischen Mädchen hat überhaupt nichts in den Zeitungen gestanden. Solange niemand auf eine mögliche Beziehung zwischen den Fällen stolpert, ist es okay.«

Keiner sagte, was er dachte. Die Presse würde nicht lange stillhalten. Also mußten sie schnell arbeiten, bevor sie von den Schlagzeilen unter Druck gesetzt wurden.

Haydon schaute seine Kollegen an. »Leo, fahr im Leichenhaus vorbei und laß dir die Fotos von dem mexikanischen Mädchen geben. Dann fahr in den Magnolia Park und sieh zu, was du dort über sie herausfindest. Die anderen Mädchen haben vermutlich ein anderes Niveau, also könnte es sein, daß sie gar nicht in unsere Serie gehört. Andererseits stammt sie aus Lateinamerika.

Und damit wären wir bei den Klubs. Um die kümmere ich mich selbst. Man muß auch diese Burschen –«, Haydon langte nach einem Aktendeckel und schlug ihn auf, »– diesen Paolo Guimaraes und den Miguel de la Borda befragen. Das sind die zwei, deren Namen in den Verträgen mit der Steen auftauchen.«

Wieder nippte er an seinem Kaffee. Angewidert stellte er dann den Becher auf die andere Seite seines Schreibtisches, dicht vor die Wand.

Dann saßen sie schweigend da. Mooney betastete unwillkürlich den oberen Rand seines Magens mit der Hand, als versuche er auf diese Weise, mit seinem Geschwür zu sprechen, während es Hirsch insgeheim vor dem Klinkenputzen in den Seitenstraßen rings um den Magnolia Park graute. Er roch schon die ranzigen Chemiedüfte, die im Mexikanerviertel wie ein Industriefurz in der Luft hingen.

Mooney merkte als erster, daß Haydon nichts mehr sagen würde. Er schaute Hirsch an, der die Augenbrauen hochzog und dann mit den Achseln zuckte. Haydon war in Gedanken versunken und schien mit seinen Anweisungen am Ende zu sein.

Mooney ergriff die Initiative, stand auf und nahm seinen Dienstrevolver aus dem Aktenschrank. Er schaute Hirsch an, der nickte, sich ebenfalls erhob und sich seinen Revolver von Mooney geben ließ.

»Es ist uns peinlich, gleich nach dem Essen aufbrechen zu müssen ...« scherzte Mooney.

»Ed«, unterbrach ihn Haydon und schaute immer noch gedankenverloren ins Leere, »kannst du dir eine Kopie von dem Foto besorgen? Nimm es mit und zeig es herum. Es ist natürlich ein Schuß ins Blaue.«

»Wird gemacht.«

»Und laßt von euch hören«, sagte Haydon.

Wieder warfen sich Mooney und Hirsch Blicke zu.

»Wird gemacht«, wiederholte Mooney, dann gingen sie hinaus.

Bevor sie durch den langen, grauen Korridor zu den Aufzügen gekommen waren, hatte Haydon bereits die Schachtel hervorgeholt, in der die Fotoalben der Steen lagen. Er nahm die drei Seiten mit den Bildern heraus, die in den bunten Zimmern entstanden waren, und ging mit ihnen hinunter ins Fotolabor.

Nachdem er durch die Schwingtüren aus Milchglas gegangen war, drückte er auf den Klingelknopf auf der Theke, die den Warteraum vom Labor trennte. Auf der anderen Seite der Theke standen mehrere Schreibtische, alle verlassen, und eine Wand war mit fotografischen Kuriositäten vollgepflastert, manche alt und vergilbt, andere in überraschenden, unrealen Farben moderner, wissenschaftlicher Fotografie – Vergrößerungen, Luftaufnahmen, Mikrofotos und Kodak-Schnappschüsse. Der stechende Geruch der Entwickler-Chemikalien stach Haydon in die Nase.

Aus dem einen der beiden Gänge, die neben der Fotowand begannen, kam ein hagerer junger Mann in einer schlechtsitzenden Uniform und wischte sich die braunfleckigen Hände an einem

Papierhandtuch ab. Er schaute auf die leeren Schreibtische und schüttelte den Kopf.

»Ich glaube, Delores ist blasenkrank«, sagte er. »Sie ist ständig auf dem Klo.« Dann kam er zur Theke herüber. »Was haben Sie?«

Haydon legte die Blätter auf die Theke vor Randal Murray, dessen öliges, schulterlanges Haar die Regeln der Polizei aufs schwerste verletzte. Dieses Haar war Gegenstand eines fortgesetzten Kampfes gewesen, in dem Murrays Vorgesetzter den Kopfschmuck des Fotografen gegenüber dem Captain verteidigte, und zwar mit allem, was ein erwachsener Mensch als Rechtfertigung vorbringen konnte. Er erklärte, Murray sei ein »fotografisches Genie«, der beste Labormann zwischen New York und Los Angeles, und man müsse eben kreativen Persönlichkeiten gewisse Zugeständnisse machen, um den besten Mann für den Job zu bekommen. Er erklärte sogar, daß sich Murray ohnehin die meiste Zeit in der Dunkelkammer aufhalte und daß nach persönlicher Schätzung des Lieutenants nur neunzehneinhalb Prozent der Leute, die das Labor betraten, Murray zu sehen bekamen, und dann meist auch nur für Sekunden.

Der Captain hatte sich von alledem nicht rühren lassen. Er meinte, es sei ihm egal, ob Murray hundert Prozent seiner Zeit in der untersten Schublade eines Aktenschranks verbringe – wenn er die Uniform der Polizei trage, müsse er sich auch ihren Bestimmungen unterwerfen. Entweder er lasse sich das Haar schneiden, oder der Lieutenant könnte ihm den Kündigungsbrief schicken.

Der derart bedrängte Lieutenant versuchte den launischen Murray zu überreden, daß er sich doch das Haar schneiden ließ – drei Zentimeter, und dann vergeudete er eine Menge Energie mit dem Bemühen, den Fotografen und den Captain voneinander fernzuhalten. Diese Insubordination wurde immerhin dadurch belohnt, daß das Labor im Rufe stand, eines der besten Polizei-Fotolabors in den USA zu sein.

»Oh, gut, Bilder aus dem wirklichen Leben«, sagte Murray, während er die Abzüge betrachtete. »Sehr aus dem Leben gegriffen. Sind Sie nicht mehr beim Morddezernat?«

»O doch, sicher«, sagte Haydon.

»Dann ist das eine Untersuchung, wie?« fragte Murray mit unbewegter Miene.

»Richtig.«

Murray lachte. »Na, ihr habt es schön.«

»Ich brauche von jedem dieser Fotos Vergrößerungen im Format achtzehn mal vierundzwanzig. Glauben Sie, das geht?«

»Ich hoffe.« Murray betrachtete sie aus der Nähe. »Sie werden vielleicht ein bißchen körnig, aber nicht schlecht.«

»Außerdem möchte ich Dreizehn-achtzehn-Vergrößerungen von jedem Gesicht.«

»Auch von Teilprofilen?«

»Ja, sogar von Gesichtsteilen.«

»Hm. Und was ist mit besonderen Kennzeichen? Narben oder Muttermale an Arschbacken und Titten?« Er nahm ein Vergrößerungsglas aus einer Schublade und strich sich das strähnige Haar hinter die Ohren, damit es ihm nicht ins Gesicht fiel, wenn er sich hinunterbeugte.«

»Gut.«

»Sonst noch was?«

»Ja, ich brauche sie –«

»– so schnell wie möglich«, sagte Murray, nickte wissend und blickte dann hoch.

»Die Sache ist sehr eilig«, bekräftigte Haydon.

»Scheiße, das hab' ich nie bezweifelt.« Murray schüttelte sein fettiges Haupt und legte wieder das Vergrößerungsglas auf die Fotos.

Haydon ignorierte seine herausfordernde Art wie bei einem schlecht erzogenen Kind. »Wann kann ich sie haben?«

Murray warf noch einen kurzen Blick darauf und schätzte die Zahl der Vergrößerungen ab. Dann zog er die Mundwinkel nach unten.

»Übernehmen Sie die Verantwortung, wenn ich was anderes zurückstelle?«

»Haben Sie denn noch andere eilige Arbeiten?«

Murray bedachte Haydon mit einem Blick von sarkastischer Nachsicht.

»Okay«, sagte Haydon. »Ich übernehme die Verantwortung.«

»Morgen früh. Sagen wir, um halb elf.«

Als er wieder in seinem Büro war, machte sich Haydon an den Papierkram und füllte die Anträge aus, die er brauchte, um die Fingerabdrücke aus dem Reihenhaus in den Computer eingeben zu können. Dann beantragte er Daten von der Analyseabteilung über alle Personen, die eines Giftmords verdächtigt, oder überführt worden waren, Anschläge auf Prostituierte begangen zu haben, über Psychopathen, die gegen Prostituierte in irgendeiner Form tätlich geworden waren, und über Personen, die man verdächtigte, Massenmorde verübt zu haben.

Nachdem er den letzten Umschlag in die Hauspost gesteckt hatte, ging er zurück in sein Büro und rief Marvin Farris an, den Anwalt von Sally Steen, dessen Namen Hirsch in den Papieren der Steen entdeckt hatte. Er stellte sich telefonisch der Sekretärin von Farris vor, die ihn warten ließ, während im Hörer eine Streicherversion von »Moon River« ertönte. Als sich Farris schließlich meldete, war er zurückhaltend, aber höflich.

»Hier spricht Marvin Farris, Sergeant. Was kann ich für Sie tun?«

»Ich untersuche den Tod einer ihrer Mandantinnen, Mr. Farris. Sally Steen.« Haydon wartete einen Augenblick, erhielt aber keine Antwort. »Wußten Sie, daß Sally Steen tot ist?«

»O ja, das wußte ich. Aber ich hätte nicht gedacht, daß ihr Tod das Morddezernat interessieren könnte.«

»Ich habe nicht gesagt, daß ich vom Morddezernat bin.«

»Ach, sind Sie nicht aus dieser Abteilung?«

»Doch.«

Wieder herrschte ein paar Sekunden lang Schweigen, dann fuhr Haydon fort.

»Wir haben Kopien der Dokumente von Miss Steen, aus ihrem Haus . . .« Farris stieß einen Laut des Unwillens aus, den Haydon nicht interpretieren wollte. »Dabei haben wir festgestellt, daß eine Miss Judith Croft als Haupterbin von Miss Steen eingesetzt ist. Wir hätten gern gewußt, ob Sie sich deshalb bereits mit Miss Croft in Verbindung gesetzt haben.«

»Ich habe mit Miss Croft gesprochen, ja.«

»Wußte sie schon vor Ihrem Gespräch, daß sie die Haupterbin von Miss Steen war?«

»Das kann ich Ihnen wirklich nicht sagen, Sergeant.«

»Sie wissen es nicht?«

»Ich meine, ich kann es nicht sagen.«

»Dann muß ich anders fragen. Hat Miss Croft Sie deshalb angerufen, oder haben Sie sich mit ihr in Verbindung gesetzt?«

»Das ist ebenfalls eine Frage, die ich nicht beantworten kann – tut mir leid.«

»Mr. Farris«, sagte Haydon ungeduldig, »vertreten Sie inzwischen Miss Crofts Angelegenheiten?«

»Ja, das ist richtig.«

Haydon schüttelte den Kopf. Jetzt, wo offen darüber geredet wurde – obwohl Farris versucht hatte, auszuweichen –, schien sich der Anwalt ein wenig zu lockern.

»Haben Sie ein spezielles Interesse an Miss Croft, Sergeant? Ich bin sicher, sie ist bereit zu helfen, so gut sie kann. Sie ist zutiefst erschüttert über den Tod von Miss Steen. Ich bin sicher, Sie verstehen das. Die beiden waren eng befreundet.«

»Ja, das kann ich verstehen.«

»Offensichtlich sind Sie der Meinung, der Tod von Miss Steen habe möglicherweise keine natürlichen Ursachen. Ist das korrekt?«

»Nicht ganz.« Haydon fand, daß Farris kein Monopol auf Ausweichmanöver hatte.

»Ich glaube, das verstehe ich nicht ganz«, sagte Farris.

Haydon widerstand der Versuchung, sich mit dem Anwalt eine Sparring-Runde zu liefern.

»Wir haben noch nicht den endgültigen Bericht des medizinischen Sachverständigen, und bevor wir nicht die genaue Todesursache kennen, müssen wir alle Möglichkeiten untersuchen.«

»Ich verstehe.«

»Kennen Sie einen Paolo Guimaraes oder einen Miguel de la Borda?« fragte Haydon und wechselte damit sein Thema.

Farris zögerte einen Augenblick – er überlegt sich, wie er sich verhalten soll, dachte Haydon – und tat dann so, als ob ihm allmählich dämmerte, um wen es sich dabei handeln könnte.

»Ja ... Ja, ich glaube mich zu erinnern, daß Miss Steen an zwei Nachtklubs beteiligt war, die den beiden Männern gehören. Ihr Anteil war übrigens recht gering. Aber ich nehme an, das wissen Sie bereits.«

»Sind die beiden amerikanische Staatsbürger?«

»Ich glaube, weder der eine noch der andere. Mr. de la Borda stammt aus Panama, soviel ich weiß, und Guimaraes ist Brasilianer. Beide haben eine Menge Geld investiert, hier in Houston und im ganzen Süden.«

»Dann haben die beiden vermutlich geheime Telefonnummern. Ich habe sie jedenfalls nicht im Telefonbuch finden können. Könnten Sie mir die Nummern und die Adressen aus Ihren Unterlagen übermitteln?«

»Es ist Ihnen sicherlich klar, daß ich das nicht kann, Sergeant. Ich bin jederzeit bereit, Ihnen zu helfen, aber nur, solange es das Vertrauensverhältnis zwischen mir und meinen Klienten nicht stört.«

»Vielen Dank – aber ich glaube, das ist vorläufig alles. Ich bin Ihnen sehr dankbar.«

»Gern geschehen«, sagte Farris.

Zum Mittag ließ sich Haydon ein Sandwich bringen und verbrachte dann den Rest des Tages vor dem grünen Monitorschirm des Computers. Er stellte eine alphabetische Liste aller Namen zusammen, die bisher bei den Todesfällen der Callgirls aufgetaucht waren, und gab sie dem Computer ein, dann wählte er eine Vielzahl von Datensammlungen aus. Wenn die Antwort positiv ausfiel, ließ er sich einen Ausdruck anfertigen, den der Computer mit geschwätziger Tüchtigkeit ausspuckte. Haydon riß das perforierte Papier aus dem Rückteil des Geräts und heftete es der Akte bei, dort, wo der betreffende Name auftauchte.

Als er am Donnerstagabend nach Hause fuhr, hatte er bereits zwei Drittel seiner Liste erledigt und ein paar zusätzliche Namen herausgefunden. Am Freitagmorgen kam er früh ins Büro, bevor die Leitungen überlastet waren, und setzte seine Suche mit dem Computer fort, unterbrach sie nur, um mit Hirsch und Mooney zu sprechen, die mehrmals anriefen, um enttäuschende Ergebnisse mitzuteilen. Die Suche nach den Namen war am frühen Nachmittag zu Ende, und von da an ergänzte Haydon die Hauptakte durch Niederschriften der Berichte von Mooney und Hirsch. Er hatte die Akte einfach mit der Aufschrift CALL-GIRLS versehen. Als er am Freitagabend nach Hause fuhr, nahm er sich die Akte mit.

16

Cinco lag auf der Terrasse in einem Netzwerk aus Schatten und schnappte verärgert nach den Junikäfern, die vom Licht aus der Glastür zur Bibliothek angelockt wurden. Drinnen war Nina gerade aufgestanden, hatte eine Schallplatte mit den Nocturnes von Chopin umgedreht, und war zu ihrem Lehnsessel zurückgekehrt, wo sie die Füße unter sich zog und die neue Juliausgabe von *Town and Country* aufschlug. Haydon saß am Refektoriumstisch mit dem Rücken zu ihr und ging seine Akte zum zweitenmal durch.

Als der Türgong vom Vordereingang ertönte, hob Haydon den Kopf. Er wußte, daß Nina ihn ansah, um festzustellen, ob er jemanden erwarte, daher schüttelte er den Kopf und zog die Schultern hoch. Er hörte, wie Nina ihre Zeitschrift weglegte und zur Sprechanlage ging, die sich neben der Tür zur großen Diele befand.

»Ja?«

»Nina, meine Liebe – hier ist Harl.« Die Stimme klang tief, sogar über den Lautsprecher. »Sind Sie allein? Stehen uns ein paar schöne, gemeinsame Stunden bevor?«

Nina lachte. »Ich lasse Sie rein, Van, aber Sie werden mich teilen müssen. Er ist da.«

»Ach, verdammt.«

Sie drückte auf den Knopf, der das Tor an der Einfahrt öffnete, und Haydon drehte sich um.

»Er hat etwas, sonst würde er nicht persönlich vorbeikommen.«

»Ich lasse ihn rein«, sagte Nina. Sie lächelte, als sie hinausging in die Diele, auf die Haustür zu.

Vanstratens Stimme eilte ihm voraus; sie vermittelte seine gute Laune. Als sie in die Bibliothek kamen, hatte er einen Arm um Nina gelegt, und die beiden lachten.

»Ich verstehe das nicht«, sagte er, blieb an der Tür stehen und richtete die Augen auf Haydon. »Sie nimmt mich nie ernst. Ich weiß«, sagte er und schaute zu ihr hinunter, »bei einem Sherry gelingt es mir viel besser, jemanden zu überreden. Holen Sie uns einen, und ich stelle es unter Beweis. Alles sieht anders aus bei einem Glas Sherry.«

»Drei Sherrys?« fragte sie, lächelte noch immer und schaute Haydon an.

Haydon nickte; Vanstraten kam heran an den Refektoriumstisch und sah nach, was Haydon las.

»Hm«, machte er.

»Was haben Sie?« fragte Haydon. Er deutete auf einen der roten Ledersessel und drehte seinen eigenen Sessel herum, um den Pathologen ansehen zu können.

Vanstraten setzte sich und zündete sich eine Dunhill-Zigarette an. Er zupfte seinen Anzug zurecht, zog die weißen Hemdmanschetten nach vorn, bis sie aus den Ärmeln schauten, und verschränkte dann die langen Beine.

»Ich glaube, ich habe das, was Sie suchen. Aber ich sag's Ihnen gleich, Stuart, es ist bizarr.«

Haydon wartete.

Auf einmal war Vanstraten ernst und geschäftsmäßig. »Wie sich herausstellte, waren alle vier Mädchen verhältnismäßig in Ordnung. Keine hat Ihrem Körper zuviel zugemutet, aber die Diagnose der organischen Veränderungen durch die Krankheit wurde in den Fällen der Kielman und der Parmer beträchtlich verschleiert durch das Vorhandensein von Medikamenten. Nicht, daß es sich dabei um beträchtliche Mengen handelte, aber es reichte, um die Untersuchung zu komplizieren. Die Steen war, wie ich schon sagte, das beste Untersuchungsobjekt, weil sie sich in gutem Gesundheitszustand befand und keine Drogen genommen hatte. Aber sie hatte dafür ein paar Jährchen mehr auf dem Buckel, und die Abtreibungen und der Herpes hatten einiges verändert.

Danach entstand eine Pause, während der Vanstraten schweigend rauchte. Nina kam herein, und jeder nahm sich ein Glas. Nina ließ sich in ihren Sessel sinken, gegenüber von Vanstraten, der ihr das Profil zuwandte, während er mit Haydon sprach.

»Köstlich«, sagte er, nachdem er am Sherry genippt hatte. Dann gestattete er sich ein weiteres, verschwörerisches Lächeln für Nina. »Okay. Es stellte sich also heraus, daß das junge Mädchen das perfekte Untersuchungsobjekt ist. Ich glaube übrigens nicht, daß sie mexikanischer Abstammung ist. Sicher lateinamerikanisch, aber nicht mexikanisch. Abgesehen davon war sie so jung, daß man sie lesen konnte wie eine Landkarte. Ein wahrer Segen. Sie muß ungefähr um die dreiundzwanzig gewesen sein. Keine Drogen, kein Alkohol. Nichts. Sie war im dritten Monat schwanger. Keine Impfnarben, also besaß sie vielleicht nicht die amerikanische Staatsbürgerschaft. Aber gehört die Impfung nicht zu den Voraussetzungen für die Einwanderung? Jedenfalls, die Beschreibung des Polizisten über ihr Verhalten vor dem Tod war für uns von unschätzbarem Wert, als wir uns mit ihr beschäftigten. Das hat uns viel Zeit erspart.«

Als Vanstraten abbrach, um wieder einen Schluck zu trinken, zündete sich Haydon eine von seinen Zigaretten an. Nina schaute ihn an.

»Natürlich deuteten die Krämpfe und die Anfälle auf eine neurologische Störung hin. Schön, aber man kann sich monatelang mit den betreffenden Gehirnabschnitten befassen und noch immer auf eine ganze Bibliothek von Informationen stoßen, die zur Entscheidung wichtig sind. Die mikroskopische Überprüfung der Zellpartien aus verschiedenen Gehirnabschnitten erlaubten uns, eine Reihe von Möglichkeiten von vorneherein auszuschließen. Delirium tremens kam nicht in Frage. Wir testeten auf Tetanus. Nichts. Dann versuchten wir es mit Guillain-Barré, der progressiven Paralyse. Nichts. Kinderlähmung? Nichts. Wir machten weiter, arbeiteten uns die Skala möglicher Störungen rauf und runter. Eine Virus-Enzephalitis? Nichts . . .«

Vanstraten ging die Liste neurologischer Krankheiten durch, die sie bei ihren Untersuchungen überprüft hatten, ohne Ergebnis. Haydon inhalierte tief und hörte geduldig zu. Vanstraten hatte offensichtlich eine ganze Menge von Tests durchgeführt. Es war genau die Art von Herausforderung, wie sie der Pathologe liebte; sie erforderte ein Höchstmaß an Kreativität von ihm selbst und von seinen Mitarbeitern.

»Schließlich begannen wir mit Vermutungen zu spielen«, fuhr Vanstraten fort. »Es hatte uns schon von Anfang an gestört, daß wir uns zu sehr auf die Logik verließen. Jetzt versuchten wir zu bestimmen, was allen vier Fällen gemeinsam sein konnte. Dabei fiel uns auf, daß dieses junge Mädchen anders war als die drei anderen. Sie nehmen doch nicht an, daß sie ein Callgirl war, oder?«

»Nein.«

»Dann konnten ihr die anderen das Virus nicht übertragen haben, jedenfalls nicht aufgrund Ihrer Theorie. Aber vielleicht hatten es sich auch die drei anderen nicht gegenseitig übertragen. Als wir uns vorzustellen begannen, daß das Virus jedem von ihnen einzeln verpaßt worden sein konnte, mußten wir unsere Untersuchungsmethoden ändern.

Wieder hörten wir uns das Band an, das Sie uns gegeben haben – ich glaube, es war das viertemal –, und jemand hakte ein bei der Beschreibung des Streifenbeamten, wie sich das Mädchen vorwärtsbewegt hatte. Er sagte, sie hätte den Wagen angegriffen, sei gegen den Zaun gerannt, als hätte sie ihn nicht gesehen, und sei gelaufen wie aus einem Zwang, hinter dem viel Energie steckt. Das hat uns aufhorchen lassen. Wir begannen unter ganz anderen Voraussetzungen zu arbeiten. Jetzt beschäftigten wir uns mit einer anderen Serie von Tests und trafen ins Schwarze. Die kleinen, patronenförmigen Viren waren nicht schwer zu entdecken. Wir konnten es kaum glauben, dachten, wir hätten uns geirrt.«

»Patronenförmige Viren?«

»Ja«, sagte Vanstraten und war offenbar nicht bereit, es näher zu erläutern. »Um eine Gegenprobe zu machen, untersuchten wir die betreffenden Gehirnpartien der drei anderen Frauen und unterwarfen sie den gleichen spezifischen Tests: histologische Untersuchung, fluoreszierende Antikörper und Mäusetest. Alles positiv. Alles, Stuart. Sie hatten alle Hydrophobie.«

»Was?«

»Ich sagte es Ihnen doch, es ist bizarr. Aber es gibt keinen Zweifel. Sie litten alle an Tollwut. Jedes dieser Mädchen ist gestorben wie ein tollwütiger Hund.«

17

Haydon saß in verblüfftem Schweigen da und starrte Vanstraten an. Er fühlte, wie sich seine Rückenmuskeln gegen die gebogene Lehne des polierten Armsessels aus Kirschholz spannten. Der Rauch der Zigarette in seiner rechten Hand, die von der Armstütze nach unten hing, eine Stellung, die man fälschlich als entspannt hätte bezeichnen können, stieg absolut senkrecht nach oben. Mit seinen geschärften Sinnen konnte er das Trommeln seines beschleunigten Pulses fühlen und das Klatschen hören, wenn die Junikäfer gegen die Scheiben der Bibliothekstür prallten.

»Was sagen Sie da?« fragte er schließlich.

Vanstraten schlug mit übertriebener Geste die Augen auf. »Was ich Ihnen sage? Was für eine Frage! Ich erkläre Ihnen, wie sie gestorben sind, oder besser, aus welchem Grund.«

»Alle vier?«

»Genau.«

»Aber wie haben sie die Tollwut bekommen?«

Vanstraten schüttelte den Kopf.

»Also schön – wie *könnten* sie die Tollwut bekommen haben?«

»Von Tieren, nehme ich an.«

»Hunde? Katzen? Ratten?«

»Ratten scheiden meines Wissens aus. Sie sind keine Überträger. Aber Eichhörnchen und Skunks. Und natürlich Fledermäuse.«

Haydon schaute Nina an. »Tiere. Mein Gott!«

»Deine Zigarette«, sagte sie.

Er führte die Hand zum Aschenbecher, gerade bevor die

Aschensäule abfiel. Dann drückte er die Zigarette aus. Nahm das Sherryglas, trank einen Schluck, war aber in Gedanken ganz woanders, und wandte sich schließlich wieder Vanstraten zu.

»Also gut«, sagte er. »Ich weiß, daß Sie das studiert haben. Also möchte ich von Ihnen wissen, wie so etwas passieren kann. Nina, könntest du den Sherry hierher bringen? Ich möchte jetzt nicht mehr als unbedingt nötig gestört werden.«

Nina ging hinüber ins Eßzimmer und kam zurück mit einer Karaffe, stellte sie vor den beiden Männern auf den Tisch und ließ sich dann wieder in ihren Sessel sinken.

»Sie sind ein Schatz, Nina«, sagte Vanstraten, hob die Karaffe an und füllte sein Glas zur Hälfte mit der goldenen Flüssigkeit. Dann bot er Haydon die Karaffe an, doch der schüttelte den Kopf. Er warf einen Blick auf Nina, und auch sie schüttelte lächelnd den Kopf. Dann lehnte auch er sich wieder zurück.

»Tollwut ist eine akute Viruserkrankung des Zentralnervensystems. Das Virus selbst gehört zur Rhabdovirusgruppe, das heißt lediglich, daß es die Form einer Patrone hat, wenn man es unter dem Mikroskop betrachtet. Um eine Infektion auszulösen, muß das Virus mit Nervengewebe in Kontakt kommen – mit jeder Art von Nerven. Bei einem Hundebiß zum Beispiel wird die Haut aufgerissen, Nervengewebe liegen frei, und das Virus kommt über den Schleim in Kontakt. Wenn es soweit ist, bleibt das Virus zunächst bis zu sechsundneunzig Stunden ohne irgendwelche Veränderungen an Ort und Stelle und kann vernichtet werden, wenn man die Wunde sorgfältig mit Seife und Wasser wäscht. Nach dieser Zeitspanne beginnt sich das Virus im Muskelgewebe zu vermehren; es infiziert die neuromuskulären und neurotendinalen Stränge in seiner Umgebung.

Dann breitet sich das Virus in einer zentripetalen Bewegung durch die Nervenbahnen aus, erreicht die peripheren Nerven und die Rückenmarksganglien. Von dort aus gelangt es über den spinalen Strang ins Gehirn. Sobald das Virus das Gehirn erreicht hat, vermehrt es sich fast ausschließlich in der grauen Masse und verbreitet sich zentrifugal entlang autonomer Nervenstränge, um weitere Gewebe zu erreichen, zum Beispiel die Speicheldrüsen, die Augen, die Geschmacksknospen, die Nervenenden der

Haare, die Nebennierenrinde, das geruchsbezügliche Neuroepithel, die Bauchspeicheldrüse und so weiter. Dabei entsteht eine Enzephalitis, und ihre Symptome sind die ersten, die man deutlich erkennen kann. Von da an kann man gefährlich in die Irre geführt werden, wenn man die Geschichte der Infektion nicht kennt. Ein Arzt würde den Patienten höchstwahrscheinlich gegen eine der vielen Formen von Enzephalitis behandeln, die ich bei unserer ersten Untersuchung erwähnte.

Von dem Augenblick an, wo das Virus die ersten winzigen Gehirnpartikel befällt und die ersten Symptome hervorruft, ist die Krankheit irreversibel. Sie verläuft grundsätzlich tödlich. Das heißt, ganz stimmt das auch nicht. Neunzehnhundertsiebzig hat ein sechsjähriger Junge in Ohio überlebt, nachdem er durch einen Biß einer tollwütigen Fledermaus infiziert wurde. Man hatte sofort eine Serie von Inokulationen durchgeführt, die normalerweise nur erfolgreich sind, während sich das Virus noch in der Inkubationszeit befindet; doch dann zeigten sich trotz Behandlung die Symptome der Tollwut. Der Kampf dauerte sechs Monate. Es gibt noch ein paar Berichte über Heilungen, aber die sind nicht durch Dokumente belegt.

Die klinische Manifestation der Tollwut kann man in drei Stadien einteilen. Die prodromale Periode ist gekennzeichnet durch leichtes Fieber, um achtunddreißig Komma fünf, durch Kopfschmerzen, Übelkeit, Appetitlosigkeit, Erbrechen und Halsschmerzen. Häufig findet man auch ein juckendes Gefühl an der Ansteckungsstelle, dem Biß, oder was es auch war. Die enzephalitische Phase ist gekennzeichnet durch eine Art nervöser Erregtheit, die sich auch durch Konfusion, Halluzinationen, Muskelspasmen und Sehstörungen ausdrücken kann. Die Zeiten geistiger Gestörtheit wechseln mit völlig klaren Perioden, aber bei fortschreitender Krankheit werden die lichten Momente seltener, kürzer. Die betroffene Person entwickelt Überempfindlichkeiten gegen helles Licht, laute Geräusche, Berührungen und sogar leichten Luftzug. Dabei steigt die Temperatur auf ungefähr neununddreißig Grad. Im autonomen Nervensystem entwickeln sich abnorme Reaktionen: Die Pupillen erscheinen geweitet, die Augen tränen, der Speichelfluß wird verstärkt und unkontrollierbar. Das ist das klassische ›Mundschäumen‹. Die Stimmbänder werden gelähmt.

Das letzte Stadium überlappt sich mit dem zweiten oder setzt es fort, in Verstärkung dessen, was ich eben beschrieben habe. Von da an kann man von schweren Gehirnstörungen sprechen. Alle bisher erwähnten Symptome erscheinen verstärkt. Wenn der Patient in dieser Periode lichte Momente hat, vermeidet er, Wasser zu schlucken und zeigt die Symptome einer klassischen Hydrophobie. Von da an fällt er rasch in ein Koma, und die Beeinträchtigung des Atemzentrums führt zum Tod durch Atemstillstand. Die Zeit vom Auftauchen der Symptome bis zum Tod dauert durchschnittlich vier Tage.«

Vanstraten hielt inne, trank etwas Sherry, schluckte ihn mit großem Genuß und bewegte dann die Zunge, um den Nachgeschmack zu kosten. »Es ist eine fürchterliche Art zu sterben.«

»Können Sie die eigentliche Todesursache etwas genauer beschreiben?«

»Nun, es bricht eben alles zusammen. Es gibt Gehirnschwellungen, hormonale Störungen, Sauerstoffmangel, eine bakterielle Pneumonie, unregelmäßigen Puls, kongestives Herzversagen, einen starken Abfall des Blutdrucks, Blutgerinnsel, erst sehr niedrige, dann sehr hohe Körpertemperaturen, sekundäre bakterielle Infektionen, gastrointestinale Blutungen . . .« Vanstraten breitete die Hände aus; eine Geste der Hilflosigkeit.

»Und alle diese Frauen sind so gestorben?« fragte Nina.

»Ich fürchte, ja. Zumindest ist die Krankheit bei allen auf diese oder ähnliche Weise abgelaufen. Sie haben, fürchte ich, das alles durchgemacht, was ich gerade beschrieben habe.«

»Gibt es Variationen – ich meine, verschiedene Arten von Tollwut? Können Sie zum Beispiel sagen, ob das Virus von einem Hund, einer Fledermaus oder einer Katze stammt?« fragte Haydon.

»Auf die erste Frage kann ich mit Ja antworten. Auf die zweite nicht. Es gibt nur einen entscheidenden Unterschied. ›Stumme Tollwut‹ beschreibt eine Manifestation der Krankheit, bei der kein aggressives Verhalten auftritt. ›Rasende Tollwut‹ bezeichnet eine Form, in der der Patient überaus erregt erscheint. Bei der ›paralytischen Tollwut‹ ist die Paralyse das hervorstechendste Symptom. Die Krankheit wirkt sich bei verschiedenen Menschen unterschiedlich aus, und diese Typifizierung versucht nur, die äußeren Erscheinungen zu beschreiben.«

»Und Sie können nachher nicht feststellen, welche von den drei Formen vorgelegen hat?«

»Nein. Aber nach den Beschreibungen auf Tonband, die Sie mir gegeben haben, scheint dieses arme, lateinamerikanische Mädchen die Symptome der ›rasenden Tollwut‹ gezeigt zu haben.«

»Haben Sie eine Ahnung, wie viele Tiere um diese Jahreszeit in der Umgebung von Houston von Tollwut befallen sind?«

»Ja.« Vanstraten grinste. »Als mir klargeworden war, was wir da an der Hand hatten, habe ich unser Archiv gebeten, sich genau zu erkundigen.« Er brachte ein kleines Notizbuch zum Vorschein und schlug es auf. »Im Jahre neunzehnhundertneunundsiebzig hatten wir elf Tiere mit Tollwut. Das heißt, so viele wurden festgestellt und nachgewiesen. Drei Skunks, vier Fledermäuse, ein Hund, zwei Katzen und ein Pferd. Neunzehnhundertachtzig gab es vier Fälle: ein Skunk und drei Fledermäuse. Neunzehnhunderteinundachtzig achtzehn Fälle: vier Skunks und vierzehn Fledermäuse. Neunzehnhundertzweiundachtzig, also in diesem Jahre, bis jetzt neun Fälle: sechs Skunks, zwei Fledermäuse und eine Katze.« Er klappte das Notizbuch zu und steckte es wieder ein.«

»Sie kennen meine nächste Frage.«

»Ja – vermutlich. Wir hatten noch keinen einzigen Fall von Tollwut bei Menschen in Houston. Und nur ganz wenige in Texas. Ich habe zwanzig Jahre zurückgeblättert. Ein Fall neunzehnhundertzweiundsechzig, ohne weitere Details. Einer zweiundsiebzig, ein seltsamer Fall von zufälliger Ansteckung. Ein sechsundfünfzigjähriger Labortechniker, der bei einer pharmazeutischen Firma in Temple arbeitete, bereitete Rabies-Impfstoff vor, wobei er ein stabilisiertes Tollwutvirus benützte. ›Stabilisiert‹ bedeutet, daß das Virus in gewisser Weise verändert wurde, so daß es zwar nicht auf Menschen übertragen werden kann, aber dennoch ein lebendiges Virus bleibt. Das heißt, man nahm an, es sei nicht auf Menschen übertragbar, bis sich dieser Unglücksfall ereignete. Der Techniker homogenisierte Gehirnmasse einer tollwutbefallenen Ziege in einem Mixer. Offenbar hat er beim Umfüllen in der Luft befindliche Viren eingeatmet; jedenfalls infizierte er sich mit dem Virus und starb. Neunzehnhundertsechsundsiebzig starb ein dreizehnjähriger mexikanischer Junge, nachdem er in San Antonio von einem tollwütigen Hund gebissen worden war. Und neunundsiebzig starb ein siebenjähriges mexikanisches Mädchen an Tollwut, in Egale Pass, an der mexikanischen Grenze. Keine Details. Das ist alles.«

»Gibt es nationale Statistiken?«

»Im Durchschnitt ereignete sich in den letzten zwanzig Jahren rund ein Fall pro Jahr. Und das schließt Guam, Puerto Rico und die Jungferninseln ein, sowie die Fälle, wo sich der Patient die Tollwut außerhalb der Vereinigten Staaten zugezogen hat und hierhergebracht wurde zur Behandlung.«

»Also ist die tatsächliche Zahl von Tollwutfällen in den Vereinigten Staaten noch geringer.«

»Ja, etwas geringer. Es sind wirklich sehr, sehr wenige.«

Haydon trank seinen Sherry aus und stellte das leere Glas auf den Refektoriumstisch. Dann fiel sein Blick auf die Bücherregale. Das Licht kam von den drei Stehlampen auf den Beistelltischen neben den drei Anwesenden, und ihr Schein fiel auf die vielen Bücherrücken. Einige Bände mit Goldlettern funkelten im Licht, als wären sie in golddurchwirktes Leinen gebunden.

Haydon stand auf, ging um den Tisch herum und schaute dann hinaus auf die Terrasse. Cinco schlief; er hatte den Kampf mit den Junikäfern aufgegeben. Haydon sah, wie einer der Käfer über den Rücken des alten Hundes lief. Er hörte das Geräusch, wie Vanstraten sich noch einen Sherry einschenkte. Hörte das Schnappen des Dunhill-Feuerzeugs.

»Es ist fast zu gespenstisch, als daß man darauf kommen würde, nicht wahr?« sagte Vanstraten.

»Angesichts der Statistiken und der Situation werde ich nicht umhin können.« Haydon schaute immer noch durch die Terrassentür hinaus.

»Sicher gibt es noch etwas anderes – ich meine, eine andere

Erklärung für diese Fälle«, sagte Nina. »Wir sind hier in einem alten Teil der Stadt. In vielen Gebäuden hausen Fledermäuse. Und denkt mal an die vielen Türme rings um die Universität.«

Haydon drehte sich herum. »Und die Fledermäuse beißen nur Callgirls?«

»Aber wer könnte das sonst gemacht haben?«

»Eine gute Frage«, sagte Haydon und kam wieder zum Tisch. »Van, ist es eigentlich schwierig, jemanden mit Tollwut zu infizieren, so, daß er es nicht merkt?«

»Das habe ich nicht gemeint«, protestierte Nina.

»Sie meinen, daß jemand, der so etwas tut, verrückt sein muß.« Vanstraten lächelte Nina an. »Ein wenig Symbolismus ist immer angebracht, im Leben wie im Tode.«

»Nun, was ist Van?« drängte Haydon.

»Also, das Virus ist nicht allzu kräftig, wenn man von der Art der Infektion ausgeht. Seine Virulenz ist es, die unsere Angst davor entstehen läßt. Der sichere Tod. Und außerdem handelt es sich keineswegs um ein Virus, dessen Verhalten bereits ganz bekannt ist. Sagen wir, Sie wurden von einer Fledermaus gebissen und infiziert. Das Virus kann bis zu sechsundneunzig Stunden an der Ansteckungsstelle bleiben, wie ich sagte. Danach wandert es über die Nervenbahnen in Richtung auf das Zentralnervensystem, das Gehirn. Diese Periode bezeichnet man als die Inkubationszeit. Während der Inkubationszeit vermehrt sich das Virus nicht, es wandert nur. Und es bewirkt keinerlei Symptome. Im Verlauf dieser Reise durch den Körper verliert die Wissenschaft seine Spur. Es kann irgendwo unterwegs aufgehalten werden und eine Weile ruhen, dann weiterwandern und noch einmal ruhen. Man weiß nicht, wie es sich während dieser Zeit verhält. Es kann auch direkt ins Gehirn gelangen, auf dem kürzesten Weg. Aber sobald es das Gehirn erreicht hat – wenn es seinen Wirt befallen hat, wie man es medizinisch bezeichnet –, machen sich die ersten Anzeichen der Krankheit bemerkbar, vielleicht leichtes Fieber oder Kopfschmerzen. Von diesem Augenblick an ist man bereits dem Tode geweiht. Von da an hat man höchstens noch vier Tage zu leben.«

»Auch wenn man behandelt wird?«

»O nein. Bei medizinischer Intervention kann man das Leiden über fünfzehn bis zwanzig Tage hinziehen. Aber früher oder später erreicht das Versagen der Organe einen Punkt, bei der die Medizin nicht mehr in der Lage ist, ihr zu begegnen. *Finis.*«

»Und wie variiert die Inkubationszeit?«

»Sie reicht in seltenen Fällen von zehn Tagen bis zu einem Jahr und mehr.«

»Mein Gott.«

»Ja, das ist das Dumme für Sie. Bei diesen Todesfällen wird es keinen Tatort zu ermitteln geben. Selbst wenn Sie heute abend Ihren ›Verrückten‹ erwischen, können ein Jahr danach noch Menschen sterben, die er auf dem Gewissen hat. Hypothetisch.«

»Und wie könnte er seine Opfer infizieren?«

»Es gibt da unzählige Möglichkeiten. Er braucht nur das lebende Virus mit einem freiliegenden Nervengewebe in Kontakt zu bringen. Ein kreativer Geist kann sich da alles mögliche ausdenken, was ohne Schwierigkeiten zu bewerkstelligen ist.«

»Zum Beispiel?«

»Wenn man ein Magengeschwür hat, reichen ein paar Tropfen in einem Getränk. Ein paar Tropfen in einer Flasche Visine, einem Augenwasser, oder in irgend etwas, das mit einer Nadel injiziert wird; irgendein Aerosol, mit dem man die Viren einatmet, ein paar Tropfen in einem Nasenspray oder einem Vaginalspray, einem Mundwasser oder Gurgelwasser gegen Halsbeschwerden. Es gibt zahllose Möglichkeiten.«

Haydon setzte sich. Jetzt wußte er nicht mehr, wie er weiterfragen sollte. »Und die Prophylaxe?« fragte er.

»Es gibt zwei Möglichkeiten«, sagte Vanstraten und hielt die Zigarette am Filter, so daß sie senkrecht nach oben stand. »Für Tiermediziner, die ständig dem Risiko ausgesetzt sind, gibt es vorbeugende Spritzen, die sie gegen Infektionen immun machen. In postinfektiösen Situationen, also wenn jemand von einem tollwütigen Tier gebissen wurde, kann man die Infektion in den meisten Fällen verhindern, wenn man immunisiertes Tollwut-Globulin mit einem Wirkstoff injiziert, zu dessen Herstellung abgetötete Viren verwendet wurden. Sobald der Wirkstoff injiziert ist, verstärkt er das körpereigene Immunsystem. Die passiven Antikörper gegen Tollwut neutralisieren das Virus innerhalb des Körpers, während der Körper selbst durch den Wirkstoff weitere Antikörper produziert.«

»Und die Inkubationszeit – kann man die verändern?«

»Wie meinen Sie das?«

»Kann man sie verkürzen, also den Inkubationsprozeß beschleunigen?«

»Hm, da gehen die Meinungen auseinander. Bei den kürzeren Inkubationszeiten haben wir es offenbar mit einer gleichartigen Krankengeschichte zu tun. Dabei spielt auch die Anzahl der eingeführten Viren und der Zustand der Wunde eine Rolle. Ein Hundebiß zum Beispiel bewirkt häufig eine Verletzung, bei der größere Haut- und Gewebepartien zerstört werden, die einer höheren Menge von Viren den Einlaß ermöglichen und nicht so gut gereinigt werden können. Auch das Abwehrsystem des Wirts spielt eine Rolle. Wenn der Patient bereits krank war, wenn es sich um einen Rauschgiftsüchtigen mit geringen immunologischen Abwehrkräften handelt, läßt sich das Virus wahrscheinlich weniger leicht aufhalten bei seiner Wanderung ins Gehirn. Einige behaupten sogar, die Stelle der Infektion sei dafür maßgebend. Wenn jemand in den Fuß gebissen wurde, hätte er zum Beispiel eine längere Inkubationszeit als jemand, der ins Gesicht gebissen wurde, von wo aus es nicht weit ist bis zum Gehirn.«

Plötzlich beugte sich Haydon nach vorn. »Mein Gott! Walther! Was ist mit Walther?«

Danach entstand beunruhigtes Schweigen. Keiner rührte sich. Und dann wandte sich Vanstraten rasch dem Telefon zu.

»Ich schicke einen von meinen Leuten mit den Impfstoffen in die Notaufnahme des Ben-Taub-Krankenhauses.« Er wählte und sprach rasch, wobei er jedes seiner Worte mit germanischen Modulationen unterstrich. Es war ein Zeichen für Vanstratens Aufregung, wenn er begann, mit Akzent zu sprechen.

Danach knallte er den Hörer auf die Gabel und trank den Rest des Sherrys aus, der sich noch in seinem Glas befand. »Ich fahre gleich hin. Ich möchte mir sein Gesicht anschauen, wenn er hereinkommt. Ich muß sicher sein, was die Infektion betrifft. Stuart, bitte sorgen Sie dafür, daß er sofort hinkommt.«

Nina ging mit Vanstraten hinaus, wobei der Pathologe mit leicht gesenkten Schultern und großen Schritten durch die Diele eilte. An der Tür gab er Nina einen Abschiedskuß auf die Stirn, dann ging er hinaus zu seinem Wagen.

Haydon telefonierte, als Nina wieder hereinkam. »... und bringen Sie ihn selbst hin. Haben Sie verstanden, Silva? Vanstraten wartet bereits auf ihn. Sagen Sie ihm, wer Sie sind. Vielleicht sollten Sie auch geimpft werden. Vanstraten wird es Ihnen erklären. Wenn Sie mit Walther im Ben Taub sind, rufen Sie mich an. Ich will wissen, ob es geklappt hat. Gut. Gut.«

Haydon legte auf und fuhr sich mit den Fingern durchs Haar. Er drehte sich um, und da stand Nina, die die Arme um ihren Oberkörper geschlungen hatte. Haydon sah, daß sie Tränen in den Augen hatte.

»Kannst du das glauben?« sagte er und atmete schwer.

Nina wischte sich das Haar aus dem Gesicht und holte tief Luft. Haydon stand in der Ecke des Raums, die Hände in den Hosentaschen. Keiner von beiden wußte, was er tun sollte. Anschließend ging Haydon wieder zum Telefon und tippte eine andere Nummer ein.

Es dauerte eine Weile, ehe er sich meldete. »Tut mir leid, Bob – hier ist Stuart. Sind Sie wach genug? Okay. In der Sache Steen hat sich etwas ergeben, und ich muß mit Ihnen reden. Nein, nein – nicht jetzt. Aber wie wär's zum Frühstück? Sie haben alle eingeteilt? Gut. Ja, ich weiß. Gute Nacht.«

»Willst du hier warten oder oben?« fragte Nina.

»Ich bleibe hier. Ich muß nachdenken.« Er schaute sie an, und seine Züge wurden weicher. »Geh hinauf, Schatz. Du brauchst den Schlaf. Es besteht kein Grund ...«

»Ich bleibe noch ein bißchen bei dir. Ich will auch wissen, was mit Walther ist. Ich mache uns Kaffee.«

»Gut«, sagte er und setzte sich wieder. Er zündete sich eine Zigarette an und schlug die Beine übereinander. Seine Augen zeigten, daß er in Gedanken schon bei einer anderen Sache war. »Das hört sich gut an«, sprach er geistesabwesend zu sich selbst.

18

Bob Dystal schmierte den letzten Happen seiner sechs Würstchen in den Überresten des Rühreis herum und polierte so den Teller, dann gab er einen Löffel Erdbeermarmelade auf die letzte Hälfte eines Toasts und aß ihn mit zwei Bissen. Er füllte sich die Tasse aus der Kanne, die auf dem Tisch stand, mit Kaffee und trank ihn, während er durch das vom Smog und von der Feuchtigkeit beschlagene Fenster des Restaurants hinausschaute. Draußen staute sich der Verkehr wie jeden Morgen.

Der untersetzte Lieutenant aß jeden Morgen im selben Kettenrestaurant. Er kam um halb acht, die beiden größeren Tageszeitungen von Houston unter den Arm geklemmt, saß immer am selben Fenstertisch und schaute hinaus auf die Schnellstraße. Die Kellnerin brachte ihm die Kaffeekanne, und der Koch gab die Eier und die Würstchen auf die Platte, nachdem er von der Kellnerin ein Zeichen erhalten hatte. Dystal aß, während er die Schlagzeilen und die wichtigeren Berichte las, dann lehnte er sich zurück, um geschäftliche Dinge zu besprechen, mit wem auch immer er sich zu seinem legendären Frühstück getroffen hatte. Manchmal kamen seine Frühstücksgäste selbst in den Schlagzeilen vor, waren darin vorgekommen oder wußten etwas über einen, der darin vorkam. Seine lockere Art hatte ihn zum erklärten Liebling von Informanten werden lassen, die keine Lust verspürten, sich für Informationen die Daumenschrauben anlegen zu lassen, um mehr mitzuteilen, als sie beabsichtigten.

Heute morgen war es Haydon, der zusah, wie sich Dystal zurücklehnte und in den noch heißen Kaffee blies.

»Verdammt und zugenäht, das ist wirklich gespenstisch«, sagte Dystal und schmatzte. Er gab immer Zucker in den Kaffee, den er nach dem Frühstück trank.

Haydon nickte. Sein Kopf fühlte sich schwer an, seine Halsmuskeln waren verspannt. Er hatte nur wenig geschlafen.

»Also bekommt Walther die Spritzen?«

»Und Silva. Walther wollte seine Schicht durcharbeiten, weil sie von heute an Tagesschicht haben. Sein Gesicht scheint zu heilen, jedenfalls nach der Auskunft von Silva. Mit Van habe ich nicht mehr gesprochen.«

»Vielleicht ist das Ganze gar kein Problem für uns, sondern für die Gesundheitsbehörde«, sagte Dystal. »Hatten diese Mädchen irgendwelche Hunde oder Katzen?«

»Nicht, daß ich wüßte.«

Dystal blickte hinaus auf die Straße. Es machte ihm Spaß, den Verkehr zu beobachten. Wenn niemand mit ihm frühstückte, schaute er einfach hinaus. Er betrachtete die Zulassungsschilder und überlegte sich, was für einen Beruf die Fahrer haben mochten.

»Ich finde, wir sollten trotzdem das Gesundheitsamt benachrichtigen.«

»Vanstraten macht das schon, heute vormittag.«

»Ich weiß nicht, ob da was für uns drin ist«, sagte Dystal. Er lehnte sich gegen das Fensterbrett und schaute sich in dem Lokal um. »Was hat Van gesagt?«

»Er sagt, aus einer Tollwutdiagnose kann man nicht sehr viel erkennen. Aber er will das Gesundheitsamt dazu bringen, daß es die Sache genau untersucht.«

»Ja, das wird das beste sein.« Dystal blies die Backen auf, während er den heißen Kaffee trank.

Haydon nickte.

»Haben Sie schon mal ein Tier mit Tollwut gesehen, Stu?«

Dystal war der einzige Mensch, der Haydon Stu nannte. Bei ihm klang es irgendwie nett und natürlich.

»Nie.«

»Wir haben sie gesehen, zu Hause. Meistens waren es Skunks. Skunks erwischt es am häufigsten. Dann Hunde und Füchse. Sieht ziemlich scheußlich aus. Und unheimlich. Tiere sind unheimlich, wenn sie aggressiv werden. Das merken sogar die anderen Tiere. Sie fühlen es, wenn ein Tier Tollwut hat, und gehen ihm aus dem Weg. Ziehen die Schwänze ein und bewegen sich sehr vorsichtig.«

»Und Tollwut bei Menschen?«

»Hab' ich nie gesehen. Aber ich hab' Geschichten darüber gehört. Die Leute auf dem Land erzählen sich solche Geschichten.« Er lächelte etwas scheu und ließ es dabei. »Hat Van schon eine Ahnung?«

»Er hat zuerst an ein Haustier gedacht, das alle vier bei sich hatten. Das war die erste logische Reaktion.«

»Und was ist die zweite logische Reaktion?« Dystal wußte ganz genau, was Haydon meinte.

»Unter diesen Umständen . . . Man erkennt, daß die erste logische Reaktion nicht richtig war.«

»Ja. Und was wollen Sie jetzt tun?«

»Es ist nicht das erstemal, daß mich das Ergebnis einer Autopsie überrascht. Und im Grunde ändert es nichts. Vier Mädchen sind ums Leben gekommen, in knapp drei Wochen. Drei davon kannten sich, vielleicht alle vier.« Haydon schüttelte den Kopf. »Ich möchte weitermachen wie geplant. Mal sehen, was das Gesundheitsamt zutage fördert, was Hirsch und Mooney herausfinden. Ich selbst werde mit der Croft sprechen, mit Guimaraes und de la Borda – mit anderen Worten, ich werde den Fall wie gehabt weiterverfolgen.«

»Dann lassen wir das Ende vorläufig offen.« Dystal trank den Kaffee aus und warf zwei Vierteldollar auf den Tisch. Er gab immer fünfzig Cents Trinkgeld, ganz gleich, wie hoch die Rechnung war. »Mal sehen, was dabei rauskommt. Vielleicht gar nichts.« Er hievte seinen wuchtigen Körper aus dem Stuhl und ging zur Kasse.

Haydon blieb einen Moment zurück, legte unauffällig einen Dollar zu den zwei Münzen und folgte Dystal dann zum Ausgang des Restaurants.

Die beiden Männer unterhielten sich noch kurz auf dem Parkplatz, wobei der Verkehr so laut war, daß sie fast schreien mußten, dann setzte sich Dystal in seinen Wagen und fuhr davon. Haydon ging zurück in das Restaurant und in die Telefonzelle neben den Toiletten.

Eine Frau mit der weichen, schleppenden Stimme einer Schwarzen meldete sich und erklärte in phlegmatischem Ton, daß Miss Croft ins »St. Rémy« gefahren sei.

Das »St. Rémy« war das exklusivste Gesundheitsbad in Houston und lag in einem bewaldeten Gelände nicht weit vom River Oaks Country Club entfernt. Es war, genau wie Judith Croft, *très chic.*

Nach ein paar Minuten fuhr Haydon über die Waldstraße zum Bad, das nach seiner Reklame für »Topmanager« und andere Reiche bestimmt war, die sich mit Luxus umgeben und zugleich ihrer Gesundheit dienen wollten. Das Angebot an Erholungsmöglichkeiten umfaßte alle Arten von Körperertüchtigung mit möglichst wenig Mühe und möglichst vielen Annehmlichkeiten. Designer-Sportkleidung war *de rigueur.*

Haydon hielt vor dem Portiershaus, stellte sich vor und fuhr dann auf die schmale Straße, die an riesigen Schirmkiefern vorbeiführte. Die Bäume bildeten ein Dach, das beinahe das ganze Gelände überdeckte. Eine Weile folgte die Straße einem Joggingpfad, der mit Superturf bedeckt war und sich wie ein moosiger Teppich durch den Wald wand. Hier und da öffneten sich die Pinien zu einer Lichtung, einer Wiese mit sauber gemähtem, smaragdgrünem Gras.

»St. Rémy« tauchte zur Linken auf, ein weißes Herrenhaus im Mittelmeerstil, das in den Streifen des Morgenlichts schimmerte, welches durch die Pinien brach. Haydon umrundete die elliptische Auffahrt, die sich vor dem palastartigen Gebäude befand, und entdeckte einen Parkplatz neben einem Gebüsch aus weißem Madagaskar-Jasmin. Die beiden Flügel des Gebäudes waren mit dem Haupthaus durch Pergolas aus Sandsteinsäulen verbunden, hinter denen man eine weite Rasenfläche erblickte. Der Rasen erstreckte sich über hundert Meter und grenzte an die Wälder des Memorial Parks. Die beiden Flügel enthielten die streng getrennten Bäder für Damen und Herren. Das Haupthaus mit der Turnhalle und dem überdachten Laufpfad, einem Restaurant, den Klubräumen und einer Handballhalle war gesellschaftlicher Treffpunkt für beide Geschlechter.

Haydon schlenderte an den Blumenbeeten vorbei zum Eingang des Hauptgebäudes, bog dann nach links ab und ging die Treppe hinauf zu der Pergola, die zum Damenflügel führte. Der zuckerweiße Portiko des Eingangs war flankiert von Kübelpalmen, die an Hollywoodfilme aus den dreißiger Jahren erinnerten. Haydon öffnete die Tür und wurde drinnen im Foyer vom Lächeln einer mageren Frau aufgehalten, die ein elegantes, kremweißes Seidenkostüm trug und hinter einem vergoldeten Louis-Seize-Schreibtisch saß.

»Kann ich Ihnen behilflich sein?« fragte sie. Ihre Stimme war glatt und gebieterisch zugleich.

»Ich bin mit Judith Croft verabredet.«

Die Frau zog ein Buch auf ihrem Schreibtisch zurate. »Sie ist beim Joggen.«

»Ja, ich weiß. Ich sollte hier auf sie warten.«

»Ach?«

»Ist das ein Problem?«

»Nun, normalerweise halten sich unsere Gäste nicht für präsentabel nach ihren anstrengenden Übungen – nicht für Besucher.«

»Wenn es wirklich ein Problem sein sollte, möchte ich mit Mrs. Arnault sprechen.«

Die Frau zögerte.

»Soll ich hinaufgehen zu Mrs. Arnault?« Er deutete auf die schön geschwungene Wendeltreppe zur Linken, die in den ersten Stock führte.

»Nein. Ich bin sicher, es geht in Ordnung . . .«

»Gut. Ich warte am Pool.«

»Oh . . . Besucher warten gewöhnlich im Aufenthaltsraum. Wir haben Gäste, die den Pool benützen.«

Haydon schaute ihr in die Augen.

»Es ist eigentlich nicht zulässig, daß Herren hinausgehen zum Pool, aber . . . Ich bin sicher, es geht in Ordnung.« Ihr Lächeln war angestrengt, als sie auf die Terrassentür zeigte, die sich zum Schwimmbecken jenseits des Aufenthaltsraums öffnete. Haydon drehte sich um und ging darauf zu.

Das ovale Schwimmbecken war eingefaßt mit glatten Fliesen, einem dichten Grasteppich und Kübelpalmen. Haydon ging zu einem der Glastische auf der Terrasse und setzte sich in den Schatten. Drei Frauen mit einteiligen Badeanzügen ruhten sich im sonnenbeschienenen, türkisfarbenen Wasser aus. Sie hatten die Arme auf den Rand des Beckens gelegt und die Beine vor sich ausgestreckt, wobei sie faul Wasser traten. Sie sahen Haydon und zeigten sich nicht sonderlich überrascht. Eine Frau kletterte aus dem Wasser und zog den Rand ihres Badeanzugs hoch, um die Sonnenbräune zu prüfen, die sie an den Schenkeln hatte. Haydon sah den dunklen Bogen, wo die Bräune an die weiße Haut grenzte. Zufrieden schob sie den Saum wieder zurück und langte nach einem Handtuch, das sie auf den Fliesen neben dem Becken ausbreitete. Dann legte sie sich hin und zog das Oberteil des Badeanzugs fast bis zu den Brustwarzen herunter, zupfte den Stoff so, daß er genau der Bräunungslinie entsprach, und legte sich dann auf ihr Handtuch.

Judith Croft tauchte unter einem Dach von Bananenblättern auf. Sie trug einen rosafarbenen Jogging-Anzug, der ihre hohen Hüften und die langen Beine vorteilhaft zur Geltung brachte. Sie tupfte ihr Gesicht mit einem gleichfarbigen, rosa Handtuch ab. Ihr schwarzes Haar glänzte seidig, aber zwischen den Brüsten waren dunkle Schweißflecken zu sehen. Sie zog die Stirn in Falten und schaute zu Haydon herüber. Er bemerkte nicht die Spur von Zurückhaltung, als sie ihn erkannte und auf ihn zukam.

Er stand auf, und sie setzte sich in den Boulevardstuhl gegenüber von Haydon. Sie warf das Haar in den Nacken, schaute auf die Frauen im Pool und schenkte Haydon dann ein kühles Lächeln.

»Nett, Sie zu sehen«, sagte sie.

»Guten Morgen.«

»Es freut mich, festzustellen, daß Sie diskret sein können, wenn auch nicht aufrichtig.« Jetzt wand sie sich das Handtuch um den Hals.

»Unter diesen Umständen kann ich kaum beides gleichzeitig sein.«

Ein schwarzer Angestellter in einer gestärkten weißen Jacke kam heraus, und die Croft bestellte sich eine Fruchtschale und einen Ananas-Orangendrink. Der Kellner wandte sich Haydon zu.

Haydon schaute die Croft an. »Was können Sie empfehlen?«

»Bringen Sie ihm doch einen Philippe«, sagte sie zum Kellner.

»Schöne Frauen«, murmelte Haydon und warf einen Blick hinüber zum Pool, als wartete er darauf, daß sich der Kellner außer Hörweite begab.

»Natürlich«, antwortete sie, folgte der Richtung seines Blicks und wandte sich ihm wieder zu. »Was wollen Sie?«

»Wir haben die Todesursache im Fall Sally Steen herausgefunden.«

Sie gab sich überrascht. »Und was war es?«

»Tollwut.«

Sie schauten sich an.

Ihr Gesicht veränderte keineswegs den Ausdruck, aber sie starrten einander noch längere Zeit schweigend an.

»Wie sagten Sie eben?« fragte die Croft zuletzt.

»Ich sagte Tollwut. Hydrophobie.«

Wieder schwiegen beide.

»Und was unternehmen Sie?« fragte die Croft gelassen.

»Ich werde Ihnen schildern, wie Sally gestorben ist.« Er hörte, wie er die Worte wiederholte, welche Vanstraten gesprochen hatte, um es ihm klarzumachen.

»Ich habe noch nie einen Polizeibeamten getroffen, der wirklich klug ist«, sagte sie. »Sie bilden da bestimmt keine Ausnahme.« Sie wandte sich ab und drückte sich den lose sitzenden Anzug gegen den Körper, was die dunklen Schweißstellen rasch vergrößerte.

»Und ich habe noch nie eine Hure kennengelernt, die nicht voller Argwohn steckt«, erwiderte er. »Sie bilden da auch keine Ausnahme.«

Die Croft riß den Kopf herum. »Sie Dreckskerl!«

Es war zu laut. Die Frauen am Schwimmbecken wandten ihnen die Köpfe zu.

Der Kellner kam heraus mit ihren Bestellungen: einem großen, grünen Limonengetränk für Haydon, der sich überlegte, was da drinnen sein mochte, und einem ebenso großen, gelblichen Drink mit einer Kirsche für die Croft. Ihre Fruchtschale war eine Mischung verschiedener, geeister Melonenbällchen mit einer Cocktailgabel und einer Serviette.

Sie tranken einen Schluck, wobei die Croft offenbar Mühe hatte, ihre Beherrschung wiederzugewinnen.

»Ich schlage vor, wir nehmen die Sache etwas gelassener«, sagte Haydon. »Ich versuche keineswegs, superschlau zu sein. Aber Sally ist wirklich an Tollwut gestorben. Es ist gestern abend endgültig festgestellt worden. Tollwut hat nichts mit der Mordkommission zu tun – das ist ein Problem für das Gesundheitsamt. An die haben wir den Fall übergeben.«

»Sie sind aber nicht hergekommen, um mit mir über die Probleme des Gesundheitsamtes zu sprechen.« Ihre Stimme zitterte noch ein wenig.

»Nein.« Haydon fragte sich, wie weit er bei ihr gehen durfte. Wahrscheinlich machte er jetzt einen Fehler. »Nein – aber es gibt da gewisse merkwürdige Umstände. Ich nehme an, Sie kannten Sandy Kielman, die vor ein paar Wochen gestorben ist.« Die Croft zeigte keine deutliche Reaktion. »Und natürlich kannten Sie Theresa Parmer.«

Bei jedem Namen veränderte sich Judith Crofts Ausdruck; schrittweise wich ihr Zorn einer spürbaren Nervosität. Es war deutlich zu sehen an den Augenbrauen, der erstaunlich ausdrucksvollen Stirn und den eleganten Händen, die mit dem Stiel der Kirsche spielten. Haydon erinnerte sich daran, wie sie ihren Drink in den Fingern gedreht hatte, damals bei seinem Besuch in ihrem Haus.

»Sie sind alle an Tollwut gestorben, ebenso wie eine vierte Person, eine junge, lateinamerikanische Frau, deren Beziehung zu den anderen uns noch unklar ist, vorausgesetzt, es hat überhaupt eine solche Beziehung bestanden.« Er ließ es dabei.

Die Frau, die neben dem Schwimmbecken in der Sonne lag, drehte sich auf den Bauch und legte ihren Kopf auf die verschränkten Arme. Dann spreizte sie die Beine V-förmig in Richtung auf Haydon. Eine der Frauen im Wasser schwamm auf dem Rücken durch den Pool, und ihre Bewegungen waren geschmeidig unter den kleinen, türkisfarbenen Wellen.

Haydon trank seinen Philippe und schaute den Frauen zu. Judith Croft blickte ins Nichts. Sie spielte mit der Kirsche.

»Was wollen Sie?« fragte sie schließlich.

»Hat eine dieser Frauen Haustiere gehalten?«

»Nein. Das heißt, Theresa hatte mal einen Cockerspaniel,

aber sie hat ihn weggegeben. Sie wollte den Dreck nicht, den ein Hund mit sich bringt.«

»Und der Hund ist nicht gestorben?«

»Er starb jedenfalls nicht, bis sie ihn vor zwei Monaten weggegeben hat.«

»Wem hat sie ihn gegeben?«

»Barbara Sinclair.«

»Hat sie mit Theresa gearbeitet?«

»Nein, sie ist nicht im Geschäft. Barbara ist Friseuse.«

Haydon wartete einen Augenblick und betrachtete immer noch die Frauen am Schwimmbecken. »Was geht da Ihrer Meinung nach vor?«

»Zufall.«

»Wirklich?«

»Ich hätte es jedenfalls gedacht, wenn Sie nicht mit Ihren Zweifeln gekommen wären. Eine Pechsträhne.«

»Eine Pechsträhne – mit Tollwut?«

»Ich habe nichts von der Tollwut gewußt.«

»Aber jetzt wissen Sie es.«

»Hören Sie«, sagte die Croft, »das ist doch absurd.«

»Wie hat Sally die Eigentumswohnung am West University Place genutzt?«

»Sie hat sie gar nicht genutzt, sondern an Theresa vermietet.«

»Ein interessantes Haus.«

»Theresa war eine interessante Frau.«

»Mir kommt es vor wie ein Party-Haus.«

»Das war es auch.« Sie zupfte den Stiel von der Kirsche und aß sie auf. »Theresas Party-Haus.«

»Und was sollten diese einfarbigen Zimmer?«

»Ein Gag. Die Freier lieben solche Gags.«

»Ein teurer Gag.«

Die Croft lächelte. Sie schaute Haydon an, ließ ihren Blick über seine Jacke, das Hemd und die Krawatte gleiten. »Das hat euch die Augen rausgetrieben, was? Ich wette, Theresa hat in einer Nacht mehr verdient als Sie in zwei Wochen.«

»Sie haben recht. Das heißt, bis gestern abend. Jetzt habe ich den Rest meines Lebens Zeit zum Aufholen.«

Er wollte sie nach den Fotos fragen, aber andererseits brauchte sie nicht zu wissen, daß er sie hatte. Damit konnte er die Croft bei anderer Gelegenheit überraschen.

»Hat Theresa auch regelmäßig die lateinamerikanischen Klubs besucht?«

»Ich nehme es an.«

»Sie interessierte sich vermutlich mehr dafür als Sie.«

»Wie meinen Sie das?«

»Diese Musikbox, das Dekor. Sie scheint das brasilianische Ambiente sehr geliebt zu haben.«

»Sie hat es gemocht, ja.«

»Hat sie de la Borda und Guimaraes gekannt?«

»Weiß ich nicht.«

Ihre Antworten wirkten plötzlich wieder steif und geziert, aber vielleicht bildete er sich das nur ein.

»Seit wann wissen Sie, daß Sie Sallys gesamten Besitz erben?«

Zunächst reagierte sie nicht, dann atmete sie tief ein und hielt die Luft an, während sie sich umschaute in dem hübschen Innenhof, der von den Mauern des Hauses umgeben war, wobei das Schwimmbecken wie funkelnder Modeschmuck in der Mitte lag.

»Sie haben ganz schön um den Brei herumgeredet, bis Sie endlich darauf gekommen sind.«

Haydon wartete.

»Ich kenne sie fast drei Jahre. Seitdem weiß ich, daß sie mir ihr Vermögen vererben wollte.«

»Ich brauche mich nur bei ihrem Anwalt erkundigen.«

»Bitte sehr.«

»Es sieht nicht gut aus, daß Sie Marvin Farris angerufen haben, an dem Nachmittag, als ich bei Ihnen vorbeikam und Ihnen sagte, daß Sally tot ist.«

»Wieder mal eine voreilige Folgerung – die Achillesferse des Polizisten.«

»Und was ist mit Beobachtung und Deduktion?«

Die Croft lächelte, als ob sie ihn bei einem entscheidenden falschen Zug im Schachspiel erwischt hätte. Jetzt betrachtete sie sein Sportsakko von Armani, das maßgeschneiderte Hemd und die Seidenkrawatte, seine makellose Hose und die Bally-Schuhe.

»Ich würde sagen, Sie verschwenden jeden Cent, den Sie verdienen, auf Ihre Kleidung. Habe ich recht? Ist das jetzt eine voreilige Folgerung oder eine kluge Deduktion, die von meiner Beobachtung ausgeht?«

Touché. Um diese Pointe anzubringen, mußte die Croft wissen, daß ihre Deduktion falsch war. Kein Zweifel, sie hatte sich über ihn erkundigt. Es kommt selten vor, daß die Taktik von Kriminalbeamten umgekehrt wird, und wenn so etwas geschieht, ist das Gefühl einer gewissen Aggression unvermeidlich. Er war nicht sicher, warum sie sich entschlossen hatte, ihm klarzumachen, daß sie mehr über ihn wußte, als man annehmen konnte, aber er mußte zugeben, daß es ein Zeichen von bewundernswertem Mut war.

Der Kellner in der weißen Jacke kam über die Fliesen auf sie zu.

»Miss Croft, ein Anruf für Sie. Sie können ihn in der Lounge über der Squash-Halle entgegennehmen.«

Haydon und Judith Croft standen auf, und sie streckte ihm die Hand hin.

»Tut mir leid. Hätten Sie noch mehr Fragen gehabt?«

»Nichts, was wir nicht später besprechen könnten.«

»Davon bin ich überzeugt«, sagte sie, drehte sich um und ging weg.

Judith Croft betrat das Hauptgebäude und ging an dem Laden vorbei, wo es Designer-Sportkleidung zu kaufen gab, zum Innenlaufpfad mit terracottafarbenem Teppich. Sie hielt kurz an, um den muskulösen jungen Mann zu betrachten, der in der ovalen Mitte der Laufhalle zwei Frauen mit den Nautilus-Geräten behilflich war. Über den Laufbahnen blinkten zwei Lichter, welche die Schritte des Mannes und der Frau regelten, die über den Rundkurs joggten. Dann drehte sie sich um und ging die teppichbelegte Treppe hinauf, die in das obere Stockwerk führte. Sobald sie den Speisesaal des Restaurants erreicht hatte, konnte sie das Geräusch des Gummiballs gegen die Wand aus Plexiglas hören, die den Speisesaal auf einer Seite begrenzte. Sie schaute sich in dem fast leeren Raum um und sah einen Mann an einem

Tisch dicht an der Glaswand sitzen, der die Spieler beobachtete. Sie ging zu ihm hin, zog einen Stuhl heran und setzte sich.

»Ich dachte mir, daß du gerettet werden willst, meine Liebe«, sagte der Mann. Dabei hielt er den Blick auf die Spieler gerichtet. Sein dichtes, graues Haar war vorzüglich geschnitten, voll und wellig. Er trug einen stahlgrauen Jogging-Anzug mit dunkelrotem Schulterbesatz. Seine Stimme war ein gepflegter Bariton mit deutlichem Akzent.

»Du hast recht - wie üblich, Paolo.«

»Wer war das?«

»Ein alter - ein früherer Bekannter.«

Der Mann lachte leise und weich. »Von denen gibt es viele, was?«

Judith Croft gab keine Antwort, sondern legte ihre linke Hand auf den rechten Oberschenkel des Mannes. Während er immer noch die Spieler beobachtete, streckte er ebenfalls eine Hand aus und ließ sie unter das Oberteil ihres Jogging-Anzugs gleiten.

»Verschwitzt«, sagte er, lachte wieder leise und ließ die Hand dort.

19

Leo Hirsch ging zurück zum neutralen Dienstwagen, der an der East Canal Street parkte, im Herzen von Magnolia Park. Er sperrte die Tür auf, öffnete sie und ließ das Innere erst ein wenig abkühlen, bevor er einstieg. Dann knöpfte er sich den Kragen auf, lockerte die Krawatte und zog sie aus dem Kragen, der von Schweiß durchnäßt war. Jetzt schaute er sich um, blinzelte in die grelle Sonne und warf einen Blick auf die Mietskaserne Marsden Court. Ihre Zementblock-Architektur verstärkte das Gefühl der Hoffnungslosigkeit, welches das Mexikanerviertel wie eine sinnlose tropische Hitzewelle würgte und erstickte.

Es war später Nachmittag, und er hatte drei Stunden lang Klinken geputzt. Als er zurückblickte, fiel die Sonne schräg durch die Palmen und die Pekanbäume in zerrissenen Flecken auf die Innenhöfe der rechteckigen Wohnanlage. Er hörte noch entfernt *conjunto*-Musik und roch noch den fettigen Gestank abgestandener Zwiebeln, der durch die verbeulten Fliegengittertüren ins Freie drang. Mit dem Foto des lateinamerikanischen Mädchens in der schweißfeuchten Hand hatte er sich von Wohnung zu Wohnung durchgearbeitet, hatte Babys und Hunde geweckt und Ehemänner, die sich tagsüber ausschliefen, bevor sie zur Nachtschicht mußten – bis er gefühlt hatte, daß ihn aus jedem dunklen Gang auf beiden Seiten des Hofes Augenpaare anstarrten. Niemand hatte zugegeben, das Mädchen zu kennen.

Er schüttelte den Kopf und stieg in den Wagen. Das Lenkrad war noch zu heiß zum Anfassen, also nahm er sein Taschentuch heraus und drapierte es, nachdem er sich Stirn und Hände daran abgewischt hatte, um das Lenkrad. Er ließ den Motor an, wendete und fuhr in die Richtung der 69. Straße, der er bis zur Brücke über den Kanal folgte. An der Harbor Street bog er rechts ab und hielt dann einen Block vom Hidalgo Park entfernt an. Jetzt war er in der Nähe der Werften, wo man das Mädchen gefunden hatte.

Hier waren die Häuser klein und aus Holz, mit abblätternden Pastellfarben und nackten Vorgärten, die von Maschendraht umgeben waren. Der Straßenschmutz war zu Staub zermahlen an den Rändern, wo der Rinnstein hätte sein sollen, und ein leichter Staubfilm bedeckte die ausgebleichten Farben der Autos, die vor den Häusern standen, riesige Kakerlaken im Schatten der Mesquitebäume. In vielen Gärten zeugten üppige Bananenstauden und blühender Oleander vom tropischen Klima, und Geranien und Kakteen blühten auf den schattigen Veranden.

Hirsch parkte hinter der leeren Karosserie eines alten, radlosen Plymouth, der auf Holzblöcken aufgebockt war, dann starrte er die schmale Straße entlang. Eine Spottdrossel sang in einem Pyracanthusbusch, und im Hintergrund hörte man das rauhe Stöhnen der Hafenkräne, ein Geräusch, das man in der lastenden Hitze als besonders ärgerlich wahrnahm.

Er zog die Schwarzweiß-Vergrößerung aus der Tasche und schaute sie an. Vanstratens Fotografen war es irgendwie gelungen, ihr die Augen zu öffnen, so daß ihr Gesicht einen seltsam träumerischen Ausdruck erhielt, so, als ob sie tagträumte. Walther hatte recht gehabt; sie war wunderschön. Das hatte ihr der Tod nicht nehmen können. Wenn es sich um eine illegale Einwanderin handelte, wie er annahm, war sie eine von Tausenden, die über die mexikanische Grenze kamen, direkt in den großen Schmelztiegel des Barrios von Houston, wo sie die Anonymität suchten und fanden und den schweigenden Schutz aller mexikanischen Amerikaner genossen, die hier lebten. Auf diese Weise würde er sie nie finden; das wußte er ebensogut wie jeder Polizeibeamte, der sich jemals mit solchen Dingen beschäftigt hatte. Aber irgendwo mußte er anfangen.

Er stieg aus dem Wagen und knallte die Tür zu. Der Kolben seines Smith & Wesson hatte einen handtellergroßen Schweißfleck an seinem verlängerten Rücken hervorgerufen, dort, wo er unter dem Schoß seiner Anzugjacke verborgen war. Er ging durch ein Holztor, das in den rostigen Angeln knarrte, auf das erste Haus zu. Der ganze Garten, ohne Gras und glattgefegt wie Keramikfliesen, wurde von einem halben Dutzend gekrümmter und magerer Mesquitebäume beschattet. Zu beiden Seiten eines ausgetretenen Pfades, der zur Haustür führte, blühten malvenfarbene Petunien.

Hirsch ging zwischen Petunien hindurch und hinauf auf die Veranda. Am Rand des efeuüberwucherten Geländers wuchsen Tomatenpflanzen in Kaffeedosen, und aus den gefiederten grünen Blättern leuchteten die kleinen roten Früchte wie die Kirschen auf den Stechpalmen, mit denen man sich zu Weihnachten das Haus dekoriert. Plötzlich ertönte von der dunklen Seite der Veranda ein betäubendes, durchdringendes Pfeifen, und Hirsch brach der Schweiß aus, als hätte man einen nassen Schwamm über ihm ausgedrückt. Er wirbelte herum, seine Augen versuchten, das Dunkel zu durchdringen, und sein Verstand wollte das Geräusch, die Gefahr interpretieren. Adrenalin wurde in seine Adern gepumpt, als ein zweiter Schrei durch die Nachmittagshitze schnitt.

Dann sah er den Myna-Vogel. Er hüpfte vor und zurück in der Art von Mick Jagger, in einem Käfig, der dort herunterhing, stieß den Kopf nach vorne, riß ihn zurück und hüpfte nach einem inneren Rhythmus. Dann pfiff er wieder mit unglaublicher Klarheit und Lautstärke und trat dann plötzlich in die Mitte des Käfigs, der von seinem leimigen Kot verkrustet war. An seinem einen Bein war ein gelbes Band befestigt, das in einer Schleife von einem darüber befestigten Brett hing.

Eine Sekunde lang dachte Hirsch, er müsse sich übergeben, aber als er langsam die Hand von seinem Dienstrevolver nahm, wich auch seine Übelkeit. Er richtete sich auf, ging zu dem Vogel hin, schaute in die roten Augen, die ihn anblinzelten.

»Scheiße«, sagte er.

»Halt's Maul!« Die Stimme kam durch die dunkle Fliegengittertür hinter ihm. »Dich hab' ich gemeint, Vogel.« Womit das Objekt des Kommandos bezeichnet war.

Hirsch versuchte, sich seine Verwirrung nicht anmerken zu lassen. »Ich hab' mir Ihren Vogel angeschaut«, sagte er überflüssigerweise. »Ein Myna.« Er ging auf die Tür zu.

»Mein Wachhund«, sagte die Frau. »Hat Ihnen einen schönen Schreck eingejagt, wie?«

Hirsch grinste dümmlich. Er versuchte ohne Erfolg, hinter die Gittertür zu schauen, während er seine Plakette herausnahm und ihr sagte, weshalb er hier war.

»Haben Sie das Foto?« Ihre Stimme war rauh.

Hirschs Augen hatten sich jetzt an die Dunkelheit gewöhnt, und er sah die Frau hinter der Tür stehen, die Hände in die Hüften gestemmt, die Beine gespreizt. Sie war Anfang Fünfzig; ihr langes Haar hatte sie auf dem Kopf getürmt wegen der Hitze, und sie trug nur ein dünnes Baumwollkleid. Sie hatte ein weißes Taschentuch in der Hand, mit dem sie fortwährend um den Mund herumwischte.

Hirsch nahm das Foto heraus und hielt es vor das Gitter. Sie schaute es schweigend an.

»Ist die auf dem Foto tot?«

Hirsch nickte.

Die Frau hakte die Gittertür aus und langte hinaus, dann schnappte sie mit den Fingern; Hirsch sollte ihr das Foto geben. Er gab es ihr und kam sich vor wie ein kleiner Junge, der einer strengen Lehrerin gehorcht. Sie stand da, hielt die Gittertür mit dem Fuß auf und betrachtete das Foto sehr eingehend. Dann begann sie leicht den Kopf zu bewegen, nach einer Weile entschiedener, bis aus der Bewegung ein Nicken wurde.

Ein entschiedenes Nicken.

»Ich kenne sie, *sí*.«

Der Myna kreischte.

»Sie kennen sie?«

Die Frau sah ihn an. »Hab' ich das nicht gerade gesagt? Ja, ich kenne dieses Mädchen, dieses wunderschöne Mädchen.« Sie stieß die Tür ganz auf und trat heraus auf die Veranda. Jetzt schaute sie die Straße auf und ab und ging dann an Hirsch vorbei zurück ins Haus. »Kommen Sie rein«, sagte sie.

Er folgte ihr in ein kleines Wohnzimmer, dessen eine Seite als Eßzimmer diente, mit einem alten Tisch, in dessen Mitte ein gehäkeltes Deckchen drapiert war. Auf dem Deckchen stand eine Schüssel mit Mangos und Zitronen. Die Frau deutete ihm an, er solle sich an das eine Ende setzen, so, daß er direkt in die Küche schauen konnte.

»Sie brauchen Eistee«, sagte sie, und ging in die Küche, um ihn zuzubereiten. Hirsch blickte sich nach den spärlichen Möbeln um. An der Wohnzimmerwand befand sich der unvermeidliche Hausaltar, umgeben von Plastikblumen und Fotorähmchen mit den Bildern ihrer Familie. Der obere Teil des Altars war mit Alufolie bedeckt, damit er das Licht der Kerzen reflektierte, die halb abgebrannt waren. Maria schaute von ganz oben herab, mit geneigtem Haupt, eine blaue Mantilla um Kopf und Schultern drapiert.

In der gegenüberliegenden Ecke standen das Fernsehgerät, davor ein fleckiger Sessel mit Stoffbezug und im rechten Winkel dazu ein Sofa. Alle Fenster waren offen; zwei davon gingen auf die Veranda hinaus. Eine Tür führte ins Schlafzimmer, eine andere auf eine kleine Diele und ins Bad, wie Hirsch vermutete.

»Suchen Sie schon lange nach diesem schönen Mädchen?« rief die Frau von der Küche herüber. Er hörte, wie sie Eiswürfel aus dem Behälter nahm.

»Seit zwei Tagen«, antwortete Hirsch.

Er spürte den Wind aus dem grünen Ventilator, der auf einem Gestell in der Nähe der Küchentür stand. Die Frau kam herein mit einem riesigen Glas Tee, in dem die Eiswürfel schwammen. Sie stellte es vor ihn hin und legte ein Büschel grüner Blätter daneben.

»Minze«, sagte sie. »Die ziehe ich gleich draußen an der Tür. Ich hab' sie gewaschen, weil die Katzen manchmal draufpissen. Aber Minze ist gut zum Kochen, und man kann daraus wunderbaren Tee machen.« Sie trat zurück, nahm ihr Taschentuch aus dem Ärmel und wischte sich den Mund ab.

»Danke«, sagte Hirsch.

»Zerdrücken Sie die Blätter mit den Fingern und geben Sie sie dann in den Tee.«

Hirsch zerdrückte die Minzeblätter und gab sie in den Tee.

Sie schaute ihm zu, eine Hand in die Hüfte gestemmt, die andere mit dem Taschentuch vor dem Mund, während er den Tee mit dem Löffel umrührte, den sie ihm gegeben hatte.

»Gut«, sagte sie, nachdem Hirsch aufgehört hatte zu rühren und einen Schluck trank. Sie setzte sich in den Stuhl, der ihm gegenüberstand, wobei sie den Wind aus dem Ventilator blokkierte, und begann eine Orange zu essen, die halb geschält auf dem Tisch lag.

»Hat sie irgend jemand gekannt?« fragte die Frau dann.

»Sie sind die erste.«

»Ah, *pendejos.*« Sie lachte ohne Humor. »Keiner weiß etwas, wie?«

»Genau«, sagte Hirsch. Sie war auch heute noch keine unattraktive Frau, aber früher mußte sie hinreißend gewesen sein. Natürlich hatte sie ihre gute Figur längst verloren, und das Fleisch ihres Gesichts hing ein wenig schlapp nach unten, aber die Eleganz ihres Knochenbaus war noch deutlich zu erkennen.

»Zeigen Sie mir noch einmal das Foto«, bat sie.

Hirsch legte es auf den Tisch. Sie beugte sich darüber, um es genau anzusehen, ließ sich Zeit, dann schnalzte sie mit der Zunge.

»Was ist ihr passiert?«

»Wir nehmen an, sie hat eine Überdosis Rauschgift genommen.«

»Ja, klar. Rauschgift. Kommt immer mal vor. Das muß es gewesen sein«, sagte sie in einem Ton, der andeutete, daß sie nicht eine Sekunde lang daran glaubte.

»Wir warten noch auf den Bericht des medizinischen Sachverständigen. Woher kennen Sie sie?«

»Sie ist keine Mexikanerin, wußten Sie das?«

Hirsch zog die Augenbrauen hoch.

»Sie kommt aus San Salvador. Aber sie ist die Ausnahme. Die meisten sind was anderes.«

»Die meisten?«

»Schmeckt Ihnen die Minze?«

»Sehr gut«, antwortete Hirsch und trank wieder einen Schluck, um zu zeigen, wie gut ihm der Tee schmeckte. »Sie sagten, die meisten sind anders.«

»Die meisten!« Sie schüttelte den Kopf und aß eine Orangenspalte, zupfte dazu geistesabwesend die Schale in kleine Stückchen. »Ich kann sofort sehen, ob jemand mexikanisch ist oder nicht. Schauen Sie sich das Gesicht an.« Sie streckte das Kinn vor. »Glauben Sie, ich erkenne eine Mexikanerin, wenn ich sie sehe. Außerdem sprechen sie gar kein richtiges Spanisch. Und auch nicht Ex-Mex. Bis auf die aus Salvador. Ich konnte sie gut verstehen.«

Hirsch fand, es war das beste, wenn er von vorne anfing. Jetzt tippte er mit dem Zeigefinger auf das Foto. »Sie kennen also dieses Mädchen?«

»Nein.« Die Frau steckte sich wieder eine Orangenspalte in den Mund und betrachtete das Foto, während sie an der Orange kaute.

»Aber Sie sagten –«

»Ich habe sie getroffen, habe mit ihr gesprochen. Und auch die anderen, einige von ihnen.«

»Wer ist sie?«

Der Vogel stieß einen Pfiff aus.

»Es gibt tausend Möglichkeiten, etwas zu erfahren, hier im Barrio. Der Klatsch ist unsere Leidenschaft. Aber das beste ist es, und auch das sicherste, wenn man die *ojos* offenhält und die *boca* zumacht.

Sie grinste breit; das gefiel ihr. Hirsch fand ihre Zähne bemerkenswert. Sie waren außergewöhnlich weiß, gerade und kräftig. Er kannte viele junge Mädchen, die Tausende für solche Zähne ausgegeben hätten. Jetzt erhob sie sich von ihrem Stuhl und ging zu den schlappen Vorhängen, die neben den beiden vorderen Fenstern hingen. Sie bückte sich, hob etwas auf, das hinter den Vorhängen auf dem Boden lag, und kam zum Tisch zurück. Dann legte sie ein starkes Fernglas vor Hirsch auf den Tisch.

»Aus Armeebeständen«, sagte sie.

»Ja, Ma'am.«

»Vom Hidalgo Park aus kann ich die Schiffe sehen, die in den Kanal kommen. Ich kann ihre Namen lesen und das schmutzige Wasser sehen, das aus den Löchern läuft. Ich kann die Männer sehen, die auf den großen Tankern zwischen den Rohren und den Aufbauten herumgehen. Ich kann sehen, wie sie sich zuwinken und mit den Händen gestikulieren.

Und von meiner kleinen Veranda aus kann ich die ganze Straße überblicken. Warum sollte ich mich schämen, es zuzugeben? Ich kann nachts in die offenen Fenster schauen und sehen, wie sie schwitzen, auf der Stirn und unter den Kleidern. Ich kann sogar von ihren Lippen lesen. Harbor Street bei Nacht ist wie ein einziger, langer Stummfilm.«

Sie neigte den Kopf zur Seite und deutete hinaus zur Straße. In den Händen hatte sie die restlichen Orangenspalten.

»Etwas weiter unten, auf der anderen Seite, ist ein Haus mit drei Palmen davor, alte Bäume. Das Haus ist ein bißchen versteckt hinter Geißblattranken. Vorne ist ein Wohnzimmer wie dieses. Ich habe das Mädchen gesehen, in diesem Wohnzimmer. Sie und die anderen. Alle jung. Sie kommen hin und sehen aus, wie arme Mädchen aussehen, die aus Mexiko kommen. Einfach gekleidet. Enttäuscht und gedemütigt vom neuen Leben. Sie bleiben nicht lang, vielleicht eine Woche, dann verschwinden sie, und ich sehe sie nicht wieder. Das ist alles.«

Sie zupfte die Haut von einer Orangenspalte und aß.

»Sie sagten, sie hätten mit ihr geredet.«

»In der Hendrock Street, bei den Eisenbahngleisen, ist ein Waschsalon, gleich an der Kreuzung Navigation Street. Da kommt die ganze Nachbarschaft hin. Ich habe sie dort gesehen, und wir haben miteinander geredet. Nur so. Mehr war nicht zu erwarten, obwohl ich neugierig war.« Sie grinste. »Es ist vielleicht ein Laster, aber ich bin eine neugierige Frau. Sie war höflich, schaute aber immer auf einen Mann, der auf einem grünen Stuhl saß. Der Mann hat ein Pornomagazin angeschaut. Ich glaube, sie war ihm irgendwie verpflichtet.«

»Wie oft haben Sie sie dort gesehen?«

»Vielleicht dreimal. Sie hat gesagt, daß sie neu ist in den Staaten. Sie wollte sich einen guten Job besorgen, und ein paar Leute würden ihr dabei helfen. Das war schon alles. Nur noch, daß sie aus El Salvador war. Ich hab' ihr gezeigt, was für ein Waschpulver man verwendet und wie der Trockner funktioniert. Sie hat auch Männerkleidung gewaschen. Dreckarbeit. Wahrscheinlich für den Kerl mit den Pornomagazinen.«

Hirsch trank wieder einen kleinen Schluck Tee. »Wer wohnt in dem Haus?«

»Ich weiß nicht. Früher haben die Ramirez' dort gewohnt, aber die sind vor ein paar Jahren ausgezogen.«

»Haben Sie mit einem der anderen Mädchen gesprochen?«

»Ich hab' es versucht, mehrmals. Ich hab' sie nur im Waschsalon und nachts durch die Fenster gesehen.«

»Sie haben es versucht?«

»Ja. Sie haben so ein komisches Spanisch gesprochen. Kein Englisch. Es war nicht leicht. Ich wollte nur, daß sie Wörter wie ›Seife‹, ›Waschpulver‹, ›heiß‹, ›Baumwolle‹ und ›Nylon‹ verstehen. Sie verstehen schon, was man beim Waschen wissen muß.«

»War denn immer derselbe Mann bei ihnen?«

»Manchmal war es auch jemand anders.«

»Haben Ihre Bekannten in der Nachbarschaft über die Mädchen geredet, die dort kommen und gehen?«

»Klar. Zuerst haben wir befürchtet, daß die Huren von den Docks hierherziehen. Das hat keinem gepaßt, aber niemand wollte etwas sagen. Die Leute, die mit den Mädchen bei den Docks arbeiten, sind ziemlich gemein.«

»Aber Sie glauben nicht, daß es Prostituierte waren?«

»Ich weiß es nicht. Sie sind mir vorgekommen wie recht nette

Mädchen. Es hat nie irgendwelche Partys dort gegeben. Sie benahmen sich auch nicht wie Huren.«

»Was haben die Mädchen gemacht, wenn Sie sie durch die Fenster beobachtet haben?«

»Nichts. Ferngesehen.«

»Wie lange geht das nun schon mit diesem Haus?«

»Sechs oder sieben Monate vielleicht. So ungefähr, ja.«

»Und wann haben Sie dieses Mädchen hier zuletzt gesehen?«

Die Frau spuckte drei Orangenkerne in ihre Handfläche, dann schloß sie ein Auge.

»Vor ein paar Monaten.«

»Wieviele verschiedene Mädchen haben Sie gesehen, seit Sie das Haus beobachten?«

»Das ist schwer zu sagen.« Sie ließ den Kopf in den Nacken fallen, überlegte und kaute. Hirsch sah an ihrem Hals, wie sie den Saft aus der nächsten Orangenspalte schluckte und anschließend das Fruchtfleisch aß. Danach richtete sie den Kopf wieder geradeaus und schaute ihn an. »Ungefähr ein Dutzend.«

»Ein Dutzend?«

»Ja, so ungefähr. Zwölf. Das dürfte hinkommen.«

»Und wieviele sind gleichzeitig dort?«

»Normalerweise zwei. Aber nie mehr als drei.«

»Und Sie kennen von keiner den Namen?«

»Doch, sicher. Diese hübsche –«, sie deutete auf das Foto, »– ist Petra Torres. Sie ist die einzige, von der ich auch den Familiennamen kenne. Ich erinnere mich an eine Lydia, eine Lilia, eine Soyla. Mal sehen . . . Hm. Eine hieß Cecilia. An andere Namen erinnere ich mich nicht.«

Hirsch hatte schon eine ganze Weile sein Notizbuch vor sich liegen und machte sich Notizen. Die Frau sprach langsamer, wenn sie merkte, daß er nicht mitkam. Ihre Hilfe war natürlich, nicht gezwungen. Sie zögerte nicht, ihm alle Details zu berichten.

Er blätterte ein paar Seiten zurück, überprüfte seine Notizen und klärte hier und da einen Punkt durch Rückfragen. Trotz des Ventilators hinter der Frau an der Küchentür fühlte Hirsch, wie zwischen seinen Schulterblättern Schweißtropfen entstanden und rasch am Rückgrat entlang nach unten liefen. Sein Hosenbund war bereits feucht und juckte an der Haut. Das Lederhalfter mußte schon ganz durchnäßt sein. Von Zeit zu Zeit wischte er sich die Schweißtröpfchen auf der Stirn ab. Aber er zögerte, sein Taschentuch herauszunehmen und sich Gesicht und Hals abzuwischen, als wäre das eine Beleidigung für die Frau.

»Wie viele leben momentan dort?«

»Ich habe schon seit einem Monat kein Mädchen mehr in dem Haus gesehen.«

»Und welches Mädchen haben Sie zuletzt dort gesehen?«

»Wahrscheinlich Soyla.«

»Ist Ihnen sonst noch etwas in der Nähe des Hauses aufgefallen, was bemerkenswert war? Irgend etwas. Zum Beispiel ein bestimmter Wagen, der öfters dort auftauchte? Oder eine bestimmte Person?«

Darüber dachte sie eine Weile nach. Sie selbst zögerte keineswegs, sich mit dem Taschentuch abzuwischen, vor allem rings um den Mund, wo immer wieder kleine Schweißperlen entstanden.

»Nein. Nur der Kerl mit dem Pornoheft.«

»Könnten Sie ihn auf einem Foto identifizieren?«

»Klar.«

»Was für Wagen haben Sie dort gesehen?«

»Keine Ahnung. Ich achte nicht auf Wagen. Kann nicht einmal einen vom anderen unterscheiden. Buicks? Fords? Chevrolets?« Sie schüttelte den Kopf.

»Farben?«

Sie schüttelte wieder den Kopf.

Hirsch nahm das Glas mit Eistee und trank es aus. Die Minzeblätter blieben im Mund kleben.

»Sie müssen sie kauen«, sagte die Frau. »Das gibt Ihnen einen frischen Atem.«

Hirsch kaute sie. »Sie waren mir eine große Hilfe«, sagte er. »Vielleicht komme ich in den nächsten Tagen noch einmal vorbei.«

Die Frau hörte auf, sich den Mund zu wischen, und schaute ihn an. Dabei stützte sie den rechten Ellbogen auf den Tisch und deutete mit dem Zeigefinger auf ihn.

»Eines möchte ich klarstellen: Ich bin nicht blöd. Da unten geht bestimmt etwas vor. Ich weiß nicht, was. Aber diese Mädchen tun mir leid, und ich weiß, daß niemand anders mit Ihnen darüber reden wollte. Ich habe es gewagt und bin ein Risiko eingegangen. Aber ich muß Sie nun bitten, auch etwas für mich zu tun. Ich werde nicht mehr mit Ihnen reden. Ich bin nicht die einzige, die die Straße beobachtet. Inzwischen wissen mindestens drei oder vier Leute, daß Sie lange genug hier sind, um etwas von mir erfahren zu haben. Es wäre nicht schwer, herauszufinden, wer da geplappert hat, klar?«

Hirsch nickte.

»Also gehen Sie noch eine Weile durch die Straße und klopfen Sie an ein paar andere Türen. Versuchen Sie, in ein paar anderen Häusern genauso lange zu bleiben wie hier. Reden Sie meinetwegen über die Hitze oder über die Enkelkinder oder was weiß ich. Aber bleiben Sie eine Weile dort. Wenn die Leute später wissen wollen, worüber bei mir geredet wurde, und sie sagen, bei ihnen ging es um die Hitze und die Enkelkinder, kann ich sagen, bei mir war es das gleiche. Ich bin dann nicht die einzige, die Sie eine Weile hereingelassen hat. Okay?«

Hirsch stöhnte innerlich, aber er versprach es ihr. Er wußte, daß sie recht hatte. Er erhielt einen Zettel mit ihrem Namen und ihrer Telefonnummer und den nochmaligen Hinweis, daß sie nicht mehr mit ihm reden würde. Zumindest nicht hier in ihrem Haus. Er dankte ihr noch einmal und ging dann wieder hinaus auf die Veranda, wo der Myna sofort zu pfeifen begann und nervös auf und ab hüpfte. Die Frau versuchte nicht, den Vogel zum Schweigen zu bringen, während Hirsch durch das Gartentor ging und sich dem nächsten Haus zuwandte. Er warf einen Blick auf das Haus mit den drei Palmen und fühlte ein Dutzend Augenpaare auf sich, bewaffnet mit Ferngläsern aus Armeebeständen, die ihn dabei beobachteten, wie er auf das nächste Haus zuging.

20

Ed Mooney stand in der dritten Etage unter der riesigen Kuppel und schaute hinunter auf die übrigen Stockwerke. Das Licht, das durch die Kuppel fiel, nährte die Kästen und Tröge mit Grünpflanzen und die Feigenbäume der Laubengänge, in denen es wimmelte von auswärtigen Käufern, Touristen, Gaffern, Geschäftsleuten und Bewohnern der Eigentumswohnungen in den oberen Stockwerken dieses Luxusgebildes unseres Kernzeitalters.

Die Galleria. Eine Stadt von 42 Morgen unter Glas. Die Temperatur hielt sich konstant bei 22 Grad, die Atmosphäre strahlte unverfrorenen Reichtum aus, die Leute, die sich durch die Gänge bewegten, zählten in Zehntausenden, die Arterien dieser Stadt pulsierten von Banken, Hotels, Büros, Restaurants, Boutiquen, Salons, Bars, Läden, einem Eisstadion, Kinos und Konfektionsgeschäften; von Klatsch, Sex, Romanzen und Intrigen. Die Quintessenz der Stadt Houston. So elegant, so intellektuell – eben die Galleria.

Von Mooneys Position aus konnte er ein halbes Dutzend funkelnder Lifts sehen, die sich in andere Ebenen bewegten, über und unter ihm. Es war ein fabelhafter Ort, um Menschen zu beobachten. In den zwanzig Minuten, die er jetzt wartete, hatte er einen Rauschgifthandel gesehen – auf Ebene eins –, einen arabischen Scheich, oder was auch immer, samt Gefolge – Ebene drei –, einen Taschendieb – Ebene eins –, einen Jagdleoparden an der Leine – Ebene drei –, Goldie Hawn – Ebene zwei –, einen Mann und eine Frau, die nebeneinander spazierten, wobei der Mann die Hand innerhalb der schwarzen Hose der Frau hatte – Ebene drei –, einen Mann in durchsichtiger Plastikhose und einem roten Bikinislip darunter – Ebene zwei –, eine Modeschau russischer Pelze – Ebene zwei –, und seinen Hausbesitzer, der eine Frau küßte, die nicht seine Frau war – Ebene eins.

Dann, inmitten dieses Karnevalszugs, den Mooney für das reichste und abwechslungsreichste Straßentheater der ganzen

Welt hielt, sah er das bekannte Gesicht, auf das er gewartet hatte. Sie war – voraussehbar – vor den funkelnden Schaufenstern von Fred Joaillier stehengeblieben – kurz: Fred; Houston, Rodeo Drive; Paris, Saint Tropez, Monte Carlo. – Im Fenster lag ein Smaragd, so groß wie eine Walnuß, umgeben von Brillanten, die nicht kleiner waren als die Knöpfe an Mooneys Kaufhaushemd. Sie betrachtete die Steine, und Mooney wußte, daß sie sich dabei so erregte, als ob sie sich für Burt Reynolds ausziehen würde. Ihr Puls beschleunigte sich, ihre Körpersäfte flossen schneller, und ihre Phantasie wurde angefeuert von Gott weiß was für Gedanken – Gedanken, die kühn genug waren, um den alten Burt in Panik zu versetzen, kühn genug, um den Smaragd zu sprengen, kühn genug, um Mooney ein Kopfschütteln abzuringen. Er lächelte über die Absurdität der verdammten, weiten Welt, in der er herumwandern mußte.

Schließlich riß sie sich von den Schaufenstern los und ging, langsamer als die Menge, an einem Schuhgeschäft vorbei, vorbei an einem Geschäft für feine Unterwäsche, zu Tiffany's. Dort blieb sie wieder stehen. Das dunkelgrüne Seidenkleid hing ihr von den Schultern und Hüften bis dicht über die Knie in Falten, die so starr waren wie bei einer Marmorstatue.

Maureen Duplissey war eines von jenen Mädchen, für die Texas berühmt war. Sie war blond, langbeinig, mit schlanken, hohen Hüften, und sie war schlau. Sie sprach mit deutlichem Texas-Akzent und hätte jeder Miss Texas den Titel streitig machen können, die ihn in den letzten zehn Jahren erobert hatte. Sie war in Nord-Dallas aufgewachsen, wo Daddy ein paar Hunderttausender pro Jahr gemacht hatte, weil er unter einem Mikroskop an Computerchips herumfummelte, und wo Mama ihre Tennisbräune zeigte, wenn sie in »Capezios« und den »Junior League Follies« tanzte. Maureen hatte angefangen, sich Make-up aufzulegen, bevor sie ihre erste Periode bekam, hatte Antibabypillen genommen, bevor sie den Führerschein erwarb – Mama wollte »realistisch darüber reden« – und nannte den Geschlechtsverkehr »Liebe«, nachdem sie in der vorletzten Highschoolklasse ihre erste Abtreibung hinter sich gebracht hatte.

Sie schrieb sich in der Universität von Texas in Austin ein, verbrachte vier Jahre in Polohemden und Lacostes als grinsende Pi-Beta-Phi-Studentin und studierte Betriebswirtschaft. Sie lernte rasch und verstand es, die verborgenen Werte ihrer natürlichen Vorzüge bei Bilanzen und Amouren einzusetzen. Bald wurde ihr klar, daß fast jeder Mann bereit war, den Staat auf tausend verschiedene Arten zu betrügen und sogar eine strafrechtliche Verfolgung zu riskieren, um fünfhundert Dollar Einkommenssteuer zu sparen, die er ihr dann ohne Zögern anbot als Preis für eine Nacht zwischen ihren Beinen. Es war eine Lektion, die sie nie mehr vergaß.

Als sie ihr Diplom gemacht hatte und nach Houston gezogen war, konzentrierte sie sich auf angewandte Betriebswirtschaft. Was ihr die Natur geschenkt und was sie akademisch aufpoliert hatte, entfaltete sie nun mit der Disziplin und dem Flair einer guten Geschäftsfrau.

Sie verlangte fünfhundert Dollar als Grundgebühr. Mehr, wenn es die ganze Nacht dauern sollte, und fünfzehnhundert bis zweitausend, wenn es ein ganzes Wochenende dauerte, wobei sie immerhin ein Köfferchen packen und achtundvierzig Stunden lang die gute Gesellschafterin spielen mußte. Sie machte jedes Jahr einen Monat Ferien, meistens an der mexikanischen Pazifikküste. Es war ein sehr angenehmes Leben, das gekrönt wurde durch die Tatsache, daß sie über den libidinösen Appetit eines Gourmets und die spielerische Erfindungsgabe eines Epikuräers verfügte.

Jetzt wandte sich Maureen abrupt von der kleinen Tiffany-Auslage ab und ging auf die nächste Rolltreppe zu. Als sie auf die unterste Stufe trat, schaute sie rasch auf die Uhr. Mooney lächelte. Frauen, die stundenweise arbeiten, kannten den Wert der Zeit. Pünktlichkeit war ein Nebenprodukt ihres Berufs.

Er stieß sich vom Geländer ab, das den Atriumhof umgab, und bahnte sich einen Weg durch den Strom der entgegenkommenden Galleria-Besucher zum Eingang von Zucchinis Naturkost-Café – »Von der Farm direkt auf den Tisch« –, neben der Tür von Neiman-Marcus. Er wartete unter dem grünen, ovalen Schild auf die Geschäftsführerin und folgte ihr zu dem gewünschten Tisch neben dem grünen Eisengeländer, das den Restaurantteil des Cafés vom Gehsteigbetrieb trennte. Zucchini erinnerte an ein europäisches Freiluft-Café mit seinem schwarzweiß gemusterten Keramikboden, den kleinen Tischchen mit weißen Decken und dem handgetöpferten Geschirr.

Mooney bestellte sich ein Guinness Stout und wartete auf Maureen. Es dauerte nicht lange. Sie kam herein, und die Köpfe drehten sich nach ihr um, aber sie schien es gar nicht zu bemerken. Sie hatte Mooney bereits gesehen und kam auf ihn zu, ohne den Blick nach den Seiten schweifen zu lassen. Ihr Lächeln wirkte echt.

Er stand auf, als sie herankam, und sie küßte ihn auf die Lippen. Dazu mußte sie sich ein wenig nach unten bücken.

»Gott, schau dich doch an«, sagte sie, während sie sich setzte und Mooney Einblick in ihr Decolleté gönnte, gerade so, daß es noch diskret wirkte, »du mußt mindestens zwanzig Pfund zugenommen haben.«

»Vielleicht fünfzehn, seit ich dich zuletzt gesehen habe.«

»Ach, Moon, komm schon!« Sie lachte. »Zuviel davon.« Sie zeigte auf die Flasche dunkles Bier.

»Ja. Ich brauche mehr Bewegung, um es abzuarbeiten.«

»Momentan bist du eher dabei, es anzusetzen.«

»Klar«, sagte er. »Was möchtest du?«

Sie überflogen die Speisekarte und bestellten. Maureen eine Flasche Artesia und die Quiche Coquille, und Mooney noch eine Flasche Stout und den Zitronenpfefferburger, den er in einer Mischung aus Freßlust und schlechtem Gewissen bestellte. Nach drei Uhr brauchte er dann wieder seine Maalox.

Maureen stützte die Ellbogen auf den Tisch und ließ ihn noch einmal die hübschen, straffen Brüste sehen.

»Und welchem Umstand verdanke ich das Vergnügen? Als du das letztemal jemanden zum Essen eingeladen hast, mußtest du Beverly Thorp sagen, sie sollte nicht mehr mit dem Sohn des Senators bumsen, sonst würde ihr der alte Herr sämtliche Finger brechen.«

»Es war keine Kleinigkeit. Sie verlor damit praktisch ihr Einkommen und brauchte Trost.«

»Und sie war verliebt.«

»Sie dachte, sie sei verliebt.«

»Wirst du mir auch etwas ähnliches sagen?«

Mooney schüttelte den Kopf. »Du wirst mir etwas sagen.«

»Zum Beispiel?«

Mooney nahm das Foto aus der Tasche und reichte es ihr über den Tisch. »Zum Beispiel, wer das ist.«

Maureen schaute das Foto an und erkannte sofort, daß es das Bild einer Toten war. »Oh, verdammt.« Sie schnitt eine Grimasse und gab ihm das Foto zurück. »Keine Ahnung«, sagte sie.

»Keine Ahnung?«

Sie schüttelte den Kopf.

Mooney drehte das Foto herum und gab es ihr wieder. »Schau es genau an. Du kennst sie nicht?«

»He, Moon.« Sie wandte den Kopf ab. »Hör mal – wir haben gerade etwas zu essen bestellt, nicht wahr?«

Mooney steckte das Foto wieder ein. »Ich hätte nie gedacht, daß du so pingelig bist.«

»Du liebe Güte! Wer schaut sich schon gern vor dem Essen Leichen an?«

»Du hast recht. Es war ein Fehler«, sagte Mooney verständnisvoll.

Maureen zog die Schultern hoch, als wolle sie damit den Busen anders arrangieren, der durch den Anblick eines solchen Fotos irgendwie gelitten zu haben schien.

»Okay«, sagte Mooney. »Dann kannst du mir vielleicht die nächste Frage beantworten. Was war das für eine Sache, die Sally Steen und Theresa Parmer am West University Place laufen hatten?«

»Ach.«

»Ach?«

»Ich habe nicht gewußt, daß du darüber mit mir reden willst.«

»Das glaube ich dir.«

»Es ist wirklich schade um die beiden. Hast du gewußt, daß Theresa zur gleichen Zeit wie ich auf der Uni gewesen ist? Ja. Wir hatten ein paar gemeinsame Bekannte, aber wir sind uns hier nie begegnet. Allerdings waren wir manchmal auf derselben Party.«

»Reizend.«

Maureen blickte hinunter auf die Tischdecke und zupfte mit ihren roten Fingernägeln an einer Noppe.

»Moon, ich weiß nicht, was da gelaufen ist. Aber ich glaube, die Polizei hält es für möglich, daß diese Todesfälle in einem gewissen Zusammenhang stehen.«

»Du weißt ja, was die Polizei so denkt.«

»Aber ich weiß nichts darüber.« Ihre spielerische Leichtigkeit war verflogen.

»Du sollst mir nur einen kleinen Überblick geben, Maury. Ich frage nicht nach Namen und Nummern. Worum ging's bei der Geschichte?«

Das Essen kam, und Maureen war merklich erleichtert über die Unterbrechung des Gesprächs. Sie aßen ein paar Minuten lang schweigend, wobei Mooney dem Essen mehr Aufmerksamkeit schenkte, als es verdiente. Er ließ Maureen Zeit zum Nachdenken. Sie wußte jetzt, worüber sie reden sollte.

Schließlich sagte sie: »Du mußt mich erst einweihen, Moon. Wie schlimm ist diese Sache? Rede ich da über eine Haupt- und Staatsaffäre? Soviel solltest du mir zumindest verraten.«

Mooney schluckte einen Mundvoll Stout hinunter. »Im Mai ist Sandy Kielman gestorben. Vor ein paar Tagen starben diese zwei, und dann das Mädchen auf dem Foto. Die ersten drei sind im Geschäft gewesen, über die vierte wissen wir gar nichts. Wir versuchen gerade herauszufinden, ob da irgendeine Beziehung besteht. Wir wissen nicht einmal, wer sie ist. Das Morddezernat ist der Ansicht, daß in neunzig Tagen zu viele Callgirls ins Gras beißen mußten, und befaßt sich mit den Fällen. Das ist alles. Theresa hatte das Haus von der Steen gemietet, deshalb fingen wir da an. Das Haus war etwas ungewöhnlich, also nahmen wir an, daß auch die Vergnügungen dort ein bißchen ungewöhnlich gewesen sein müssen. Ist das der Fall?«

»Warum fragst du nicht Judith Croft?«

»Ach, darauf wären wir nie gekommen.«

»Schlaumeier. Ich weiß nicht, warum du mich da hineinziehen willst.«

»Weil du diese drei Mädchen gut genug gekannt hast, Maury.

So einfach. Wenn es dich tröstet: Du bist nicht die erste und nicht die einzige, mit der wir sprechen. Okay? Wir hören uns alle möglichen Geschichten an und vergleichen sie dann miteinander. Okay?«

»Und – habt ihr bisher Glück gehabt?«

»Du würdest dich wundern.« Er hatte kein Glück gehabt. Aus irgendeinem Grund empfanden die Mädchen dieses Berufs einen gesunden Respekt vor Sally und vor allem vor dem, was in ihrem Haus vor sich gegangen sein mochte. Die Mädchen, mit denen Mooney gesprochen hatte, waren bereit gewesen, über alles mögliche zu reden, nur nicht über das Geschäft von Sally Steen. Jede hatte den Zeitungsbericht über die Parmer gelesen, aber es gab einige, die noch nicht wußten, daß Sally tot war. Und wenn sie schon zögerten, über Sally zu reden, solange sie annahmen, daß sie noch lebte – ihr Tod verschloß eine Stahltür. Er schien ihnen etwas zu beweisen. Ein Gespräch über irgend etwas im Zusammenhang mit Sally Steen war einfach tabu.

»Ja, es stimmt, eine Menge Leute sind sehr nervös, weil die drei so rasch hintereinander gestorben sind.«

Mooney nickte.

Maureen legte die Gabel hin und schob die halbgegessene Quiche weg. Dann nahm sie eine Zigarette aus ihrer Handtasche und zündete sie an.

»Was ist denn mit Theresa geschehen?«

»Wir wissen es noch nicht. Sie hat einfach tot im Bett gelegen. Nackt. Wir warten noch auf den endgültigen Bericht des Coroners.«

»Und Sally ist ertrunken?«

»So sieht es aus.«

»Und Sandy hatte Lungenentzündung?«

»So ähnlich, ja.«

Maureen schnitt eine Grimasse, die andeutete, daß keine der drei Todesarten verdächtig wirkte. Sie stützte wieder einen Ellbogen auf den Tisch, das Handgelenk nach hinten gedreht, und hielt die Zigarette in der anderen Hand. Mooney hatte das immer für eine billige Pose gehalten. Um den Filter der Zigarette war ein roter Ring.

Sie senkte ihre Stimme. »Wenn du versuchst, mich als Zeugin zu benennen, werde ich schwören, daß alles eine Lüge ist, etwas, das du dir aus den Fingern gesogen hast, weil ich nicht mit dir ins Bett gehen wollte. Damit mach ich dich fertig.«

»Willst du damit sagen, daß du mir nicht traust?«

»Du wirst schon sehen, was ich damit sagen will.« Sie steckte sich die Zigarette zwischen die Lippen und paffte. »Und ich wette die Einnahmen einer ganzen Woche, daß du noch gar nichts erfahren hast - von allen, mit denen du darüber gesprochen hast. Habe ich recht?«

»Du würdest dich wundern.«

»Mein Gott.« Maureen hatte die Beine übereinandergeschlagen und ließ nervös den Fuß wippen, während sie sich in dem Café umschaute und überlegte. Sie blickte hinaus auf die Passanten, hinauf zu der Kuppel, dann wieder auf Mooney. »Du weißt natürlich von dieser brasilianischen Geschichte.« Es war eine Feststellung.

»Ich weiß, daß sie brasilianische Musik mochten, und daß Sally an einigen Klubs Anteile besaß.«

»Bist du in Sallys Haus gewesen - das sie Theresa vermietet hat?«

»O ja; in der Musikbox waren nur brasilianische Nummern.«

»Aber das ist nur der Schaum auf dem Bier.«

»Aha.«

»Vor einem Jahr hat sich für Sally einiges verändert. Zum Guten. Sie machte zwar noch weiter wie bisher, aber sie kam allmählich in eine Puffmutter-Situation, und das fing alles damit an, daß sie diese Brasilianer kennenlernte. Genau gesagt, vor allem diesen einen. Ein reicher Kerl. Sehr, sehr reich. Er wohnt in Shelbourne Tower. So reich. Ein Geschäftsmann. Besitzt einen Teil des Amazonas, oder so. Hat ein Vermögen gemacht mit Holz. Hartholz. Seine Familie hat noch immer das Geschäft unten in Brasilien, und er ist vermutlich nach Houston gekommen, um sich zu zerstreuen. Es gibt so etwas wie eine brasilianische Kolonie, und dieser Kerl, den Sally kannte, ist der Mittelpunkt dieser Gesellschaft.

Er hat sie sehr gut leiden können und ihr eine Menge Chancen geboten. Finanztips, Klienten mit guten Dollars. Eine Goldmine für Sally, denn jetzt lief alles so, wie sie es sich wünschte. Wenn man in Sallys Alter kommt, schaut man sich nach so etwas um, etwas, das Geld einbringt, ohne daß man jeden Abend auf den Strich gehen muß. Sally ist schlau gewesen und erkannte, was da für sie drin war. Sie selbst ist sozusagen zurückgetreten. Aber sie hat die tollsten Mädchen aus der ganzen Branche zusammengeholt und sich entsprechend Anteile gesichert, während sie der brasilianischen Gemeinde das Beste bot, was es je im »Sonnengürtel« gegeben hat. Sie sind ganz wild gewesen danach.

Es hat nicht lange gedauert, da war Sally ganz oben. Ich meine, sie schwamm im Geld. Auf einmal war alles *carioca,* verstehst du? Das ›La Brasilia‹ ist der Treffpunkt dieser Leute. Ich glaube, es gehört dem großen Mann.«

»Und wie heißt dieser große Mann?«

»Du hast gesagt, ich brauche keine Namen zu nennen.«

»Du hast recht. Fein.«

»Schau, das Mineralwasser ist nett für ein tête-à-tête, aber ich glaube, wir könnten zu etwas anderem übergehen.«

Mooney winkte dem Kellner, und Maureen bestellte einen Martini. Mooney ließ sich noch ein Stout bringen. Als die Getränke kamen, zündete sich Maureen noch eine Zigarette an und trank einen Schluck von dem klaren Cocktail. Der Kellner servierte ab, und sie entspannte sich ein wenig.

Mooney drängte: »Also hat alles in diesem Haus angefangen?«

»Nicht ganz. Diese Männer sind ein bißchen raffinierter als der große Haufen. Aber es gab besondere Gelegenheiten – und dafür hatte sie das Haus.«

»Zum Beispiel?«

»Du hast das Haus gesehen. Ideal für Orgien. Nichts war so ausgefallen, daß man es dort nicht erleben konnte.«

»Bist du jemals dort gewesen? Ich meine, zu einer der – Sitzungen?«

»Einmal. Eine Gruppensexnummer.«

»Und?«

»Nichts und.«

»Okay. Hat Theresa ständig dort gewohnt?«

»Genau. Jemand mußte ja Schlummermutter spielen.«

»Schlummermutter? Haben denn auch andere Mädchen dort gewohnt?«

»Hier und da.«

»Hast du sie gekannt?«

»Nein.«

»Was meinst du mit hier und da?«

»Manchmal.«

»Wann? Kannst du mir Näheres darüber sagen?«

»Gar nichts«, sagte sie scharf.

»Okay, okay. Haben die Kielman, die Parmer, die Croft und Sally bei diesen besonderen Gelegenheiten teilgenommen?«

»O nein. Nur Sandy, Theresa und die, die dort wohnten.«

»Warum nicht die Croft und die Steen?«

»Hab' ich dir doch gesagt. Sally hatte sich ein für allemal zurückgezogen. Und Judith – die steht über solchen Dingen.«

»Wie ist ihr das gelungen?«

»Judith und Sally hatten eine besondere Beziehung zueinander. Sally hat sie sozusagen adoptiert, hat sie finanziell unterstützt und dafür gesorgt, daß sie das Beste bekam, was zu haben war. Du weißt schon – sie wollte sie nicht in dieser Situation sehen, wollte sie eher in die Kategorie einer ausgehaltenen Frau bringen, einer Geliebten. Judith ist erst spät ins Geschäft eingestiegen, und Sally hat sie als *crème de la crème* behandelt.«

Mooney stieß ein wenig weiter vor. »Weißt du irgend etwas über die Fotoabende dort?«

Maureen zögerte. »Ich weiß, daß dort gelegentlich Fotos gemacht wurden.«

»Wer hat fotografiert?«

»Theresa hat gesagt, daß sie es war.«

»Du meinst, während sie mitmachte?«

»Nein. Sie und Sandy haben sich beim Fotografieren abgewechselt.«

»Für die Klienten?«

»Nein, zu Sallys Sicherheit. Sally sah alles aus zwei Blickwinkeln. Sie dachte, es wäre gut, wenn man über gewisse Dinge Buch führt – mit den entsprechenden Beweisen.«

Gut gesagt, dachte Mooney und trank einen Schluck Stout.

Am Tisch nebenan sprachen ein Mann und eine Frau, die wie Mitte Fünfzig aussahen, über Krügerrands. Sollten sie mehr davon kaufen? Oder die verkaufen, welche sie bereits besaßen? Dazu tranken sie St.-Pauli-Bier, und jedesmal, wenn der Kellner neue Flaschen brachte, stießen sie mit den Gläsern an. Sie waren sehr mit sich und der Welt zufrieden.

Maureen warf ihnen einen vernichtenden Blick zu und trank ihren Martini aus. »Houston ist voll von solchem Gesindel«, sagte sie laut genug. Nachdem das Paar einige frostige Blicke mit ihr getauscht hatte, begannen die beiden wieder zu reden und drehten sich in eine andere Richtung.

»Ich glaube, wir sollten jetzt gehen, wie, Maury?«

»Ja, vermutlich.« Sie wirkte etwas hochnäsig.

»Nur noch eines: Sind alle Nummern der Musikbox in Sallys Wohnung portugiesisch?«

»Ja, ich glaube.«

»Aber niemand hat Portugiesisch gesprochen?«

»Doch; Sandy und Theresa.«

»Hast du nicht gesagt, die Brasilianer sind nur zu besonderen Gelegenheiten dort gewesen?«

»Überwiegend.«

»Aber nicht alle?«

»Ich glaube, du solltest dir die restlichen Informationen von Judith besorgen. Von mir hast du schon mehr, als dieses Essen wert war.«

Mooney machte eine beschwichtigende Geste. Irgend etwas im Zusammenhang mit den Mädchen, die in dem Haus wohnten, hatte bei ihr einen wunden Punkt berührt.

Er winkte nach der Rechnung und bezahlte, während Maureen in ihrer Handtasche kramte und ihr Make-up überprüfte. Sie verließen gemeinsam das Café und ließen sich dann treiben in dem Strom von Menschen, der sich zum entgegengesetzten Ende des Atriumhofs bewegte. Als sie die Rolltreppe erreichten, blieben sie stehen.

»Du warst mir eine große Hilfe, Maureen.«

Sie zuckte mit den Schultern.

»Ich weiß gar nicht, warum du überhaupt darüber gesprochen hast.« Jetzt schaute ihr Mooney in die Augen.

»Theresa und ich waren gute Freundinnen. Ich hab' sie gerngehabt. Falls da etwas faul ist, wäre es nicht recht, wenn es einfach unter den Teppich gekehrt würde.«

Sie schaute etwas betroffen drein, und Mooney wartete.

»Zwischen mir und Judith dagegen kann man nicht gerade von einem liebevollen Verhältnis sprechen. Diese brasilianische Sache war sehr lukrativ. Ich habe auch ein paarmal mitgemischt, aber dann hat mich Sally verscheucht. Theresa hat versucht, mich wieder reinzubringen, aber Sally wollte nichts davon wissen. Ich habe immer gedacht, daß Judith irgendwie ihre Finger im Spiel hatte. Doch das findet ihr sicher leicht heraus.«

»Danke«, sagte Mooney.

Sie warf ihr Haar in den Nacken und küßte ihn wieder auf die Lippen, bevor sie sich umdrehte, den Fuß auf die oberste Treppe stellte und nach unten glitt. Mooney schaute ihr nach und beobachtete die Köpfe auf der entgegenkommenden Rolltreppe, sah, wie sie sich nach Maureen umdrehten. Als sie unten angekommen war, schaute sie auf die Uhr. Ohne sich noch einmal umzudrehen, tauchte sie in der Menge unter.

21

Rafael steckte den Schlüssel ins Sicherheitsschloß und sperrte die Tür zum Labor auf. Die runde, elektrische Uhr über den Schränken zeigte auf einundzwanzig Uhr dreißig. Um diese Zeit würde er nicht mehr gestört werden. Und die Nachtwächter hatten sich daran gewöhnt, daß er noch spät arbeitete. Medizinstudenten hielten sich nicht an geregelte Arbeitszeiten. Alles drehte sich um ihr Studium und ihre Arbeit in den Seminaren. Essen, Schlafen und Privatleben kamen bestenfalls an dritter Stelle. Rafael bildete da keine Ausnahme. Die späten Stunden waren Routine für ihn, das Wort »spät« hatte jegliche Bedeutung verloren.

Es half allerdings, zu einer Gruppe zu gehören, der man wegen ihrer Fähigkeiten die Gelegenheit gegeben hatte, mit berühmten Professoren ihres Gebiets an Spezialprojekten zu arbeiten. Rafael tat dies bei einem Team unter Dr. Taylor Morton in der Abteilung Mikrobiologie und Infektionskrankheiten. Im Abglanz von Dr. Mortons Ruf wurden sie von den anderen Studenten respektiert, räumte ihnen die Verwaltung eine Menge Privilegien ein und vergaß das Krankenhauspersonal gewisse Verstöße, die es bei allen anderen Studenten streng geahndet hätte. Deshalb fragte ihn niemand, wenn er sich noch so spät im Labor aufhielt.

Er legte seine Bücher auf einen vollgepackten Schreibtisch neben dem Vorratsschrank und nahm seinen langen, weißen Laborkittel vom Kleiderständer. Zog ihn an, knöpfte ihn zu und schaute sich um. Das Labor eines modernen medizinischen Forschungszentrums war eine Umgebung, in der Präzision das wichtigste war, eine leidenschaftslose Präzision. Es gab keinen Platz für Unsicherheit oder Unaufmerksamkeit zwischen diesen Instrumenten der Exaktheit, keinen Platz für schlampiges Denken oder oberflächliche Theorien. Rafaels Augen richteten sich in die Runde, sein Blick berührte bewundernd die harten Chromflächen, das Glas der Probenröhrchen, Zylinder und Flaschen. Er lächelte innerlich, immer nur innerlich, die Meßgeräte an, die Linsen, die Skalen, die gebogenen Röhren und die Reagenzgläser, die sich auf der schwarzen, glatten Oberfläche der Labortische spiegelten. Das hier war seine Welt. Der Geruch von Alkohol und Formaldehyd war Ozon für seine Lungen.

Heute abend war es in besonderem Sinne seine Welt. Heute widmete er sich nicht der Lösung eines gemeinsamen Projekts, sondern seiner eigenen Besessenheit. Es paßte gut, dachte er, daß er seine Arbeit immer in den stillen Nachtstunden versah.

Er ging zur Rückseite des Labors und öffnete den verchromten Kühlschrank. Brummte ein wenig, langte hinein und nahm einen durchsichtigen Plastikbeutel heraus, den er auf einen der schwarzen Tische legte. Dann beugte er sich darüber und betrachtete den Hundekopf. Es war ein irischer Setter gewesen, und er hatte verdammtes Glück gehabt, das Tier zu bekommen. Die Köpfe von Tieren, bei denen man Tollwut vermutete, gingen normalerweise zum Gesundheitsamt in Austin, wo man das Virus bestimmte. Aber gelegentlich bekam er sie über seinen eigenen Schwarzmarkt. Es gab eine ganze Reihe von Tierärzten in der Stadt, die wußten, daß er dreihundert Dollar pro Kopf bezahlte, vorausgesetzt, das Tier war mit Tollwut infiziert.

Der Plastikbeutel lief an, und Rafael rieb ihn am Haar des Hundekopfs. Dann nahm er den Beutel und legte ihn wieder hin, so daß der Kopf auf dem Hals stand und ihn anstarrte. Es war ein guter Kopf. Bei großen Hunden war die Arbeit wesentlich leichter. Er tätschelte den Kopf und ging dann in den kleinen Sezierraum, den man durch eine Tür neben dem Kühlschrank betrat. Alles lag genauso da, wie er es sich früher am Abend zurechtgelegt hatte. Er kam immer vorher vorbei und legte sich die Instrumente zurecht. Es war angenehm, hereinzukommen und dann gleich mit der Arbeit beginnen zu können.

Als er wieder hinausging, schaltete er einen Deckenventilator an, der die Luft aus dem Labor herübersog. Im Sezierraum gab es keinen Geruchsabzug, eine Vorsichtsmaßnahme, die das Risiko einer Tröpfcheninfektion durch die Luft verminderte.

Rafael zog sich einen anderen, weiteren Laborkittel über den ersten, dann eine steife Gummischürze, die er am Rücken zuband. Er setzte sich das Schutzschild aus Plexiglas auf, das man wie einen Schutzhelm beim Schweißen nach unten klappen konnte, um das Gesicht vor Blut- und Gehirnspritzern zu schützen, dann zog er die schweren Gummihandschuhe an. Er nahm den Plastikbeutel, ging hinüber in den Sezierraum und schloß die Tür. Dann riß er den Beutel auf, ließ den Kopf auf den Seziertisch aus rostfreiem Stahl rollen, neben die glänzenden Instrumente, die auf einem sterilen Handtuch lagen.

Er befestigte den Kopf des Setters in einer Haltevorrichtung, die an den Schraubstock eines Klempners erinnerte. Die beiden Blöcke, die den Gegenstand festhalten sollten, waren mit scharfen Stahlnägeln versehen. Nachdem er den Kopf dazwischengelegt hatte, drehte Rafael die Blöcke zusammen, wobei sich die Nägel in beide Seiten des Kopfes bohrten und ihn auf diese Weise fixierten. Jetzt öffnete er das Maul des Setters, steckte eine Maulsperre hinein und befestigte sie auf beiden Seiten.

Dann packte er die Ohren des Setters und schüttelte den Kopf, um festzustellen, ob er sicher genug eingespannt war.

Mit einem Skalpell aus der Sammlung von Instrumenten schnitt Rafael eine Furche über den Schädel, beginnend zwischen den Augen, bis zum Hinterkopf. Dann zog er die Haut mit Pinzetten weg, schnitt sie vom Schädelknochen und legte sie über die Augen des Setters, damit kein Haar die Operation störte. Anschließend schnitt er die restlichen Muskelpartien weg, um den Schädelknochen bloßzulegen, der sich jetzt wie eine kleine, weiße Kuppel zwischen dem lachsfarbenen Muskelgewebe und der perlgrauen Lederhaut des rötlichen Fells erhob.

Rafael überprüfte noch einmal den festen Sitz des Kopfes und nahm dann die elektrische Autopsiesäge, die von einem kleinen Motor angetrieben wurde. Die Säge war von der Größe eines Mikrofons, und an ihrer Spitze befand sich ein Sägeblatt, das vor und zurück vibrierte, sobald man den Motor anschaltete. Er schaltete den Strom ein, und die Säge summte leise. Nun drückte er das Blatt gegen die Augenhöhlen und senkte sie in einem Winkel auf den Knochen, der einen Schnitt schräg zu seiner Position entstehen ließ. Die Säge jaulte, schnitt sich aber leicht und schnell durch den Knochen. Es roch nach verbrannter Knochenmasse. Danach legte Rafael die Säge an beiden Seiten des Schädels an und machte ähnliche Schnitte, denen der abschließende Schnitt auf dem Hinterkopf folgte, so daß schließlich ein viereckiges Stück des Schädelknochens frei dalag. Mit der Spitze des Skalpells nahm er das viereckige Knochenstück weg und enthüllte die glänzende Haut, die das Gehirn schützte.

Er legte die Instrumente, die er benützt hatte, beiseite, um zu verhindern, daß die folgende Prozedur in irgendeiner Weise infiziert wurde. Nun begann Rafael, den weißen Sack der Gehirnhaut aufzuschneiden und zu entfernen. Als das Gehirn freilag, löste er es aus dem Schädel, indem er es zuerst vorne anhob und die darunterliegenden Nervenstränge durchtrennte, dann den Gehirnstamm durchschnitt, dort, wo der Zentralnervenstrang des Rückenmarks ins Gehirn überging. Als das Gehirn freilag, hob er es mit einem hölzernen Zungenstäbchen und einer Pinzette heraus und legte es auf eine große Petrischale.

Jetzt klappte er den blutbespritzten Gesichtsschutz nach oben und betrachtete das Gehirn. Es war nicht allzu groß, paßte bequem in seine Hand. Er hob es an, fühlte das rundliche Gewebe durch den Handschuh. Er fühlte auch die Kälte des Kühlschranks. Rafael umschloß das Gehirn mit der Hand und drückte es leicht zusammen. Als er die Hand langsam öffnete, sah er, wie die Masse kurz an dem Gummi des Handschuhs klebenblieb, dann schabte er sie mit dem Zungenstäbchen in die Petrischale.

Anschließend wandte er sich wieder dem Hundekopf zu. Man sah nur die Schnauze, da die Augen zugedeckt waren mit dem Skalp des Hundes. Rafael hob die Haut auf allen Seiten an und legte sie zurück in die leere Höhle. Der Hund sah ihn an, körperlos, gehirnlos, passiv. Rafael nahm ein anderes, sauberes Skalpell vom Tuch und hielt es mit der rechten Hand, während er das Lid des rechten Hundeauges mit der Linken zurückzog. Er plazierte das Skalpell genau am oberen Rand des Auges und führte es mit einer raschen Bewegung hinter dem Auge vorbei, trennte so die Sehnerven und den Muskel, nahm es heraus und legte es auf den Tisch. Er beugte sich hinunter und schaute es an. Die Augen hob er immer auf. Er mußte schon vierzig Augen zu Hause haben, alle in Formaldehyd in einem Laborglas. Das hier waren besonders schöne Exemplare. Er entfernte rasch das zweite, legte beide in ein größeres Fläschchen, gab Formaldehyd dazu, verschloß die Flasche und stellte sie auf den Rand des Tisches.

Von nun an arbeitete er rascher: Er löste den Hundekopf aus der Halterung und warf ihn in einen Abfallbeutel aus Plastik, zusammen mit dem Handtuch, damit alles verbrannt wurde. Den Beutel gab er in einen Spezialkanister, den er hinausstellte auf den Gang. Jetzt rief er den Nachtdienst an. Der Abfall würde innerhalb einer Stunde fortgeräumt und verbrannt werden. Er wischte die Oberfläche des Seziertisches mit einer Desinfektionslösung ab, dann wusch er mit Seife und warmem Wasser nach. Die Instrumente, die er benützt hatte, steckte er in die Halterung des dickbäuchigen Autoklavs, schloß den Deckel und schaltete ein. Später würde er zurückkommen und die Instrumente noch zusätzlich mit Desinfektionsmittel, Wasser und Seife reinigen.

Er nahm den Gesichtsschutz ab und reinigte ihn, zog die Handschuhe und den zweiten Laborkittel aus und gab beides in einen Spezialwäschesack, den man in der Virologieabteilung benützte. Dann betrachtete er noch einmal die beiden Augen. Sie wurden von der Flüssigkeit und dem Glas vergrößert und schienen das Fläschchen fast zu sprengen. Er schüttelte die Flasche und steckte sie dann in die Tasche seines Labormantels. Anschließend nahm er das Gehirn in der Petrischale und brachte es hinaus ins Labor, schaltete das Licht im Sezierraum aus und schloß die Tür.

Nun ging er daran, festzustellen, ob der Hund tatsächlich Tollwut gehabt hatte. Er zog sich ein frisches Paar chirurgischer Handschuhe an und legte sich eine zweite Serie von Instrumenten auf ein steriles Tuch auf dem Labortisch. Den Inhalt der Petrischale ließ er vor sich auf den Tisch gleiten, dann schaltete er eine Leuchtstoffröhre ein. Er drehte das Gehirn in der Schale so, als stehe er über dem Hund, der von ihm wegschaute. Die Gewebeprobe mußte von dem Teil des Gehirns entnommen werden, der zur Tollwutbestimmung wichtig war. Mit einer Pinzette zog er die beiden Hemisphären des Gehirns auseinander, tauchte das Skalpell in die Spalte und entnahm einen Teil von beiden Hemisphären. Er legte beide Stücke in eine bereits zuvor beschriftete, kleinere Petrischale. Eine für jede Seite des Gehirns.

Dann drehte er das Gehirn um und entnahm in gleicher Weise Gewebsproben aus beiden Hemisphären des *cerebellums,* der Gehirnbasis hinter der Medulla, von der er zusätzlich eine Gewebsprobe entnahm.

Er legte auch diese Proben in vorbereitete Petrischalen. Es war wichtig, die verschiedenen Proben getrennt zu untersuchen, weil das Tollwut-Antigen häufig ungleich verteilt war und weil man alle Gehirnpartien überprüfen mußte, um das Ausmaß der Infektion erkennen zu können.

Mit sechs sterilen Mikroskopgläsern machte Rafael von jeder Gewebsprobe zwei Abdrücke auf das Glas, drückte es dabei fest gegen das Gewebe, damit eine feuchte Stelle zurückblieb. Die

Gläser legte er auf ein Tablett, das in eine Schale mit Azeton paßte, welches auf minus 20 Grad gekühlt war. Die Schale stellte er danach in ein Gefriergerät, das er bereits auf die entsprechende Temperatur eingestellt hatte, und schaute auf die Uhr. Die Proben mußten vier Stunden im Gefriergerät bleiben.

Nachdem er die Instrumente, die von ihm benützt worden waren, in den Sterilisator gesteckt hatte, ging er wieder in den Sezierraum und räumte auf. Dann kam er heraus ins Labor, nahm den kleinen elektrischen Wecker und stellte ihn auf zwei Uhr morgens. Nun schob er die Lehrbücher, die fotokopierten Artikel und die medizinischen Fachzeitschriften nach hinten, bis er genügend Platz hatte, um sich hinlegen zu können. Er überprüfte noch einmal das Schloß an der Tür, schaltete dann das Licht aus. Von draußen kam genügend Helligkeit herein, daß er sich zurechtfand. Er zog den Laborkittel aus, nahm das Fläschchen mit den Augen aus der Tasche und legte es oben auf die Bücher. Nachdem er den Kittel zu einem provisorischen Kissen zusammengerollt hatte, legte er sich auf den Schreibtisch und fiel fast augenblicklich in einen tiefen, gesunden Schlaf.

Als der Wecker läutete, schlug Rafael mit der Hand darauf. Eine Minute lang lag er still da und sah sich in dem Raum um. Das blasse Licht, das durch die Fenster fiel, verlieh allen Gegenständen auf der dem Fenster zugewandten Seite einen bläulichen Schimmer. Es war eine Welt aus schimmernden Hälften.

Er stand auf und schaltete das Licht ein, rollte den Kittel auseinander, zog ihn an, wusch sich das Gesicht in einem Stahlwaschbecken, trocknete es mit Papierhandtüchern ab. Jetzt galt seine ganze Aufmerksamkeit den Gläsern. Er holte die Schüssel aus dem Gefriergerät, nahm das Tablett heraus und stellte es zum Trocknen auf den Tisch. Nun waren die Gewebsabdrücke fixiert. Mit einem Filzschreiber umrandete er jeden Abdruck und formte so eine mikroskopisch kleine Mauer um die Proben, damit der Tropfen Flüssigkeit, den er dazugeben wollte, nicht nach allen Seiten verlief.

Aus dem Kühlschrank nahm er eines der Reagenzgläser mit Konjugaten, die durch Schockgefrieren und durch Dehydration im Vakuum stabilisiert worden waren. Das Konjugat bestand aus Antikörpern gegen Tollwutviren, die mit einer fluoreszierenden Lösung gefärbt waren. Wenn diese Antikörper mit dem Tollwut-Antigen in Berührung kamen, lief eine Antigen-Antikörper-Reaktion ab, die die Färbelösung zum Fluoreszieren brachte, sobald sie der feine Lichtstrahl des Mikroskops traf.

Er reaktivierte das Konjugat durch Beifügung von destilliertem Wasser, das er mit einer Injektionsspritze durch den Gummistopfen einführte. Dann gab er das Fläschchen in eine Zentrifuge, die er zehn Minuten lang laufen ließ. Anschließend benützte er wieder eine Spritze, um eine Portion des Konjugats aus dem Fläschchen zu saugen, und löste es in zwei Suspensionen von homogenisiertem Hundehirn – das eine normal, das andere von einem tollwütigen Tier. Wenn man die Ergebnisse genau haben wollte, war eine Kontrollreaktion erforderlich.

Mit Hilfe einer Pipette bedeckte er jeden der beiden Gewebsabdrücke auf den sechs Gläsern mit jeweils einem Tropfen der Suspensionen, die er präpariert hatte, wobei er sorgfältig darauf achtete, welches das normale und welches das infizierte Konjugat war. Er legte die Gläser in eine Feuchtkammer und ließ sie dort dreißig Minuten; danach spülte er sie in Phosphat-Salzlösung und wässerte sie anschließend zehn Minuten. Nun gab er ein paar Tropfen gepuffertes Glycerol auf die Stellen und legte vorsichtig eine zweite, dünne Glasscheibe darüber, wobei er darauf achtete, daß keine Bläschen entstanden.

Die Proben waren fertig zum Mikroskopieren. Er schaute auf die Wanduhr. Fast drei. Mit dem Tablett ging er zu einem anderen Tisch, auf dem ein Fluoreszensmikroskop stand. Er überprüfte den Filter und den dichromatischen Spiegel in der röhrenförmigen Kammer, die zum Lampengehäuse führte, wählte das Objektiv mit der geringsten Lichtstärke, schaltete das Licht ein und justierte die rote Nadel des Meßgeräts.

Langsam und bedächtig betrachtete er jedes der sechs Gläser, betrachtete sowohl die infizierte als auch die normale Gehirnsuspension, stellte die Brennschärfe, die Spiegel und die Irismembran ein. Er war hocherfreut über das, was er sah.

Die Gehirnprobe des Setters strahlte geradezu von den apfelgrünen Tollwut-Antigenen: ovale, glatte Einschlüsse in den Zytoplasmen der Zellen. Methodisch überprüfte er jedes Glas. Es gab nur ein Minimum an unspezifischen Proben, und das Antigen war hervorragend entwickelt. Er blickte vom Mikrospkop auf und schaute hinüber zu der Petrischale am anderen Ende des Tisches. Dieser Klumpen Gewebe, durchzogen von Adern und Spalten, war so gefährlich wie das Gift der Tigerschlange, so tödlich, wie er selten eines gesehen hatte.

Es wurde spät. Er hatte nur noch ein paar Stunden Zeit. Ruhig wandte er sich wieder dem Gehirn zu und schnitt große Teile aus den Gegenden, die er getestet hatte, gab sie in einen Mörser und zermahlte sie zu einer Paste. Dann kratzte er die Paste in einen Mischkanister aus Chrom, gab die erforderliche Menge an phosphatgepufferter Salzlösung mit Antibiotika und eine Konzentration aus Bovalbumin dazu, um das Virus zu stabilisieren. Danach schloß er den Kanister an das Mischgerät des Labors an, homogenisierte das Gewebe und die Lösungen und achtete sorgsam darauf, den Kanister mit einem Tuch zu umwickeln, damit sich keine Viren verflüchtigten. Nach dem Homogenisieren mußte er dreißig Minuten warten, bis sich alle Tröpfchen gesetzt hatten, dann goß er die Gehirnsuspension in ein verschraubbares Plastikröhrchen und stellte es in den Korb der Zentrifuge. Er schaltete die Zentrifuge ein und ließ das Röhrchen bei zweihundertfacher Schwerkraft fünf Minuten lang rotieren, schaltete die Zentrifuge schließlich ab. Mit einer Spritze entnahm er die klare Flüssigkeit, die über der milchigen in dem Röhrchen schwamm, und gab sie in ein anderes Fläschchen mit einem Gummistopfen, den er mit der Nadel durchstach und so das Gefäß mit der Gehirnsuspension füllte.

Um halb fünf hatte er dieses Fläschchen und das Fläschchen mit den Hundeaugen in Eis gepackt und in eine Thermosflasche mit großer Öffnung gegeben. Er brauchte noch eine halbe Stunde, um das Labor zu reinigen und alles wieder so hinzurichten, wie er es vorgefunden hatte.

Um fünf Uhr, als die Nachtschicht im Krankenhaus zu Ende ging, trat Rafael aus dem Labor und sperrte die Tür von außen ab. In der einen Hand hatte er seine Bücher, unter den anderen Arm hatte er die Thermosflasche geklemmt, als käme er von einer langen, ermüdenden Nachtschicht. Er ging durch den Hauptkorridor, vorbei an den durch Farben gekennzeichneten Korridoren, die den Studenten als Orientierungshilfen dienten. Als er die orangefarbene Abteilung erreicht hatte, betrat er einen der Aufzüge und fuhr hinunter ins Erdgeschoß, allein und schweigend.

Er blieb an der Wand mit den Briefkästen stehen und sah nach, ob für ihn etwas im Kasten lag. Nichts. Dann verließ er das Gebäude durch den Eingang des medizinischen Instituts und blieb kurz draußen stehen, um die frische Luft des frühen Morgens einzuatmen. Der Nachtwächter saß in seinem Plexiglaskiosk und unterhielt sich mit einem Fahrer der Zubringerbusse, dessen Wagen am Randstein stand. Rafael ging vorbei am alten Eingang zum Hermann-Krankenhaus und zur Parkgarage Nummer 4. Im Osten war ein erster Schimmer über den Pinien zu erkennen, der rosafarbene Vorbote des kommenden Tages. Aber für Rafael war er nicht rosa. Er schimmerte fluoreszierend und leuchtete apfelgrün.

22

Die vier saßen in Dystals Büro, Mooney und Hirsch auf Stahlrohrstühlen mit unbequemen, geraden Lehnen, die sie sich aus dem Bereitschaftsraum herübergeholt hatten. Die Konferenz lenkte einige Aufmerksamkeit auf sich: Blicke anderer Kriminalbeamte, ein Gespräch mit Mutmaßungen neben der Kaffeemaschine vor Dystals Büro.

Jeder von ihnen berichtete, was er herausgefunden hatte: erst Haydon, dann Hirsch, dann Mooney, der gerade damit zu Ende war. Dystal hatte seine Stiefel Größe vierundvierzig wie üblich auf eine herausgezogene Schublade gelegt, und das Radio murmelte auf dem Aktenschrank. Haydon hatte aufmerksam zugehört, die langen Beine übereinandergeschlagen; er hatte sein Sakko nicht ausgezogen; seine Krawatte war fest geknotet. Haydon hatte sich keinerlei Notizen gemacht, aber ihm war dennoch kein Detail, keine Andeutung entgangen. Hirsch, der Pfefferminzbonbons kaute, hatte sich Aufzeichnungen gemacht, während Mooney Milch aus einem Viertelliterkarton trank. Nachdem Mooney fertig war, schwiegen alle vier.

Schließlich begann Dystal zu sprechen. »Scheiße, Leute, ich weiß nicht. Bis jetzt haben wir nur etwas, um das sich das Gesundheitsamt kümmern sollte, vielleicht auch etwas für das Sittendezernat und möglicherweise für die Einwanderungsbehörde. Aber für eine Untersuchung der Mordkommission finde ich das alles ziemlich dünn.«

»Ich nehme an, du hast dich nach Walther erkundigt?« sagte Mooney zu Haydon.

»Er lebt«, antwortete Haydon.

»Leo«, begann Dystal wieder, »als du diese Petra Torres überprüft hast, bist du auf nichts bei den Kriminalakten gestoßen, auf nichts bei der Einwanderungsbehörde, und die Torres' im Telefonbuch haben dich auch nicht weitergebracht, habe ich recht?«

»Ja. Nun, mit den Eintragungen im Telefonbuch bin ich noch nicht fertig. Es gibt fünfhundertdreiundzwanzig Anschlüsse auf den Namen Torres. Bis jetzt haben mehr als hundert gesagt, daß sie kein Mädchen namens Petra kennen.«

»Hast du auch diesen Arturo Longoria überprüft, der das Haus in der Harbor Street besitzt?«

Hirsch nickte. »Nichts.«

»Und du hast das Haus überprüft und nichts gefunden?«

Hirsch nickte.

»Der Bursche arbeitet im Importgeschäft?«

Wieder nickte Hirsch.

»Er verkauft alles mögliche.«

»Und diese Guajardo sagt, daß sie seit ungefähr einem Monat keine Mädchen mehr dort gesehen hat?«

»Stimmt.«

Dystal schaute Haydon fragend an, doch der schüttelte nur den Kopf und starrte wie bisher auf den Boden.

Der Lieutenant wandte sich an Mooney.

»Können Sie denn nicht mehr aus dieser Dupissey herauskitzeln? Immerhin ist sie die einzige, die alles über dieses Haus weiß.«

»Sicher, ich könnte sie ausquetschen, wenn Sie das wollen.«

»Sie ist vermutlich noch das Beste, was wir haben.« Dann wandte er sich an Haydon. »Und dieser Guimaraes?«

»Ich warte auf etwas vom NCIC. Außerdem habe ich in São Paulo und bei Interpol nachgefragt. Wir wissen nicht, wie lange das dauern kann.«

»In jedem Fall zu lang«, sagte Dystal.

Haydon schlug die Beine anders übereinander. »Ed, Maureen sagte, die Steen hätte diesen Brasilianern das Beste geboten, was es im ›Sonnengürtel‹ gibt. Hast du eine Ahnung, was das sein könnte?«

»Keine Ahnung. Ein Callgirl dieses Kalibers steht weit über den üblichen Operationen des Sittendezernats, und wenn wir hier irgendwie fündig werden, dann nur durch einen Zufall. Es kommt kaum vor, daß solche Mädchen in eine ›Operation‹ einbezogen werden. Die gehen meist nur mit einem Kerl, und ihre Kunden haben das Gefühl, als kauften sie sich eine geheime Nacht bei einem schicken Mannequin oder Fotomodell. Also ein exklusives Erlebnis für den Freier. Eine wirklich tolle Sache, sozusagen.«

Er grinste, aber die anderen blieben ernst.

»Das stimmt nicht ganz mit dem überein, was Maureen sagte«, fuhr Haydon fort.

»Wieso?«

»Sie hat gesagt, daß dort von Zeit zu Zeit andere Mädchen gewohnt haben. Der Callgirl-Typ, den du beschreibst, steht im Widerspruch zu den Mädchen, die dort Schlafgäste gewesen sind. Damit hat Maureen sicher nicht das Beste gemeint, was der ›Sonnengürtel‹ bieten kann. Außerdem hat sie gesagt, daß sie sie nicht kennt. Ist denn nicht anzunehmen, daß sie alle besseren Callgirls kennt?«

»Vielleicht, vielleicht auch nicht. Sie würde sie kennen, wenn sie aus Houston stammten.«

»In dem Bericht über dein Gespräch mit ihr ist mir aufgefallen, daß sie nervös geworden ist, nachdem du sie gebeten hast, sie möchte dir Einzelheiten über diese Mädchen berichten.«

»Ja, das stimmt. Sie war von da an ziemlich verschlossen.«

»Vielleicht ging es dabei gar nicht um die Identität dieser Mädchen. Vielleicht wurde sie nur deshalb nervös, weil sie damit einer ganz anderen Art von Frauen in die Nähe rückte.« Haydon drehte sich um und nahm den Hörer von Dystals Telefon ab. Er wählte eine Nebenstelle im Haus und wartete.

»Hier Detective Haydon vom Morddezernat. Murray wollte für mich ein paar Vergrößerungen herstellen. Sie müßten inzwischen fertig sein. Können Sie sie raufschicken in Lieutenant Dystals Büro? Danke.«

Haydon gab keinerlei Erklärungen ab, sondern starrte wieder auf den Boden. Er wartete. Dystal war das angenehm, und seine Stiefelspitze begann im Takt eines Westernsongs zu wippen, den niemand außer ihm hören konnte. Hirsch sah etwas in seinen Notizen nach, und Mooney knetete seinen Magen.

Eine stämmige Frau in Uniform klopfte an das Fenster des Büroabteils und kam mit einem dicken, großen Umschlag herein. Haydon stand auf, nahm den Umschlag entgegen, bestätigte den Empfang und dankte der Frau. Sie verschwand und hinterließ einen deutlichen, beinahe sichtbaren Geruch nach Körperpuder und Lippenstift.

Haydon nahm die Gummibänder von der Umschlagklappe und zog das Bündel Fotos heraus. Die monochromatischen Bilder sahen im Format achtzehn mal vierundzwanzig noch bizarrer aus. Haydon betrachtete eines nach dem anderen sehr eingehend und gab es dann weiter. Es war, als hätten sie es mit völlig anderen Bildern zu tun. Jetzt sah man plötzlich Objekte und Personen, die einem beim Betrachten der kleineren Abzüge gar nicht aufgefallen waren. Die Fotos waren nach ihren Farben geordnet: je vier in rot, gelb und blau. Jedes Foto hatte eine Nummer auf einem Aufkleber in der rechten oberen Ecke. Jede Farbgruppe war von eins bis vier durchnummeriert. Am Ende des Stapels kamen die Vergrößerungen von Gesichtern und bemerkenswerten Details. Auch sie waren beziffert, aber nicht mit Zahlen, sondern mit Buchstaben. Und es waren keine gleichmäßigen Stapel in den drei Farben, weil einige der Fotos mehr Details lieferten als andere; dennoch hatte man sie nach Farben geordnet.

An der ersten Ausschnittsvergrößerung hing eine Notiz. »Das Korn hielt besser, als ich gedacht habe, daher habe ich für die Vergrößerungen auch das Format achtzehn-vierundzwanzig gewählt. Übrigens erledige ich keine Eilaufträge mehr für Sie, wenn Sie sie dann doch nicht zur vereinbarten Zeit abholen. RM.«

Haydon betrachtete die Ausschnitte genauer als die Gruppenfotos. Es gab sehr wenige vollständige und erkennbare Männerköpfe, aber die Frauen waren oft von vorne oder unverdeckt im Profil getroffen worden. Seltsamerweise bildete Sandy Kielman eine Ausnahme. Ihr Gesicht war nur halbverdeckt auf dem einen Foto im blauen Zimmer zu erkennen, wo Mooney sie identifiziert hatte. Aber es gab noch eine Ausnahme, und Murray hatte sie nicht übersehen: ein Mädchen mit einer dunkleren Haut als die der Kielman; ihr Körper war äußerst anmutig, selbst in den wildesten Verrenkungen des Geschlechtsverkehrs, die in den Archivfotos des Sittendezernats oft häßlich aussahen, so hübsch sie in gestellten Film- und Pornofotoszenen wirken mochten.

Da ihr Gesicht nie zu sehen war, hatte sich Murray auf ihren Körper konzentriert und einige Detailvergrößerungen geliefert. Vor allem ein Detail tauchte gleich dreimal auf: ein amöbenförmiger Fleck in der rechten Kniekehle des Mädchens. Murray hatte die Vergrößerungen aus der roten Serie gemacht, und zwar von den Nummern 1, 2 und 4. Er hatte auf jedem Foto die Stellen mit Filzschreiber angemerkt.

Auf dem ersten Foto lag das Mädchen auf einem Mann, der sie umarmte und mit den behaarten Händen ihre Hinterbacken festhielt. Das Mädchen stemmte sich mit den Armen nach hinten, und ihr langes, schwarzes Haar fiel über den Rücken. Ihre Beine waren gespreizt und boten den besten Blick der drei Fotos auf ihre Schenkel. Das zweite Foto war das schlechteste. Hier war sie auf Händen und Knien, und ein anderer Mann war hinter ihr. Nummer vier war ein einziges Durcheinander. Das Mädchen befand sich in einem Gewühl nackter Leiber und war nur durch das Mal auf der Rückseite des ausgestreckten Beins zu erkennen. Haydon stellte wieder einmal fest, wie raffiniert der etwas schwierige Polizeifotograf seine Arbeit meisterte.

Haydon hatte inzwischen alle Detailausschnitte herumgereicht bis auf die aus der roten Serie. Er hatte sich Dystals Schreibtisch zugewandt und die drei Fotos von den Beinen des Mädchens nebeneinandergelegt. Jetzt betrachtete er sie einen Augenblick, drehte sich um, stand auf und ging hinaus.

Als er zurückkam, standen Mooney, Hirsch und Dystal vor den roten Ausschnittvergrößerungen.

»Was ist das?« fragte Mooney.

»Ein Stück vom Puzzle«, antwortete Haydon. Er blätterte einen Ordner durch. »Das ist Vanstratens Untersuchungsbericht über Petra Torres.« Er nahm einen Bleistift von Dystals Schreibtisch und kreiste damit etwas ein. »Unter ›besondere Merkmale‹ steht hier: ›Rückseite des rechten Knies gekennzeichnet durch einen Nevus mit einem Querschnitt von etwa dreieinhalb Millimetern.‹ Ein Muttermal also.«

»Dann ist das Petra Torres?« Hirsch nahm die roten Gruppenfotos und legte sie der Reihe nach über die Ausschnittvergrößerungen des Muttermals. »Verdammt!«

Mooney schüttelte den Kopf, und Dystal schaute Haydon erwartungsvoll an.

»Ich hatte das schon fast vermutet, als Leo sagte, Mrs. Guajardo hätte das Spanisch der meisten Mädchen, die wie Petra vorübergehend in dem Haus wohnten, nicht verstanden«, sagte Haydon. »Die Torres war aus El Salvador, aber ich nehme an, die anderen, zumindest die, von denen Mrs. Guajardo sprach, waren Brasilianerinnen. Sie sprachen Portugiesisch, eine, man könnte sagen, linguistische Kollage aus Spanisch und Französisch. Wegen der französischen Anklänge ist ihr die Sprache sonderbar vorgekommen.«

»Wir sollten versuchen, jedes Mädchen, das auf diesen Fotos auftaucht, zu identifizieren«, schlug Mooney vor. »Und wir sollten sie sehr schnell finden.«

»Ich fürchte, wir werden einige von ihnen in den Akten des Coroners entdecken, unter der Rubrik ›unbekannt‹«, sagte Haydon.

Hirsch blickte auf. »Glaubst du, Longoria hat die Mädchen der Parmer ins Haus geliefert?«

»Ja, das glaube ich. Außerdem glaube ich, daß sie Brasilianerinnen waren und daß über das Haus eine Verbindung zu Guimaraes besteht.«

»Was für eine Verbindung?« fragte Dystal.

»Es ist durchaus möglich, daß er oder jemand anders ein System entwickelt hat, um die Mädchen illegal in die Staaten einzuschleusen. Vanstraten ist aufgefallen, daß die Torres keine Narben von der Pockenschutzimpfung aufwies. Wäre sie legal eingewandert, hätte sie solche Narben haben müssen. Weiß Gott, was aus ihnen wird, wenn sie erst einmal hier sind.«

Haydon setzte sich und schlug wieder die Beine übereinander. »Leo, bring die Porträtvergrößerungen dieser Frauen ins Leichenhaus und stelle fest, ob sie zu Fotos unbekannter Toter passen, die, sagen wir, in den letzten vier Monaten aufgetaucht sind. Nein – sechs Monate. Das können nicht allzu viele sein.«

»Wir haben hier fünf volle Porträts«, sagte Mooney. »Und sie sehen ganz und gar nicht lateinamerikanisch aus.«

»Das macht nichts«, erwiderte Haydon. »Nimm sie alle mit. Eine jede von ihnen könnte dort zu finden sein. Und außerdem glaube ich, Bob hat recht, Ed. Du solltest dich noch einmal mit dieser Duplissey unterhalten und sie ein wenig ausquetschen. Sie weiß etwas. Besorg uns die Informationen, oder bring das Mädchen her.«

»Und was ist mit der Croft?« fragte Hirsch. »Sollte man nicht mit ihr das gleiche machen?«

Haydon schüttelte den Kopf. »Sie ist bisher die einzige, die eine Beziehung zu diesem Haus aufweist und noch nicht tot ist. Vielleicht ist sie die Drahtzieherin der Sache. Ich möchte nicht direkt auf sie losgehen, bevor wir genau wissen, was wir da tun.«

»Besuchen Sie lieber diesen Guimaraes«, sagte Dystal zu Haydon. »Und wir sollten uns vielleicht auch ein bißchen um dieses Importgeschäft von Longoria kümmern.«

Haydon kaute an der Innenseite seiner Unterlippe. »Ja. Ich muß Guimaraes besuchen und außerdem das Partyhaus noch einmal durchsuchen.« Er schüttelte den Kopf. »Wegen dieser Tollwut-Geschichte.«

»Denken wir darüber ein bißchen nach«, sagte Dystal und

knurrte leise, als er sich zwischen den Schenkeln kratzte. »Wer kommt in Kontakt mit Tollwut? Wilde Tiere. Haustiere. Und wer kommt in Kontakt mit Haustieren und wilden Tieren? Veterinäre. Tierärzte. Das Personal im Tierpark.«

»Ach, praktisch jeder, der einen Pudel besitzt«, warf Mooney dazwischen.

»Stimmt«, räumte Dystal ein. »Aber wer kommt regelmäßig mit Tieren und Tollwut in Kontakt? Tierärzte.«

»Das Kundenbuch, das wir im roten Zimmer gefunden haben«, sagte Hirsch zu Haydon. »Wir könnten die Berufe überprüfen.«

»Gut. Es enthält zwar keine Familiennamen, aber die Telefonnummern. Wir könnten anrufen und durch irgendeinen Trick die entsprechenden Informationen bekommen. Könntest du damit anfangen, sobald du im Leichenhaus fertig bist, Leo?«

»Ich habe einen Freund, der zwei Bassets besitzt«, sagte Mooney. »Er ist ein Geizhals und bringt sie nicht zum Tierarzt. Er kauft das Tollwutserum in einer kleinen Apotheke in der Nähe seines Hauses und spritzt die Tiere selbst. Kann man vom Serum Tollwut bekommen?«

»Nach Auskunft von Van – ja. Unter Umständen.«

»Dann müßten wir praktisch alle Apotheken überprüfen, die das Zeug verkaufen. Nachsehen, wer es regelmäßig kauft. Vielleicht in größeren Mengen als üblich. Oder öfter als einmal im Jahr. Ein Hund braucht nur einmal jährlich geimpft werden.«

»Exzellent. Außerdem sollten wir jede Klinik, jede Notaufnahmestation und jedes Notkrankenhaus in der Stadt benachrichtigen und veranlassen, daß wir unverzüglich verständigt werden, sobald eine Person, die unter dem Verdacht steht, als Prostituierte zu arbeiten, dort wegen irgend etwas behandelt wird. Das gleiche gilt für das Sittendezernat, Ed. Sag deinen Leuten, sie sollen uns sofort benachrichtigen, wenn sie einer Prostituierten begegnen, die krank ist, auch wenn es aussieht wie eine Erkältung, ein Durchfall, oder was weiß ich. Schickt sie zum Arzt, bis man weiß, was ihr fehlt.«

Haydon wandte sich an Dystal. »Können Sie uns jemanden besorgen, der uns die Arbeit mit dem Tefonieren abnimmt? Da sind die Apotheken, die Krankenhäuser und Kliniken, die Torres' im Telefonbuch. So etwas nimmt viel Zeit in Anspruch. Und sollen wir Longorias Haus bewachen lassen?«

»Ich glaube, an diesem Punkt können wir alle diese Maßnahmen rechtfertigen«, sagte der Lieutenant. Er hatte sein Taschenmesser herausgenommen und benützte die Innenseite seines rechten Stiefels als Abziehleder. »Füttert die Informationen in den Computer, so schnell wie möglich. Ich setze einen Bericht auf und lasse den Captain wissen, was da vor sich geht. Die Sache könnte uns aus der Hand gleiten, ehe wir es merken, und er würde Himmel und Hölle in Bewegung setzen, wenn es ihn unvermittelt trifft. Okay?«

»Stuart«, begann Mooney wieder und schaute auf die Fotos auf Dystals Schreibtisch, »ich möchte Kopien davon machen lassen. Es wäre vielleicht sinnvoll, ein paar der Mädchen noch einmal zu besuchen, mit denen ich schon gesprochen habe.«

»Fein. Du und Leo, ihr geht hinunter und besorgt euch von Murray, was ihr braucht – jetzt gleich. Und sag ihm, ich bin ihm dankbar für seine hervorragende Arbeit.«

»Braucht ihr noch etwas von mir, bevor ich gehe?« fragte Hirsch.

»Nein, momentan nicht.«

Die drei Kriminalbeamten schauten Dystal an, der sich noch immer in seinem Sessel flezte und mit dem Messer kleine Härchen von seinem Unterarm säbelte. Er blickte hoch und schüttelte den Kopf.

»Nein, mir fällt nichts mehr ein. Ich kümmere mich um die Überwachung des Hauses und besorge Leute fürs Telefonieren. Aber haltet mich auf dem laufenden, ja? In sämtlichen Dingen.«

Sie standen auf, um zu gehen.

»Eines noch«, sagte Dystal. »Roland Silva hat vor einer Stunde angerufen und berichtet, daß Walther im Streifenwagen auf einmal zu kotzen angefangen hat. Silva hat ihn sofort ins Ben Taub gefahren. Mehr weiß ich nicht darüber.«

»Du lieber Gott«, sagte Mooney.

Haydon kehrte allein in sein Büro zurück. Es stank nach Metall von den schmutziggrauen Stahlschreibtischen und nach heißgewordenen elektrischen Leitungen, ein Geruch, der aus dem kleinen Ventilator stammte, welcher die heiße Luft der elektronischen Module des Computers kühlte. Außerdem stank es nach dem abgestandenen Rauch von Jahrzehnten und nach verschüttetem Kaffee, der nie ordentlich weggewischt worden war. Selbst jetzt entdeckte Haydon einen halbleeren Becher kalten Kaffee auf dem Boden hinter der Tür, den jemand aus irgendwelchen Gründen dort abgestellt hatte. Er mußte schon seit ein paar Tagen dort stehen; in der Mitte der Flüssigkeit schwamm grünlicher Schimmel. Haydon nahm den Becher und warf ihn draußen in einen Abfalleimer.

Dann kam er mit einem feuchten Handtuch an seinen Schreibtisch zurück und wischte damit die Ringe der Colaflaschen ab. Es gab keinen Privatbereich in einer Kriminalbereitschaft, und wenn nicht viel los war, besuchten sich die Kriminalbeamten in ihren Büros mit der ziellosen Kameraderie von gelangweilten jungen Burschen, die sich in ihren Wagen in einem Drive-in besuchten. Haydon trocknete die Schreibtischplatte mit einem Papierhandtuch ab und setzte sich dann mit dem Umschlag, in dem sich die Fotos befanden. Er nahm sie heraus und sortierte die Gruppenfotos von den Vergrößerungen aus, die Hirsch und Mooney dagelassen hatten. Man sah meist ziemlich undeutliche Viertelprofile und die Hinterköpfe der nichtsahnenden Freier.

Er konzentrierte sich darauf, unterbrach gelegentlich, um ein deutliches Gesicht zu studieren, ein Ohr, eine Kopfform, bevor er sich an das nächste Foto machte. Er fragte sich, welcher dieser Männer imstande sein mochte, so zu töten, wie in diesem Fall getötet wurde. Manchmal erschien es ihm noch immer sonderbar, daß Menschen, die so etwas taten, sich nicht von den anderen Menschen unterschieden; daß da nicht etwas war, irgend etwas, das sie unterschied von den Männern, mit denen er eben beisammengesessen hatte. Vielleicht war es da, war bei den meisten nur zu schwach zu erkennen, zumindest für die Allgemeinheit.

Es war die Anonymität des Schattens im Inneren dieses Mannes und all der gesichtslosen Menschen, die er in seinem Beruf suchen mußte, welche ihn ärgerte und ihm sogar Angst machte. Es war kein ungewöhnlicher Gedanke, sich zu fragen, ob man zu den Verbrechen fähig wäre, die von anderen begangen wurden – vorausgesetzt, man befände sich in ihrer Situation. Eine Frage, die er schon von anderen Kriminalbeamten gehört hatte, bei jenen seltenen Gelegenheiten, wo sie ernsthaft über solche Dinge sprachen. Aber wie viele Menschen fürchteten sich vor den Schatten in ihnen selbst, Schatten, die sie mit Menschen wie dem Mörder teilten, welchen Haydon suchte?

Letztlich ging es dabei um den Grad der Abweichung. Das wußte er, und jedesmal, wenn er einem abweichenden Verhalten begegnete, fragte er sich nach dem Grad dieser Abweichung. Es hatte nichts zu tun mit den Theorien kriminellen Verhaltens, wie sie die Legislative oder die Exekutive aufstellte. Es hatte mit ihm selbst zu tun, mit dem, was er sah und fühlte bei einer solchen Begegnung. Er wußte, daß das Verständnis der Grenzen des Normalen immer weiter gespannt wurde, seit die Wissenschaft mehr und mehr über das menschliche Gehirn und die menschlichen Verhaltensweisen erforschte. Inzwischen war man übereingekommen, daß das kranke und das gesunde Gehirn mehr miteinander gemein hatten als man bisher glaubte. Die moderne Psychiatrie hatte den modernen Menschen in die einzigartige Position versetzt, daß man ihm gewisse kleinere Perversionen in der einen oder anderen Form zugestand, ohne ihm deshalb schon den Makel eines geistig Kranken aufzuerlegen. Insgeheim konnte er viele Schatten beherbergen, sein Geist konnte ein Schlachthaus bruchstückhafter Realitäten sein, aber man ordnete ihn dennoch unter die Gruppe der Normalen ein. Und dort blieb er, solange er seine Schatten nicht freiließ, solange er sie nicht seinen Nachbarn vorführte, als rechnete er damit, daß sie daran ebenso viel Vergnügen finden würden wie er selbst. Das durfte er unter keinen Umständen tun, denn seine Nachbarn waren die reale Welt, und wenn es ihm nicht gelang, so zu handeln, daß es seine Nachbarn akzeptabel fanden, dann wurde er über den Grat gestoßen, hinter dem die Psychose beginnt. Dabei kam es nicht darauf an, ob seine Nachbarn vielleicht gleiche oder andere, aber ebenso seltsame Schatten beherbergten – vorausgesetzt, sie ließen sie nicht sehen.

Der Mann mit dem Tollwut-Schatten hatte den Fehler gemacht, ihn ans Tageslicht zu zerren. Sein Schatten wütete unter den Nachbarn, und seine Nachbarn hatten Angst davor. Eine Ironie des Schicksals, dachte Haydon, daß gerade das, was er vor der Welt verborgen hatte, jetzt das einzige war, was diese Welt von ihm wußte. Der Schatten war alles, was Haydon von ihm gesehen hatte. Der Mann selbst blieb unsichtbar. Aber würde er den Schatten in sich verschlossen haben, hätten ihn dann seine Nachbarn als Verrückten verdächtigt? Das war die Frage, die Haydon bedrückte, weil er die Antwort darauf bereits wußte. Sie lautete: nein. Es gab keine objektive Normalheit, nur die Erscheinungsform des Normalen. Und gerade die Erscheinungsform des Normalen, die den Schatten bis vor kurzem verborgen gehalten hatte, war es nun, die den Täter verborgen hielt.

Haydon dachte darüber nach in der beengten Umgebung seines Büros, mit den körnigen fotografischen Details von Männerköpfen auf dem Schreibtisch, die ausgebreitet waren wie die Abbilder losgelöster Seelen, welche wieder mit ihren Körpern zusammengesetzt werden mußten. Er merkte nicht, daß Bob Dystal am Ende des Arbeitstages vorbeikam und kurz an seiner Tür stehenblieb, ehe er hinausging, sah auch nicht, daß sich die Kriminalbereitschaft leerte und sich bald danach mit der kleineren Nachtschicht zur Hälfte wieder füllte. Er sah nichts als die goldgelben, saphirblauen und rubinroten Porträts namenloser Männer, hörte nichts als seine inneren Selbstgespräche, bis das Telefon klingelte und Nina ihn daran erinnerte, daß er zu Hause erwartet wurde.

23

Pauline Thomas lag auf dem Sofa und starrte teilnahmslos auf die angstverzerrten Gesichter der Schauspieler in der Serie »Die Jungen und die Ruhelosen«. Über den Bildschirm wanderten Schattenwellen, ließen das Bild in der Horizontalen verschwimmen und verzerrten die Köpfe von Ashley und Jack, die mit ihrer Haßliebe-Beziehung kämpften, welche sie für überwunden hielten, was jedoch nicht der Fall war. Es gab viele Großaufnahmen, die in Paulines Magen zusätzliche Übelkeit erzeugten.

Sie langte über den Kopf hinweg nach hinten und fand ein rosa Röhrchen mit Pepto-Bismol. Sie schraubte den Verschluß ab, und das Röhrchen schwankte wie eine Bierflasche. Sie zitterte. Eine Muskelschwäche kam in Wellen über sie, und sie stellte das Röhrchen neben das Sofa, ohne den Verschluß wieder anzubringen. Einen Augenblick lang lag sie absolut erschöpft und bewegungslos da. Ihr blaues Nylon-Negligé war offen, und sie warf einen Blick auf ihre hervortretenden Hüften, die die Taille in ihrer Schlankheit noch betonten. Scheiße, dachte sie, jetzt hatte sie sich drei Stunden lang fast pausenlos übergeben, und ihre Haut war schweißnaß und blaß. Der dunkelbraune Fleck ihres Schamhaars ließ sie an den wilden Schopf blondgefärbten Haars denken, den sie auf dem Kopf hatte. Er war tot bis auf die Wurzeln und stand ab wie bei einer Karikatur. Sie sah es im Spiegel des Bildschirms.

Beide Fenster ihres Schlafzimmers im oberen Stockwerk des Doppelhauses waren offen, und dennoch schwitzte sie. Ihr Unterleib war feucht davon, und der Schweiß lief ihr in großen, perligen Tropfen von den Seiten auf den Rücken. Ihre Lungen fühlten sich an, als ob sie gegen Würmer kämpften, und ihr schmerzender Hals war von außen mit einer gelatineartigen Schicht Wick Vaporub bedeckt, das sie gründlich einmassiert und dann noch einmal dick darübergegeben hatte. Bei jedem Atemzug drang der Mentholgeruch in ihre Lungen, und die Würmer bäumten sich auf. Sie hustete trocken und rasselnd.

Jetzt versuchte sie, sich auf Ashley und Jack zu konzentrieren. Jack war wütend, aber sie verstand nicht, was er sagte. Seine Stirn näherte sich Ashleys Kopf, berührte ihn, und dann schwoll Ashleys Kopf an, bis er gegen den oberen Rand des Bildschirms stieß. Aber nicht genug damit – er schwoll über das Gerät hinaus und stieß eine Nippesfigur um, die auf den Boden fiel und zerbrach. Pauline regte sich fürchterlich über die zerbrochene Figur auf und wollte aufstehen, gerade als Ashleys Kopf wieder zu schrumpfen begann, genau wie der Kopf von Jack. Pauline streckte den Hals, um die zerbrochene Figur zu sehen. Sie stellte mit Erschrecken fest, daß ihr nacktes, rechtes Bein vom Sofa gerutscht war und unkontrollierbar zuckte. Es hatte das Röhrchen Pepto-Bismol umgestoßen, und aus dem Röhrchen war rosa Schaum gedrungen, der bis zur Wand reichte. Das Bein blieb auf dem Boden und zuckte dabei auf und ab. Sie schloß die Augen, legte sich zurück und ließ das Bein zucken.

Verdammt und zugenäht! Noch nie war ihr so elend gewesen, nicht ohne Drogen. Es war so, als ob sie den schlechten Teil eines LSD-Trips erwischt hätte, ohne den guten Teil. Sie versuchte, es objektiv zu betrachten. Sie hatte Kopfschmerzen, und ihr war übel. Okay, das war immer so, wenn ein Trip umkippte. Also Aspirin, eine Menge davon. Aber nein, sie würde die Tabletten nicht hinunterbringen, würde sie gleich wieder auskotzen. Also schön, dann eben nicht. Sie hatte sich eines dieser daumengroßen Suppositorien in den Hintern gesteckt, bewahrte sie im Butterfach ihres Kühlschranks auf, weil ihr so etwas schon öfters passiert war und weil dann nur noch die Zäpfchen halfen. Sie hatte sie stets zur Hand. Die Zäpfchen würden sie erst einmal schlafen lassen. Aber diesmal schienen sie nicht zu wirken. Es wurde nur noch schlimmer.

Sie dachte über die Halluzinationen nach. So etwas war ihr noch nie zuvor passiert ohne Rauschgift. Es war richtig unheimlich. Sie hob den Kopf und schaute auf den Bildschirm. Ein perfektes Bild. Die Nippesfigur heil obendrauf. Jetzt schaute sie auf ihr rechtes Bein und stellte mit Entsetzen fest, daß es noch immer auf und ab zuckte. Sie versuchte, das Bein unter Kontrolle zu bringen. Es hüpfte regelrecht auf dem Fersenballen. Sie sah, wie die Muskeln an ihrer Hüfte zuckten.

Ihr Kopf sank ruckartig zurück auf das Kissen, und sie schloß die Augen. Jetzt fühlte sie, wie sich das Bein ganz von selbst bewegte, als gehörte es jemand anders. Und sie fühlte auch, wie der Schweiß von ihren Brüsten nach unten lief. Die Tropfen wurden immer dicker, hatten jetzt schon die Größe von Murmeln, dann von kleinen Eiern, als sie unter den Brüsten hervorkamen, so, als wären sie dort entstanden. Die Schweißtropfen nahmen die Größe von Zitronen an, dann von Orangen, bis Pauline nicht mehr das Gewicht der Schweißtropfen und das Gewicht ihrer Brüste unterscheiden konnte. Und dann, auf einmal, lösten sich auch die Brüste und rollten ihr über den Bauch und zwischen die Beine wie wassergefüllte Ballons, die platzten, sich über sie und das Sofa ergossen und sie völlig durchnäßten. Sie schlug die Augen auf und sah es. Was für eine Sauerei. Sie würde es wegputzen müssen.

Pauline Thomas erwachte. Sie wußte sofort, daß sie wieder Halluzinationen gehabt hatte und dann eingeschlafen war. Sie lag jetzt sehr ruhig da und hielt die Augen geschlossen. Ihr Bein zuckte nicht mehr, obwohl es noch immer unten auf dem Teppich ruhte, so daß sie fast vom Sofa rutschte. Als sie die Augen öffnete, sah sie zwei Laborflaschen, jede mit einer trüben Flüssigkeit gefüllt, die ein Mann in einem weißen Labormantel umrührte. Aus der einen Flasche entwichen die Blasen schneller als aus der anderen, was die Stärke des Antazids bewies, das er in der Hand hatte und ihr entgegenstreckte. Das war alles, was sie sah, bevor sie die Augen wieder schloß. Die Helligkeit des Bildschirms war nicht zu ertragen. Ihre Augen waren übersensibel, als hätte man ihr bei einer Untersuchung irgendeine Flüssigkeit hineingetropft. Sie versuchte, wieder auf den Bildschirm zu sehen, aber ihre Augen füllten sich mit Tränen.

Sie griff nach den Polstern des Sofas und zog sich hoch. Ihr Kopf schwankte auf dem Hals wie bei einem Neugeborenen. Sie versuchte aufzustehen und mußte zweimal Anlauf dazu nehmen. Schließlich stand sie unsicher da und stützte sich auf die Armlehne des Sofas, langte nach dem Fernsehgerät und schaltete es ab. Das Licht verblaßte zu einem phosphoreszierenden Strich, der sich quer über den Bildschirm erstreckte. Auch er war heller, als sie es ertragen konnte.

Die Luft aus der Klimaanlage juckte an ihrem Körper, sie verlieh ihr das Gefühl, als ob lauter Spinnen über sie krabbelten. Pauline bewegte sich, sank nach vorn wie eine alte Frau, ging zum Fenster und fummelte mit der Schaltung herum, bis der Kompressor erstarb, mit einem Zittern, das das Fenster in seinem Holzrahmen klappern ließ. Sie sah sich im Schlafzimmer um. Es war völlig verwüstet. Sie roch Erbrochenes, schmeckte es im Mund.

Während sie sich am Plastikrahmen der Klimaanlage festhielt, begann sie zu zittern. Ihr Kopf zuckte rhythmisch und fuhr schließlich so wild auf und ab, daß sie nichts mehr sehen konnte. Das Zittern lief vom Hals nach unten zu den Schultern, zum Oberkörper, zur Taille und brachte ihren Körper zum Beben wie den eines kleinen Kindes, das von einem wütenden Erwachsenen geschüttelt wurde. Sie grub die Finger in die Rippen der Klimaanlage, versuchte verzweifelt, auf den Beinen zu bleiben, riß die Rippen mit steifen Fingern heraus, während sie zu Boden fiel. Sie traf hart auf den Boden auf, ihr ganzer Körper war außer Kontrolle, obwohl sie völlig klar denken konnte und mit Entsetzen die Krämpfe beobachtete, die sie wie ein unsichtbarer Dämon auf dem Boden herumstießen.

Nach einer Zeit, die sie nicht abschätzen konnte, ließen die Krämpfe nach, und nun war sie so schlapp und hilflos wie der Morgenmantel, der sich um ihre Beine und Arme schlang. Unfähig, sich zu bewegen, begann sie vor Erschöpfung zu weinen. Dabei entstand kein Geräusch – ihre Kehle und die Stimmbänder ließen das nicht zu – aber sie öffnete weit den Mund und weinte in entsetztem Schweigen. Zum erstenmal in ihrem Leben fühlte sie sich völlig hilflos, eine Hilflosigkeit, die nicht mit einem langen, erholsamen Schlaf zu beheben war, mit einer Injektion, einer Nase voll Koks oder irgend etwas, das dieses Gefühl verscheuchte. Pauline fürchtete, daß sie sterben würde. Sie verstand nicht, was mit ihr geschah, aber sie hatte niemals gedacht, daß der Tod so über sie kommen würde, ohne Ursache und ohne Gnade. Allein. Die Tränen waren riesengroß, sie barsten aus ihren Augen und liefen ihr in den offenen Mund. Durch den Schleier der Tränen sah sie die andere Seite des Zimmers. Das

Sofa, das rosafarbene Röhrchen auf dem Boden – und das Telefon, auf einem kleinen Tisch neben dem Sofa. Langsam, ganz langsam, kroch sie darauf zu.

Vom Bett aus konnte er durch die offene Tür schauen, über den weißen, polierten Marmorboden zur Fensterwand des Wohnzimmers. Er konnte das Teleskop auf dem Stativ sehen. Jetzt schaute er auf die Frau, die neben ihm schlief. Sie hatte Puder im Haar und an der Schulter. Er empfand nichts. Sie war einfach da wie die Bettdecke und das Kissen, wie das Bett.

Er schlug die Decke zurück und stand auf. Als er nackt neben dem Bett stand, zündete er sich eine Zigarette an und schlenderte hinüber ins Wohnzimmer. Er inhalierte den Rauch und beugte sich über das Teleskop. Der einundzwanzigste Stock des Carrington-Apartmenthauses war ein guter, vorteilhafter Standpunkt. Er schwenkte das Objektiv über den dichten Baldachin alter Bäume entlang der Main Street und richtete es auf das medizinische Institut des Krankenhauses. Es war später Nachmittag; die Schatten der Gebäude fielen nach rechts. Er konnte das Stockwerk sehen, in dem sich das Labor befand, aber nicht die Fenster. Sie lagen auf der Ostseite, und er sah nur das nördliche Ende des Gebäudes. Nun schwenkte er das Teleskop ein wenig nach links und blickte über die Spitze des Astrodoms zum Südteil der Ringstraße 610 hinüber. Übler, gelber Smog hüllte die Schnellstraße ein und filterte die Strahlen der tief im Westen stehenden Sonne. Dieser gelbe Dunst erstickte die Stadt; er schien der Hauptgrund für das langsame Dahinkriechen des Verkehrsstroms zu sein, der durch Sauerstoffmangel geschwächt wurde.

Plötzlich rauschte aus allen Stereolautsprechern in der luxuriösen Wohnung die rauchige Stimme von Alcione mit »Forca do Amor«. Er schwang das Teleskop herum auf das Schlafzimmer und sah gerade noch einen ovalen Nabel, der im Undeutlichen verschwamm, als er sich näherte. Er blickte auf, und sie tanzte zur Sambamusik nackt auf ihn zu, während der Chor in den rauchigen, weiblichen Gesang von Alcione einstimmte in einem ratternden Rhythmus von Unisono-Stimmen, die anschwollen und wieder zurückgenommen wurden:

Eu sou tudo isso
E nada sou
Sem o teu amor
Viverei, viverei ... viverei ...

Rauchend sah er zu, wie sie sich auf die Zehenspitzen erhob und den Raum umkreiste im Takt der Samba, die Augen halb geschlossen, das Haar schwarz und wellig, in den messingfarbenen Strahlen der sinkenden Sonne, die sich durch die Fensterwand einen Weg bahnte und die Hälfte des länglichen Raums wie mit Feuer erfüllte. Obwohl er nicht durch das Teleskop schaute, blieb er müßig dahinter stehen und folgte ihren Bewegungen mit dem Rohr, als zielte er mit einem Maschinengewehr auf sie. Hinter ihr, jenseits der Fensterwand, reflektierten Chrom und Glas der Wagen auf der Schnellstraße das Sonnenlicht und warfen scharfe Lichtsplitter durch den Smog, die auf ihrer olivfarbenen Haut tanzten, während sie dem Rhythmus der Samba durch die messingfarbenen Strahlen folgte.

Sem o teu amor
Viverei, viverei ... viverei ...

Er steckte sich die Zigarette zwischen die Lippen und blinzelte sie durch den Rauch an, während er geistesabwesend die Puderflocken abzupfte, die noch an ihm klebten. Blöde Kuh! Der Sambagesang ließ die Fensterwand beben. Sie tanzte. Er schaute ihr zu, kniff die Augen zusammen, atmete den Rauch durch Mund und Nase ein. Die Zigarette war schon so kurz, daß sie fast seine Lippen verbrannte. Er nahm sie heraus, hielt sie zwischen Mittelfinger und Daumen und schnippte sie zu ihr hinüber. Sie hatte die Arme erhoben; die Zigarette traf sie dicht unter dem Brustkorb, ließ kleine Fünkchen über ihren Bauch sprühen und landete auf dem Boden. Sie achtete nicht darauf. Jetzt tanzte sie über den glimmenden Tabak auf dem Marmorboden und umkreiste immer wieder den Raum.

Noch nie hatte sie es so gut gehabt. Ein blödes, abgestumpftes Mädchen aus Rio, keine Erziehung, nur Schönheit. Große Schönheit. Mit achtzehn hatte man sie aus einem berüchtigten

Slum von Rio geholt, ausgewählt von einer Art Talentsucher, einer Mischung aus Professor Higgins und Zuhälter. In Houston verkaufte er sie an einen echten Professor Higgins. Bruno de Gravacão kaufte sie. Wie die meisten Professoren Higgins war er ein reicher brasilianischer Emigrant. Sein Vermögen machte er mit Bodenspekulationen in São Paulo. Obwohl Ninfa Pereira mehrere Wochen »Vorbereitungszeit« durchgemacht hatte, nachdem sie in Houston angekommen war, um auf diese Weise die Verwandlung vom Slumkind zur Dame der Gesellschaft zu schaffen, war Gravacão ein gründlicher Mann und begann noch einmal von vorn damit.

Als erstes brachte er Ninfa zu Dr. Gilson Gonzaga, ebenfalls ein Emigrant, und ließ sie genau untersuchen. Alles war in Ordnung – großartig, genau gesagt. Als nächsten wichtigen Schritt brachte er sie zu Jacques Descange, um sie so frisieren zu lassen, daß sie überall in der Stadt beneidet werden würde – hier, in Rio oder in Paris. Dann ging es zu Neiman's, wo man Garderobe kaufte, die dem natürlichen Stil der jungen Frau entsprach, zu Fred für ein paar passende Schmuckstücke, in ein Dutzend Schuhgeschäfte, in die Boutique »Intime Verführung« für Designer-Unterwäsche, die ihren Körper auf erstaunliche Weise unterstrich. Zuletzt zu einem Optiker – Dr. Gonzaga hatte festgestellt, daß sie kurzsichtig war, ihr einziger körperlicher Mangel – für Kontaktlinsen. Voilà! Eine Lady! Oder zumindest eine erstklassige Kurtisane. Und als Gegenleistung für dieses wundervolle neue Leben brauchte sie sich lediglich selbst zu zerstören, wann immer das verlangt wurde, zu Professor de Gravacãos persönlicher Befriedigung. Es war keine übertriebene Forderung. Jedes Mädchen aus einem Slum hätte das und noch viel mehr getan, um herauszukommen.

Jetzt beobachtete er sie wieder. Offenbar hatte sie eine Lunge voll von dem besten kolumbianischen Gras inhaliert, nachdem er das Bett verlassen hatte. Also war sie für die nächste Zeit davon in Anspruch genommen. Er sah, wie ihre Nase lief, sah den glitzernden Streifen bis hinunter zu ihrem Kinn, während sie nach dem Takt der Samba tanzte im immer dunkler werdenden Goldton der Sonne. Luder! Sogar von der Sonne ließ sie sich vögeln.

Er lachte. Sie hörte ihn und lachte ebenfalls. Er dachte an ihren Professor de Gravacão. Der Alte hatte keine Ahnung, daß er sie mit jemand anders teilte. Einige von ihnen wußten es, davon war er überzeugt, aber die Feiglinge würden es nicht wagen, ihn zu verraten. Er kam und steckte sie in die Tasche, wann immer er wollte, innerhalb gewisser Grenzen. Sie alle hungerten nach ihm; dafür hatte er gleich zu Beginn gesorgt. Sie trafen sich liebend gern mit ihm. Alle liebten Rafael.

Er ließ sie tanzen und ging hinüber ins Bad, duschte, wusch sich den Puder aus dem Haar, reinigte sich vom Grab, von der Leimgrube, von der Lepra, die an ihm fraß, wenn er sie zu nahe kommen ließ. Er seifte sich dreimal nacheinander sorgfältig ab, wusch sich dreimal mit minuziöser Aufmerksamkeit für jede einzelne Pore seines Körpers. Als er aus der Dusche trat, wickelte er sich in warme Handtücher aus dem elektrisch beheizten Handtuchschrank. Er benützte drei große, weiche Handtücher dazu. Für Ninfa waren nur noch zwei übrig. Er nahm sie aus dem Handtuchwärmer und steckte sie in die Kommode.

Als er sich angezogen hatte, war die Serie von Sambas mit Alcione vorüber. Er ging durch die Diele und schaute hinein ins Wohnzimmer. Die Fensterwand war ein schimmerndes Purpursegel; der ganze Raum schien zu brennen von der sterbenden Sonne. Ninfa saß mitten auf dem Boden; ihr goldener Körper schwamm im blasser werdenden, geschmolzenen Licht.

Er zuckte mit den Schultern und ging zum Plattenspieler. Nahm die Platte herunter, blies den Staub weg, besprühte die schwarze Scheibe mit einem Reinigungsmittel und wischte sie ab. Dann überprüfte er die Rillen nach Kratzern, stellte mit Befriedigung fest, daß keine zu sehen waren, steckte die Platte in eine Klarsichthülle und dann in den Cover. Jetzt stellte er sie neben die Wohnungstür in die Diele, damit er sie nicht vergaß, wenn er ging, und kehrte ins Schlafzimmer zurück.

Aus der Außentasche seines Valentino-Sportsakkos aus Rohseide nahm er einen kleinen, schwarzen Kalbslederbeutel. Er faltete ihn auf und holte ein Glasfläschchen mit Gummistopfen heraus, das er auf die Marmorplatte des Ankleidetisches im Vorraum des Badezimmers stellte. Dann nahm er eine Spritze aus dem Beutel, steckte die Nadel durch den Gummistopfen in das Fläschchen, sog soviel Flüssigkeit heraus, daß die Spritze zur Hälfte gefüllt war, und gab das Fläschchen wieder in den Beutel. Er brauchte einen Augenblick, um den flachen Behälter für ihre Kontaktlinsen zu finden, unter dem Durcheinander von Parfümflaschen und Fläschchen mit verschiedenen Kosmetikartikeln. Er öffnete ihn, nahm die beiden weichen Linsen heraus und goß die Flüssigkeit aus. Dann legte er die Linsen wieder in die zwei Behälter und spritzte den Inhalt der Injektionsspritze über die dünnen Scheiben, bis sie darin schwammen. Die wasserdurchlässigen Linsen würden das Virus-Destillat absorbieren. Nach dem Alkohol und den Drogen würden Ninfas Augen blutunterlaufen sein, aber sie würde die Linsen tragen. Das erwartete man von ihr. Er schraubte die beiden Kammern des Kontaktlinsenbehälters zu und legte ihn wieder dorthin, wo er ihn gefunden hatte. Dann gab er den Rest der Lösung aus der Spritze in die kleine Plastikflasche mit ihren Augentropfen. Danach spülte er die Spritze aus und steckte sie wieder in den Lederbeutel.

Im Schlafzimmer zog er sein Sakko an, steckte den Beutel in die Tasche und ging dann wieder hinüber in den Wohnraum. Ninfa lag auf dem Marmorboden; ihr Körper war jetzt gefleckt vom blutigen Tod der Sonne. Die Nacht mischte sich in das Licht wie schwarze Tinte, und all die glitzernden Lichter der Stadt durchbrachen die Schwärze und erstreckten sich bis zum Horizont wie eine Unendlichkeit ausgebreiteter Brillanten.

Er nahm seine Schallplatte und öffnete die Tür. Dr. Gravacão würde um neun Uhr fünfundvierzig bei den Hangars für Privatflugzeuge am Flughafen Hobby eintreffen. Um Viertel nach zehn würde er zu Hause sein. Ninfa Pereira sollte sich vor ihm rechtfertigen, so gut sie konnte.

24

Jeden Mittwochabend kochte und servierte Gabriela ein volles Dinner mit Hilfe eines Mädchens, das sie zu diesem Zweck mitbrachte. Manchmal gab es Gäste, aber häufiger dinierten Haydon und Nina allein. Diese Mittwochabend-Dinners waren schon von Haydons Mutter eingerichtet worden, als er noch ein kleiner Junge war; sie sollten der Familie Zeit geben, miteinander zu reden und »in zivilisierter Weise« zu essen, sie sollten dabei die Trivialitäten überwinden, aus denen ihr Leben bestand. Cordelia Haydon war auch groß gewesen in dem, was sie »kultivierte Konversation« nannte. Bei einem solchen Mittwochabend-Dinner war Nina von Haydon seinen Eltern vorgestellt worden. Sie verliebten sich beide vom ersten Augenblick an in sie, und so wurde Nina zum bevorzugten Gast bei diesen Abenden und ein Mitglied der Familie, schon bevor Haydon sie geheiratet hatte. Haydon war davon überzeugt, daß Nina auch zu diesen Dinners erschienen wäre, wenn er jemand anders geheiratet hätte. Sie wurde die Tochter, die seine Eltern nie gehabt hatten, ein besonderer und wichtiger Gast im Hause.

Gabriela, die ebenfalls zur Familientradition zählte und schon länger im Haus war als Haydon lebte, hatte eben Cinco indigniert aus dem Speisezimmer gewiesen, wo Haydon ihn verstekken wollte, indem er ihn still in einer Ecke liegen ließ. Aber sie hatte ihn gesehen – so schlecht waren ihre Augen wieder nicht – und scheuchte den Collie hinaus, wobei sie ihm mit ihrer weißen Schürze vor der Nase herumwedelte. Der Hund zog den Schwanz ein, senkte den Kopf und floh durch die Diele auf die Terrasse. Jetzt betrachtete er sie mit freudlosen Augen durch die Fenster des Speisezimmers, während Gabriela hinausdampfte in die Küche und laut genug, daß Haydon es hören konnte, vor sich hinmaulte. In diesem Haus seien noch nie Hunde bei Tisch zugelassen und das dürfe auch in Zukunft nicht geschehen.

»Es ist erst recht schlimm für ihn, wenn er so rausgeschmissen wird«, sagte Nina, die hinausschaute zu dem Collie.

Haydon grinste. »Sie weiß nicht, daß er sonst die meiste Zeit hier drinnen ist. Ich lasse ihn immer rein, wenn sie nicht da ist.«

»Sie weiß es genau«, sagte Nina und lachte. »Sie hat mir gesagt, daß sie *pelos de perro* in der Bibliothek gefunden hat.«

Sie beendeten ihr Dessert mit Gesprächen über das Haus, über die Arbeit, die Pablo mit den Zitronenbäumen vorhatte, und über die Frage, ob sie das Dach nachsehen lassen sollten oder nicht, nachdem Haydon den feuchten Fleck an der Fassade entdeckt hatte. Später servierte Gabriela frischen Kaffee. Haydon stand auf, nahm eine Zigarre aus dem Humidor auf der Anrichte, schnitt die Spitze ab und zündete die Zigarre an, während er zurückkam zum Eßtisch. Er inhalierte den weichen, dunklen Rauch der *Marca do Oro corona,* erlaubte sich nur einen einzigen, tiefen Zug; den Rest der Zigarre würde er nur kosten, nicht inhalieren. Zum erstenmal seit Vanstraten mit seiner erschrekkenden Diagnose hergekommen war, begann er sich zu entspannen.

»Gehst du heute mal früh zu Bett?« fragte Nina. Sie hatte den Kopf auf die Hände gestützt und lächelte ihn an.

»Nein, spät«, sagte er.

»Was? In der vergangenen Nacht hast du keine zwei Stunden geschlafen.«

»Ich werde das irgendwann nachholen. Jetzt muß ich noch mal in das Haus fahren, wo diese Parmer gewohnt hat.«

»Das kann bestimmt bis morgen vormittag warten.«

»Morgen gibt es andere Dinge zu tun.«

Nina schaute ihn an. Er erkannte ihre Miene und wußte, was sie dachte. Es war eine seltsame Symbiose, die sie miteinander verband. Er haßte die Angst in ihren Augen ebenso wie die Nervosität in sich selbst, die sich allmählich steigerte und die sie schon vor ihm erkannt hatte. Sie fürchteten sie beide, ohne jemals darüber zu reden. Er tat so, als wäre alles wie immer, und sie beobachtete ihn genauer und registrierte jeden Stimmungswechsel wie ein telepathisches Barometer. Gemeinsam beobachteten sie, wie die »dunkle Saison« herankam, bis Haydon plötzlich in sein schwarzes Vakuum verschwand, wo er Zeit und Raum verlor und zugleich und unausweichlich ein Stück von sich selbst. Und beide dachten mit zunehmender Sorge daran, was diese Verluste eines Tages bedeuten würden.

Wie ein schuldbewußter Alkoholiker, der sich weigert, an seinen letzten Exzeß zu denken, unterdrückte Haydon eine geheime Abneigung gegen Nina wegen ihrer gefestigten Haltung angesichts seiner eigenen, wiederkehrenden Schwäche. Den Erfolg beim Unterdrücken dieses Gefühls verdankte er seinem Talent zur gnadenlosen Selbstanalyse, bei der er kritisch sein konnte bis zur Aufgabe seiner Person, und einem Gefühl des tiefen Respekts und der Dankbarkeit für ihre absolute Treue.

»Wann werden wir je darüber reden?« fragte sie. Ihre Stimme war weich, und ihr Gesicht zeigte ein trauriges Lächeln.

»Nicht heute abend.«

»Warum nicht?«

Die Zigarre schmeckte gut. Er wollte nicht, daß Nina fortfuhr, hoffte, sie würde aufhören.

»Stuart?«

»Ich wüßte nicht, was ich dazu sagen sollte«, antwortete er wahrheitsgemäß.

»Ich habe es auch gar nicht erwartet. Aber wir könnten trotzdem reden. Du brauchst es gar nicht zu wissen. Es tut dir sicher nicht weh, wenn du es einmal ergründest.«

»Diese Sache?«

Sie zögerte. »Ja. So empfinde ich es jedenfalls.«

Er schaute sie an. Seine Augen sahen sie, aber seine Gedanken kehrten zu sich selbst zurück.

»Das kann ich verstehen«, sagte er. »Ich glaube, ich fühle das auch.«

»Dann laß uns darüber reden, Stuart. Ich mache mir Gedanken wegen dieser Untersuchung, wegen dem, was sie dir antut. Du brauchst Entspannung, Ferien – nicht verstärkten Einsatz für diesen Fall.«

»Aber ich kann nichts dagegen tun. Es ist nun einmal geschehen.«

»Du solltest wegfahren.«

Sie sagte es ganz rasch, als wäre es eine harte Wahrheit, die ihn verletzen würde, aber ausgesprochen werden mußte. Es war genau der Ton, den man gegenüber einem Herzpatienten anwandte, um ihm zu sagen, er müsse seinen Beruf aufgeben, sonst würde er nicht mehr lange leben. Herzpatient. Er erkannte den Symbolgehalt des Vergleichs, den er gewählt hatte.

Er trank seinen Kaffee aus, nahm die halbleere Flasche Chablis vom Tisch, schob den Stuhl zurück und stand auf.

»Laß uns hinausgehen«, sagte er.

Sie gingen durch die Diele und danach gemeinsam auf die Glastüren zu. Haydon hielt eine Tür auf, und sie betraten die Terrasse, wo Cinco sofort zu ihnen herkam, um sich ihrer Liebe zu versichern. Nina kniete sich hin, um den alten Hund zu streicheln, während Haydon Cincos Schüssel mit Chablis füllte und sie dann dem dankbaren Collie hinstellte. Während Cinco den Wein schlabberte, ging Haydon an die Balustrade und stützte die Ellbogen darauf, schaute hinunter auf die Zitrusbäume und blies einen dünnen Strom blauen Rauchs hinaus in die schwere, feuchte Nachtluft.

Als er Nina an seiner Seite fühlte, wie sie sich bei ihm unterhakte, sagte er: »Du zwingst mich dazu, das Ganze philosophisch zu verbrämen.«

Er spürte, wie sie mit den Schultern zuckte.

»Es stimmt«, sagte er. »Ich erkenne sie – die alten Symptome. Das war ein ehrliches, offenes Geständnis. Ich habe es nie vor mir selbst geleugnet. Wir haben nie darüber gesprochen, wie ich es dir eiumal zugesagt habe, und ich möchte auch jetzt nicht darüber reden. Es ist ein Geheimnis, das ich lieber nicht ergründe, obwohl ich mir seines Bestehens bewußt bin und auch der Schmerzen und Schäden, die es bei uns beiden hervorruft. Aber jetzt ist nicht der richtige Zeitpunkt, um darüber zu reden.«

»Warum nicht?«

»Diese Untersuchung ist sehr wichtig. Dieser Mann – und ich bin sicher, daß es ein Mann ist – verhält sich ganz anders als jeder, dem ich zuvor begegnet bin. Ein wirklicher Verrückter. Rein zahlenmäßig ist er vielleicht nicht der Typ eines Massenmörders, obwohl sich das noch herausstellen könnte, wenn wir der Sache erst ganz auf den Grund gegangen sind. Aber mich irritiert seine – seine Art, wie er sich den Opfern nähert. Massenmörder haben normalerweise einen Generalnenner. Man findet eine Übereinstimmung der Syndrome, geschichtlich und psychologisch. Das erkennt man zwar meist erst in der Retrospektive und nicht, bevor man ihm Einhalt geboten oder ihn erwischt hat. In diesem Fall dagegen kann man von Anfang an etwas beobachten, was ihn von allen anderen seiner Art unterscheidet.«

Er drehte die Zigarre in seinem Mund, ließ sie mit den Fingern hin und herrollen, während er den Geschmack des Tabaks genoß. Er schien voller zu sein in der frischen Luft, als ob die tropische Feuchtigkeit das Aroma der dunklen, feuchten Blätter verstärken würde.

»Der Massenmörder handelt oft aus wildem Haß. Dieser Haß leitet ihn, er zwingt ihn dazu, wiederholt und brutal zu morden. Das Objekt seines Hasses soll leiden, und der Mörder genießt seine Macht, dieses Leiden hervorrufen zu können. Er will das Objekt leiden sehen, will es schreien und wimmern hören, will dieses Leiden buchstäblich mit Händen greifen und spüren, wie das Leben des Objekts ausgelöscht wird. Es ist eine innerliche Gewalt, unglaublich in ihrer Intensität und erschreckend. Er kann der klassische Fall des stillen, netten Kerls sein, dessen Nachbarn überaus erstaunt sind, daß es sich bei ihm um einen bösen Dämon handelt, aber diese Verstellung wird überwunden im großen Augenblick der Gewalt, die von Zeit zu Zeit befriedigt werden muß.

Der Mann, den wir suchen, hat offenbar keine solchen mörderischen Triebe. Er infiziert das Opfer so, wie es ihm gerade am günstigsten erscheint, und geht danach einfach weg. Sein Kontakt mit dem Opfer entbehrt des Elements von Schmerz und Furcht; er entbehrt vermutlich sogar jeglicher Gewalt. Da nicht genau festzustellen ist, wann das Opfer an der Krankheit zugrunde geht, hat er nicht einmal die Befriedigung, dessen Tod aus der Ferne zu beobachten. Ihm fehlt die weißglühende Hitze der Leidenschaft, die den typischen Massenmörder in jenen letzten Augenblicken verzehrt, wenn er sich körperlich seinem Opfer gegenübersieht und es zerstört.«

Haydon schwieg, und seine Gedanken schweiften in eine Vielzahl von Richtungen, klammerten sich an Ideen, an die Spuren von Ideen, Erinnerungen und Abwandlungen dieser Ideen, versuchten sie mit den Konzepten zu vergleichen, von denen er gehört, gelesen und geträumt hatte. Sein ruhiges Verhalten, das gelegentliche Ziehen an der Zigarre, strafte seine innere Erregung Lügen.

»Mir fällt da eine Stelle ein, die ich in einem der Bücher meines Vaters unterstrichen habe. Es war ein Zitat von Richter Brandeis, das mir merkwürdig vorgekommen war und das sonderbarerweise in Konflikt steht mit den ganz anderen Ideen von Carl Jung. Brandeis schreibt von der Gefahr, bei der wir uns von unseren Vorurteilen so sehr täuschen lassen, daß wir ihnen den Status gesetzlicher Prinzipien verleihen. Er schreibt: ›Wenn wir uns vom Licht der Vernunft leiten lassen, müssen wir in Gedanken kühl und gelassen sein.‹ Ich fragte mich und frage mich heute noch, ob ein kühler Kopf wirklich so erstrebenswert ist. Ich vermute, daß wir hinter diesen Morden einen sehr vernünftigen Mann entdecken werden, einen, dessen Kopf so kühl ist, daß ihn nicht einmal die Leidenschaft des Mordes zu erwärmen vermag.«

Nina schwieg eine ganze Weile. Sie stand einfach neben ihm, ihren Arm unter dem seinen, den Kopf leicht nach vorn geneigt. Im Licht, das durch die Fenster des Speisezimmers herausfiel auf die Terrasse, kam ein dicker Frosch aus dem Schatten hervor. Er setzte sich gelassen ins Licht, als ob er aus der Kulisse auf die Bühne gehüpft wäre, der erste Schauspieler auf der Szene, der allein darauf warten muß, daß das Spiel beginnt. Auch Cinco sah ihn, aber er hatte schon oft mit Fröschen gespielt und keine Lust, sich in seinem Alter noch damit zu befassen. Außerdem war er schläfrig vom Wein. Der Frosch quakte einmal, ein seltsames Selbstgespräch im Rampenlicht, das beim Collie, der mit gekreuzten Pfoten in den Schatten der gegenüberliegenden Kulisse lag, nur ein Gähnen hervorrief. Da keine weitere Aktion und auch kein Dialog zu erwarten waren, sprang der Frosch an Cinco vorbei wieder ins Dunkel.

»Es ist also ein außergewöhnlicher Fall«, sagte sie, und es war keine Frage.

»Ja, außergewöhnlich.«

»Und warum?«

Er schaute einem Rauchwölkchen nach, das sachte von ihm wegtrieb, bis es in der Dunkelheit aufging.

»Ich spüre, daß von dieser Person Übel ausgeht«, sagte er. »Ein Gefühl, das man nicht ignorieren kann. Es folgt einem wie eine Vorahnung, ein drohendes Unwohlsein, das einen mitten in der Nacht aufwachen und mit klopfendem Herzen daliegen läßt, wobei man sich fragt, warum man aufgewacht ist, und ganz genau weiß, daß etwas im Dunkeln steht und auf einen lauert. Es ist die beste Gelegenheit, einem Aspekt des eigenen Ichs zu begegnen, den man nicht leugnen oder unterdrücken sollte. Die Begegnung mit dem Bösen in solcher Reinheit ist so, wie wenn man sich einem Meilenstein in der Psychoanalyse nähert. Es ist archetypisch: Man sieht sich Auge in Auge mit einem Teil von sich selbst.«

»Ein Teil von dir selbst?«

»Ja. Ich weiß nicht, wie ich es erklären soll, aber so kommt es mir vor.«

»Das ist erschreckend.«

»Genau.«

»Hast du mit Leo und Ed darüber gesprochen?«

»Natürlich nicht.«

»Mit Van?«

»Wir haben schon früher dieses Thema berührt.«

»Und was meint er dazu?«

Haydon stieß ein amüsiertes Brummen aus. »Das willst du bestimmt nicht wissen.«

»Es ist sonderbar«, sagte sie nach einer Pause. »Je länger ich dich kenne, desto weniger verstehe ich dich. Eigentlich sollte es genau entgegengesetzt laufen.«

»Ich habe oft dasselbe von dir gedacht.«

»Wirklich? Das kann ich nicht glauben.«

»Es ist wahr. Und es beweist nur, wieviel an uns allen dran ist. Ich bin sicher, es gibt größere Dimensionen, als wir sie uns vorstellen können, aber uns fehlt der Blick dafür.«

Sie drückte sich an ihn, kuschelte sich beinahe an seinen Körper.

»Stuart, sitzt du jemals da und denkst an gar nichts?«

»Wie meinst du das?«

»Ich meine, gestattest du jemals deinen Gedanken, daß sie sich entspannen?«

Er schnippte den Rest seiner Zigarre hinaus auf das feuchte Gras, wo die Glut ein paar Sekunden lang wie ein brennendes Auge zu sehen war, bevor sie erlosch.

»Niemals«, sagte er.

»Das habe ich befürchtet.« Sie lachte.

Er wandte sich ihr zu und küßte sie leicht auf die Lippen. Sie stieß ein wohliges Stöhnen aus und erwiderte den Kuß, dann riß sie sich los.

»Du stinkst«, sagte sie.

»Nicht ich, die Zigarre.«

»Das habe ich gemeint.«

»Ach.«

»Ich weiß nicht, ob ich dich jetzt dazu verführen soll, hierzubleiben, und damit riskiere, daß du in den frühen Morgenstunden, wenn ich eingeschlafen bin, aufstehst – oder ob ich dich lieber gleich aus dem Haus jagen soll, in der Hoffnung, du kommst früh genug zurück, daß ich dich verführen kann, bevor du am Morgen wieder weg mußt.«

»Und da fragst du noch, wessen Gedanken Überstunden machen!«

»Ich versuche nur, mit den deinen Schritt zu halten.«

Er hielt den Arm mit der Armbanduhr hoch, um die Zeit im Licht aus dem Speisezimmer ablesen zu können. »Es ist zehn. Laß mir zwei Stunden Zeit. Es ist nicht weit von hier, und ich kann dir die Telefonnummer geben.«

»Für den Fall, daß jemand anruft.«

»Ja, das auch.«

Sie drehten sich um und gingen zusammen hinein in die weite Diele. Er nahm die Schlüssel für den Dienstwagen vom Tischchen mit der Marmorplatte und küßte Nina noch einmal.

»Es dauert nicht sehr lange«, sagte er.

»Davon bin ich überzeugt.«

Er fühlte, wie sie ihm nachschaute, als er hinausging und sich in den Wagen setzte. Er winkte ihr zu, bevor er aus dem Licht fuhr. Als seine Scheinwerfer auf das Tor trafen, drückte er den Knopf des elektronischen Schalters, und das Tor öffnete sich langsam. Nachdem er draußen war, schaltete er das Radio ein, das stets auf die Station mit klassischer Musik eingestellt war. Man spielte Mozarts »Eine kleine Nachtmusik«.

25

Haydon parkte auf der Straße, einen Block vom Haus der Parmer entfernt, und ging zurück über den Gehsteig, dann den Weg, der durch das Trauermyrtengebüsch nach oben zur Haustür führte. Er richtete das Licht seiner Taschenlampe auf die Tür und sah das rote, schwarz umrandete Siegel, welches anzeigte, daß das Haus polizeilich überwacht wurde und nicht ohne ausdrückliche Genehmigung des Morddezernats betreten werden durfte. Er sah, daß man das neue Sperrschloß der Polizeibehörde angebracht hatte, und fischte in seinen Taschen nach dem Schlüssel. Bevor er die Tür aufsperrte, schaute er in den Briefkasten. Er war leer.

Sobald er drinnen war, schaltete er die Lichter ein und versperrte die Tür hinter sich. Dann sah er sich um, und wieder fiel ihm die Tiefenwirkung auf, die durch die Maisonette-Bauweise erzielt wurde. Außerdem fühlte er die Leere, die in unbewohnten Häusern herrschte, selbst wenn sie noch voll möbliert waren.

Er ging hinauf in den Wohnraum, warf einen Blick auf die Galerie und hinüber zur Küche, dann auf den glasgefaßten, offenen Kamin und die alte Wurlitzer-Musikbox, die danebenstand. Er ging zur Musikbox hin: ein hufeisenförmiges, buntes Gebilde mit einem Bogen, der es krönte; zwischen den beiden Armen des Hufeisens befand sich ein reichverziertes Lyra-Symbol aus Plastik und Chrom, und aus dem Bauch der Maschine fiel buntes Licht. Das Ganze umrahmten die vielfarbigen Plastikröhren, in denen Blasen aufstiegen, die ganz oben, hinter einem weiteren Filigran-Fries in einer Krone aus buntem Licht zerplatzten. Hinter der Glaskuppel steckten rund fünfzig Schallplatten in ihren Chromarmen.

Wieder sah er die Titel und die Interpreten durch, dann drückte er auf die beiden ersten Plastiktasten. Er sah zu, wie der Arm nach vorne kippte, um die Schallplatte zu greifen, wie er sie aus ihrem Schlitz zog, um neunzig Grad drehte und auf den Plattenteller legte. Rasch, aber genau senkte sich der Arm mit dem Saphir auf die sich drehende Scheibe. Als das Lied begann, erkannte Haydon rasch den mitreißenden Rhythmus einer Karnevals-Samba.

Er hörte ein paar Sekunden lang zu, dann machte er sich auf einen Entdeckungsgang durch das Haus. Im Wohnraum war nichts, was ihm helfen konnte, außer einem kleinen Schreibsekretär. Er schaute ihn durch, fand aber nur ein paar Briefmarken, das Briefpapier mehrerer Hotels und Ansichtskarten aus Mazatlán. Anschließend blätterte er in einem Stapel Zeitschriften, die auf einem Couchtisch zwischen den beiden Sofas lagen.

Dann ging er in die Küche und durchsuchte die beiden Küchenschränke, in denen die üblichen Konserven standen. Es gab eine Auswahl von Küchenutensilien, außerdem Porzellan, Steingut und Besteck. Die Spülmaschine war voll ungewaschenem Geschirr und Kakerlaken. Eine Tür führte in einen kleinen Waschraum mit einer Waschmaschine und einem Wäschetrockner, und eine weitere Tür führte in die Garage, von der aus man auf eine Zufahrt von der Hinterseite des Hauses gelangte. Die Garage war leer, und es gab keine Anzeichen dafür, daß sie regelmäßig oder in jüngerer Zeit benützt worden war.

Er kam durch den Waschraum zurück in die Küche, überprüfte zuvor kurz den Inhalt der Waschmaschine und des Trockners und rührte in der schmutzigen Wäsche mit dem vorderen Ende seiner Taschenlampe. Nachdem er wieder im Wohnzimmer war, ging er zur Wurlitzer und drückte noch ein paar Tasten. Als er die Treppe zur Galerie hinaufstieg, war das Haus erfüllt vom heiteren, raffinierten Arrangement eines Songs mit dem Titel »India«, gesungen von einer Frau mit klarer Stimme namens Gal Costa.

Er ging an den Kübelpalmen vorbei zum roten Zimmer. Als er

auf der obersten der drei Treppen war, die in das Zimmer führten, fiel ihm die Dicke der Wand zwischen Galerie und Zimmer auf, die für den ganzen Korridor galt. Die Wand war, schätzte er, ungefähr einen Meter dick, entsprach also den eingebauten Kleiderschränken. Das Zimmer war noch immer ein einziges Durcheinander; niemand hatte hier aufräumen dürfen.

Haydon ging zur gegenüberliegenden Wand in der Nähe des Badezimmers und drehte sich um, blickte hinauf zu der Stelle oberhalb der Schranktür. Zwei Ventilatoren der Klimaanlage mündeten hier in den Raum. Zwei weitere Lüftungsschächte mündeten an der Wand zu seiner Linken. Er ging um das Bett herum zum Schrank und öffnete die beiden Falttüren. Nachdem er auf einer Seite die Kleider beiseitegeschoben hatte, untersuchte er die Ränder der Wand an der Seite, dann die Rückwand, und schob die Kleider auf die Gegenseite, bis er das andere Ende erreicht hatte, wo ein Schuhregal eingebaut war. Er schaltete die Taschenlampe ein und leuchtete damit an die Decke. Es dauerte ein paar Sekunden, ehe er die haarfeinen Spalten entdeckte, die über dem Regal ein Viereck bildeten. Er berührte die Regalbretter. Sie waren massiv und fest eingebaut. Als er genauer hinschaute, sah er, daß die Mitte eines jeden Bretts leicht abgewetzt war. Nun räumte er die Schuhe aus.

Er benützte die Bretter als Treppe, erreichte die Luke, die in die Decke eingepaßt und leicht hochzudrücken war. Er schob sie hoch und steckte dann den Kopf samt der Taschenlampe in die Öffnung. Es war ein länglicher, leerer Raum, etwa neunzig Zentimeter breit und einszwanzig hoch; Platz genug, daß man hineinkriechen konnte. Haydon betrachtete die zwei Ventilatoren, die er von unten gesehen hatte. Sie konnten leicht entfernt werden, und die Öffnungen waren groß genug, daß man durch sie hindurch fotografieren konnte. Er kroch zu den beiden anderen Lüftungsschächten, die in gleicher Weise benützt werden konnten. Ansonsten war der Raum leer.

Haydon kehrte zur Luke zurück, und nachdem er heruntergeklettert war, klappte er sie wieder zu. Er hatte das Schlafzimmer verlassen und war auf halbem Weg durch die Galerie, als eine weitere Samba auf der Wurlitzer begann und das Telefon klingelte. Er nahm nach dem vierten Klingelzeichen ab. Es war Hirsch.

»Stuart, du solltest hierherkommen, ins Ben Taub. Wir haben eine Frau mit Tollwut.«

»Wo?«

»Intensivstation.«

»Kann sie sprechen?«

»Sie ist mal weg, dann wieder bei Sinnen.«

Haydon knallte den Hörer auf die Gabel und lief zur Tür, schaltete die Lichter aus und trat hinaus. Der stampfende Rhythmus der Samba drang durch die Tür, als er den Schlüssel ins Schloß steckte und ihn umdrehte.

Hirsch und Mooney standen innerhalb des Glaskastens der Schwesternstation und schauten über einen hochpolierten Boden hinweg in einen anderen, verglasten Raum, wo mehrere Ärzte und Schwestern sich um einen Patienten bemühten, den Haydon nicht sehen konnte. Er klopfte gegen das Glas, und eine Schwester ließ ihn ein, während sich Hirsch und Mooney umdrehten.

»Wie ist die Lage?« fragte Haydon.

»Ein Notarztwagen hat sie heute kurz nach Mittag hergebracht, nachdem sie selbst neun-elf angerufen hatte. Sie heißt Pauline Thomas, eine Prostituierte aus der Montrose-Gegend. Die Ärzte wußten nichts mit ihr anzufangen und begannen zu experimentieren, als die Nachricht von uns hier eintraf. Sie ist in ziemlich schlechtem Zustand. Ed hat versucht, mit ihr zu sprechen, während ich mit dir telefonierte, und als ich fertig war, hat man ihn hierher zurückgescheucht, weil da drüben ein paar Summer in Aktion getreten sind.«

»Scheiße, du solltest sie sehen, Stuart«, sagte Mooney. »Unheimlich. Sie haben sie auf das Bett geschnallt. Sie beginnt zu geifern, und sie müssen ihr den Speichel absaugen, damit sie nicht erstickt. Sie beißt in den Aspirator, kaut daran herum. Verdammt.«

»Und ihr habt nichts rausgekriegt?«

»Nein. Gar nicht dran zu denken.«

»Was sagt der Arzt?«

»Wir sollen warten, ob sie noch mal ein paar lichte Momente hat. Sobald das der Fall ist, lassen sie jemanden rein – das heißt, bis sie wieder ausflippt.« Er wandte sich dem Fenster zu. »Warte nur, bis du hörst, was Leo erzählt.«

Haydon schaute Hirsch an.

»Also erstens: Walther ist gestorben. Hier, in derselben Abteilung, heute abend um halb sieben. Lieutenant Freed hat bereits seine Frau verständigt. Silva bekommt noch die Spritzen und steht natürlich Todesängste aus.«

Haydon entging nicht die kleinste Nuance. »Und die Medien?«

»In unserem Rundschreiben war eine offizielle Warnung an die beteiligten Ärzte und Schwestern enthalten. Ed und ich haben mit dem leitenden Personal hier gesprochen, und sie zeigen Verständnis, aber es ist unvermeidlich, daß –«

»Ja, das weiß ich. Was noch?«

»Ich habe noch zwei im Leichenhaus gefunden. Vanstratens Leute haben ihnen Proben abgenommen und die Tollwut bestätigt. Es sind beide junge Mädchen aus lateinamerikanischen Ländern.«

»Unglaublich. Seit wann sind sie dort?«

»Die eine seit sechs, die andere seit acht Wochen.«

»Wer geht hinein, wenn sie einen lichten Moment hat?« fragte Mooney und schaute noch immer durch das Glas.

Haydon warf einen Blick auf ihn. Er sah, daß Mooney selbst mit ihr reden wollte. Die Sache ging dem rauhbeinigen Beamten vom Sittendezernat allmählich an die Nerven, so sehr, daß es ihm nicht mehr gelang, es zu überspielen.

»Warum gehst du nicht, Ed?«

»Und was soll ich sie fragen? Ich werde nicht viel Zeit haben.«

»Sieh zu, ob du irgendeine Verbindung mit den Partys bei der Parmer feststellen kannst. Frag sie, ob sie eine der Frauen kennt, die schon gestorben sind. Frag sie nach Brasilianern, nach südamerikanischer Musik oder so. Zum Teufel, frag, wie sie krank geworden ist, und ob sie weiß, was mit ihr nicht in Ordnung ist.«

»Das nennt man gegen den Wind pissen, nicht wahr?« sagte

Mooney. »Die Frau ist verdammt schlecht beisammen. Du hättest sie sehen sollen.«

Haydon merkte, daß sein alter Freund sich den Magen massierte, mit beiden Händen im Hosenbund.

»Hast du schon mit der Duplissey gesprochen?« fragte er.

»Ich hab' sie erst heute abend erwischt. Morgen früh bin ich mit ihr verabredet.«

Haydon hatte seine Umgebung vergessen, aber jetzt, als sie aufhörten zu sprechen und warteten, wurde ihm das Blinken der Elektrokardiographen hinter ihm bewußt. Die Station wirkte wie ein Kontrollraum der NASA, mit blinkenden Lichtern, Meßgeräten, Computerausdrucken und pulsierenden roten LEDs. In Pauline Thomas' Zimmer reagierte eine der Schwestern auf eine Bemerkung der Ärzte und ging zur Tür, wo sie sich ihre Isoliermaske und den grünen Kittel auszog. Als sie hinaustrat, trug sie einen hellgelben Pullover über ihrer weißen Uniform. Sie schob die Ärmel bis zu den Ellbogen hoch, als sie durch den von Leuchtstoffröhren erhellten Korridor ging, der das Zimmer von der Station trennte. Sie war jung, vielleicht Ende Zwanzig, und hatte ein fröhliches Gesicht. Sie öffnete die Tür und streckte den Kopf herein; dabei baumelte ihr ein Stethoskop um den Hals.

»Der Doktor sagt, zwei von Ihnen können jetzt reinkommen.«

Haydon warf einen Blick auf Hirsch, der den Kopf schüttelte.

Daraufhin folgten Haydon und Mooney der Schwester durch das blendende Licht und blieben vor der Tür zum Zimmer von Pauline Thomas stehen, wo zwei chromblitzende Wagen mit grüner Kleidung und mit Packungen steriler Gummihandschuhe standen.

»Sie müssen das anziehen«, sagte die Schwester, lächelte und nahm zwei grüne Chirurgenkittel von einem der Wagen. Dann half sie den zwei Kriminalbeamten hinein. Die Kittel wurden hinten zusammengebunden. Die Schwester vergewisserte sich, daß die elastischen Ärmel über ihre Kleidung gezogen wurden, dann war sie ihnen mit den Chirurgenhandschuhen behilflich, die über die Ärmel bis in die Mitte des Unterarms reichten.

»Drinnen ist eine graue Tonne mit einem roten Plastiksack,

gleich neben der Tür«, sagte sie und befestigte ihre Gesichtsmasken. »Wenn Sie hinausgehen, ziehen Sie dort die Mäntel aus und werfen Sie sie in den Sack. Achten Sie darauf, Ihre eigene Kleidung nicht mit den Handschuhen zu berühren. Ziehen Sie die Mäntel einfach umgekehrt aus, dann kann man die Handschuhe samt den Ärmeln des Mantels entfernen. Werfen Sie alles in die Tonne.«

Sie öffnete ihnen die Tür, und die beiden Männer traten ein.

Als sich die Tür hinter ihnen geschlossen hatte, kam der Arzt zu ihnen herüber und schüttelte ihnen die Hände. »Doktor Hammond«, sagte er, dann verschränkte er die Arme vor der Brust und betrachtete die Frau auf dem Bett. Er hatte einen kurzärmeligen Overall an, über dem er einen Isolierkittel trug, genau wie die Kriminalbeamten, nur daß der seine aus durchsichtigem Plastikmaterial war. Haydon fiel auf, daß die blassen Unterarme des Arztes keinerlei Muskelstruktur aufwiesen und mit dichten, schwarzen Haaren bewachsen waren. Er wirkte unglaublich sauber. Obwohl Haydon die Züge des Mannes hinter der Gesichtsmaske nicht erkennen konnte, fiel ihm auf, daß die dunklen, buschigen Augenbrauen die glatte Stirn eines jungen Mannes begrenzten.

»Sie können es noch einmal versuchen«, sagte Hammond und nickte dabei in Richtung auf seine Patientin. »Wir geben ihr etwas, das sie vielleicht zu sich bringt, aber es wird nicht lange dauern, und wir werden die Prozedur vermutlich nicht mehr wiederholen können.«

»Haben Sie schon einmal jemanden mit Tollwut behandelt?«

»Einen. Den jungen Polizisten, der heute gegen abend gestorben ist. Ich werde mich um alle weiteren Fälle kümmern, die möglicherweise hier eingeliefert werden, und habe bereits mit Doktor Vanstraten gesprochen.«

Sie sahen zu, wie eine Schwester der Frau im Bett einen Gummischlauch um den Oberarm schnürte. Die Schwester wartete, bis die große Vene angeschwollen war, dann hob sie eine Spritze gegen das Licht und ließ danach die Nadel in die Vene gleiten. Als sie langsam die klare Flüssigkeit in den Blutkreislauf der Patientin preßte, warf Haydon einen Blick auf die Frau im Bett. Ihr strohiges, gebleichtes Haar stand ihr vom Kopf ab, steif und matt. Ihr Gesicht war gerötet, und die Augen, halb geöffnet und unruhig, waren geschwollen und rot. Sie war auf das Bett geschnallt, und eine Reihe wurmartiger Schläuche bohrten sich in ihren Körper von Plastikbeuteln aus, die an Aluminiumstativen hingen.

Eine zweite Schwester, die dicke Gummihandschuhe trug, stand am Kopfende des Betts. Als sich die Augen der Patientin ganz geöffnet hatten, schaltete die Schwester rasch eine Maschine ein und drückte dann mit Erfahrung und Kraft gegen den Kiefer der Frau, damit sich ihr Mund öffnete. Sie steckte einen durchsichtigen, blauen Aspirator hinein, der mit lautem Schmatzen den Überfluß an Speichel absaugte. Die Patientin versuchte Widerstand zu leisten, aber die Schwester handelte rasch und entschlossen. Dann wurde das Gerät abgeschaltet und stand nach kurzem Heulen still.

Die Frau schaute sie mit blicklosen Augen an. »O Gott«, sagte sie. Dabei bewegte sie kaum die Lippen.

Mooney trat heran. »Wissen Sie, wo Sie sind?«

Haydon vernahm so viel Güte in seinem Ton, wie er es nie für möglich gehalten hätte.

Die Frau nickte.

»Wir wollen Ihnen helfen. Wissen Sie, was mit Ihnen los ist?«

Sie schüttelte erschöpft den Kopf.

»Jemand hat sie krank gemacht, hat Ihnen etwas gegeben. Wissen Sie das?«

Sie schüttelte den Kopf.

»Sie brauchen nicht den Kopf zu bewegen, es sei denn, Sie wollen mit Ja antworten. Okay?«

Ein kurzes Nicken.

»Kennen Sie eine Frau namens Sally Steen?«

Nichts.

»Judith Croft ... Theresa Parmer? ... Sandy Kielman? ... Petra Torres?«

Nichts.

»Kennen Sie irgendwelche Brasilianer? Männer oder Frauen?«

Nichts.

»Gehen Sie in Nachtklubs, wo brasilianische Musik gespielt wird?«

Die Frau zog die Stirn in Falten.

»Wissen Sie, was brasilianische Musik ist?«

Sie furchte noch immer die Stirn.

Mooney warf einen Blick auf Haydon, der ans Bett herantrat. »Samba, Bossa nova . . .«

Sie nickte.

»Wo?« fuhr Haydon fort.

Ihr Stirnrunzeln wich einem harten Blick, der von einem leichten Zittern begleitet wurde. Sie kämpfte gegen einen Krampf an.

»Wo haben Sie die Musik gehört?« drängte Haydon. »Es ist sehr wichtig.«

Sie begann zu zittern; ihr Mund wurde ganz schmal, während sie kämpfte.

»Sss – ah – sss . . . Ssshsss . . .« Ihr Kopf zuckte auf dem Kissen, und die Adern an ihrem Hals traten hervor. »Ssss . . . Shssshh.« Ihr Blick richtete sich auf einen Punkt am Fußende ihres Betts, als sie sich gegen die Gurte auflehnte, mit denen sie festgeschnallt war.

»Brasilia? Club Havana? Mein Gott!« sagte Haydon, als sich die Augen der Frau mit Tränen füllten, die ihr übers Gesicht liefen, während sie sich gegen die Gurte zu wehren versuchte.

»Copa?«

Ihr Kopf begann wild zu zucken.

»Copa?« wiederholte er.

Sie riß den Kopf vor und zurück, schlug ihn gegen das Bett.

Der Arzt kam heran und trat dicht neben die Frau. Er hielt ihren Kopf von beiden Seiten fest und studierte die Muskelanspannung.

»Scheiße«, sagte Mooney. »Ist das ein Nicken? Kann sie sich noch so weit beherrschen?«

»Sie kann nicht mehr aufhören damit«, sagte der Arzt. Er ließ den Kopf los, der wieder zu zucken begann.

»Wenn es das Copa ist, stoßen Sie irgendein Geräusch aus«, sagte Haydon.

Das Geräusch setzte ein wie ein dunkles Grollen in ihrer Brust, ein unwirklicher, tiefer Laut wie aus einem Synthesizer, der allmählich noch oben stieg in die Kehle, wo er höher wurde und an die Geräuschkommunikation von Walen erinnerte. Die Tränen strömten ihr buchstäblich aus den Augen, und sie zerrte an den Gurten, während ihr eine dicke, klare, sirupartige Flüssigkeit zwischen den zusammengebissenen Zähnen herauslief.

»Das wär's«, sagte der Arzt rasch. »Entschuldigen Sie mich.« Er schubste die beiden Kriminalbeamten zurück, und er und die zwei Schwestern beugten sich über die Patientin. Das Heulen des Aspirators setzte wieder ein, aber er konnte nicht das Klappern der Gurte und die hysterischen Laute übertönen, die aus Pauline Thomas' Brust drangen.

Haydon und Mooney zogen sich rasch die Schutzkleidung aus und warfen sie in den Plastiksack, dann gingen sie hinaus.

»Tut sie das absichtlich?« fragte Mooney, als sie hinüberkamen in das Stationszimmer.

»Wer weiß«, antwortete Haydon. Seine Stimme klang tief und wütend.

»Was sollte dieses Zischen bedeuten?«

Haydon schüttelte den Kopf. Hirsch hatte gerade von der freundlichen Schwester eine Tasse Kaffee bekommen.

»Gehen wir«, sagte Haydon und verließ ohne noch einmal anzuhalten die gläserne Zelle durch die Tür gegenüber, die hinausführte auf den Korridor. Als er draußen war, blieb er stehen und wandte sich zu Hirsch und Mooney um.

»Leo«, sagte er und sprach jetzt sehr leise, »bring diese Fotos von den zwei unbekannten Toten zu Mrs. Guajardo. Wenn sie sie identifizieren kann, fahrt ihr beide zu den Docks und sprecht mit Longoria. Die übliche Routine. Ich möchte erfahren, wieviel er weiß. Tut, was nötig ist, um ihn auszuquetschen. Ich möchte etwas hören von ihm, was uns weiterhilft – wenn nicht, buchten wir ihn ein. Laßt nicht zu, daß er euch den Rücken zukehrt und weggeht. Ed – ich werde selbst mit der Duplissey sprechen. Wo wolltet ihr euch treffen?«

»Im unterirdischen Fußgängergeschoß, am Shale-Restaurant unter dem Pennzoil Place. Um zehn.«

»Wie erkenne ich sie?«

»Ich gebe dir morgen früh ein Foto.«

»Gut. Ich rufe jetzt Dystal an. Also dann, bis morgen.«

Er drehte sich um und ging rasch weg zu einer Reihe von Telefonen an der Wand. Es dauerte eine Weile, bis sich Dystal meldete; er schlief offenbar tief. Als er an den Apparat kam, wartete Haydon erst, bis er ganz wach war.

»Ich höre«, sagte Dystal.

»Haben Sie schon erfahren, daß Walther tot ist?«

»Sie haben mich angerufen.«

»Hirsch hat zwei weitere Unbekannte in den Akten des Leichenhauses gefunden, die an Tollwut gestorben sind. Lateinamerikanische Mädchen. Ich bin im Ben Taub; hier stirbt gerade eine Nutte aus Montrose an Tollwut in der Intensivstation.«

»Verdammter Mist! Okay, okay ... Ich setze mich gleich morgen früh mit dem Captain zusammen. Und Sie überlegen sich lieber, was Sie unternehmen wollen. Jetzt sind wir nämlich dran.«

»Danke«, sagte Haydon.

»Versuchen Sie, ein bißchen zu schlafen.«

26

Das Morgengeläute der Marienkirche jenseits des De-Zavala-Parks drang durch die offene Tür des Lebensmittelladens im Stadtviertel Los Chinos, während Hirsch den gestapelten Vierliterdosen La-Padrino-Olivenöl den Rücken zuwandte und Mrs. Guajardo die zwei Fotos in die Hand drückte. Ein rotes Plastikeinkaufsnetz hing an ihrem Arm. Sie nahm die Fotos, warf einen Blick in den Gang zwischen den Regalen und betrachtete dann die Bilder, die sie einzeln in beiden Händen hatte. Sie schaute erst das eine, dann das andere an, während sich ihr Gesicht verdüsterte.

Jetzt schüttelte sie den Kopf. »Mein Gott«, sagte sie.

»Sie haben Sie also gesehen?«

»O ja.« Mrs. Guajardo gab ihm das eine zurück. »Sie hieß – es war Soyla, glaube ich. Ja«, sagte sie und schaute immer noch auf das Foto, das jetzt wieder Hirsch in der Hand hatte. »Soyla.« Dann warf sie einen Blick auf das zweite Foto. »Diese habe ich ein paarmal im Waschsalon gesehen, aber ich kannte sie nicht weiter.« Sie gab auch dieses Bild zurück.

»Sind Sie sicher?« fragte Hirsch. »Sie müssen ganz sicher sein.«

Sie nickte. »O ja. So jung, so jung ...« Wieder schüttelte sie den Kopf. Dazu machte sie das Kreuzzeichen – so vage, als scheuchte sie eine Fliege weg.

»Es war sehr nett von Ihnen, daß Sie sich hier mit mir getroffen haben«, sagte Hirsch. »Ich melde mich wieder.«

Sie nickte und drehte sich dann um und begutachtete einen Haufen Orangen in einem Korb, als hätte sie nie mit Hirsch gesprochen. Hirsch ging nach vorne und hinaus in die helle Morgensonne, dann überquerte er die Straße. Nach der nächsten Ecke, einen halben Block weit auf der Querstraße, parkte der staubige, beigefarbene Wagen des Dezernats im Schatten eines Chinabeerenbaums. Hirsch stieg auf der Beifahrerseite ein und ließ die Tür offen, um frische Luft hereinzulassen. Mooney angelte nach seinem dritten Krapfen; der Schweiß stand ihm bereits auf der Stirn.

»Nun?«

Hirsch langte in den Pappkarton und nahm sich die letzte Bisquitrolle. »Sie kennt sie.«

»Sicher?«

»Genau das habe ich auch gefragt. Sie hat ja gesagt.«

Mooney rülpste lautstark. Hirsch wandte sich ab und schaute durch die Windschutzscheibe hinaus auf den Schiffskanal. Er war an seiner nächsten Stelle höchstens fünf Blocks entfernt, jenseits dem Ende der Straße, hinter einem Block von Holzhäusern, den Eisenbahnschienen und einem freien Gelände mit vertrocknetem, dünnem Gras. Aber bis zum Wendebecken waren es zwölf Blocks, und dort mußten sie hin.

»Riecht gut hier«, sagte Mooney. »Das hab' ich sogar an den Krapfen geschmeckt.« Er langte nach vorn und nahm einen

Viertelliterkarton mit Milch vom Armaturenbrett. Trank die Milch und warf den Karton hinaus in den Rinnstein. Dann zückte er sein Notizbuch. »Lagerhaus Nummer einundvierzig. Könnte passen. Was noch? Vielleicht trägt er sogar Krawatte.«

»Es ist nicht sein eigenes Lagerhaus, Ed. Er hat die Räume gemietet für die Waren, mit denen er handelt. In der nächsten Woche könnten dort Bananen lagern, Gerät zum Ölbohren, Baumwolle oder Gewürze. Kommt ganz darauf an, was an- und abtransportiert wird und wer als erster die Lagerräume mietet.« Hirsch aß seine Bisquitrolle auf, wischte sich die Finger an der Papierserviette ab und stopfte diese in den leeren Karton. »Fertig?« fragte er.

Mooney ließ den Motor an. »Dann dürfte er zur Zeit wohl dort sein, oder?«

»Das hat man mir wenigstens in seinem Büro gesagt. Er ist dabei, die Lagerhäuser zweiundvierzig und dreiundvierzig mit Leder vollstapeln zu lassen. Und er selbst ist angeblich heute vormittag dort, den ganzen Vormittag, weil er Papierkram erledigen muß oder so. Und zwar in einem Büro über der Rampe eins.«

Mooney fuhr langsam an, hatte das Fenster auf seiner Seite heruntergekurbelt und den Arm auf den unteren Rand gelegt, während er die schmutzigen Vorgärten der Holzhäuser hinter den ausgewachsenen Ligusterhecken und Chinabeerenbäumen betrachtete. An der Fünfundsiebzigsten Straße bog er nach rechts ab und fuhr die paar Blocks bis zur Navigation Street, die am Morgen leer und verlassen wirkte. Er überquerte die Navigation, fuhr über den Gleiskörper der Houston-Belt- und Terminal-Bahn und näherte sich dem Wendebecken. Es roch nach dem öligen Wasser des Schiffahrtskanals. Ein Netz von elektrischen Drähten spannte sich an schiefen Masten über die Straße; einer davon wurde gerade von einem Penner und seinem Hund als Pissoir zweckentfremdet. Kein Stück Metall in der Gegend, das nicht verrostet gewesen wäre. Das Gras entlang den Gehsteigen war mit Unrat durchsetzt.

Die Straße senkte sich jetzt abrupt, und der Wagen fuhr durch ein Tor zum Becken. Das Wendebecken selbst war eine Art Leistenbruch im Bauch der Buffalo Bayou, deren Wurmfortsatz sich durch das Zentrum von Houston schlängelte und von der Mülldeponie an der Lockwood Street an Schlepperkanal genannt wurde. Dort, wo der Schlepperkanal das Wendebecken erreichte, wurde er offiziell zum Houston-Schiffahrtskanal. Er führte noch zweiundzwanzig Meilen durch Verladungszonen, ehe er bei der Galveston Bay in den Golf von Mexiko mündete.

Nachdem sie hinter dem Tor kurz angehalten hatten, fuhr Mooney auf einen freien, großen Parkplatz auf der Kaiseite. Die beiden ersten Lagerhäuser am Becken waren rechts davon, die anderen umgaben das Becken auf der linken Seite und setzten sich am Nordufer des Kanals fort, so weit man sehen konnte. Die beiden Männer stiegen aus dem Wagen, gingen wie kleine Jungen instinktiv erst einmal zum Rand des Kais und blickten hinüber auf die andere Seite. Das Wasser war grau und von milchiger Konsistenz. Abfall hüpfte wie Bojen auf den kleinen Wellen, und ein Büschel Bananen lag am unteren Ende einer Betontreppe, die im Wasser verschwand.

Mooney gab seinen Kommentar. »Scheiße.«

Sie drehten sich um und gingen zum Seitentor von Lagerhaus dreiundvierzig, schauten an der Front des Gebäudes entlang zu seinem anderen Ende, gegenüber dem Eingang von Lagerhaus zweiundvierzig. Der Boden des riesigen Bauwerks aus angerostetem Wellblech war betoniert, und das Dach wurde von Stahlträgern getragen. Es gab einen Mittelgang, flankiert von Holzpaletten, die mit Rohlederstapeln beladen waren. Die feuchte Luft verstärkte den animalischen Geruch und ließ bei Hirsch ein flaues Gefühl im Magen entstehen.

Sie betraten den Mittelgang und kamen alle fünf oder sechs Meter an Quergängen und Öffnungen nach den beiden Seiten des Lagerhauses vorüber. Rechts von ihnen standen schwarze Eisenbahn-Tankwagen und luden Talg ab, wobei man heißen Dampf verwendete, um das restliche Fett aus den Tankwagen zu entfernen. Auf der anderen Seite lag ein brasilianischer Frachter am Kai. Brüllende und schwitzende Hafenarbeiter beluden das Schiff mit Gabelstaplern, und Hunderte von Paletten mit Rohleder verschwanden in seinem Bauch. Der Frachter hieß *Filomena;* sein Heimathafen war Recife.

Als sie das entgegengesetzte Ende des Lagerhauses erreicht hatten, schauten sie durch das Tor in das nächste hinein. Wieder Paletten mit Rohleder, wieder Hafenarbeiter. Rechts vom Tor führte eine hölzerne Wendeltreppe an der Außenseite zu einer Plattform mit einer Eisentür, einem Fenster und einer darunter angebrachten Klimaanlage, deren Kondenswasser auf die Haube eines funkelnden, grünen Lincolns tropfte.

»Ich hätte ihn ein bißchen weiter rechts geparkt«, bemerkte Mooney und ging die Treppe hinauf.

Die Bürotür stand offen, und sie kamen in einen kleinen Raum, der fast kalt war durch die Wirkung der Klimaanlage, welche auf Hochtouren lief. Zwei Männer saßen an Schreibtischen; der eine führte ein ernstes Gespräch per Telefon und hielt sich dabei die freie Hand an die Stirn, als erfahre er schreckliche Neuigkeiten, während der andere einen Stapel rosa Frachtscheine durchging. Beide Männer waren Mexikaner Anfang der Vierzig. Ein dritter Mann, ein Angloamerikaner Ende Fünfzig, trug die graue Arbeitsuniform der Hafenbehörde von Houston; er saß auf der Platte eines dritten Schreibtischs, hatte die Füße auf einem hölzernen Drehstuhl und trank Kaffee aus einem roten Thermosbecher. Er war der einzige, der von den beiden Ankömmlingen Notiz nahm.

»Howdy«, sagte er etwas spöttisch, eine filterlose Zigarette zwischen gelben Fingern, und schaute sie mit wäßrigen Augen an, die in einem unglaublich faltigen Gesicht saßen. »Was kann ich für Sie tun?«

»Ich möchte mit Mr. Longoria sprechen«, erwiderte Mooney und nickte in Richtung auf die beiden Mexikaner, wartete dann, um zu sehen, welcher von ihnen auf den Namen reagierte. Der Mann mit den Frachtbriefen blickte hoch.

»Ja, dann . . .« sagte der Mann.

»Arturo Longoria?« fragte Mooney den Mexikaner.

Einen Augenblick lang zögerte der Mann, dann stand er langsam auf, überlegte sich wohl, wie er die Sache anpacken sollte. Dadurch hatte Mooney Zeit, ihn genauer zu betrachten. Sein dichtes, schwarzes Haar war von einem teuren Coiffeur geschnitten, und sein buschiger Schnauzbart hing an den Mundwinkeln ein wenig nach unten. Als er sich zu einem Lächeln entschloß, enthüllte er dabei lange, große Zähne. Er trug ein langärmeliges, weißes Hemd, das am Kragen aufgeknöpft war, so daß man eine schwere Goldkette sah, die Mooney an ein Hundehalsband erinnerte. Das Hemd hing an einer Seite nach unten vom Gewicht eines halben Dutzends verschiedenfarbiger Kugelschreiber, die in der Hemdtasche steckten. In ein paar Jahren würde Longoria ein fetter Mann sein.

Jetzt streckte er ihnen die Hand entgegen. Mooney übersah sie geflissentlich, nahm seine Dienstmarke heraus und hielt sie so, daß Longoria sie betrachten konnte, während er sich und Hirsch vorstellte.

»Polizei?« Longoria zog die Hand zurück.

Mooney warf einen Blick auf die Dienstmarke. »Äh – ja, *policia«*, sagte er und überbetonte das Wort.

Die Benützung des spanischen Wortes verscheuchte die Reste des Lächelns, die noch auf Longorias Gesicht vorhanden waren.

»Haben Sie einen Augenblick Zeit?« fragte Mooney und setzte sich auf den einen der beiden Stühle vor dem Schreibtisch, an dem Longoria gesessen hatte.

»Und wenn ich nein sage?« fragte Longoria und schaute dabei Mooney an.

Mooney schüttelte den Kopf und grinste.

»Alberto.« Longoria wandte sich an den Mann am Telefon, hielt aber den Blick auf Mooney gerichtet. Alberto begann schneller zu sprechen, um das Telefonat zu Ende zu bringen. Er sprach Spanisch in einer Art Bühnengeflüster.

»Alberto!« bellte Longoria noch einmal.

»Chinga tu madre!« brüllte Alberto ins Telefon und knallte den Hörer so heftig auf die Gabel, daß der Apparat klingelte. Dann schaute er auf Longorias Rücken und versuchte herauszubekommen, was da vor sich ging.

»Geh raus und rauch eine Zigarette«, befahl Longoria.

Alberto betrachtete Mooney und Hirsch, schien allmählich zu begreifen und stand auf. Er war ungefähr wie Longoria gebaut, aber bulliger und rauher in seinen Manieren. Als er an dem alten Mann vorbeiging, gab er ihm einen Klaps auf den Rücken. Der

Alte kletterte von seinem Hochsitz auf dem Schreibtisch herunter und folgte Alberto durch die Tür ins Freie.

»Was wollen Sie?« fragte Longoria. Dabei setzte er sich nicht und richtete die Frage absichtlich an Hirsch, der ebenfalls noch stand.

Mooney antwortete. »Nur ein paar Routinefragen«, sagte er und ließ es wie bei einem Fernsehkriminaler klingen.

»Routinefragen – worüber?« fragte Longoria, noch immer an Hirsch gewandt.

Mooney drehte sich herum und blickte zu Hirsch hoch. »Stellst du die Fragen, Leo?«

»Nein.«

»Hab' ich auch nicht gedacht. Ich bin hier unten, Mr. Longoria.«

Longoria schaute ihn an, sagte aber kein Wort. Er sah drein, als wollte er sich entscheiden, ob er diese Art von Spiel mitmachen sollte oder nicht.

»Routinefragen über das Haus, in dem Sie wohnen – drüben in der Harbor Street.«

»Ich wohne nicht in der Harbor Street.«

»Ach, nein?« fragte Mooney mit gespielter Überraschung.

Longoria starrte ihn kalt an. Er überlegte. Jetzt nahm er eine Zigarettenpackung, steckte sich eine Zigarette zwischen die Lippen und zündete sie an. Das Streichholz warf er achtlos auf den Schreibtisch, und den Rauch blies er Mooney ins Gesicht.

»Lecken Sie mich am Arsch«, sagte er.

»Oho, ein ganz schlimmer Finger«, erwiderte Mooney und grinste. »Jesus und Maria.«

»Aber Sie besitzen doch das Haus in der Harbor Street«, sagte Hirsch rasch.

»Das wissen Sie vermutlich«, antwortete Longoria.

»An wen haben Sie es vermietet?«

»Das ist meine Angelegenheit.«

»In diesem Haus hat es einige fragwürdige Vorkommnisse gegeben, Mr. Longoria. Es wäre das beste für alle, wenn Sie sich entschließen könnten, mit uns zusammenzuarbeiten«, erklärte Hirsch.

Longoria langte nach unten und zog die Schreibtischschublade heraus.

»Vorsichtig damit ...« sagte Mooney und beugte sich vor.

Longoria warf ihm einen spöttischen Blick zu und nahm eine Geschäftskarte heraus. Er warf sie Mooney über den Schreibtisch zu.

»Das ist die Karte meines Anwalts. Er weiß, wer in dem Haus wohnt.«

Mooney nahm die Karte und las sie langsam, wobei er die Worte tonlos nachsprach, als sei er ein schlichtes Gemüt.

»Daran erkenne ich, daß Sie ein großer Mann sind«, sagte er. »Große Männer haben ihre Anwälte.« Er drehte sich um und ließ Hirsch die Karte sehen. »Sein Anwalt.« Danach stand Mooney langsam auf und gab Longoria die Karte zurück, der sie jedoch nicht nehmen wollte. Also warf sie Mooney auf den Schreibtisch.

»Was, zum Teufel, soll das eigentlich?« Longoria schaute sie mit wütenden Blicken an.

Hirsch begann zu sprechen. »Ihr Haus in der Harbor Street ist mehrere Monate lang als vorübergehendes Quartier für junge Mädchen benützt worden, die illegal in die Vereinigten Staaten gekommen sind, und zwar aus verschiedenen lateinamerikanischen Ländern – zum Zweck der Prostitution. Drei von diesen Mädchen sind inzwischen im Leichenhaus der Stadt Houston aufgetaucht, und wir befürchten, daß wir dort noch weitere von den Mädchen entdecken. Wir hofften, Sie würden mit uns zusammenarbeiten, indem Sie uns ein paar Fragen beantworten. Wenn Sie sich weigern, müssen wir annehmen, daß Sie sich der Beihilfe und Komplizenschaft schuldig gemacht haben – und in diesem Fall müßten wir Sie festnehmen und ins Präsidium bringen.«

»Warum? Warum wollen Sie mich festnehmen?«

»Wegen Förderung der Prostitution, Verletzung der Einwanderungsgesetze und Mord ersten Grades.«

»Bockmist!« Longoria hatte den Kopf nach vorn gerichtet, und in seinem Ausdruck war ebensoviel Bestürzung wie Herausforderung zu erkennen.

Mooneys Hand schoß über den Schreibtisch, packte die Kette, die Longoria um den Hals trug, und drehte die Faust um, so daß sich seine Knöchel gegen Longorias Adamsapfel preßten.

»Du Scheiß-Taco«, sagte er durch die zusammengepreßten Zähne. Sein Gesicht war scharlachrot angelaufen. »Du vergeudest nur unsere Zeit.« Er ließ die Kette los und schubste Longoria rückwärts, während er zugleich eine kleine blaue Karte aus seiner Tasche nahm und daraus vorzulesen begann. »Sie haben das Recht, zu schweigen und keinerlei Erklärungen abzugeben, und wir weisen Sie darauf hin, daß jede Ihrer Erklärungen gegen Sie verwendet werden kann und bei Ihrem Prozeß vermutlich gegen Sie verwendet werden wird; jede Erklärung –«

»Was machen Sie da? He!« Longorias Stimme war rauh.

» –die Sie von nun an abgeben, kann als Beweis vor Gericht gegen Sie verwendet werden; Sie haben –«

»Verdammt noch mal, so warten Sie doch!«

»Laß dir Zeit, Ed«, sagte Hirsch.

»Hä?« Mooney blickte hoch.

Longoria ließ sich schwer auf seinen Schreibtischsessel sinken. Er nahm einen roten Plastikkamm aus seiner Tasche und fuhr sich damit durch das sorgfältig frisierte Haar. Dabei hielt er seine Zigarette mit den Schneidezähnen fest, als versuchte er verzweifelt, das Image des hartgesottenen Kerls zu bewahren.

»Was ist das mit Mord?« fragte er und atmete schwer.

»Wir haben Ihnen alles gesagt, was wir sagen wollen«, antwortete Mooney. »Sie sollen unsere Fragen beantworten, nicht umgekehrt.«

Longoria schaute sie an, und sein Mund wurde eine schmale Linie. »Scheiße. Ein Mann namens DeLeon hat das Haus gemietet.«

»Wie können wir mit ihm Kontakt aufnehmen?«

»Ich habe seine Karte.« Er schaute Mooney an und sagte, als versuche er einem begriffsstutzigen Kind etwas klarzumachen: »Sie ist in meiner Brieftasche. Ich lange hinein und hole sie raus, okay?«

Mooney bedachte ihn nur mit einem verächtlichen Blick. Während Longoria seine dicke Brieftasche durchsuchte, lehnte sich Mooney gegen den Schreibtisch und nahm das Streichholzbriefchen, mit dem sich Longoria die Zigarette angezündet hatte. Auf der Deckklappe war eine tanzende Carioca zu sehen, und darunter befand sich die erhaben geprägte Inschrift »Club Bragança«. Mooney zeigte es Hirsch und ließ es dann wieder auf den Schreibtisch fallen.

Longoria gab Hirsch eine weiße Besuchskarte. Der Name und die Adresse lauteten: »Robert J. DeLeon, Bahia-Immobilien, Houston Center 2.«

»Wie gut kennen Sie Mr. Guimaraes?« fragte Mooney.

Longoria senkte mit einem Ruck den Kopf und blickte dann auf Mooney, wobei er eine unschuldige Miene an den Tag legte. »Hören Sie mal, ich kenne ihn kaum. Ich weiß nicht, was Sie gehört haben, aber ich verhandle nur mit DeLeon.« Er schüttelte den Kopf. »Guimaraes? Nie.«

»Wie oft haben Sie ihn getroffen?«

»Einmal. Ein einziges Mal.«

»Wann?«

»Ich glaube, vor sechs Monaten. DeLeon war hier. Ich bin mit ihm zu seinem Wagen hinausgegangen, und da saß der andere, in seinem großen Mercedes. Ein Riesenwagen mit getönten Scheiben. Ich hab' gelacht und einen Scherz gemacht – Sie verstehen, wegen dem Wagen –, und DeLeon sagte, er gehörte nicht ihm, sondern Mr. Guimaraes. Wir kamen zum Wagen, die Fenster gingen automatisch herunter, und er hat mich ihm vorgestellt. Wir haben uns die Hände geschüttelt, dann sind die Fenster wieder hochgegangen. Das war's.«

»Er hat Sie also die Hände schütteln lassen mit dem großen Boss, wie?«

Longoria zuckte mit den Schultern.

»Haben Sie bei dieser Gelegenheit den Plan ausgearbeitet, wie Sie die Mädchen durch den Zoll bekommen?«

Longoria schaute nervös von Mooney auf Hirsch und wieder auf Mooney. »He«, sagte er.

»He«, erwiderte Mooney.

»So etwas mache ich nicht.«

»Wir glauben aber, daß Sie so etwas tun.«

»Ausgeschlossen. Nie im Leben.«

»Nun, vielleicht haben wir uns geirrt. Aber Sie können uns sicher sagen, wie es wirklich läuft.«

Longoria nahm einen der Kugelschreiber aus der Hemdtasche und begann die Mine herauszudrücken und wieder zurückzuschieben. Er war einer von jenen Menschen, bei denen das Denken eine sichtbare Aktivität darstellt, welche ziemlich viel Mühe zu erfordern scheint. Harte Arbeit, nicht geistige Akrobatik, hatten ihm das goldene Halsband und den smaragdgrünen Lincoln verdient. Seine unteren Schneidezähne berührten den Schnauzbart.

»Ich leiste nur DeLeon einen Gefallen«, sagte er, dann wartete er, um zu sehen, wie das aufgenommen wurde. Mooney und Hirsch schauten ihn erwartungsvoll an.

»Sehen Sie, ich importiere alle möglichen Waren aus Brasilien. Es ist nicht viel, aber ich habe eine Lizenz. Man braucht eine Lizenz, wenn man Frachtraum auf einem Handelsschiff buchen will. Manchmal verleihe ich meine Lizenz an DeLeon. Manchmal. Verdammt, das ist doch kein Mißbrauch. Ich meine, es ist nicht illegal, soviel ich weiß.«

»Und DeLeons Firma gehört Guimaraes?« fragte Hirsch.

Longoria sah plötzlich aus wie ein kranker Mann. Er nickte.

»Gehört ihm auch Ihre Firma?«

»O nein. Nein. Das hier gehört alles mir. Ich habe es selbst geschaffen, und es gehört mir. Ich habe keine Hilfe dabei gehabt.«

»DeLeon hat also das Arrangement getroffen, wie die Mädchen mit den Frachtern herübergebracht werden?«

Wieder nickte Longoria.

»Und wie geht das vor sich?«

Agonie stand auf Longorias Gesicht geschrieben. Ob er nur ein wenig, ziemlich tief oder gar nicht in die Sache verwickelt war, würde sich zeigen; vorläufig hatte er sich entschlossen, den Kopf aus der Schlinge zu ziehen, indem er alles berichtete. Wenn man so in die Enge getrieben wird, versucht man als erstes, ihn zunächst einmal aus der Schlinge zu ziehen. Vielleicht macht man sich später Gedanken darüber, wie man das auf Dauer schaffen kann, wenn man mehr Zeit zum Nachdenken und mehr Bewegungsspielraum für geschickte Manöver zur Verfügung hat.

»Man muß eine Menge Leute bestechen«, sagte er. »Auf beiden Seiten. DeLeon kümmert sich um die *mordidas* in Rio oder Belém. Er fliegt dorthin. Auch hier kümmert er sich darum, aber er benützt meinen – ein paar Leute, die ich kenne.«

»Für einen Immobilienhändler ist dieser DeLeon ziemlich emsig. Was ist er wirklich? Der Handlanger des großen Bosses?« fragte Mooney.

»Viel mehr als das. Er ist sein Anwalt.«

Mooney grinste boshaft. »Im Ernst?«

»Er hat noch eine andere Besuchskarte, auf der das steht. Ich habe keine von diesen Karten hier. Die Grundstückssache ist nicht sein Hauptgeschäft. Er ist vor allem Anwalt.«

»Was sind das für ›Leute‹, die Sie kennen und die er benützt?« wollte Hirsch wissen.

»Ein Zöllner. Ein Angestellter einer Reederei. Leute, die die Fracht und die Frachtbriefe kontrollieren.«

»Und wie kommen die Mädchen nun tatsächlich herüber?«

»In großen Lattenkisten. Das ist nicht schlimm«, fügte er rasch hinzu. »Es sind einszwanzig mal einszwanzig mal einsfünfzig große Kisten, gut gepolstert, mit Griffen und Haltegurten innen, für den Fall, daß sie etwas herumgeworfen werden. Die Mädchen sind da höchstens sechs Stunden drinnen. Sobald sie an Bord sind und das Schiff sich auf internationalen Gewässern befindet, läßt sie einer von der Mannschaft heraus und kümmert sich um sie. Ich kann darüber keine Details nennen, weil ich sie nicht kenne. Aber auf jedem Frachter ist ein Schiffsoffizier und einer von der Mannschaft in die Sache eingeweiht. Es ist kein großes Risiko, und es geht ganz einfach.«

»Dann kommen sie wieder in die Kisten, um hier ausgeladen zu werden, Ihre Leute kümmern sich darum, und DeLeon holt seine ›Fracht‹ ab.«

»Ja. Bei Nacht.«

»Wieviele sind auf diesem Weg hierhergebracht worden?«

»Zwölf, vielleicht fünfzehn. Ich hab' sie nicht gezählt. Manchmal kommen zwei gleichzeitig an.«

»Und wie lange läuft das schon?«

»Ungefähr achtzehn Monate.«

»Woher stammen die Mädchen?«

»Ich nehme an, die meisten kommen aus Rio. Es sind Mädchen, die in den Slums aufgewachsen sind. In Rio gibt es Slums, in denen Millionen Menschen leben. Die Menschen tun alles, um von dort wegzukommen.«

»Was geschieht, wenn die Mädchen hier sind?«

»Sie kommen ein paar Tage in das Haus in der Harbor Street. Dort werden sie fotografiert, Porträtfotos. Sie sehen alle gut aus. Und Fotos ohne Kleidung, versteht sich. Sie sind alle jung. Die Fotos werden dann den Kunden gezeigt.«

»Wer macht die Fotos?« fragte Mooney rasch.

Longoria ließ eine Pause entstehen. »He, ich hab' jetzt schon genug ausgespuckt. Es gibt schließlich Grenzen.«

»Ach, wirklich?« fragte Mooney. »Grenzen? Sagen Sie das mal dem Richter: He, das geht zu weit! Zehn Jahre sind zuviel!«

Longoria schaute drein, als ob er Mooney in seine Einzelteile zerlegen wollte. Die Routine des Kriminalbeamten paßte ihm nicht.

»Woher will ich wissen, daß Sie mich nicht doch festnehmen?« fragte Longoria. »Oder glauben Sie, ich packe einfach aus, auf Ihr schönes Gesicht hin?«

»Bis jetzt haben Sie es recht gut gemacht«, sagte Mooney.

»Wir werden hier ohne Sie weggehen«, versicherte ihm Hirsch. »Aber Sie dürfen sich nicht nur die Informationen aussuchen, die Ihnen angenehm sind.«

»Nennen wir es ein Geschäft um Ihre Freiheit«, sagte Mooney. »Glauben Sie mir, wir haben Ihnen mehr anzubieten als der Staatsanwalt.«

Longoria überlegte wieder. Er stand auf, ging zur Klimaanlage und schaute durch das Fenster nach draußen. Er hatte beide Hände in den Hosentaschen und klimperte mit dem Kleingeld.

»DeLeon hat mir mal gesagt, daß Guimaraes' Neffe die Fotos aufnimmt. Er scheint ein guter Fotograf zu sein. Macht die Fotos so richtig auf sexy, Sie verstehen?«

»Arbeitet er für seinen Onkel?«

»Verdammt, nein. Er studiert.«

»Wo?«

»Auf der Universität. Medizin. Die medizinische Fakultät der Universität von Texas.«

»Wie heißt er?«

»Ich weiß nicht«, sagte Longoria und drehte sich um. »Ehrlich. Ich weiß nur, was ich von DeLeon gehört habe. Wenn er es mir nicht sagt, weiß ich es nicht.«

»Warum bringt man eigentlich die Mädchen von so weit her – bis aus Brasilien?«

»Nun, man kann amerikanische Mädchen nicht auf diese Art und Weise verkaufen. Außerdem sind viele von den Kunden Brasilianer. Sie mögen diesen Frauentyp. Manche sind wirklich 'ne Wucht. Und die alten Böcke putzen sie heraus, als wenn sie Damen der Gesellschaft wären. Halten sie wirklich nett, in schönen Eigentumswohnungen. Es ist eine große Sache.«

»Was muß ein Kunde für ein solches Mädchen bezahlen?«

»Fünfundzwanzigtausend.«

»Scheiße!« Mooney schüttelte den Kopf.

»Verdammt, die Kunden zucken dabei nicht mal mit der Wimper. Ich meine, für das Geld bekommen sie diese jungen, bildschönen Mädchen. Mädchen mit Klasse, die gebildet und sexy sind. Sie zeigen sie herum, zeigen sie ihren Freunden und Bekannten, und jeder fragt sich, wie das sein muß, wenn man mit so was ins Bett steigen darf. Es gibt mehr Interessenten als Angebote.«

»Diese Mädchen aus den Slums von Rio – die sind also gebildet, wie?«

»Nun, sie werden ja nicht direkt vom Frachter aus verkauft. Guimaraes hat einiges Geld investiert, um sie zu erziehen.«

»Zu erziehen?«

»Ja. Er kennt ein paar hochklassige Callgirls, die ihnen all die kleinen Dinge beibringen, damit sie sich wie echte Ladys benehmen. Sagen wir, die rauhen Ecken und Kanten werden abgeschliffen.«

»Und wer übernimmt diese Aufgabe?«

»Ich kenne keine Namen.«

»Haben Sie jemals solche Callgirls gesehen?«

»Einmal.«

»Sie treffen offenbar jeden, auf den es ankommt, nur einmal?« fragte Mooney.

Longoria ignorierte die Bemerkung.

»Könnten Sie diese – Erzieherinnen anhand von Fotos identifizieren?«

»Vermutlich.«

»Wo haben Sie sie gesehen?«

»Drüben in der Harbor Street. Sie kommen gelegentlich hin, um sich die neuen Mädchen anzusehen.«

»Werden die Mädchen dort – erzogen?«

»Nein, natürlich nicht. Sie bringen sie für ein paar Wochen irgendwohin. Das ist kein schnelles Geschäft. Sie arbeiten mit den Mädchen wirklich gut. Sie würden sie nicht wiedererkennen, nachdem sie von den Nutten erzogen wurden. Verdammt – es sind wirklich tolle Weiber, wenn sie verkauft werden.«

»Wieviel von den fünfundzwanzigtausend Dollar bleibt Guimaraes als Profit?«

»Ungefähr zwanzig, schätze ich. Er zahlt fünftausend in *mordidas.* Aber ich weiß nicht, was er hier noch für die Ausbildung investiert.«

Mooney saß still da, senkte den Kopf und starrte zu Boden, als denke er über das Schicksal eines gewissen Arturo Longoria nach, im Licht seiner ruchlosen Verbrechen und den mildernden Umständen seiner Bereitschaft zur Kooperation mit der Polizei. Hirsch rührte sich nicht. Der Kompressor der Klimaanlage schaltete sich ein, und das Fenster klapperte. Mooney lutschte lautstark an einem Krapfenstück in einer Zahnlücke.

»Jetzt werde ich Ihnen was sagen«, erklärte er plötzlich und schaute Longoria an, dessen weißes Hemd sich im Wind der Klimaanlage leicht bauschte. »Holen Sie sich Ihren tollen Anwalt, gehen Sie mit ihm in das Gebäude der Staatsanwaltschaft des Harris Countys in der Fannin Street und sprechen Sie dort mit einem gewissen Russ Million. Er ist Stellvertretender Staatsanwalt. Er wird über Ihr Kommen informiert sein, und ich werde das mit der Haftverschonung zuvor mit ihm besprechen. Ich glaube, ich brauche Ihnen nicht zu sagen, daß die Haftverschonung verwirkt ist, sobald sie auch nur einen Ton gegenüber DeLeon verlauten lassen. Außerdem befinden Sie sich dann in einer verdammten Klemme wegen Guimaraes, und der geht nicht streng nach dem Buchstaben des Gesetzes vor, wie Sie wohl wissen. Ich meine, von nun an sind Sie ein wichtiger Belastungszeuge, und wenn Guimaraes nicht will, daß Sie gegen ihn aussagen, wird er sich in ganz bestimmter Weise um Sie kümmern. Hypothetisch. Ich spreche rein hypothetisch, damit das klar ist.«

Longoria gab keine Antwort.

»Verstanden?« sagte Mooney.

Longoria nickte. Sein grimmiger Ausdruck machte klar, daß er sehr gut verstanden hatte.

27

Die Tunnels, die fast fünfzig Blocks der Innenstadt von Houston untergraben und eine Bruderschaft von Geschäftshäusern miteinander verbinden, stammen nicht von einem einzigen Dädalus, sondern von einer ganzen Reihe Architekten, die bei den miteinander verflochtenen Milliardenbetrieben angestellt waren. Da jeder Besitzer eines Geschäftshauses in Eigenverantwortung den Tunnel bauen ließ und ihn mit denen der anliegenden Blocks verband – die meisten Geschäftshäuser der Innenstadt nehmen einen ganzen Block ein –, entstand durch die Unterschiedlichkeit der Anlagen, die sich von Block zu Block ändern, ein echtes unterirdisches Labyrinth.

Man kann diese Tunnels durch ein Netzwerk von polierten Stahlrolltreppen betreten, die sich in der Vorhalle der jeweiligen Gebäude befinden, und durch Korridore aus Travertin-Marmor weitergehen, in unbegreiflichen Windungen, bis man zu den Tunnels des nächsten Blocks kommt. An dieser Stelle wechseln die Farben der Korridore, weisen die Wände zum Beispiel Teppichbespannung auf, und statt Ecken gibt es Serpentinen mit leichten Steigungen und Gefällen, bis man wieder in einer anderen Vorhalle, in einem anderen Block, herauskommt, durch Chromkapseln, die aus unsichtbaren Quellen mit Licht versorgt werden, durch Röhren, die nach oben stoßen und in einem Ziergehölz enden, zwischen gewölbeartigen Glasdächern. Manchmal laufen diese Tunnels geradeaus und sind kaum bevölkert, während sie an anderen Stellen von kleinen Plazas unterbrochen werden, an denen sich Tabakgeschäfte, Delikatessenläden, Drugstores, Friseure, Restaurants, Schnapsläden, Imbißstuben und Zeitschriftenkioske angesiedelt haben. Computerisierte Geldautomaten freilich sind der am häufigsten wiederkehrende Anblick.

Seltsamerweise gibt es nur wenige Zeichen oder Wegweiser, die dem unterirdischen Fußgänger sagen, wo er sich befindet und in welche Richtung er sich bewegt. Andererseits gibt es ein beständiges Element zu bestaunen: die Beweise für überströmenden Reichtum, der sich die neuesten Errungenschaften der Bautechniken und Gestaltungen leisten kann. Die Tunnels sind alle mit Klimaanlagen ausgerüstet, das Licht ist weich, und die Ausstattung ist stets geschmackvoll, modern, und alles ist makellos sauber. Die Stadt der Zukunft hat sich auf elegante Weise unter die Erdoberfläche begeben, weit entfernt vom Dröhnen und Donnern in den darüberliegenden Straßen, die in subtropischer Feuchtigkeit und Hitze vor sich hinschmoren.

Haydon parkte auf einem ebenerdigen Parkplatz neben dem Southwest Tower Ecke Milam und Walker Street. Er überquerte die Milam Street, betrat die Vorhalle der Bank of the Southwest und fuhr hinunter in die Tunnels. Dort kreuzte er unterirdisch die Walker Street zum Esperson Building, die Rusk Street zum Houston Club, wo er links abbog und wieder in Richtung auf die Milam Street ging. In der Mitte der Milam erreichte er die Rauchglastore am Eingang zu den Korridoren des Pennzoil Place. Hier waren die Korridore aus rotem Granit, und die Wände waren mit einem zimtbraunen Teppichmaterial bespannt, das den weichen Serpentinenkurven zusätzlich Weichheit verlieh. In die Decke eingelassene Spots und zwei an der Decke angebrachte Lichtschienen warfen leicht verschleierte Diamantenmuster an die Wände.

Als er die unterirdische Halle des Pennzoil Place betrat, wandte er sich sofort nach rechts in Richtung auf das Shale-Restaurant. Maureen Duplissey sollte an einem Tisch neben den bronzegetönten Glasscheiben sitzen, die das Restaurant von der Halle abtrennten. Er ging an der ganzen Front des Restaurants entlang, sah sie aber nicht und überquerte daraufhin den breiten Gang bis vor die Schaufenster eines gegenüberliegenden Reisebüros. Er betrachtete die Plakate, vor allem ein besonders großes, auf dem eine dunkelhäutige, junge Jamaikanerin mit großem Busen bis zur Hüfte im blauen Karibikwasser stand, in einem nassen T-Shirt und mit Wassertropfen auf dem lächelnden Gesicht. Ein paar Sekunden danach bemerkte er, daß ihn die beiden Mädchen hinter der Theke im Inneren des Reisebüros anlächelten, während er die üppig-verführerische Plakatschönheit betrachtete.

Er wandte sich ab und ging zu den Rolltreppen, fuhr hinauf in die Haupthalle, die sich vom Parterre zwanzig Stockwerke hoch erstreckte. Hinter den Glaswänden befanden sich Büros mit Blick auf die Halle und so gegeneinander versetzt, daß man von dem einen Büro nicht in das andere schauen konnte. Das Glasdach der Halle, gestützt von einem Netzwerk weißer Rohre, ließ das Licht für die Pflanzen und Blumen herein, das von den Chromstreben und den Glasscheiben der Texas Commerce Bank reflektiert wurde.

Haydon blickte auf und sah einen Arbeiter in Hemdsärmeln, fünf Stockwerke über der Halle, der vor der Glaswand stand und zu einem anderen Büro hinüberschaute. Das Ganze wirkte wie ein Szenenbild von Spielberg für eine Stadt in einer riesigen Raumfahrt-Station. Haydon schaute durch die Fenster hinaus in das funkelnd helle Tageslicht des Sommertags, dann trat er auf die Rolltreppe und kehrte in die Halle im Tiefgeschoß zurück.

Es war keine Kunst, sie zu finden. Sie hatte sich eben an einem der Tische am Fenster niedergelassen und kramte in ihrer Handtasche, als ein Kellner ein Glas Irish Coffee vor sie auf den Tisch stellte. Haydon betrat das Restaurant, ging um die Kasse herum und kam auf Maureen zu.

»Miss Duplissey?«

Sie blickte auf, eine Zigarette zwischen den Lippen, und kniff die Augen zusammen, während sie rasch seine Kleidung taxierte und ausschloß, daß es sich um einen Polizisten handelte. Dann nickte sie.

»Ich bin Detective Haydon. Ich arbeite mit Mooney zusammen. Darf ich mich setzen?«

Sie nahm die Zigarette zwischen die Finger, legte sie dann auf einen Aschenbecher, der neben dem dampfenden Glas stand. »Nein.«

Er setzte sich.

»Aber bitte, wenn Sie meinen . . .« Jetzt schaute sie ihm in die Augen. »Wo ist Mooney?«

»Ich fürchte, ich hab' ihn um seine Verabredung gebracht. Wir arbeiten am selben Fall, und nach zwei Unterredungen mit Judith Croft hatte ich das Bedürfnis, Ihr Gespräch mit Ed fortzusetzen.«

»Ich werde nicht mehr darüber reden. Punkt.«

»Dann muß ich Sie festnehmen und aufs Präsidium bringen.«

»Das soll wohl ein Scherz sein.«

»Nein.«

Sie trug ein taubengraues Qiana-Kleid mit einer Schleife am Hals, der sie in Gedanken mit dem Mittelfinger folgte, während sie Haydon betrachtete. Als sie zu der Stelle kam, wo die beiden Bänder miteinander verschlungen waren, zupfte sie sachte an dem Stoff, ohne zu wissen, was sie tat.

»Es ist also eine wirklich ernste Sache, wie?«

»Sie könnte nicht ernster sein.«

Sie wandte die Augen von ihm ab und zündete sich eine Zigarette an.

»Das ist heute meine erste«, sagte sie. »Und mein erster Kaffee«, fügte sie hinzu, dann trank sie einen Schluck. »Ich versuche, weder das Rauchen noch das Kaffeetrinken zu übertreiben. Auf lange Sicht bekommt man nur Falten davon.« Sie sah sich um. »Na schön, hier können wir doch gut miteinander reden, oder?« Dazu zog sie die Schultern hoch.

Haydon scheuchte den Kellner weg. »Ed hat mir gesagt, daß Sie nur einmal bei der Parmer gewesen sind, das heißt, zu einer ihrer großen Partys. Aber sie waren sonst doch gelegentlich dort, oder?«

»Hm – ja. Ich bin mit Judith nicht gut zurechtgekommen, und nachdem sie und Sally dicke Freunde geworden waren, lief es auch mit Sally nicht mehr so wie früher. Aber ich war gut befreundet mit Theresa. Sie lud mich gelegentlich zu Festen ein, kleine Partys, bis Sally dahinterkam und es Theresa verbot.«

»Gab es irgendwelche brasilianischen Mädchen dort, als Sie Theresa Parmer besuchten?«

Sie seufzte. »Ja, die gab es.«

»Haben sie dort gewohnt?«

»Die Mädchen, die ich sah, nicht, aber andere wohnten gelegentlich dort.«

»Was für andere, und wie gelegentlich?«

Sie zog die Stirn in Falten, und ihre Augen waren auf den Tisch gerichtet, als sie den Rauch durch die leicht offenen Lippen herausströmen ließ.

»Ed hat gesagt, ich bin nicht die einzige, mit der er darüber geredet hat. Ist das richtig?«

»Ja.«

»Dann erzähle ich Ihnen vermutlich Dinge, die Sie bereits wissen.«

»Möglich. Aber es hilft manchmal, wenn man dieselbe Geschichte aus verschiedenen Blickwinkeln geschildert bekommt.«

Sie schaute ihn an, überlegte, nickte dann. »Ich verstehe. Nun, ich nehme an, Sie wissen, daß man bei Theresa so etwas wie einen Benimmunterricht durchgeführt hat?« fragte sie tastend.

»Für brasilianische Mädchen, deren Benehmen aufpoliert werden sollte?«

»Ja. Sandy und Theresa haben sich damit befaßt, aber Judith hat die Sache geleitet. Sie hat die Arrangements getroffen und festgestellt, wann ein Mädchen soweit war, daß es auf die Allgemeinheit losgelassen werden konnte. Sie war sozusagen die Leiterin des Unternehmens und stand in direktem Kontakt zu diesem Brasilianer. Genau gesagt, nehme ich an, daß er und Judith zusammenarbeiten.«

»Judith und Guimaraes?«

»Ja. Ich nehme an, es handelte sich um ein Geschäft, aus dem Sally gleich zu Beginn ausgestiegen ist. Judith kümmerte sich praktisch um alles.«

»Ich bin mir noch immer nicht im klaren darüber, welche Mädchen bei Theresa wohnten und wann. Haben diese neuen Mädchen an Gruppentreffen mit möglichen Käufern teilgenommen?«

»Bestimmt nicht. Sie wurden gehütet wie Sakralgegenstände, während sie in der Ausbildung waren. Streng geheim. Bei den kleineren Partys war es allerdings ein bißchen anders. Sicher, in den zwei oder drei Wochen, wo die Mädchen dort wohnten, ging es nur um den Unterricht. Da gab es keine Dummheiten. Aber zwischen den ›Lehrgängen‹, wenn keine Mädchen dort wohnten, war alles möglich. Manchmal verabredeten sich diese alten Böcke dort mit ihren Mädchen, und dann war wie gesagt, alles möglich.«

»Sie meinen dieselben Mädchen, die man zuvor dort ausgebildet hatte und die inzwischen an Männer verkauft worden waren?«

»Genau. Es war wie ein Familienfest. Jeder fühlte sich irgendwie als dazugehörig. Und wenn es das nicht war, dann kam dieser Neffe von –« Sie machte eine Handbewegung, wollte den Namen nicht aussprechen.

»Guimaraes.«

»Ja. Der kam gelegentlich mit ein paar Mädchen vorbei, zu seinem Privatvergnügen.«

»Heißt das, er hat die Mädchen mitgebracht?«

»Stimmt.« Sie grinste. »Das ist ’ne heiße Sache, wie? Er ist ein hinterhältiger Bastard. Sehen Sie, diese Geschäftsleute waren oft verreist. Die Mädchen hatten nichts zu tun. Also kümmerte sich dieser Neffe um sie. Es war eines der offenen Geheimnisse, und wenn einer von den Männern dahinterkam, hat er nichts darüber gesagt. Der Onkel ist nun mal die große Banane in dieser brasilianischen Gesellschaft; ich glaube, der Neffe hat getan, was ihm beliebte, und niemand hat darüber gesprochen.«

»Haben Sie ihn kennengelernt?«

»O ja.«

»Was ist er für ein Mensch?«

»Ein Verrückter. Unheimlich. Wirklich ›verrückt, gemein und gefährlich‹.«

Haydon lächelte.

Die Duplissey streckte den Kopf nach vorn. »Sie kennen das Zitat?«

»Ja. Sie auch?«

Sie grinste, und dahinter war echtes Vergnügen zu erkennen. »Hören Sie, ich habe an der Uni studiert. Hauptfach Betriebswirtschaft, aber ich habe auch Literaturkurse belegt. Ich erinnere mich an das Zitat, weil es mir so verdammt schlau und zutreffend vorkam. Lady Caroline Lamb hat es in Bezug auf Lord Byron gesagt.« Sie lachte. »Gott, kaum zu glauben, daß Sie es kennen.«

»Und dieser Bursche ist wie Byron?«

Sie stieß eine Lunge voll Rauch aus. »Wohl kaum. Byron war vielleicht ein bißchen ausgefallen, aber dieser Kerl ist pervers. Er kam ungefähr dreimal die Woche, manchmal allein, manchmal mit einem oder zwei von diesen brasilianischen Mädchen. Wissen Sie, die Mädchen stammten zwar aus den Slums, aber sobald sie einen Happen vom süßen Leben erwischt hatten, versuchten sie es auch zu genießen, und zwar mit Stil. Sie waren Naturtalente. Angezogen wie die Mannequins. Großartig – jede von ihnen.«

»Und sie feierten Partys mit dem Neffen – wie heißt er noch?«

»Rafael. Oh, und wie sie Partys feierten! Sie ließen die alte Wurlitzer-Musikbox laufen, die Rafael mit der großartigsten brasilianischen Musik aufgefüllt hatte. Wir alle haben diese Musik geliebt. Sie hatten ihren eigenen brasilianischen Karneval, und die Champagnerkorken knallten. Rafael war süchtig auf diese Musik. Wenn er da war, lief die Musikbox ununterbrochen. Manchmal ganz romantische Sachen, dann Sambas, und wenn es heiß wurde, hat er diese Karneval-*batacudas* gedrückt. Wild! Und die Mädchen waren unersättlich. Der unheimliche Neffe hat nur mit ihnen gespielt. Er hat alle mit Rauschgift in Berührung gebracht, gleich von Anfang an, und auf diese Weise konnte er sie mehr oder weniger kontrollieren. Theresa fand, daß das alles zu weit ging. Sie bekam es mit der Angst zu tun. In solchen Situationen haben wir uns zurückgezogen. Manchmal sind wir sogar aus dem Haus gegangen.«

»War er derjenige, der das Rauschgift in das Haus der Parmer gebracht hat?«

»Natürlich. Theresa hatte nichts damit zu tun. Aber der Neffe hat das Zeug überall herumliegen lassen. Und er hatte auch die Idee mit den Schlafzimmern in den verschiedenen Farben, Möbel und so weiter.«

»Hat man Fotos von diesen Aktionen gemacht?«

»Ich weiß nicht. Ich habe nie welche gesehen.«

»Sie wissen, daß bei einigen der größeren – Sitzungen Fotos gemacht wurden, wenn die Freunde der Mädchen dort waren.«

»Ja.«

»Wissen Sie auch, von wo aus die Fotos aufgenommen wurden?«

»Ja.«

»Ich bin dort hinaufgekrochen und habe mich umgeschaut. Wissen Sie von dem Versteck?«

»Ja. Das war doch das Lieblingsversteck von diesem Verrückten. Er hatte diesen Tick mit dem Puder. Er hat von dort oben fotografiert und . . . Na ja, er stand auf die Sache mit diesem Puder. Genau das war es, dieser verrückte unheimliche Fetischismus, der Theresa Sorgen machte.«

»Hat er den Puder jemals bei den brasilianischen Mädchen benützt?«

»Meines Wissens ja. Aber ich habe es nie gesehen.«

»Hat es Theresa gesehen?«

Die Duplissey nickte traurig mit dem Kopf. »Ja. Dieser Narr hat es auch einmal mit ihr gemacht. Und ist dabei ziemlich gemein geworden.«

»Wann war das?«

»Ich glaube, vor ein paar Monaten. Danach wollte sie nicht mehr allein sein mit ihm.«

»Was wollte er denn mit ihr machen?«

»Die Details kenne ich nicht. Sie hat gesagt, es war irgendwie rituell. Sie wollte nicht mitmachen, und ich weiß, sie war danach ganz erledigt.«

»Haben Sie Fotos von diesem Rafael?«

»Ich? Nein.«

»Kennen Sie jemanden, der Fotos von ihm hat?«

»Nein.«

»Wer war sonst noch da, als Sie in dem Haus waren – ich meine, außer diesem Neffen und den brasilianischen Mädchen?«

»Ein paar Männer, die Theresa kannte.«

»Brasilianer?«

»Nein.«

»Erinnern Sie sich an ihre Namen?«

Sie erinnerte sich, nach kurzem Überlegen, und Haydon notierte die Namen.

»Würden Sie die Mädchen wiedererkennen, wenn Sie sie sehen?« fragte er.

»Ich glaube schon ... Moment mal. Sie wollen mir doch nicht wieder solche schrecklichen Fotos aus dem Leichenhaus zeigen?«

Haydon beugte sich zu ihr hin. »Maureen, wir haben noch zwei Mädchen identifiziert, die genauso gestorben sind wie die anderen. Ich möchte wissen, ob Sie sie bei Theresa gesehen haben. Wir müssen diese Sache irgendwie in den Griff bekommen. Und Sie sind dabei unsere beste Chance. Daß es keinem von uns angenehm ist, brauche ich nicht zu betonen.«

Sie zog die Stirn in Falten. »Mein Gott, habt ihr bei der Polizei scheußliche Dinge zu erledigen.« Sie streckte die Hand aus, und Haydon gab ihr die zwei Fotos.

Sie hielt sich eine Hand vor den Mund, betrachtete die Bilder, schaute erst das eine, dann das andere an.

»Sie sind sogar im Tod noch hübsch«, sagte sie hinter der vorgehaltenen Hand. Dann schob sie das eine Foto über den Glastisch auf Haydon zu und betrachtete das andere, das noch vor ihr lag. »Dieses Mädchen ist dagewesen. Ich erinnere mich an sie. Ein schönes Mädchen, der klassische Typ.« Sie nahm das Foto und gab es ihm zurück. Dann trank sie einen Schluck Irish Coffee und schnitt eine Grimasse, weil er kalt geworden war. Sie nahm sich eine Zigarette, und Haydon zündete sie ihr an.

»Diese ganze Geschichte kommt mir so vor, als ginge es hart

auf hart«, sagte sie. »Können Sie mir nicht wenigstens andeuten, was eigentlich los ist? Ich habe eine Menge Gerüchte gehört, seit Theresa gestorben ist. Jeder kannte sie, Sally und Sandy. Aber dann hat sich die Angst gelegt. Niemand weiß etwas von diesen brasilianischen Mädchen, und davon, daß – wie viele? – vier von ihnen gestorben sind.«

»Drei von ihnen, und eine Nutte aus Montrose.« Er wollte Walther nicht erwähnen.

»Aber sollten Sie da nicht die Leute warnen? Das heißt, die Mädchen?«

»Offen gestanden, wir wissen nicht, wen wir warnen sollen. Wir nehmen nicht an, daß alle Callgirls von Houston in Gefahr sind. Es sieht so aus, als wäre Theresas Haus ein gemeinsamer Nenner gewesen. Darüber hinaus wissen wir noch fast gar nichts. Deshalb haben wir ja gehofft, daß Sie uns helfen können. Sie wissen, wer die Opfer waren. Mit Ausnahme der Frau aus Montrose sind sie alle in diesem Haus gewesen.«

Er sah es in ihren Augen, sobald er es gesagt hatte. Fragte sich, wo er mit seinen Gedanken gewesen sein mochte.

»Hier.« Er nahm einen Montblanc-Füllfederhalter aus der Jackentasche und schrieb Dr. Hammonds Namen und Praxisadresse auf ein Stück Papier. »Ich rufe ihn an. Er beginnt mit einer Serie vorbeugender Impfungen. Ich glaube zwar nicht, daß Sie in Gefahr sind, aber ich würde Ihnen empfehlen, sich mit keinem von denen, die sich bei der Parmer getroffen haben, irgendwo allein aufzuhalten. Egal, ob Mann oder Frau.«

»Impfungen? Wie sind denn die Mädchen gestorben?«

»An einem seltenen Virus.«

»Mein Gott! Und wie wirkt sich das aus?«

Er beschrieb ihr die Symptome, ohne zu sagen, um welche Krankheit es sich handelte, und empfahl ihr, auf alle Fälle Kontakt aufzunehmen mit Dr. Hammond, falls sie sich irgendwie unwohl fühlte. Er beneidete sie nicht um die hypochondrische Angst, die sie durchstehen mußte, bis sie die Serie der Impfungen hinter sich hatte. Die Zigarette baumelte zwischen ihren Fingern.

»Bin ich in größerer Gefahr, weil ich mit Ihnen gesprochen habe?« fragte sie nüchtern.

Er schüttelte den Kopf. »Das glaube ich nicht.« Er hatte absolut keinen Grund, das zu behaupten. »Aber Sie sollten vorsichtig sein. Ich kann nicht ahnen, wie diese Person vorgeht.«

Sie nahm einen tiefen Zug aus ihrer Zigarette.

»Na, was sagt man dazu«, murmelte sie wie zu sich selbst. Dann schaute sie durch das Fenster hinaus auf die Halle im Tiefgeschoß.

Haydon tat dieses Mädchen leid. Sie war erschüttert bis zu dem Punkt, wo sie es nicht mehr verbergen konnte. Er beobachtete ihr Gesicht, während sie geistesabwesend die Geschäftsleute betrachtete, die aus den Tunnels auf den unterirdischen Platz strömten. Er hätte sie gern gefragt, was sie jetzt dachte.

Schließlich nahm er eine Karte aus seiner Brieftasche und legte sie vor Maureen Duplissey auf den Tisch.

»Wenn Sie mich anrufen möchten – aus welchem Grund auch immer, tun Sie es. Man kann mich jederzeit irgendwo erreichen.«

»Ja, das werde ich tun«, versprach sie. In Gedanken war sie immer noch weit weg.

Haydon stand auf und blieb neben dem Tisch stehen.

»Ach«, sagte sie. »Ich glaube, ich bleibe noch eine Weile hier sitzen.«

»Gut. Ich bin Ihnen sehr dankbar, daß Sie mit mir gesprochen haben.« Es klang so wie: »Vielen Dank – beehren Sie mich bald wieder.«

»Schon gut«, sagte sie. Sie war höflich, aber ganz weit weg von ihm, und ihre Blicke schweiften wieder hinaus in die Halle.

Er ging und bezahlte beim Hinausgehen an der Kasse den Irish Coffee. Sie sah ihm nicht nach, als er an der Glaswand vorbeikam und in einem der Tunnels verschwand.

28

Rafael Guimaraes saß allein in der lauten Cafeteria im Erdgeschoß des Hermann-Hospitals. Er aß und trank nichts und handelte sich damit vorwurfsvolle Blicke der Studenten ein, die mit Händen und Armen voll Büchern und Tabletts nach einem Platz zum Essen suchten, als sie aus der Schlange an der Essensausgabe herein in den dichtbesetzten Speisesaal kamen. Er schaute hinaus auf die Zufahrt von der Fannin Street, die überdacht durch das Gebäude des medizinischen Instituts führte und auf der anderen Seite, am Sterling Circle, wieder herauskam, von wo aus der Zubringerbus des medizinischen Zentrums seine Runden machte.

Rafael hatte selbst einen anderen Rundgang hinter sich, mit einem Team, das aus ihm selbst, einem anderen, begabten, älteren Studenten, einem Kollegen von der Abteilung Infektionskrankheiten, einem Assistenzarzt und Dr. Morton bestand. Es ging dabei um ein besonderes Projekt von Dr. Morton, das die Fähigkeiten der ungewöhnlich Begabten in einer Gesellschaft von Hochbegabten auf eine harte Probe stellte. Später hätte Rafael eine Vorlesung über Gastroenterologie besuchen sollen, aber er hatte sie sausen lassen und war in die Cafeteria gekommen, wo er nun schon seit einer Stunde saß. Mit einem Ausdruck völliger Geistesabwesenheit zupfte er an seiner Nase und schaute über den manikürten Rasen hinüber zum hohen Dreieck der Dunn-Interfaith-Kirche, die auf einer Anhöhe von der Größe eines Fußballplatzes stand. Zwei Leute in weißen Mänteln kamen aus der Tür der Kirche und gingen auf den alten, elliptischen Hintereingang des Hermann-Hospitals zu.

Es war unausweichlich, dachte er, daß sich irgendwann einmal die Polizei einschaltete. Immerhin hatte er inzwischen schon einige Mädchen getötet. Wäre er bei den kleinen Cariocas geblieben, hätten sie es nicht gemerkt. Aber auch die anderen mußten getötet werden – er mußte eben noch vorsichtiger vorgehen. Er fragte sich, ob die Polizei ahnte, womit sie es da zu tun hatte.

Wenn irgend jemand, der an der Sache arbeitete, etwas schlauer war als üblich, mußte er daraufkommen.

Und was würde die Polizei dann untersuchen? Sie würden viel Zeit vergeuden und versuchen, die Spur von tollwütigen Hunden oder Fledermäusen zu verfolgen. Die kleinen Cariocas würden vermutlich nie entdeckt werden, also mußte die Polizei zunächst annehmen, die Callgirls hätten einen tollwütigen Hund im Haus gehabt. – Man würde bestimmt dahinterkommen, daß alle Frauen in gewisser Beziehung zu dem Haus standen. Zu schade um die kleinen Partys. Er vermißte die farbigen Zimmer und die Wurlitzer-Musikbox. – Wenn keine weiteren Callgirls starben, würde die Polizei annehmen, daß der Hund an seiner Krankheit eingegangen war, allerdings erst, nachdem er diese Frauen infiziert hatte, und daß mit seinem Tod die Kette der Infektionen zu Ende war.

Aber Rafael mußte vom Schlimmsten ausgehen. Angenommen, sie verdächtigten ihn. Sie hatten nichts Greifbares gegen ihn in der Hand. Verdachtsmomente? Ja, sicher. Die gleichen Verdachtsmomente, die sie für fünfzig andere Männer hatten, welche in irgendeiner Beziehung zu diesen Frauen standen. In Dr. Mortons Labor gab es keine Spuren von Rafaels Tollwutarbeiten. Die Hundeköpfe wurden immer noch in derselben Nacht verbrannt, und die Geräte standen nicht nur ihm allein zur Verfügung. Der Vorrat an Viren, den er inzwischen gesammelt hatte, war gut versteckt im Virusschrank, unter der Bezeichnung eines anderen, tödlichen Virus, und zu diesem Schrank hatten nur er und Dr. Morton Zugang. Dr. Morton benützte niemals das Virus, unter dessen Namen sein Vorrat dort aufbewahrt war.

Er schaute auf die Uhr. Dann zog er seinen weißen Mantel aus, legte ihn über seine Lehrbücher auf den Tisch zum Zeichen, daß er belegt war, und ging hinaus zu den Telefonen in der Vorhalle. Er rief seinen Stationshelfer an, der ihm sagte, daß es zur Zeit keine Patienten zu betreuen gab. Großartig. Also war er für den Nachmittag frei, und in der kommenden Nacht hatte er keinen Bereitschaftsdienst. Er hatte bis nächsten Morgen um viertel vor acht Zeit. Nach dem Anruf kehrte er zu seinem Tisch zurück, zog sich den Mantel an, nahm seine Bücher und verließ die

Cafeteria durch die überdachte Zufahrt; dann ging er auf die Parkgarage Nummer 4 zu, auf der gegenüberliegenden Seite des Sterling Circle. Die meisten Studenten waren gezwungen, ihre Wagen in der glühenden Sonne zu parken, so weit von den Gebäuden entfernt, daß sie den Bus benützen mußten.

Als er den Mercedes 380 SL vom sechsten Stock des Parkhauses nach unten lenkte, wußte er bereits, was er tun wollte. Er wollte *Eu Te Amo* sehen, zum sechstenmal. Der Film lief in einem Kino an der Richmond Avenue, nicht weit von der Greenway Plaza. Er wollte Sonia Brage wiedersehen, beobachten, wie berechnend sie auf Gewalt reagierte, wollte das Tier in ihr sehen, das immer wieder die Oberhand zu gewinnen schien. Manchmal schaute sie direkt in die Kamera, und er sah, wie ihre Augen an den Rändern zuckten, und in Gedanken verweilte er länger bei der Szene, als sie zu sehen war, beobachtete, wie ihr Gesicht weiß wurde, dann ihre Schultern, und wie er imstande war, sie zu lieben.

Der Mercedes fuhr hinaus in die Sonne, und die Helligkeit riß ihn aus seinen Gedanken. Er trat gerade noch rechtzeitig auf die Bremse, um nicht gegen die hölzerne Schranke zu stoßen, die die Ausfahrt an der Ticketkontrolle versperrte.

Wie sich herausstellte, sah er sich den Film sogar zweimal hintereinander an. Er ging gern mitten am Nachmittag ins Kino, weil um diese Zeit nur wenig Zuschauer anwesend waren. Dadurch wurde man weniger abgelenkt. Er konnte sich in die Charaktere auf der Leinwand verwandeln, konnte ein Teil der Handlung werden, sich so tief in sie versenken, daß er danach nicht selten noch fünf Minuten sitzenbleiben mußte, um sich zu orientieren. Eine Fähigkeit, die ihm immer leichter vorkam, so daß es ihm inzwischen gelang, seinen Körper zu verlassen und in die Körper auf der Leinwand zu schlüpfen, kaum daß der Film begonnen hatte. Oft wurde diese Reinkarnation durch einen sichtbaren Tunnel eingeleitet: Sein Gesichtsfeld engte sich ein, so daß es zunächst das Publikum ausschloß, dann die Umrisse der Leinwand, bis es ganz schmal geworden war, wobei seine Anziehungskraft zunahm, so daß er geradezu davon angesogen und in eine andere Welt gerissen wurde. Von da an veränderte sich jeglicher Zeitbegriff. Lieblingsszenen verlängerten sich und gewannen eigenes Leben, andere liefen schneller ab, aber keine wurde ausgelassen. In Gedanken schnitt er den Film so, daß er vor allem jene Szenen genießen konnte, die ihn inspirierten.

Die Braga duftete. Er roch diesen Duft vom ersten Augenblick an, als sie auf der Leinwand erschien, und der Körpergeruch ihrer Anwesenheit durchströmte ihn mit der köstlichsten Aufregung, die er je gefühlt hatte. Während der ersten Vorstellung wuchs seine Aufregung bis zu einem beinahe unerträglichen Punkt. Er blieb zwischen der ersten und der zweiten Vorstellung sitzen, frustriert und schwitzend, und genoß den noch immer vorhandenen Geruch ihrer Gegenwart, der in dem stillen, leeren Kino hing.

Sobald Chico Buarque die ersten Zeilen des Filmthemas zu singen begann und die gelben Buchstaben des Vorspanns von unten über die Leinwand rollten, fielen ihn die teuflischen Vorboten des Auftritts der Braga durch den enger werdenden Tunnel an und sogen ihn in die Abbilder ihrer zuckenden Lider, während das raffinierte Tremolo der Klaviertöne hinter Buarques gepflegter Stimme zu hören war.

Ah, se já perdemos a noção da hora
Se juntos já jogamos tudo fora
Me conta agora como hei de partir

Er war bei ihr, nachts in ihrer Penthauswohnung, und schaute hinaus auf die Sternenketten, welche die weit geschwungene Kurve des Strandes von Ipanema nachzeichneten. Die Lichter von Rio glitzerten von unten, als beschworen sie das Ende ihres Lebens in der Dunkelheit. Die Sekunden sammelten sich über ihnen wie eine Wolke, während sie nackt in dem dunklen Fenster standen vor dem Schimmer, der Rio war. Die Wolken des Augenblicks verblichen wie aufsteigender Nebel, waren nur noch an ihrem fauligen Geruch zu erkennen, der ihn unbeschreiblich faszinierte. Im Dämmerlicht zwischen ihnen schillerte die Wolke, jeder Funke weißglühend, jeder allmählich schwerer werdend mit seinem todbringenden Auftrag.

Se, ao te conhecer, dei pra sonhar, fiz tantos desvarios

Rompi com o mundo, queimei meus navios
Me diz para onde è que ainda posso ir

Die Wolke senkte sich wie der Duft der Limonen, der sie überlagerte, als sie Samba tanzten, zwei Marionetten, deren Fäden an den Armen und Beinen des anderen befestigt waren. Sie wurden weiß von den Augenblicken, die sich in sie brannten, die Gase stiegen auf von ihren glühenden Häuptern, als sie im Schein ihres phosphoreszierenden Sterbens tanzten. Draußen lösten sich die Sterne von Ipanema von der Küstenlinie und stiegen zum schwarzen Himmel vor dem Penthaus auf, blieben dort hängen und warfen ihr schimmerndes Licht durch die Glasscheiben. Dann stand er still, und sie umkreiste ihn, ihre Brüste schwangen wie ihr Haar zu der *cuica,* als der Chor den Refrain der Samba aufnahm, und er sah die toten Cariocas herabsteigen und durch die Sterne tanzen wie durch Felder brennender Blüten.

Plötzlich blieb die Tanzende stehen. Ihr Gesicht war ein Totenkopf, ihr Phosphoreszieren verblich zu einem gelblichen, später braunen Schimmer, dann wurde er hennafarben, und die Wolke der Sekunden wurde zu Asche. Die Stimmen der toten Cariocas zitterten im Sambachor, der Gestank von Kot flutete durch das Penthaus, und die Frau umarmte ihn und wurde zu Asche, während sie ihn festhielt. Der Gestank aus ihren Lungen erfüllte seinen Atem. Oh, was für ein Genuß! Die Ekstase ihres Lieds und das Singen der toten Cariocas wurden zu Asche; sie wehten davon, obwohl sie immer noch sangen, trotz der absoluten Stille inmitten des hennafarbenen Sternenfelds. Er fühlte jene letzte Übelkeit, die der Tod war, und wußte, es war die Quintessenz dieser Frau, die ihn an ihre feurigen Brüste drückte, in der hennafarbenen Nacht.

Er wünschte sich, daß dies das Ende wäre.

Aber es war nicht das Ende. Obwohl er die Augen offen hatte, schwand die Vision, und er sah wieder den Film; die Samba war vorüber, und die letzten Takte von *Eu Te Amo* verwehten mit den hellen, klimpernden Tönen des Klaviers. Erschöpft und gebannt schaute er sich den Film zu Ende an.

Es war sechs Uhr, als er aus dem Kino kam und zu seinem

Wagen zurückging. Das Feuer der Sonne hatte die Straßen und Gehsteige getränkt, welche noch lange nach Sonnenuntergang die Hitze in die Atmosphäre reflektieren würden. Die Stadt würde heiß bleiben bis Mitternacht, und der Stoßverkehr würde bis halb acht andauern.

Rafael fuhr in Richtung auf das Zentrum über die Richmond Street und bog dann nach Norden in die Kirby ein. Die Ledersitze des Mercedes waren heiß; er begann am Rücken zu schwitzen. Er wußte, daß der Schweiß dunkle Flecken auf seinem hellblauen Sportsakko aus Leinen hinterlassen würde. Er öffnete das Schiebedach, jetzt, wo die Sonne schon tief am Horizont stand, hielt vor einer Kneipe in River Oaks an und ging hinein.

Allein an einem Zweiertisch, trank er zwei Smirnoffs und dachte über das nach, was geschehen war. Dabei ging ihm immer noch die Musik aus dem Film durch den Kopf. Er war von seiner Vision völlig aus dem Gleichgewicht gebracht worden. So war es ihm noch nie passiert. Und es war auch nicht der Inhalt der Vision, der ihn verwirrte – der war natürlich und reizvoll, ein sinnliches Vergnügen, unbeschreiblich. Nein, die Vision war ein Geschenk seines Unterbewußtseins gewesen, und er hatte es dankbar entgegengenommen. Er war verwirrt, weil sie ungebeten gekommen, ja über ihn hereingebrochen war, als hätte sie ein Eigenleben gehabt. Sicher, in gewisser Weise hatte er diese Vision herbeigesehnt, aber andererseits hatte er noch nie Erfahrungen von derartiger Intensität gemacht.

Noch einen Wodka.

Was fürchtete er eigentlich? Daß es möglicherweise ein Anzeichen war für – ja, wofür? Wahnsinn? Er war oft ganz bewußt vor der Realität geflohen, aber er hatte sie nie ganz aufgegeben. Noch gab es zuviel zu tun. Er mußte unter allen Umständen seine Vernunft bewahren. Er mußte noch so viele Impfungen vornehmen . . .

Noch einen Smirnoff.

Als sich seine Gedanken auf die Mädchen richteten, lächelte er. Die Reaktionen der Männer, die diese Mädchen gekauft hatten, amüsierte ihn. Sie waren völlig verblüfft gewesen angesichts des Todes ihrer neuen Erwerbungen. Der erste, Antonio Vianna, bildete eine Ausnahme. Er war aus der Stadt Mexiko zurückgekommen und hatte das Mädchen schwerkrank vorgefunden, hatte den guten Doktor Gonzaga angerufen, der sie natürlich nicht retten konnte. Vianna hatte ihren Leichnam über die Grenze geflogen und ihn in einem kostbaren Sarg in einem kleinen Dorf nahe Cuernavaca beerdigen lassen. Er betrauerte aufrichtig ihr Dahinscheiden. Vianna war Witwer und hatte sich in seine Neuerwerbung verliebt.

Ross Wilson, der Ölmagnat, der in Louisiana lebte und einen Wohnsitz in Houston unterhielt, war weniger romantisch gewesen. Als er merkte, daß seine Carioca tot war, reagierte er auf typisch amerikanische Weise. Einer seiner Freunde, der ein Begräbnisinstitut besaß, schmuggelte sie des Nachts dort hinein und verbrannte ihren Leichnam. Das, was übriggeblieben war, wurde am nächsten Morgen von den Müllmännern abgeholt. Wilson hatte sich bei Rafaels Onkel über den schlechten Handel beschwert. Wenn er alles zusammenrechnete, hatte er eine Investition von fünfzigtausend Dollar verloren. Dennoch ließ er seinen Namen auf die Liste für eine Nachfolgerin setzen.

Luis Guerreiro hatte seine Geliebte in einen Abwassergraben im Herzen des *barrios* werfen lassen. Er wußte, daß sie als unbekannte Tote in einer Akte aufgeführt und ihre Identität niemals ans Licht kommen würde. Ein anderer ließ seine Geliebte von Freunden in einem Salzfeld zwischen den Petroleumraffinerien von Pasadena verscharren. Ein weiteres Mädchen war krank geworden und gestorben bei einer Ferienkreuzfahrt auf der Privatjacht ihres Besitzers um die Key-Inseln von Florida. Da der Mann sie nicht mit zurücknehmen wollte, hatte er einige Mühe, den anderen Gästen zu erklären, warum sie auf offener See bestattet werden mußte. Die Rückfahrt war unangenehm gewesen, und es konnte durchaus sein, daß sich die Polizei noch nachträglich mit ihm auseinandersetzte.

Rafael langte in seine Jackentasche und zog einen Kalender heraus. Für den heutigen Tag hatte er notiert: »Lunde in New Orleans.« Charles Lunde war Reeder; er besaß ein Haus am Rand von River Oaks, sechs Blocks von der Kneipe entfernt, in der Rafael saß. Lunde war einer der ersten Nutznießer von

Paulo Guimaraes' Importgeschäft gewesen. Sein Mädchen hatte freilich immer noch Schwierigkeiten mit der englischen Sprache, obwohl Lunde dies in keinster Weise zu stören schien. Sie schienen sich recht gut zu verstehen, auch wenn es ihr an Sprachkenntnissen mangelte.

Rafael rief sie an. Sie freute sich, von ihm zu hören, und er versprach, in zwanzig Minuten bei ihr zu sein. Er bezahlte die Wodkas und ging. Es war stets leicht gewesen, mit den Mädchen zusammenzukommen, wann immer er es wollte. Erstens war er praktisch der erste Mensch, den sie kennenlernten, nachdem sie hier in Houston angekommen waren. Da er Portugiesisch sprach, gewann er schnell ihr Vertrauen, und es war nicht schwer, die »alte« Freundschaft zu erneuern, sobald die Mädchen einen Platz gefunden und sich eingerichtet hatten. Seine Möglichkeit, die Mädchen ohne irgendwelche Schwierigkeiten häufig zu besuchen, wurde unterstützt durch einen Fehler, der allen Erwerbern dieser Mädchen gemein war – ausgenommen vielleicht Vianna –: Sie ignorierten ihre Erwerbungen während achtzig Prozent ihrer Zeit. Obwohl die Mädchen im Luxus lebten, war es ein Leben in Isolation, das nur dann durchbrochen wurde, wenn die Männer in Stimmung waren, mit ihnen zusammenzusein und sich nicht scheuten, an den »schicken« Plätzen der Stadt mit ihnen gesehen zu werden – oder bei den Partys der Privilegierten. Rafaels Besuche bildeten eine willkommene Abwechslung – in mehrfacher Hinsicht. Er machte sie mit Rauschgift bekannt, das danach ihre langen Tage erträglich gestaltete, auch wenn er nicht bei ihnen war.

Stephany Bedaque hatte dem Portier in der Vorhalle Bescheid gegeben, hatte ihm Rafaels Namen und die Autonummer genannt. Er bog in den Hof ein, gerade als die elektronische Schaltung die Leuchtkugeln des Hofes zu einer schimmernden Lichterkette werden ließ. Die Nacht war rasch über die Stadt hereingebrochen, und nur noch ein malvenfarbener Streifen über den Hochhäusern von Post Oak erinnerte daran, daß es überhaupt Tag gewesen war.

Stephany kam selbst an die Tür ihrer Wohnung im 17. Stock. Auf dem Arm hatte sie eine seltene, aber verfettete abessinische

Katze. Das Tier sah merkwürdig aus, wie ein Mutant, da abessinische Katzen in der Regel schlanke Tiere waren. Das üppige, kohlschwarze Haar des Mädchens war frischgewaschen und fiel ihr um das Gesicht - ein Gesicht, das alle Schönheit in sich vereinte, die jemals aus Brasilien hierhergekommen war. Sie trug eine langärmelige Bluse aus amethystfarbener Shantungseide, und zwischen Haarsträhnen baumelten Amethystohrringe. Von der Taille nach unten war sie nackt. Das kam bei ihr öfters vor. Die Frau war sichtlich gelangweilt und nicht ausgelastet.

Er folgte ihr in einen großen Raum, von dem aus man die westliche Skyline der Stadt sehen konnte. Die Wolkenkratzer an der Greenway Plaza funkelten auf der linken Seite, und vor ihnen lieferte das großartige Spektakel der Gegend um Post Oak ein betäubendes Beispiel lichtblitzender Architektur: fabelhafte Türme, erbaut von einer Stadt, die angesichts ihrer eigenen Zukunft größenwahnsinnig geworden war.

Sie gingen die paar Stufen hinunter in den tiefer liegenden Wohnraum, der mit Möbeln aus Glas und Chrom eingerichtet war. Ein dicker, weißer Teppich kletterte die Stufen empor und breitete sich auch auf dem Boden der übrigen Räume aus. Stephany saß in einem transparenten, formlosen Plexiglassessel, der ihren Hintern hübsch zur Geltung brachte, und zog die Beine hoch wie eine Inderin. Rafael setzte sich in einen Sessel aus Chrom und Leder, genau ihr gegenüber. Sie war interessant anzusehen. Er bemerkte, daß sie sich auf seinen Besuch vorbereitet hatte; die klare Stimme von Gal Costa drang aus den sie umgebenden Wänden.

Keiner von beiden sprach ein Wort, Rafael zog den Reißverschluß der Ledertasche auf, die er bei sich hatte, und nahm die Spritze heraus. Er legte sie auf den Glastisch, der zwischen ihnen stand, zusammen mit einem Plastikbeutel Heroin. Ihr Lieblingsrauschgift. Er stellte ein Fläschchen mit Gummistopfen neben die anderen Utensilien und begann mit der rituellen Mischung des Heroins, wobei er Zündhölzer und einen Löffel aus seiner Tasche benützte.

Als das Heroin fertig war, steckte er die Nadel der Spritze durch den Gummistopfen der kleinen Flasche und sog den

Großteil der Lösung an, die sich darin befand. Sie fragte nicht, was er da tat, obwohl sie gierig jede seiner Bewegungen beobachtete. Alle Mädchen wußten, daß er Medizinstudent war, und fragten nie, was er ihnen verabreichte. Als die Spritze fertig war, stand er auf und ging zu ihr hin. Sie blieb im Sessel sitzen und streckte ein langes, honigfarbenes Bein aus, das sie dann mit der sicheren Geschicklichkeit einer Ballerina hochhob. Er packte es mit einer Hand, klemmte es sich unter den Arm und ließ die Nadel der Spritze in die große, bläuliche Vene hinter dem Knie gleiten. Dann leerte er die Spritze.

Als er das Bein losließ, hielt sie es noch einen Augenblick hoch, bevor sie es sehr ruhig und ganz langsam sinken ließ. Sobald es den Boden berührte, fühlte sie die Wirkung des Heroins. Ihre Arme sanken nach unten, und die fette Katze sprang von ihrem Schoß. Mit langsamen Bewegungen rollte Stephany die Augen nach oben; dabei streckte sie das eine Bein auf den Teppich aus, während sie das andere unter ihrem Körper hatte.

Gal Costa sang das wunderschöne *India,* als Rafael zur Bar ging und sich einen Smirnoff einschenkte. Er schaute hinüber zu dem Plastiksessel, von dem aus sich Stephany langsam auf den Teppich gleiten ließ und sich die Bluse vom Leib riß, während sie sich auf dem Boden wand. Sie hatte sie noch nicht ganz ausgezogen, als sie sich in eine embryoartige Stellung begab und danach nicht mehr bewegte. Rafael ging zur Fensterwand und trank seinen Wodka, während er zusah, wie der malvenfarbene Himmel hinter dem funkelnden Gesicht der Stadt allmählich purpurrot wurde.

29

Die Telefonate, die Dystal beaufsichtigt hatte, ergaben, daß ungefähr ein Drittel aller Apotheken in der Stadt den Tollwut-Impfstoff vorrätig hatten und daß Petra Torres mit keinem der Torres' in der Stadt verwandt war. Das heißt, niemand gab zu, sie zu kennen. Auch Hirsch hatte eine Marathonsitzung am Telefon hinter sich, um die Berufe der Männer herauszufinden, deren Namen in dem Notizbuch verzeichnet waren, welches Haydon in dem roten Zimmer gefunden hatte. Es war eine unangenehme Aufgabe, und ungefähr ein Viertel der achtundsiebzig Namen in dem Buch konnten überhaupt nicht ausfindig gemacht werden. Von den Personen, die man ermittelt hatte, war nahezu ein Drittel von zurückhaltenden Ehefrauen oder Sekretärinnen abgeschirmt, die auf Hirschs Frage höchst argwöhnisch reagierten; die übrigen waren Geschäftsleute, mit einer Ausnahme: ein Tierarzt in Bellaire, den niemand ernsthaft als Täter in Betracht zog, nachdem man ihn befragt hatte.

Captain Mercer zupfte an der losen Haut an seinem Hals und schaute unter dem dichten, zerwühlten Schopf grauen Haars hervor.

»Ich glaube, die Folgerungen sind ziemlich stichhaltig. Ich würde mein nächstes Gehalt darauf setzen, daß Sie den Mann gefunden haben. Aber ...« Er schüttelte den Kopf und dachte darüber nach. Mercer war schon lange im Dienst und im Lauf der Jahre sehr vorsichtig geworden. Sie wußten alle, was er meinte. Es würde ungeheuer schwer werden, harte Beweise gegen Rafael Guimaraes zu finden.

»Und was wollt ihr nun machen?« fragte Dystal und schaute Haydon an. Sie waren wieder in seinem Büro, weihten Captain Mercer in ihre Ermittlungen ein und folgten dabei der üblichen Prozedur.

»Als erstes möchte ich diesen Rafael überwachen lassen. Leo und Ed sollen noch heute damit anfangen. Ich möchte mit Dr. Morton sprechen, seinem Professor an der Universitätsklinik. Früher oder später müssen wir ja doch Außenstehende einweihen. Es kann sein, daß der Professor nicht der richtige Mann ist dafür, aber das weiß ich erst, wenn ich mit ihm gesprochen habe. Dann möchte ich – vorausgesetzt, es läuft so, wie ich mir das erhoffe – mit Paulo Guimaraes über dieses Prostitutionsgeschäft reden.«

»Wollen wir denn da dranbleiben? Sollten wir diese Sache nicht dem Sittendezernat übergeben?« fragte Mercer.

»Wir sollten sie noch eine Weile selbst in der Hand behalten.

Wir nehmen nicht an, daß sie über diese etwa fünfzehn Mädchen hinausgeht, und wir glauben auch nicht, daß sie über Guimaraes hinausgeht. Wir haben über das Büro des Staatsanwalts mit Russ Million gesprochen, und er rät uns, den Fall vorläufig geheimzuhalten. Wenn er sich tatsächlich ausweiten sollte und uns von unserer Arbeit hier abhält, können wir ihn immer noch an die Sitte weitergeben. Aber das steht momentan keineswegs fest.«

»Dann glauben Sie, daß Longoria ein brauchbarer Zeuge ist? Fürchten Sie nicht, daß er im letzten Augenblick doch den Schwanz einzieht?«

»Das glauben wir nicht. Er hat noch nie zuvor irgendwelche Schwierigkeiten mit dem Gesetz gehabt. Wir sind ziemlich sicher, daß er sich zu einem Handel entschließt und alles ausspuckt. Er sieht das Menetekel an der Wand für DeLeon und Guimaraes und verhält sich ihnen gegenüber nicht mehr loyal, soweit es über die Gelder hinausgeht, die er für den Verleih seiner Importlizenz erhält. Wir nehmen nicht an, daß er die beiden schützen und dafür einen Mordprozeß riskieren wird. Mit dem, was er uns liefern kann, haben wir einen guten Fall – und wir haben die Aussagen von Mrs. Guajardo.«

»Ja, aber ich sehe diesen brasilianischen Boss als wunden Punkt – was die Publicity angeht«, sagte Dystal. Er hatte wegen der Anwesenheit des Captains darauf verzichtet, seine Füße auf die Schreibtischschublade zu legen. »Wir hatten bisher Glück mit diesen Mädchen. Wenn noch eine auftaucht, verspeist uns die Presse, wie eine Ente Junikäfer verschnabuliert. Bis jetzt ging es nur um diese armen Mädchen, und ich nehme an, ihre reizenden *Sugar Daddies* haben sie wie Abfall auf die Straßen geworfen. Wir können nicht ahnen, wie viele es noch gibt, die bis jetzt noch nicht aufgetaucht sind. Die Sitte versucht, eine Liste zusammenzustellen von diesen Mädchen, auf der Grundlage dessen, was wir ihnen bereits mitgeteilt haben. Ich hätte große Lust, diesem Guimaraes die Daumenschrauben anzuziehen, um die Namen all der Mädchen von ihm zu bekommen, die er ins Land gebracht hat. Ich möchte wissen, wie viele von ihnen noch frei herumlaufen.«

Captain Mercer beugte sich in seinem Sessel nach vorn und drückte beide Hände in der Nierengegend auf den Rücken.

»Wo wohnt eigentlich dieser Rafael?« fragte er und schaute dabei auf den Boden.

»Im Carrington«, antwortete Haydon. »Im vierundzwanzigsten Stock, mit Blick auf das medizinische Zentrum.«

»Aha«, sagte Mercer und massierte sich den Rücken von beiden Seiten; dabei schaute er gegen die Wand. Schließlich stand er auf. »Na schön – ich möchte, daß ihr mich auf dem laufenden haltet.« Er schaute erst Dystal und dann Haydon an. »Ihr habt gute Arbeit geleistet. Aber laßt uns jetzt vorsichtig sein, laßt uns nicht vergessen, daß er ein Verrückter ist, und gebt ihm keinen Spielraum. Viel Glück«, sagte er, nickte Hirsch und Mooney zu und ging dann hinaus.

Dystal zündete sich einen seiner stinkenden Glimmstengel an und stöhnte erleichtert, als er seine Füße auf die Schreibtischschublade legte. Mooney stellte einen leeren Milchkarton auf den Boden, setzte den Fuß darauf und verstärkte ganz allmählich den Druck, bis der Karton plattgedrückt war. Hirsch dachte darüber nach, wie schwierig es sein würde, Guimaraes zu beschatten, und Haydon sah in Gedanken Mercer vor sich, wie er sich den Rücken massierte, fragte, wo Guimaraes wohnte, und nur mit einem »Aha« antwortete, als er es erfuhr. Haydon hoffte, er verstand Mercers Frage und seine Reaktion auf die Antwort. Er hoffte, daß er sie verstand, weil er inzwischen bereits wußte, was er tun würde.

»Und wenn Rafael und sein Onkel gemeinsam in der Sache drinstecken?« fragte Hirsch. »Oder wenn mehrere Leute daran beteiligt sind?«

»Ich nehme an, das finden wir schnell heraus«, sagte Mooney, nahm den zerdrückten Karton und warf ihn in Dystals Abfallkorb. »Aber ich rechne nicht damit.«

»Wie eng soll die Beschattung erfolgen?« fragte Hirsch.

»Wenn er sich im Krankenhaus aufhält oder im medizinischen Institut, will ich nur sicher gehen, daß er auch dort ist. Wir brauchen seinen Stundenplan, wann er im Labor ist, wann er Vorlesungen hat, wann er seine Visiten macht. Er arbeitet mit Doktor

Morton an einem Spezialprojekt, also wird sein Stundenplan etwas anders aussehen als der seiner Kommilitonen. Ich werde mir den Stundenplan über Mortons Büro besorgen, aber ich will wissen, ob er sich daran hält. Wenn er nicht beim Studium ist, möchte ich wissen, wohin er geht und wen er besucht. Er führt uns vielleicht zu anderen brasilianischen Mädchen, und die könnten uns wieder zu anderen führen. Aber seid sehr vorsichtig. Wenn ihr ihn aus den Augen verlieren müßt, um nicht erkannt zu werden, dann laßt ihn lieber laufen und nehmt die Überwachung später wieder auf. Er darf auf keinen Fall merken, daß er beobachtet wird.«

Aus der Ferne sahen die Gebäude des medizinischen Zentrums von Texas aus wie das Modell eines Architekten von einem Komplex, der erst noch errichtet werden mußte, einschließlich der Umgebung. Das harte Sommerlicht warf Schatten an allen Ecken der weißen, geradlinigen Bauwerke, genau wie es die Architekten berechnet hatten. Die bronze- und rauchgetönten Fenster wirkten wie dunkle, rechteckige Bänder oder unterbrochene Linien, die die Riffelungen des Steins unterstrichen. Es war in gewisser Weise beruhigend zu sehen, daß Konzepte einer solchen Größenordnung nach Plan fertiggestellt werden konnten. Ein beeindruckender Anblick, auch nach den Maßstäben von Houston, und man konnte leicht begreifen, daß mehr als vierzig Institute für angewandte Medizin und medizinische Forschung in dieser steinernen Viertelmeile untergebracht waren und der Welt ihre kollektiven Fähigkeiten, ihren Einfluß, ihre Macht und ihre Hoffnung anboten.

Haydon bog von der Fannin Street am Eingang der medizinischen Institute der Universität von Texas ab und fuhr durch die überdachte Einfahrt hinüber zum Sterling Circle und zum siebenstöckigen Parkhaus Nummer 4. Er hatte Glück und fand einen Parkplatz in der untersten Etage. Studenten strömten durch den Hintereingang der medizinischen Lehrstätte, blieben kurz stehen, um ein paar Worte mit einem Kollegen zu wechseln, wie Ameisen, die ihre Fühler berührten und dann weiterliefen. Die jüngeren unter ihnen trugen die üblichen Rucksäcke aus buntem

Nylon und ausgebleichte Jeans, als ob sie beweisen wollten, daß so etwas selbst bei der medizinischen Fakultät der Universität möglich war. Sie kamen Haydon unglaublich jung vor. Die älteren standen weniger herum; sie trugen weiße Kittel über einfachen Baumwollhosen oder Röcken und schienen sich bewußt zu sein, daß das, was sie trieben, eine ernste Angelegenheit war.

Haydon betrat das Gebäude durch den Hintereingang, ging an der langen Reihe von Briefkästen entlang und kam dann in das gedämpfte Licht der großen Halle. Er umrundete die Pförtnerloge, die im Teich eines riesigen, ingwerfarbenen Teppichs stand, der von modernen Sitzgruppen aus poliertem Leder umgeben war, und kam in die Verwaltung. Als er Morton am Vormittag angerufen hatte, war ihm gesagt worden, er solle sich bei seiner Ankunft im Büro melden; von dort aus würde man ihn benachrichtigen, ob Morton sich in diesem Gebäude oder im Hermann-Hospital befand. Nach mehreren Anrufen in beiden Gebäuden stellte die Sekretärin fest, daß er sich in einem Hörsaal im vierten Stock aufhielt. Er bitte Haydon, ihn dort zu besuchen, da er gerade eine Vorlesung beendet habe und in einer halben Stunde eine weitere im selben Hörsaal geben müsse.

Als Haydon die glänzende Nußbaumtür aufstieß, die in das Auditorium führte, stellte er fest, daß er sich im obersten Rang eines hellen, halbrunden Amphitheaters befand. Dr. Morton, der die Tür gehört hatte, blickte hoch von seinem Gespräch mit einem jungen Mädchen, nickte und fuhr dann damit fort, während Haydon durch den Mittelgang nach unten ging, vorbei an den Reihen von Sitzen. Als er unten angekommen war, sagte Dr. Morton noch ein paar abschließende Worte zu dem Mädchen, das ihm dankte und dann mit gefurchter Stirn an Haydon vorüberkam.

Haydon stellte sich vor, und Morton streckte ihm die Hand entgegen. Ein kleiner Mann Mitte Fünfzig, eine Brille auf der kräftigen Nase, durch die er Haydon aus Augen mit schweren Lidern betrachtete. Er strömte nicht gerade große Begeisterung aus, aber Haydon fühlte, daß Dr. Morton ein gütiger Mensch sein mußte. Sein weißer Medizinermantel war gestärkt, und in der Tasche steckte nur ein Satz Kugelschreiber.

»Tropische Parasiten«, sagte er mit leiser, angenehmer Stimme, die, wie Haydon vermutete, selbst bei Aufregung nur um wenige Dezibels lauter wurde. »Damit haben die Studenten von Anfang an Schwierigkeiten. Es sind wirklich mißgünstige Organismen, und sie werden dieser jungen Dame noch Ärger machen, wenn sie schon längst eine erfahrene Ärztin ist.«

Er kam um den Labortisch herum, an dem er seine Vorlesung gehalten hatte, und die beiden Männer gingen zur ersten Reihe von Pulten und setzten sich. Dr. Morton nahm seine Brille ab, um sich die Augen zu reiben, die ungeschützt noch bekümmerter wirkten. Dann setzte er sich die Brille wieder auf und schaute Haydon an.

»Haben Sie irgendwelche Fragen? Am Telefon waren Sie leider ziemlich vage.«

»Ich möchte Ihnen ein paar Fragen stellen über einen Ihrer Studenten. Rafael Guimaraes.«

»Gut. Steckt er in Schwierigkeiten?«

»Wir hoffen nicht. Aber ich werde es Ihnen nachher gern erklären.«

»Was wollen Sie von mir wissen?«

»Zunächst Ihren allgemeinen Eindruck.«

Morton kam ohne Umschweife zur Sache. »Ein brillanter Student. Hohe Leistungen, mit einem echten Talent auf dem Gebiet, das er sich ausgesucht hat. Die Virologie. Ich darf Ihnen ruhig sagen, daß er wegen seiner Leistungen ausgewählt wurde für ein spezielles Programm, das ich leite. Er ist nicht extrovertiert, kommt aber mit den anderen Studenten gut zurecht. Er ist nicht in aggressiver Weise egozentrisch – wenngleich ein gewisser Prozentsatz von Egozentrik mit dem Beruf einhergeht, wie ich befürchte –, und er ist sich seiner beträchtlichen Fähigkeiten durchaus bewußt. Gesellschaftlich kenne ich ihn nicht näher, obwohl ich meine Studenten in den höheren Semestern mehrmals im Jahr in gesellschaftlichen Situationen zusammenbringe, um gewisse soziale Kontakte zu knüpfen. Er stammt aus einer wohlhabenden brasilianischen Familie und hat viel Geld zur Verfügung. Ich weiß nichts über spezielle und herausragende persönliche Eigenschaften, weder im Positiven noch im Negativen. Und ich habe in letzter Zeit keine Veränderung in seinen Arbeitsgewohnheiten und kein Nachlassen bei seinen wissenschaftlichen Untersuchungen bemerkt.« Er ließ eine kurze Pause entstehen. »Habe ich Ihre Fragen richtig vorweggenommen?«

Haydon lächelte und nickte. »Worum geht es bei dem Spezialprogramm, an dem er teilnimmt?«

»Ich habe Mittel, die mir aus einer privaten Stiftung zur Verfügung gestellt wurden, und diese Mittel erlauben mir eine Untersuchung der genetischen Induktion von Viren und ihren Einfluß auf die Produktion von Interferon. Interferon ist eine Ordnung kleiner, löslicher Proteine, die von Zellen produziert und freigesetzt werden, welche von Viren befallen wurden. Dieses freigesetzte Interferon wandert zu anderen Zellen, die nicht infiziert sind, und läßt in ihnen ein Antiprotein entstehen, das die Vermehrung von Viren behindert. Natürlich hat der menschliche Körper schon immer Interferon produziert, aber er produziert es in so winzigen Mengen, daß das bisher keine große Aufmerksamkeit erregt hat. Ja, man nahm an, daß sein Einfluß ebenso gering sei wie seine Menge. Jüngste Entdeckungen über die Natur des Interferons allerdings haben die medizinische Forschung zu der Annahme veranlaßt, daß Interferon, wenn es in größeren Mengen produziert wird, vielleicht eines Tages sogar synthetisch, zu einer neuen ›Wunderdroge‹ werden könnte, mit der unzählige Krankheiten, darunter Krebs, geheilt werden könnten. Und wir interessieren uns besonders für seine Wirkung auf ganz bestimmte Arten von Viren.« Er hielt inne. »Das ist vermutlich mehr, als Sie wissen wollten.«

»Um was für Viren handelt es sich dabei?«

»Um die Erreger der Enzephalomyelitis.«

»Schließt das die Arbeit mit lebenden Tieren ein?«

»Sicher.«

»Was für Tiere?«

»Ratten. Gelegentlich auch Mäuse und Hamster. Bei einer ganz bestimmten Untersuchung haben wir sechs Monate lang mit Primaten gearbeitet, aber das war eine Art Nebengleis, bei dem nur ein Teilproblem untersucht werden sollte.«

»Haben Sie jemals mit tollwütigen Tieren gearbeitet?«
»Tollwut? Nein.«
»Arbeitet irgend jemand in diesem Haus mit tollwütigen Tieren?«
»Nicht, daß ich wüßte.« Dr. Morton drehte sich zur Seite und schaute Haydon gelassen an. »Detective Haydon, ich wäre Ihnen dankbar, wenn Sie mir erklären würden, was Sie wissen wollen und warum.«

30

Haydon umriß die Ermittlungen in chronologischer Reihenfolge und erklärte, so viel er konnte, ohne bestimmte Details preiszugeben, die er lieber zurückhalten wollte. Mortons leidenschaftsloses Gesicht zeigte ein wenig Bewegung, sobald er die Bedeutung dessen, was er da hörte, begriff. Als Haydon schließlich den Namen Guimaraes erwähnte, bildeten sich um Dr. Mortons Augen kleine Fältchen. Es war sein einziges Zugeständnis an das Entsetzen und die Sorge, die er empfinden mußte. Haydon enthüllte ihm nicht, daß Rafaels Onkel hinter dem Mädchenhandel steckte, aber er machte klar, daß Rafael mit diesen fremden Mädchen und den Callgirls schon seit längerer Zeit und in ziemlich umfangreicher Weise zu tun hatte.
Danach schwieg Morton eine ganze Weile, und seine Augen starrten ernst auf die Tafel hinter seinem Labortisch. »Sind Sie ganz sicher, daß – daß Rafael das tut?« fragte er schließlich und starrte weiterhin auf die Tafel.
»Nein, keineswegs«, antwortete Haydon. »Ich habe keine direkten, handgreiflichen oder unumstößlichen Beweise. Und ich fürchte, ich werde auch keine bekommen. Was ich habe, sind nur Indizien.«
»Aber Sie persönlich glauben, daß er es tut.«
Morton schien eine bemerkenswerte Beobachtungsgabe zu haben. Haydon war sicher, daß er nichts gesagt oder getan hatte, was seine persönlichen Gefühle ausdrückte.

»Ja. Ich glaube, daß er derjenige ist.« Es hätte wenig genützt, einem Mann wie Dr. Morton mit Ausflüchten zu kommen. »Ich sage Ihnen offen, Doktor, eine solche Untersuchung treibt einen Kriminalbeamten zum Wahnsinn. Sie führt oft zu den frustrierendsten Aspekten unseres Berufs: Wir sind absolut sicher, daß sich ein Individuum eines Mordes schuldig gemacht hat, und müssen zusehen, wie dieses Individuum sein Leben fortführen kann, als hätte es kein Verbrechen gegen die Menschheit begangen, hätte nicht Angst und Schmerz verbreitet – nur weil es uns nicht gelingt, genügend Beweise beizubringen, die vor einem Gericht standhalten, wie man so schön sagt. Das kommt weit häufiger vor, als es sich die Öffentlichkeit vorstellt.«

Dr. Morton schaute Haydon jetzt wieder an; seine Augen zeigten immer noch die Kummerfältchen in den äußeren Augenwinkeln, was seinem Blick eine seltsame Intensität verlieh.

»Aber habe ich nicht gelegentlich von ›überwältigenden Indizienbeweisen‹ gehört?«

»Sicher. Im Fernsehen ist das meist das, womit der Staatsanwalt den ›Verdächtigen‹ überschüttet, was dann zu einem Geständnis führt. Aber das ist ungefähr so realistisch wie *Trapper John*. Erstens ist es äußerst schwierig, Indizienbeweise in genügend großem Umfang bei Gericht vorzutragen und damit die Geschworenen dahingehend zu beeindrucken, daß die Schuld des Individuums über jeden vernünftigen Zweifel hinweg erwiesen ist. Und zweitens würde kein Verteidiger, der sein Honorar wert ist, seinem Klienten erlauben, in eigener Sache auszusagen – bei einem Fall, der nur durch Indizien bewiesen werden kann –, aus dem sehr triftigen Grund, weil er damit einen ansonsten wasserdichten Verteidigungsfall wegen irgendwelcher psychischer Instabilitäten seines Mandanten verlieren könnte.

Und aus der Perspektive des Anklägers wäre es nicht klug, unter solchen Bedingungen einen Prozeß zu riskieren, weil der Verdächtige, wenn er freigesprochen wird – was wahrscheinlich ist, solange nur Indizienbeweise gegen ihn vorliegen – nie mehr für dasselbe Verbrechen vor Gericht gestellt werden könnte, selbst dann nicht, wenn sich in Zukunft handfeste Beweise ergeben würden.«

»Also ein Dilemma«, sagte Morton.

»Ja, und ein äußerst schwieriges. Wenn es dem Büro des Staatsanwalts möglich wäre, den Geschworenen jeden kleinen Puzzlestein von Indizien zu präsentieren, wie wir sie in solchen Fällen gegen die Individuen gesammelt haben, würde es uns ohne Zweifel gelingen, die zwölf Leute von der Schuld des Angeklagten zu überzeugen. Oft sind solche Beweise in der Tat überwältigend. Sie sind so sicher, wie ein Schuldgeständnis des Angeklagten. Man könnte es dazu bringen, daß die Geschworenen ebenso von der Schuld überzeugt sind wie wir. Sie würden wütend werden, dann angeekelt – und schließlich frustriert. Und sie würden das Urteil ›nicht schuldig‹ sprechen. Indizienbeweise, in welchem Umfang sie auch vorgebracht werden mögen, sind kein Beweis, der nicht auch die Möglichkeit des Zweifels offenließe, und genau das ist es, was ihnen der Verteidiger eintrichtern würde. Ich glaube, sehr wenige Geschworenengerichte würden sich in solchen Fällen trotz der Möglichkeit eines Zweifels zu einem Schuldspruch hinreißen lassen.«

Hinter ihnen ging oben die Tür zum Auditorium auf, und zwei Studenten kamen herein, unterhielten sich miteinander und gingen zwischen den Reihen hindurch nach unten. Dr. Morton drehte sich um und wandte sich an den größeren der beiden, der eine Diätlimonade trank. Er hatte den Stiernacken eines Footballspielers.

»Mr. Jackson.«

Der Junge unterbrach das Gespräch mit seinem Begleiter und schaute zu ihnen herunter. »Ja, Sir?«

»Tun Sie mir einen Gefallen, ja?«

Der Junge wartete.

»Nehmen Sie ein Blatt Papier und schreiben Sie darauf, daß die Elf-Uhr-Vorlesung verlegt wurde; befestigen Sie den Zettel an der Tür. Und sagen Sie Ihren Kollegen, daß ich den neuen Termin der Vorlesung rechtzeitig bekanntgeben werde.«

»Ja, Sir.« Die beiden Jungen grinsten und gingen rasch hinaus.

»Danke«, sagte Morton hinter ihnen her, aber sie hörten es nicht. Danach wandte er sich wieder an Haydon. »Und wie glauben Sie, daß ich Ihnen helfen könnte?«

»Wegen der Stellung, die Guimaraes unter Ihren Studenten einnimmt, und wegen seiner beruflichen Zukunft fühlte ich mich verpflichtet, Sie über diese Entwicklung zu informieren, und Ihnen zu eröffnen, daß er im Mittelpunkt einer intensiven Untersuchung der Mordkommission steht. Darüber hinaus hoffte ich, daß Sie wegen Ihrer beruflichen Beziehungen zu Guimaraes seine Neigungen und Gewohnheiten kennen und mir etwas darüber sagen können, was Sie ja teilweise bereits getan haben. Ich hatte gehofft, daß Ihre Beobachtungen unserer Waagschale ein gewisses Gewicht geben könnte. Je mehr wir über ihn wissen, desto größer sind unsere Chancen, auf etwas Substantielles zu stoßen.«

Dr. Morton hörte aufmerksam zu und nickte dann. »Sie wissen«, sagte er nachdenklich, »auch wenn es zum Glück nicht oft vorkommt, so gibt es doch hier und da diese Jekyll-und-Hyde-Persönlichkeiten unter den Kollegen. Ich nehme an, Ärzte, Geistliche – und Detektive begegnen dem Mr. Hyde im Menschen viel häufiger als andere. Dennoch bin ich immer wieder betroffen über solche Entdeckungen. Tief im Unterbewußten trägt man ein Verlangen, daß die Menschen so sind, wie sie sich auch nach außen geben. Ich nehme an, das ist ein primitives Verlangen wie die Sehnsucht nach einem Paradies auf Erden. Es hat keinen Platz in der Wirklichkeit, aber es bleibt lebendig in der Hoffnung und in den Träumen.« Morton lächelte jetzt beinahe. »Das ist ein Eingeständnis der Schwäche. Etwas Unverzeihliches in unserem Beruf.«

Er stand langsam auf und rammte beide Hände tief in die Taschen seines weißen Mantels. Mit gesenktem Haupt, den Blick auf den Boden gerichtet, ging Dr. Morton gemächlich zur Hinterseite des Labortischs und kam zurück mit seinem Sessel. Er stellte ihn seitlich von Haydon auf und setzte sich.

»Rafael Guimaraes ist wahrscheinlich noch merkwürdiger als Sie es sich gedacht haben«, sagte Morton. Damit hatte Haydon nun gar nicht gerechnet. »Die Gemeinschaft der Mediziner im allgemeinen und speziell diese Gemeinschaft fordert von ihren Mitgliedern ersichtliche Integrität, genau wie die CIA. Um so mehr bei Persönlichkeiten, die sich in unserem Beruf an die

Spitze arbeiten und die, ob es uns gefällt oder nicht, zu Aushängeschildern für die Öffentlichkeit werden. Es ist Ihnen sicher aufgefallen, daß ich ›ersichtliche Integrität‹ sagte. Ein derartiger Druck hat oft den unglücklichen Effekt, zwei verschiedene Individuen in einem entstehen zu lassen – den verstopften Moralisten und den echten Heuchler. Er kann sogar das Jekyll-und-Hyde-Syndrom entstehen lassen, das ich vorhin erwähnte.

An medizinischen Hochschulen sind die Professoren immer darauf bedacht, besonders begabten Studenten den Weg zu zeigen; auf diese Weise fallen auf sie ein paar Schnuppen ab von den Sternen des Ruhms, die sich diese jungen Männer und Frauen auf dem Weg nach oben erwerben. Bei Rafael war schon von Anfang an klar, daß es sich um einen Studenten mit seltenen Fähigkeiten handelte, und es gab tatsächlich einen Wettlauf zwischen den einzelnen Professoren, wer von ihnen sein Förderer werden sollte. Ich hatte mich nicht besonders beworben, hatte zu der Zeit ein paar sehr gute Leute, die mit mir zusammenarbeiteten. Aber die Virologie war seine Leidenschaft, und er fragte mich, ob er mit mir über Mikrobiologie arbeiten könne. Bis ich diese erwähnten Geldmittel zur Verfügung gestellt bekam, hatte ich das Programm klinischer Infektionskrankheiten geleitet, und ich widmete mich diesem speziellen Forschungsgebiet. Ich hatte einen umfangreichen Stab von Mitarbeitern, aber Rafael war eben etwas Besonderes, und daher habe ich auch noch für ihn einen Platz geschaffen.

Ein weiterer Faktor, der Rafael für die Professoren attraktiv erscheinen ließ, war sein Reichtum. Sein Onkel war bekannt dafür, daß er Millionen an medizinische Forschungsprojekte vergab und auch privat mehrere Stiftungen unterstützte. Er ist, um es gleich zu sagen, nicht die Quelle meiner Forschungsmittel. Aber das alles soll zeigen, daß der Mantel der Achtbarkeit bereits auf Rafael gefallen war, als er zu mir kam, und er war eine Erwerbung, um die ich beneidet wurde.«

»Aber er erwies sich nicht als das, was er schien?«

»Das stimmt. Ich war vorhin nicht völlig aufrichtig mit Ihnen, als ich sagte, daß mir keine bestimmten persönlichen Eigenschaften an ihm aufgefallen seien. Ich bemerkte gleich von Anfang an an ihm etwas – Merkwürdiges. Allerdings konnte ich nicht gleich den Finger darauf legen. Er führte seine Untersuchungen rasch und gründlich durch. Er war tatsächlich brillant. Das hat er immer und immer wieder bewiesen. Aber er war kein angenehmer Mensch, den man gern um sich hat. Bei Gesprächen wirkte er leblos, so, als sei er ständig gelangweilt, und machte nicht einmal den Versuch, diese Langeweile aus Höflichkeit zu verbergen. Er war kalt und hochmütig. Er hat nie gelacht – ich jedenfalls habe ihn nie lachen gesehen – und er lächelt auch nie. Er grinst höchstens spöttisch. Wenn man seine Miene betrachtet, hat man oft das Gefühl, er riecht etwas Ekelhaftes.

Mehr als nur gelegentlich bin ich nachts in unsere Labors gekommen, die wir gemeinsam benützen, das heißt, diejenigen, die an dem Projekt arbeiten, habe das Licht eingeschaltet und festgestellt, daß er dort im Dunkeln saß, allein, und ich konnte nicht sagen, wie lange. Er schien nicht nachzudenken über irgend etwas – es kam mir so vor, als ob er das Dunkel liebte. Wenn er in einer solchen Situation angetroffen wird, spricht er so, als hätte er keineswegs etwas Ungewöhnliches getan, dann geht er entweder weg oder er setzt sich an die Arbeit, die immer auf seinem Schreibtisch bereitliegt. Er hält es nie für nötig, sein ungewöhnliches Verhalten auch nur mit einer Silbe zu erklären.

Das sind vielleicht nur kleine Dinge, wenn man sie einzeln nimmt. Aber sie sind eine Konstante, was seine Persönlichkeit betrifft, und es sind Signale einer unsicheren Psyche.«

Morton schaute Haydon abschätzend an, als überlegte er, was er noch sagen sollte angesichts der vorhersehbaren Reaktion des Kriminalbeamten. Haydon nahm an, daß dieses Gespräch den Arzt einen beträchtlichen Preis kostete, den Haydon vermutlich gar nicht voll zu schätzen vermochte.

»Kürzlich bemerkten wir einen ekelhaften Geruch im Labor, der mehrere Tage anhielt«, fuhr Morton fort. »Es roch nach einem toten Tier. Die geimpften Ratten werden in versperrten Käfigen gehalten, aber in einem anderen Teil des Labors befinden sich gesunde Ratten, in einfachen, tragbaren Käfigen. Die Leute, die hier saubermachen, lassen sie gelegentlich zum Scherz heraus, und dann finden wir sie erst, wenn sie tot sind, wenn wir den

Geruch wahrnehmen und alles durchsuchen. Das hielten wir auch diesmal für möglich. Wir haben im Labor alles durchsucht. Keine Ratte. Schließlich baten wir den Kustos, das ganze Labor übers Wochenende zu reinigen, um auf diese Weise den Geruch loszuwerden.

An jenem Freitagabend, ziemlich spät, entschloß ich mich, noch eine halbe Stunde im Labor zu arbeiten, damit ich nicht am Samstag hinmußte, denn da feierte mein Enkel seinen Geburtstag mit einer großen Party. Ich fuhr also hierher und ging hinauf ins Labor. Ich steckte den Schlüssel ins Schloß, öffnete die Tür und schaltete das Licht ein. Auf der anderen Seite, am Ende von einem der Labortische, stand Rafael. Er schaute mich nicht allzu überrascht an und hatte etwas in beiden Händen, was er sich dicht vor die Augen hielt. Ich sagte kein Wort, ebensowenig wie er, als ich um den Labortisch auf ihn zuging. Plötzlich nahm ich den süßlichen Geruch verwesten Fleisches wahr und erkannte die tote Ratte in seinen Händen. Das Tier befand sich in einem fortgeschrittenen Zustand der Fäulnis. Es war bereits aufgeschwollen und geplatzt; auch das Haar löste sich bereits in Flokken von der Haut. Rafaels Hände waren davon ganz verklebt. Als ich den Blick auf ihn richtete, war ich betroffen über das, was ich sah. Seine Augen waren glasig, und an seiner Unterlippe hing schaumiger Speichel. Teile des Rattenhaars klebten an seiner Haut, von der Stirn bis zum Kinn. Er hatte sich ganz offensichtlich die verweste Ratte ins Gesicht geschmiert.

Mit Mühe brachte er die Worte ›tote Ratte‹ hervor, dann drehte ich mich angewidert um und verließ das Labor.«

Morton hielt inne und saß still da. Haydon empfand es plötzlich als sehr unhöflich, das Gesicht des Arztes zu betrachten. Er schaute auf die Spitzen seiner hochpolierten Schuhe und sagte: »Wie interpretieren Sie das, was Sie da gesehen haben?«

»Ich bin kein Psychoanalytiker, aber ich muß daraus gewisse Folgerungen ziehen. Ich nehme an, Guimaraes ist nekrophil veranlagt. Er interessiert sich mehr für den Tod und für tote Lebewesen als für das Leben, und ich glaube auch nicht, daß es sich dabei um eine passive Krankheit handelt. Sein Interesse für die Medizin ist rein intellektuell und ziemlich abwegig.«

Morton hielt inne, und seine Gedanken beschäftigten sich mit Ideen, die sich nur in den Falten um seine Augenwinkel andeuteten; dabei schaute er an Haydon vorbei ins Leere. Haydon sah, daß der Professor bereits ziemlich viel über den Fall Rafael Guimaraes nachgedacht haben mußte.

»Und was haben Sie getan?« fragte Haydon.

»Ich habe einen langen Bericht abgefaßt, in dem ich ausführlich niederlegte, was ich Ihnen jetzt in kurzen Umrissen beschrieben habe. Ich empfahl dringend, die Prüfungskommission sollte sich mit der Akte Guimaraes befassen und man sollte ihn einer ausführlichen psychologischen Untersuchung unterziehen. Persönlich fügte ich hinzu, daß man ihm die Zuteilung eines medizinischen Diploms versagen sollte, und gab dafür detaillierte Gründe an. Ich habe meinen Bericht bereits der Prüfungskommission übergeben.«

»Wann war das?«

»Ungefähr vor drei Wochen.«

»Hat man inzwischen mit Ihnen darüber gesprochen?«

»Morgen findet eine Besprechung statt.«

»Werden Sie von meinem Besuch berichten müssen?«

»Zweifellos.«

»Aber Sie machen der Kommission klar, daß es sich nur um einen Verdacht handelt, ja? Bis jetzt kann man ihm keinerlei Schuld nachweisen.«

»Natürlich.«

»Und was wird geschehen?«

»Ich rechne mit einer Untersuchung, die mühsam und schwierig sein wird. Schließlich wird man Guimaraes vorladen und ihm nahelegen, sich von der medizinischen Fakultät zurückzuziehen, weil sonst die Fakultät gezwungen wäre, ein Ausschlußverfahren in die Wege zu leiten. Das alles dürfte verzögert werden durch diejenigen, die empfindlich reagieren, was den beträchtlichen finanziellen Einfluß seines Onkels betrifft. Aber ich bin sicher, es wird zu einem für uns befriedigenden Ende kommen. Und es wird nicht wenige geben, die dieses Ende herbeiführen aus Angst vor einem Skandal. Es gibt nichts Schlimmeres in der medizinischen Gesellschaft als die Angst vor einem Skandal.«

Haydon konnte es nicht länger rechtfertigen, die Machenschaften des älteren Guimaraes zu verschweigen.

»Auch ich bin nicht ganz offen gewesen mit Ihnen, Dr. Morton«, sagte er. »Ich meine, Sie sollten wissen, und die Universität sollte wissen, daß auch Paulo Guimaraes von der Polizei überwacht wird. Und gegen ihn haben wir harte Beweise. Beweise, wie sie jedes Gericht anerkennen wird. Wir können ihm zur Last legen, daß er brasilianische Mädchen in die USA schmuggelt, um sie als Prostituierte zu benützen. Er ist derjenige, der hinter dem Geschäft steht, in das auch Rafael verwickelt ist – auf seine Weise.«

Mortons Gesicht war völlig ausdruckslos. »Mein Gott«, flüsterte er nur.

»Ich muß Sie jetzt bitten, in den nächsten paar Wochen nichts gegen Rafael zu unternehmen, was ihn veranlassen könnte, seine Gewohnheiten in irgendeiner Weise zu ändern. Jede größere Störung seines derzeitigen Lebens könnte es uns unmöglich machen, irgendwelche substantiellen Beweise gegen ihn zu sammeln. Können Sie mir garantieren, daß Sie sich vorläufig zurückhalten? Mindestens für zwei, drei Wochen?«

»Ich kann es versuchen. Aber ich muß mit dem Komitee darüber sprechen. Es ist seine Entscheidung.«

»Würde es helfen, wenn ich mit dem Komitee spreche? Wenn ich die Situation erkläre?«

»Nein. Das nehme ich selbst in die Hand. Wenn ich Ihnen nicht zusichern kann, was Sie wünschen, werde ich es Ihnen mitteilen. Dann können Sie es immer noch versuchen.«

»Ein guter Vorschlag«, sagte Haydon.

31

Die letzte Juliwoche wich nur langsam, und der August kam schwül mit Rekordtemperaturen, die die mit Schlaglöchern übersäten Straßen schmelzen ließen, bis sie weich waren, Blasen zogen und in der Hitze flimmerten – vom Vormittag bis nach

Einbruch der Dunkelheit. Die Golfwinde, die die aschgrauen Wolken über die Buchten hereintrieben, hatten nachgelassen, als wären sie von den grauen Wellen mit ihren weißen Kämmen aufgesogen worden. Die Fahnen am Astrodome hingen schlapp und ausgeblichen im Licht, das die Stadt versengte; die feuchte Luft blockierte die Motoren der Wagen auf den Schnellstraßen und trieb die Stimmung in den *barrios* und Slums zum Explodieren, woraufhin die Statistik wieder einmal belegen konnte, daß im August die meisten Tötungsdelikte des Jahres stattfanden.

Hirsch und Mooney hatten die letzten zehn Tage abwechselnd mit einem anderen Team damit verbracht, Rafael zu beschatten. Sie hatten die Abend- und die Nachtschicht übernommen, nachdem sie herausgefunden hatten, daß der Tagesverlauf von Guimaraes weitgehend nach Routine verlief, wobei er sich fast ausschließlich im medizinischen Institut und im Hermann-Hospital aufhielt. Aber abends, wenn er ziellos umherstreifte, blieben ihm Hirsch und Mooney auf den Fersen. Zweimal besuchte Guimaraes Callgirls in teuren Hotels. Beide Mädchen wurden danach kurz festgehalten und ausführlich »informiert«. Man erzählte ihnen irgendwelche abenteuerlichen Geschichten und verpaßte ihnen vorbeugend Tollwutimpfungen.

Vor allem wurde befürchtet, Rafael würde sich gelegentlich wieder mit einem von den Carioca-Mädchen treffen. Haydon glaubte, daß gerade sie in größter Gefahr schwebten. Man beantragte die Genehmigung zum Anzapfen seines Telefons und bekam sie auch. Aber tagelang kam nichts dabei heraus. Rafael telefonierte fast immer von Telefonzellen im Klinikum aus. Dann, am 5. August, rief er von seiner Wohnung aus an und verabredete sich für den nächsten Abend, einem Freitag, mit einer der Cariocas. Der Anruf wurde abgehört und die Wohnung des Mädchens lokalisiert. Sie wohnte in einer Wohnanlage am Buffalo Speedway. Das Haus gehörte Raymond Evans, dem leitenden Direktor einer Firma, die Geräte zum Ölbohren herstellte. In seinem Büro teilte man auf Anfrage mit, daß er eine Woche verreist sei.

Um halb zehn am Abend des sechsten August saßen Hirsch und Haydon im Schnellimbiß »Steak & Eggs«, Ecke Oakley und

Montrose und warteten auf einen Anruf von Mooney, der bestätigen sollte, daß es sich Rafael mit dem brasilianischen Mädchen in dem Haus am Buffalo Speedway gemütlich gemacht hatte. Sie waren nur vierzehn Blocks von seinem Apartmenthaus, dem Carrington, entfernt. Als der Anruf kam, bezahlte Hirsch für die Sandwiches, die sie gegessen hatten, während Haydon einen Anruf tätigte. Da Haydon den Wagen steuerte, befriedigte er eine persönliche Neigung und machte einen Umweg von rund einem Dutzend Blocks in die vornehme Gegend auf der Nordseite des Hermann-Parks. Die Brunnen waren beflittert mit ihrem eigenen Wasserstaub, der schwer in der schwülen Nachtluft hing, und die Straßenlampen entlang den Straßen, die den Park säumten, sahen aus wie helle weiße Perlen an einer Schnur, die sich bis zu den dunklen Wegen in den Waldgebieten erstreckten. Am üppigen, alten Warwick-Hotel zweigten sie nach Norden ab und fuhren wieder auf das Zentrum zu.

Nach ein paar Blocks bogen sie in die Terrassenauffahrt ein, die sie ein Stockwerk über der Straße auf den offenen Platz vor dem Carrington führte, wo sorgfältig angelegte Gärten das Hochhaus mit den Eigentumswohnungen umgaben. Sie parkten in einer abgelegenen Ecke und überquerten den Parkplatz im kupfernen Licht hoher Natriumdampflampen zum Haupteingang. Hirsch blieb in der Nähe der Türen, während Haydon zum Telefon in der Vorhalle ging und von dort aus telefonierte. Nach einem kurzen Gespräch hing er den Hörer ein und machte Hirsch ein Zeichen. Sie folgten einem breiten Korridor, der um zwei Ecken verlief, bevor sie an eine unbezeichnete Stahltür kamen, die keine Griffe aufwies. Es summte und klickte, Haydon stieß die Tür auf, und sie betraten einen stickigen Korridor ohne Klimaanlage, der in eine Lieferantengarage führte, wo ein Sicherheitsmann auf sie wartete.

»Frank«, sagte Haydon lächelnd und begrüßte einen Mann Ende Fünfzig, »das ist Leo Hirsch. Frank Winters.«

Der ältere Mann schüttelte dem anderen rasch die Hand, sagte aber kein Wort.

»So hab' ich mir die Pensionierung vorgestellt«, bemerkte Haydon.

»Es ist auf alle Fälle besser als in den stinkenden Streifenwagen zu fahren«, sagte Winters mit einem schiefen Lächeln. »Und euch geht es um eine große Sache, nehme ich an.«

»Das stimmt«, bestätigte Haydon. »Ich bin dir wirklich eine Gefälligkeit schuldig, Frank, und ich werde es nicht vergessen.«

Winters war geschmeichelt, daß Haydon ihn ins Vertrauen zog, und versuchte, sich auf nüchterne Weise dessen würdig zu erweisen.

»Ich mache um Mitternacht Feierabend«, sagte er. »Ihr müßt also spätestens um halb zwölf verschwinden.«

»Kein Problem.«

»Habt ihr das Werkzeug?«

Haydon nickte.

»Okay, also, wie ich bereits sagte: Ich habe die elektronische Alarmanlage dieser Wohnung außer Betrieb gesetzt. Wenn ich euch hinaufgebracht habe in den zwanzigsten Stock, fahre ich wieder hier herunter in meinen Verschlag, damit niemand zufällig hereinkommt und sieht, was ich gemacht habe. Ihr Mann hier soll im Foyer des zwanzigsten Stocks bleiben, um zu vermeiden, daß unerwartet jemand auftaucht. Wenn ihr mich von oben anrufen müßt, wählt die Nummer eins-elf. Falls ich mit euch Kontakt aufnehmen muß, lasse ich das Telefon einmal klingeln, lege auf, lasse es noch einmal klingeln, lege wieder auf, und dann könnt ihr rangehen.« Er schaute Hirsch an. »In jedem Korridor gibt es ein Haustelefon. Und ihr bleibt mit Walkie-Talkies untereinander in Verbindung?«

»Richtig«, erwiderte Haydon und klopfte auf seine Jackettasche.

»Okay, also gehen wir«, sagte Winters.

Sie gingen zu einem Lieferantenaufzug. Winters öffnete ihn mit seinem Schlüssel, und sie fuhren nach oben.

»Nee«, sagte Winters, während er die Leuchtzahlen oberhalb der Tür beobachtete, »ich habe es nie bedauert, daß ich bei eurem Verein gekündigt habe. Ich wäre ja doch nicht mehr weitergekommen, und jetzt braucht sich Betty nicht jedesmal, wenn ich weggehe, Sorgen zu machen, es könnte mir etwas passieren. Ich mußte auch an sie denken. Und um die Wahrheit zu sagen, es ist auch nicht mehr das, was es war, hier in Houston als Polizist zu arbeiten. Ich habe mich seinerzeit nicht als Müllsammler beworben, vor allem, wo man immer wieder denselben Müll auf die Straßen kippt. Und das Geld? Scheiße, so gut bin ich auch nicht bezahlt worden. Da sind wir.«

Die Tür öffnete sich auf ein hübsches Foyer.

»Es sind eigentlich zwei Hochhäuser, die schräg zueinander stehen. Alle drei oder vier Stockwerke sind sie durch Korridore miteinander verbunden. Dies ist einer von diesen Korridoren. Geht bis ans Ende, dann kommt ihr in das andere Hochhaus. Seine Wohnung ist am nächsten Foyer rechts. Aber ruft mich an, wenn ihr wieder runter wollt.«

Sie traten aus dem Lift, und die Türen schlossen sich hinter ihnen, als sie zum Ende des Korridors gingen und das zweite Foyer betraten. Haydon nahm seinen weichen Lederbeutel mit dem Werkzeug heraus und begann an der Tür zu arbeiten, während Hirsch im Foyer auf und ab ging. Zu Haydons Überraschung und Frustration brauchte er fast eine Viertelstunde, um das Schloß abzuschrauben. Als es ihm schließlich gelungen war, entriegelte er die Tür von innen, so daß Hirsch im Notfall rasch hereinkonnte, dann drückte er sie zu.

Es dauerte eine Minute, bis sich seine Augen an das schwache Licht gewöhnt hatten. Er ging durch eine breite Diele in den Wohnraum mit der unvermeidlichen Aussicht auf Houstons Skyline. In dieser Beziehung waren alle Eigentumswohnungen der Stadt gleich: ein großer Hauptraum, der so gestaltet war, daß er Ausblick auf die Wolkenkratzer gestattete. Haydon fand die Vorhangschnüre und zog die Vorhänge zu. Er mußte es dreimal entlang der Glaswand wiederholen. Dann tastete er sich im Stockdunkeln zur Tür durch und suchte nach dem Lichtschalter. Er fand ihn und schaltete das Licht ein.

Es war, als hätte er ein Licht im Mittelpunkt der Erde angeknipst. Alles war schwarz: die Wände, der Marmorbogen am Eingang, die Teppiche, die Decke, die Vorhänge. Und die Räume waren praktisch leer. Ein Speiseraum links der Diele war völlig leer. Dahinter funkelte die Küche mit ihren schimmernden schwarzen Kacheln, und wo Chrom unumgänglich war, spiegelte es hochpoliert die Schwärze ringsumher wie Reflexionen in einem bodenlosen Teich. An der Küchenbar stand ein Hocker, aber es gab weder einen Tisch noch Stühle. Der Marmorbogen am Eingang zum Wohnraum, wo Haydon zuvor die Vorhänge zugezogen hatte, war so gewölbt, daß er in die Decke des größeren Raumes überging.

Jetzt wandte sich Haydon den anderen Räumen zu, die von einem Korridor mit konkav gewölbter Decke abzweigten. Dort, wo die Seitenwände den Boden berührten, gab es keine rechten Winkel, sondern Rundungen, so daß der Korridor wie ein elliptischer Tunnel wirkte. Keiner der Räume ging direkt auf diesen Korridor heraus, statt dessen erreichte man die Türen durch kleinere, aber ähnliche Tunnels. Durch die erste Tür rechts kam man wiederum in einen leeren Raum, der in einer normalen Wohnung als Bibliothek oder Studio ausgestattet gewesen wäre. Von dort aus ging eine Fensterwand hinaus auf den Park, aber hier gab es keine Vorhänge, nur das nackte Glas.

Haydon kam in zwei weitere Räume, auch sie schwarz, wobei jeder eine Spiegelwand aufwies, sonst nichts. Schließlich fand er Rafaels Schlafzimmer. Auch hier hatte man eine Wand mit Spiegeln verkleidet, aber die gegenüberliegende Seite war eine Überraschung für Haydon. Sie wurde völlig ausgefüllt von einer riesigen Schwarzweiß-Radierung. Haydon trat ganz zurück bis zu der Spiegelwand, um besser sehen zu können, und erkannte eine Reproduktion von Goyas *El sueño de la razón produce monstruos.* Ein düsteres Kunstwerk aus Goyas spätem Schaffen, und eines aus einer Serie von Radierungen, die »Los Caprichos« genannt wurden. Es zeigte ein zerrüttetes Individuum, das an einem Tisch vornübergebeugt schlief, während schreckliche geflügelte Wesen aus der Dunkelheit herniederstießen, um seine qualvollen Träume zu bevölkern. Aber diese Reproduktion wies einen Unterschied zum Original auf, den Haydon bemerkenswert fand. Die Inschrift, die der Titel der Radierung war und am Rand des Schreibtisches stand, an dem das Individuum schlief, war in Spiegelschrift, so daß man, um sie lesen zu können, in die Spiegelwand schauen mußte. Und wenn man das tat, senkten sich die Ungeheuer aus Goyas Psyche auch auf den Betrachter.

Haydon selbst wurde Teil des Caprichos, und die Dämonen des ungesunden Schlafs fielen ihn von hinten aus der Dunkelheit an.

Er wandte sich wieder um, betrachtete das Zimmer, ging dann direkt zum Schrank, schaltete eine kleine Taschenlampe ein und begann die Taschen von Rafaels Anzügen, Sportsakkos und Hosen zu durchsuchen. Er fand nur etwas Kleingeld und ein halbverbrauchtes Streichholzbriefchen von einem Drugstore gegenüber dem Klinikzentrum. Unter den hängenden Kleidungsstükken war eine niedrige Kommode mit Unterkleidung, Socken, Hemden aus der Wäscherei, Taschentüchern und Accessoires. Haydon durchsuchte jede Schublade und tastete die Kleidungsstücke und die Ecken ab. Er kroch auf den Boden des Schranks und steckte die Hand in jedes der acht Paar Schuhe.

Das Badezimmer, völlig schwarz gekachelt, enthielt die üblichen Toilettenartikel. Im Medizinschränkchen gab es keine Rauschgifte, wie Haydon angenommen hatte. Insgesamt fand er so wenig persönliche Dinge, daß er an eine Hotelsuite denken mußte. Danach kehrte Haydon ins Schlafzimmer zurück und ging zu dem ungemachten Wasserbett in seinem schwarzlackierten Rahmen. Er starrte einen Augenblick auf die glänzenden schwarzen Seidenbezüge, dann bückte er sich, ging um das Wasserbett herum und tastete mit den Händen am Rahmen entlang. Nichts. Doch dann entdeckte er Puderspuren in der einen Ecke des Raums. Es sah erst aus wie ein Lichtstreifen auf dem schwarzen Teppich, aber Haydon wußte instinktiv, was es war. Er ging darauf zu, und sah es deutlicher, je mehr er sich der Stelle näherte. Der Puder war in einem Umkreis von einem Meter fünfzig von der Ecke aus verstreut, wo die riesige Radierung an die schwarze Wand grenzte. Am äußeren Rand des Radius' war der Puder dünner verstreut wie Rauhreif, zur Mitte hin wurde die Lage dichter und war einen Zentimeter hoch angehäuft an der Stelle, wo der Fußboden und die beiden Wände zusammentrafen. In dieser Gegend klebte ein dünner Film weißen Staubs an der rauhen Oberfläche der beiden Wände bis knapp über Haydons Kopf. Der Puder war wild durcheinandergewirbelt worden, als ob sich etwas darin gewälzt, den Puder in den Teppich getreten und die Stelle dann mit noch mehr Puder bestreut hätte.

Nicht aller Puder war frisch. An manchen Stellen sah man, daß er alt und verstaubt war. Es sah so aus, als sei diese Ecke des Raums ein Lager für irgendein Haustier gewesen.

Aber diese Spuren stammten nicht von einem Haustier. Auf dem Teppich, von der Fußbodenleiste unter dem Kunstwerk aus, verlief ein schmaler Pfad von weißem Puder bis zur Tür des Badezimmers. Dieser Pfad war am Anfang dick von Puder verkrustet, wurde aber rasch dünner und verschwand auf halbem Weg zur Badezimmertür. Rafaels Fußabdrücke waren an mehreren Stellen am Ende dieser Puderspur deutlich zu erkennen.

Haydon kam wieder in die Mitte des Zimmers. Er warf einen Blick auf die Radierung, drehte sich um und schaute in den Spiegel. Dann verließ er den Raum.

Die einzigen Lichtquellen im Wohnraum waren drei Lampen, von denen eine auf dem Boden stand. Haydon schaltete sie ein, aber das klaustrophobische Schwarz verschluckte jegliche Strahlung, so daß er immer noch Schwierigkeiten hatte, seine Perspektive zu finden und die Dimensionen auseinanderzuhalten. Ein Gefühl der Weite wurde verstärkt durch die wenigen Möbel: ein schwarzer Couchtisch, groß und wuchtig, mit Rauchglasplatte und eine Flasche voll Murmeln, die in einer Ecke des Tischs stand; ein langer, schwarzer Tisch mit Büchern, offenbar Lehrbücher; ein schwarzer Schrank, dessen Glasregale mit allem möglichen beladen waren: Papiere, benützte und unbenützte Spritzen mit und ohne Nadeln, ein Stethoskop, eine halbleere Zigarettenpackung, etwas Kleingeld, ein Kamm und ein Kaffeebecher. Zwei schwarze Plastiksessel standen auf beiden Seiten eines kleinen Couchtischs gegenüber einem mit schwarzem Leder bezogenen Sofa. Das war alles. Haydon hatte mit einer kostspieligen Stereoanlage gerechnet und mit Hunderten von Schallplatten, aber die gab es nicht. Es gab keine Vasen, keine Pflanzen, keine Nippes – die kleinen Dinge, mit denen sich die Menschen umgeben, um ihr Heim zu einer Erweiterung ihrer Person zu machen.

Bis auf die Goya-Bilder.

Die beiden größten Wände waren wieder mit Werken des schwermütigen spanischen Künstlers bedeckt. Auf der lichten

Wand, wenn man zu den Fenstern schaute, erkannte Haydon »Der Hund«, in mancher Hinsicht eines von Goyas seltsamsten Werken – das Porträt eines kleinen Hundekopfs, der von der unteren linken Hälfte des Bildes nach oben schaut. Der Rest der grauschwarzen Fläche war leer bis auf einen vagen Schatten in der rechten oberen Ecke, was Haydon das Gefühl vermittelte, als schaute der Hund über den Rand der Erde hinaus in einen leeren Kosmos. Das Bild war Gegenstand ständiger Spekulationen der Goya-Experten. Der Künstler selbst hatte ihnen keinerlei Schlüssel zur Erklärung hinterlassen.

Die andere Wand wurde beherrscht von der Radierung mit dem Titel »Nada«. Sie zeigte einen verfaulenden Leichnam, der zurücksank in das Grab, aus dem er sich erhoben hatte, nachdem er mit dem Knochenfinger das spanische Wort für »Nichts« in den Staub geschrieben hatte. Es war ein Werk tiefer Hoffnungslosigkeit.

Haydon ging rückwärts auf die Diele zu und überblickte dann die Wohnung von Rafael, die einem Begräbnisinstitut glich. Er hatte die Quartiere vieler Mörder gesehen, und während ein jedes in der Regel den ökonomischen Status seines Bewohners widerspiegelte, waren sie in allen Fällen keineswegs ungewöhnlich gewesen. Das war die ausgefallenste Wohnung, die er je gesehen hatte und die durchaus als »Mörderhöhle« bezeichnet werden konnte. Diese dunklen Räume verliehen einem ein Gefühl des Unheimlichen, ja man konnte sagen, eine spürbare Aura des Geistes, der sie bewohnte. Für Haydon war es kaum zu glauben, daß Rafael Guimaraes hier schlafen, wohnen und träumen konnte. Es war keine Umgebung, die wegen ihrer Ärmlichkeit beeindruckte, und man konnte sie auch nicht einfach als geschmacklos abtun. Nein, alles in dieser Höhle war mit großer Akribie ausgesucht worden. Es war eine Übung in menschlicher Bosheit, entstanden aus einem kranken Geist und dazu bestimmt, diesen Geist zu fördern. Diese Räume hatten ein morbides Eigenleben, das Haydon deutlich fühlte und nicht abschütteln konnte. Haydons »dunkle Saison« regte sich als Reaktion auf diese Wände, und sein Herz begann zu klopfen, seine Ohren dröhnten, sein Blick engte sich ein.

Er drehte sich um und ging rasch, floh geradezu zur Tür, riß sie auf. Hirsch wirbelte herum.

»Was ist los?«

Haydon schaute hinaus in das helle, freundliche Foyer und auf Hirschs junges Gesicht, als wären diese Helligkeit und Jugend so etwas wie ein Talisman. Er fragte sich, was sein eigenes Gesicht jetzt ausdrücken mochte. Er schwitzte heftig und fürchtete, seine Augen spiegelten das Entsetzen wider, das er in Rafaels mondloser Höhle erlebt hatte.

»Nichts.« Er schloß die Tür bis auf einen Spalt. »Laß mir eine Viertelstunde Zeit, dann machen wir, daß wir weiterkommen.«

Er schloß die Tür und versuchte, alles aus seinen Gedanken zu verbannen bis auf das, was er hier zu tun hatte. Als er wieder in der Küche stand, öffnete er den Kühlschrank. Er war praktisch leer. Es gab einen Karton Orangensaft, etwas Käse in einer Plastikdose, eine halbe Butterpackung, noch in der Folie, und zwei Flaschen Heineken-Bier. Das Tiefkühlfach war ebenfalls leer. Haydon hatte gedacht, Rafael würde vielleicht seine Sammlung von Viren hier aufbewahren. Auch die Eßecke war leer. Rafael aß offenbar nur selten in dieser düsteren Höhle.

Haydon ging wieder in den Wohnraum und schaute die Bücher und Papiere auf dem Studiertisch durch. Es gab auch hier nichts Persönliches – alles stand in Beziehung zu Rafaels Medizinstudium. Auch die Kommode mit den Glasregalen enthielt nichts von Interesse, wie er schon bei seinem ersten oberflächlichen Blick vermutet hatte. Die Wohnung war so nackt, so ohne jegliches persönliche Stück, daß es nur ein paar Stellen gab, wo man suchen konnte. Er ging zum Couchtisch und kniete sich hin, strich dann mit der Hand über den Holzrahmen. Dabei stützte er sich mit der anderen Hand auf den Tisch. Er drehte den Kopf zur Seite, und sein Blick fiel auf die Flasche, die zur Hälfte mit Murmeln gefüllt war. Als er sich bewegte, bewegte sich auch der Tisch, und eine der Murmeln trennte sich von den übrigen und stieg ein wenig nach oben, sank dann wieder. Haydon hielt in seiner Suche inne und starrte auf die Flasche. Langsam richtete er sich auf, streckte beide Hände aus und zog die Flasche an sich ran. Die Augäpfel bewegten sich in der Flasche und starrten ihn aus hundert verschiedenen Winkeln an; ihr geschwollenes Weiß war das einzige Helle im Raum. Während sie in der dicklichen Flüssigkeit dahintrieben, in der sie konserviert worden waren.

Haydon konnte einen Schauer nicht unterdrücken, als er diese Sammlung von Augen anstarrte. Wieviele mochten es sein? Es waren sicher keine menschlichen Augen. Keines der Mädchen war verstümmelt worden. Mein Gott, was für ein makabrer Tischschmuck!

Er erhob sich und ging in die Küche, öffnete die Schränke und kramte in den verschiedenen Schachteln und Dosen herum, bis er ein kleines Gewürzglas fand, das er in der Spüle ausleerte und dann mit Wasser sauberwusch. Danach ging er zur Kommode im Waschraum, nahm eine der Spritzen mit Nadel und trat damit an den Tisch. Nachdem er den Gummistopfen von der Flasche genommen hatte, senkte er vorsichtig die Nadel in die Flüssigkeit und zog eine Spritze voll davon heraus, die er in das leere Gewürzglas gab. Dann stach er die Nadel in eines der Augen und holte es heraus, wie man eine Olive aus einem Glas holt. Er ließ das Auge in die Flüssigkeit des Gewürzglases fallen.

Dann setzte er rasch wieder den Gummistopfen auf die Flasche, legte die Spritze auf das Glasregal zurück, schraubte das Gewürzglas zu und steckte es in seine Jackentasche. Als er danach noch einmal durch die Wohnung ging, schaltete er überall das Licht aus, bis er wieder im Wohnraum angekommen war. Von dort aus rief er Frank Winters an und bat ihn, heraufzukommen und sie abzuholen. Nun schaltete er auch hier das Licht aus, öffnete die Vorhänge und ging hinaus ins Foyer.

»Wie lange bin ich drinnen gewesen?« fragte er und kam sich vor, als sei er von den Toten auferstanden.

Hirsch schaute ihn überrascht an. »Bist du fertig?«

»Ja.« Haydon wischte sich das Gesicht mit dem Taschentuch ab. Seine Hände zitterten, als hätte er sich mit Koffein vollgepumpt.

»Was ist los?«

»Was meinst du damit?«

»Das war die schnellste Durchsuchung, die ich je erlebt habe.«

Hirsch schaute auf seine Armbanduhr. »Dreiundzwanzig Minuten.«

»Du meinst, seit ich herausgeschaut habe?«

»Nein. Die ganze Zeit.«

Haydon fühlte das Gewürzfläschchen in seiner Tasche. »Wenn wir hier raus sind, fahren wir direkt ins Leichenhaus. Van ist vielleicht nicht da, aber einer seiner Leute kann mir sicher meine Frage beantworten. Versuchen wir, Mooney per Funk zu erreichen, und ihn im ›Steak & Egg‹ an der Montrose zu treffen.«

Die drei saßen in der Nische neben dem Fenster, das auf die Straße hinausging. Haydon saß still neben Hirsch und schaute an Mooneys breiten, runden Schultern vorbei auf die Lichter der Wagen. Er fühlte sich völlig erschöpft, nachdem er seine Durchsuchung so detailliert wie möglich geschildert hatte. Der Vortrag war nur von Obszönitäten aus dem Mund Mooneys unterbrochen worden.

»Also«, sagte Mooney plötzlich, »die Augäpfel stammen vermutlich von Hunden. Ich meine, das war die Ansicht von Vans Leuten, und er unterzieht das Auge einem Tollwuttest, weil sich dort die Viren sammeln, habe ich recht?«

Haydon nickte.

»Okay. Gehen wir davon aus, daß er in seinem Wohnzimmer ein Glas voller Augen hat, die von tollwütigen Hunden stammen. Und weiter?«

»Es ist zumindest ein Beweis, der unsere Theorie stützt«, meinte Hirsch.

»Aber es ist ein Indizienbeweis, und wir können ihn obendrein nicht benützen, weil du in die Wohnung eingebrochen bist«, erwiderte Mooney.

»Wirklich schade, daß man niemanden wegen gespenstischen Verhaltens festnehmen kann«, sagte Hirsch.

»Wenn das erst Gesetz würde, könnte man die Hälfte der Einwohner von Houston hinter Schloß und Riegel setzen.« Mooney öffnete weit die Augen und ließ seine Blicke durch den Schnellimbiß schweifen. Er haßte dieses Lokal, das zu Haydons Lieblingsfutterplätzen gehörte, weil es so sauber war. Mooney haßte es, weil es überwiegend von Homosexuellen besucht wurde. Er schaute immer düster drein, solange er hier war, und verengte drohend die Augen, wenn er merkte, daß ihn jemand betrachtete.

»Also, so kann es nicht weitergehen«, sagte Haydon. Wir kommen ihm nicht so nahe, wie das nötig wäre, und ich bin sicher, daß er wieder töten wird. Abgesehen davon ist es unmöglich, nach jedem seiner Rendezvous den Mädchen verrückte Geschichten zu erzählen und sie einer prophylaktischen Impfung zu unterziehen. Außerdem wird er sich auch mit Frauen treffen, von denen wir gar nichts wissen. Und er wird uns bestimmt keine schlagkräftigen Beweise in die Hände spielen.«

»Was ist mit dem Mädchen, das er heute abend getroffen hat? Wir müssen da doch etwas unternehmen, oder?« fragte Hirsch.

Haydon nickte. »Das müssen wir. Und das bringt uns in eine völlig neue Situation. Nämlich mitten hinein in die Geschichte.«

»Verdammt, ich bin bereit«, sagte Mooney. »Dieser Verrückte muß doch irgendwie gefaßt werden.«

Haydon trank seinen Kaffee und schaute einem jungen Paar zu, das draußen auf dem Gehsteig unter einem der Sonnenschirme saß. Beide trugen Abendkleidung; der junge Mann hatte seine dunkle Jacke ausgezogen und über einen Stuhl gehängt, und sein weißes Hemd leuchtete geradezu im Kontrast zu den Schatten auf der Straße. Plötzlich fühlte sich Haydon tief deprimiert. Er wollte allein sein, wollte Zeit haben zum Nachdenken. Er wollte eine Woche nachdenken und dann mit Nina irgendwohin fahren. Er hatte sie in den letzten Monaten nur selten gesehen, aber er wußte, daß sie sich Sorgen machte um ihn. Es tat ihm leid. Das alles war im Grunde eine schreckliche Zeitvergeudung.

Dann merkte er, wieder ganz plötzlich, daß Mooney und Hirsch ihn wartend anschauten.

»Ich glaube, ich habe mir etwas überlegt«, sagte er. »Eine Möglichkeit, wie wir ihn fassen können, und zwar so, daß er uns nicht entwischt. Es ist vielleicht ein bißchen kompliziert, aber die Alternative ist einfach nicht möglich. Wir können nicht warten, bis er einen Fehler macht.«

32

Der Shelbourne Tower war eines von Houstons kühnsten und elegantesten Wohnhochhäusern, entworfen von einem weltberühmten Architekten, dessen riskanter Konvex-Turm den prunkhaften Dimensionen seines Auftrags genau entsprach. Mit den fünfzig Stockwerken, die sich der Wolkenkratzer aus dem Mittelpunkt einer palmenbewachsenen Plaza nach oben reckte, im Zentrum der vornehmen Galleria-Post Oak-Gegend, war der Shelbourne Tower ein Wunderwerk vertikaler Architektur. Bei Tag erschien er einem wie ein raffiniert in Schichten gestalteter, bläulicher Eisblock, der so glitzerte, als würde er in der weißglühenden südlichen Sonne schmelzen. Jetzt dagegen, bei Nacht, erinnerte er an einen riesigen Obelisken aus Lalique-Kristall, der von innen durch ein blasses Schimmern erhellt wurde.

Hirsch saß auf dem vorderen Beifahrersitz, als Haydon seinen königsblauen Jaguar Vanden Plas durch die Einfahrt an der San Felipe auf den Parkplatz steuerte. Die Scheinwerfer trafen auf einen uniformierten Wachmann, der den Wagen anhielt und auf die Fahrerseite kam.

»Ja, Sir?«

Haydon zeigte ihm seinen Dienstausweis und nannte seinen Namen. Der Wachmann schaute auf einen Zettel, der an einem Klemmbrett befestigt war, fand Haydons Namen, hielt die Hand an den Schirm seiner Mütze und trat zurück. Sie umkreisten die Plaza, die zwischen den überdachten Auffahrten der zwei Türme ein großes Wagenrad von Blumenbeeten bildete, und hielten unter der Markise des Wohnturms, der an die South Post Oak Lane grenzte. Ein Portier riß den Wagenschlag auf und fragte, ob er den Wagen parken sollte. Haydon verneinte, gab dem Portier ein Trinkgeld, und die beiden Kriminalbeamten gingen hinein in das Foyer aus Marmor und Glas.

Sie blieben am halbrunden Empfangspult stehen, hinter dem ihnen eine Concierge entgegenlächelte, die einem Modejournal entstiegen sein konnte.

»Würden Sie bitte Senhor Paulo Guimaraes anrufen, im siebenundvierzigsten Stock, und ihm sagen, daß Mr. Haydon und Mr. Hirsch auf ihn warten?« Dann nahm Haydon Hirsch beiseite und besprach mit ihm noch einmal, wie sie vorgehen wollten.

»Wenn sie da sind, steigst du vorne ein, auf der Fahrerseite, so daß ich mit den beiden sprechen kann, sobald sie hinten Platz genommen haben. Russ Million war einverstanden – ich kann ihnen mündlich die Straffreiheit als Zeugen zusichern. Ich werde dich einfach als Mr. Hirsch vorstellen. Du kennst die Bedingungen, die wir ihnen stellen. Ich werde sie darlegen und dich von Zeit zu Zeit anschauen, als wollte ich mir deine Bestätigung einholen. Wenn dich DeLeon fragt, kannst du ihm versichern, daß gegen ihn bei entsprechendem Entgegenkommen kein Strafverfahren eröffnet wird, aber achte darauf, nicht allzusehr ins Juristische zu gehen. Sollen sie ruhig von dir denken, was sie wollen. Solange du dich nicht ausdrücklich als Beamter der Staatsanwaltschaft ausgibst, mit der Autorität, ein solches Einverständnis der Straffreiheit auszuhandeln, kann uns gar nichts passieren. Wenn sie zu gewissen Bedingungen ja sagen, unter der falschen Annahme, sie hätten es tatsächlich mit jemandem von der Staatsanwaltschaft zu tun, haben sie eben einen Fehler gemacht. Und wir sind an keine der Vereinbarungen gebunden. Ich werde dich nicht als Beamten der Staatsanwaltschaft ansprechen, und du darfst auf keinen Fall auf DeLeons Fragen antworten, wenn er versucht, sie so zu stellen, daß du nur als Staatsanwalt antworten könntest. Okay?«

»Gut – aber ich glaube nicht, daß sie darauf reinfallen«, sagte Hirsch. »Sie werden zunächst einmal wütend sein, weil du dich geweigert hast, oben in seiner Wohnung mit ihnen zu sprechen.«

»Im Gegenteil. Er kann sich glücklich schätzen, daß ich ihn nicht ins Präsidium vorgeladen habe. Ich streiche Pluspunkte ein für das Verständnis, das ich seinem Wunsch nach ›Diskretion‹ entgegenbringe. Ein Kompromiß ist immer gut – für den Anfang.«

Die Türen des Lifts öffneten sich, und das Geräusch von Ledersohlen auf dem Marmorboden hallte duch das Foyer. Haydon und Hirsch drehten sich um, als ein Mann mit plumpem Oberkörper und welligem, grauem Haar rasch auf sie zukam. Er trug einen perlgrauen Anzug mit schmalen, hellen Streifen. Seine Manschettenknöpfe waren kleine Platin-Ovale mit funkelnden Brillanten, deren Feuer auf den weißen Manschetten des Hemds leuchtete. Er trug eine platingerahmte Brille, die oben leicht getönt und unten hell war.

»Ich bin Paulo Guimaraes«, sagte er schnell, ohne die Hand auszustrecken. »Und das hier ist Robert DeLeon.«

DeLeon war größer als der untersetzte Guimaraes und wirkte keineswegs so lateinamerikanisch wie der andere. Er war Mitte Vierzig und schien nervöser zu sein als sein Begleiter.

»Ich bin Detective Haydon. Das hier ist Mr. Hirsch. Unser Wagen steht draußen.«

Haydon ging voraus, und die aufmerksamen Portiers rissen die Türen des Jaguars auf. Haydon deutete an, daß sich Guimaraes und DeLeon in den Fond setzen sollten. Er und Hirsch stiegen wie geplant vorne ein. Die Türen wurden geschlossen, und Hirsch ließ den Motor an.

»Ich hoffe, das ist passender als die Wagen des Präsidiums. Wenn man mit Mr. Hirsch fährt, reist man immer mit Stil. Er ist ein Mann mit Geschmack.«

Weder Guimaraes noch DeLeon antworteten, aber Haydon fühlte, daß sie sehr erleichtert waren darüber, in einem Jaguar wegzufahren anstatt in einem der neutralen Fairlanes der Polizei. Sie machten sich auf eine längere Fahrt gefaßt.

Hirsch fuhr unter der Markise heraus und ließ den Wagen dann um das riesige Rund der Plaza rollen. Als er auf der gegenüberliegenden Seite angekommen war, scherte er aus der Fahrspur aus und hielt unter einem Baldachin von Eichen am Rand des großen Parkplatzes, gerade jenseits des Lichtteichs der Plaza-Beleuchtung. Er schaltete Motor und Scheinwerfer aus.

»He!« Guimaraes' Gesicht zeigte Angriffslust und Argwohn. »Was soll das? Ich dachte, wir fahren an einen neutralen Ort. Was soll dieser Scheiß?«

DeLeon sagte nichts. Er versuchte, herauszufinden, was das bedeutete.

Haydon sagte, und seine Stimme triefte vor Höflichkeit: »Wenn Sie Ihr Gesicht wahren wollen, müssen wir Sie um einen anderen Ton bitten.«

»Sie müssen verrückt sein«, antwortete Guimaraes. Er packte den Türgriff und stieß die Fondtür auf. »Gehen Sie meinetwegen zum Teufel.« Er wollte aussteigen, aber DeLeon langte zu ihm hinüber und legte eine Hand auf seinen Arm.

»Hören wir doch erst einmal, was er uns zu sagen hat.« Er sprach ganz ruhig.

Guimaraes antwortete rasch auf portugiesisch und funkelte Haydon dabei wütend an. DeLeon blieb gelassen, als er ebenfalls auf portugiesisch antwortete, und nickte dann Hirsch zu. Guimaraes ließ noch etwas verlauten, das wohl ein Fluch war, und zog die Tür zu.

»Sagen Sie uns, was Sie zu sagen haben«, erklärte DeLeon.

Haydon drehte sich in seinem Sitz halb herum, so daß er beiden Männern ins Gesicht sehen konnte. Guimaraes funkelte wütend zurück.

»Ich habe Ihnen schon am Telefon berichtet, Mr. DeLeon, daß wir auf einige ernsthafte Verdachtsmomente gegen Mr. Guimaraes gestoßen sind, die wir bedauerlicherweise aufklären müssen. Seit unserem Gespräch heute morgen haben sich diese Verdachtsmomente beträchtlich erhärtet.«

»Kommen Sie zur Sache.« Die Worte kamen tief aus Guimaraes breiter Brust. Es war der erprobte und erfolgreiche Ton, mit dem er Subalterne einzuschüchtern pflegte.

»Mr. Guimaraes«, sagte Haydon und wandte sich wieder an ihn, »im Verlauf einer Untersuchung, betreffend die Morde an mehreren Callgirls in den vergangenen sechs Wochen, haben wir Ihre Methode kennengelernt, nach der Sie junge Mädchen aus Brasilien hier einschleppen, um sie als Prostituierte an reiche Personen in den Staaten zu verkaufen. Unsere Beweise für diese Operationen sind absolut stichhaltig. Da diese Mädchen von jemandem ermordet wurden, der sich seine Opfer systematisch unter den Mädchen aussuchte, welche Sie in die Staaten eingeschmuggelt haben, besteht der dringende Verdacht, daß Sie selbst ebenfalls damit zu tun haben.«

Guimaraes' Augen verengten sich, und er richtete sie auf Haydon. Seine Wangen spannten sich, während er die Zähne zusammenbiß, und Haydon sah, wie sich geradezu seine Nüstern blähten.

»Wir beabsichtigen«, fuhr Haydon fort und schaute jetzt DeLeon an, »morgen früh Mr. Guimaraes in drei Punkten anzuklagen. Nummer eins: Förderung der Prostitution unter erschwerenden Umständen – eine strafbare Handlung, die mit Gefängnis von zwei bis zwanzig Jahren geahndet wird. Nummer zwei: Verstoß gegen das Einwanderungsgesetz, ein Vergehen gegen die Bundesgesetze, das mit einer Haftstrafe von zwei bis zwanzig Jahren bedroht ist und nicht gleichzeitig mit der Strafe für die Förderung der Prostitution abgebüßt werden kann. Und Nummer drei: Mord ersten Grades in mehreren Fällen, ein Verbrechen, das mit zwei Jahren bis lebenslänglich geahndet wird.«

Guimaraes stieß einen Laut aus, den Haydon nicht interpretieren konnte. Vielleicht hat ihn jetzt der Schlag getroffen, dachte Haydon, aber es war ihm egal.

»Lassen Sie mich vor allem den letzten Punkt erläutern«, sagte er zu DeLeon. »Selbst wenn Mr. Guimaraes nichts zu tun hat mit den Morden selbst, ist er sicherlich nach jeder möglichen Definition ein Mittäter wegen seiner beweisbaren Schuld in den beiden anderen Punkten. Sie wissen, daß der Staat Texas vor einiger Zeit die mildere Strafe für die Beihilfe zu einem Verbrechen abgeschafft hat. Heute werden Beihilfe zum Mord und Mord selbst vor den Gerichten gleich behandelt.«

Haydon ließ eine Pause entstehen und schaute nacheinander jeden der beiden scharf an.

»Und?« fragte DeLeon.

Der Anwalt war schnell im Kapieren, dachte Haydon. »Und da Sie an entscheidenden Abschnitten dieser Operation teilgenommen haben, werden wir auch gegen Sie in allen drei Punkten Anklage erheben.« Haydon wandte sich an Hirsch. »Habe ich alle Punkte richtig dargestellt, Mr. Hirsch?«

»Das ist richtig.«

»Ich glaube kein Wort von dem Scheißdreck«, sagte Guimaraes zu DeLeon. Dann, zu Haydon: »Ende der Diskussion.« Er schaute DeLeon von der Seite an, der noch immer die Augen auf Haydon gerichtet hatte, rührte sich aber nicht von seinem Platz.

»Was haben Sie gegen uns in der Hand?« fragte DeLeon.

»Arturo Longoria. Er hat sich schuldig bekannt und ist bereit, als Zeuge aufzutreten, was ihm Straffreiheit gewährt. Raymond Evans. Sein Mädchen lebt noch, daher gerät er selbst nicht in die Situation der Mitschuld an einem Mord. Auch er wird sich als Zeuge zur Verfügung stellen. Und wir haben ein Callgirl namens Maureen Duplissey, das sich als sehr hilfreich erwiesen hat. Offenbar hat ihr der Plan nicht gepaßt, nach dem Sie vorgegangen sind.«

»Jesus Christus!« Guimaraes' Angriffslust wich von ihm, als hätte man ihm eins mit dem Vorschlaghammer vor den Bauch verpaßt. Er sank zusammen und schaute Haydon unverwandt an; dabei hatte er den Mund ein wenig offen.

»Und was wollen Sie?« fragte DeLeon. »Sie haben sich vermutlich nicht mit uns verabredet, um uns als Gentlemen über das aufzuklären, was uns bevorsteht.«

»Es ist Ihnen bekannt, daß diese Mädchen gestorben sind. Wir haben einen Verdächtigen, der für die Verbrechen in Frage kommt, und wir sind relativ sicher, daß er sich auch an diejenigen brasilianischen Mädchen heranmachen wird, die noch am Leben sind. Wir wissen bisher von fünfzehn Mädchen, die Sie auf diese Weise ins Land gebracht haben. Wir wollen die Namen dieser Mädchen von Ihnen hören, und die Namen der Männer, die sie gekauft haben. Wir wollen wissen, wie viele von ihnen gestorben sind – wir wissen von dreien, außer Sally Steen, Sandy Kielman, Theresa Parmer und einer Pauline Thomas. Wenn wir diese Informationen von Ihnen erhalten, können wir möglicherweise weitere Morde verhindern. Falls wir die Informationen nicht erhalten, wird es ziemlich schwierig für uns, und ich versichere Ihnen, wenn auch nur ein einziges weiteres Mädchen deshalb ihr Leben lassen muß, werde ich auch diesen Mord Ihrem Konto anrechnen. In einfachen Worten: Wir wollen, daß Sie alles ausspucken, was Sie wissen.«

DeLeon schaute mit stoischem Blick auf Guimaraes, der jetzt wie im Koma zusammengesunken auf dem Rücksitz kauerte. Innerhalb von acht Minuten war dieser aufgeblasene Brasilianer völlig niedergeschmettert und zum Schweigen gebracht worden. Sein Bauch ruhte schlapp zwischen den Beinen, die gewölbte Brust war nach unten gesunken, und er starrte zum Seitenfenster hinaus. Haydon betrachtete diese dramatische Veränderung seines Aussehens. Sein Gesicht zeigte Falten, die noch vor Minuten nicht zu sehen gewesen waren, sein Anzug, der mit der Eleganz von maßgeschneiderter Kleidung gesessen hatte, hing jetzt wie billige Konfektionsware um seinen Leib. Selbst das Funkeln der Brillanten in den Manschettenknöpfen wirkte stumpf, als wären sie Glas.

»Es ist Ihnen klar, wie einflußreich diese Männer sind, nicht wahr?« sagte DeLeon.

»Ja, genau wie Mr. Guimaraes hier«, erwiderte Haydon und nickte in Richtung auf den schwer getroffenen Mann neben dem Anwalt. DeLeon folgte Haydons Blickrichtung. Sein Gesicht blieb ausdruckslos; jetzt hatten er und der Brasilianer die Rollen getauscht. Aus seiner anfänglichen Nervosität war gehärteter Stahl geworden. Er begriff die Umstände und war entschlossen, das Beste daraus zu machen.

»Mr. Guimaraes und ich werden heute abend darüber sprechen und sind dann bereit, uns morgen mit Ihnen zu treffen«, sagte er.

Haydon schüttelte den Kopf. »Nein. Wir treten morgen früh um acht den Dienst an und übergeben dann unsere Akten. Wie wir sie übergeben, kommt darauf an, was wir hier bei dieser Besprechung erreichen. Natürlich können Sie versuchen, die Sache durchzukämpfen. Wenn Sie bereit sind, mit uns auf einen Handel einzugehen, erleichtert das den Rest unserer Ermittlungen, aber ich versichere Ihnen, die Ergebnisse werden auch im anderen Fall dieselben sein. Wie ich schon sagte, wir möchten ein paar Menschenleben retten.«

»Diese Männer sind sehr bedeutend. Wenn man sie mit den Tatsachen konfrontiert, werden sie versuchen, sich auf irgendeine Weise freizukaufen«, sagte DeLeon mit kühler Autorität. »Das ist ihre Methode. Wir wollen da nicht hineingezogen werden. Wir verlangen völlige Immunität von den drei Vorwürfen, die Sie erhoben haben.«

Guimaraes stützte sich hoch; er hatte offenbar doch zugehört. Er sprach einige Worte auf portugiesisch mit DeLeon, und die beiden tauschten noch ein paar Bemerkungen, ehe Guimaraes wieder zum Fenster hinausschaute.

»Wir verlangen Schutz vor jeglichen Vorwürfen, die diese Männer gegen uns erheben könnten, wenn wir Ihnen ihre Namen nennen.«

Haydon schaute Hirsch an, und Hirsch antwortete DeLeon: »Das ist nicht möglich. Wir können nur gewisse Arrangements treffen, welche die Anklagepunkte betreffen, die wir bereits erwähnt haben. Das andere entzieht sich unserem Einfluß.«

DeLeon sprach wieder auf portugiesisch mit Guimaraes; der ältere Mann stieß einen wütenden Laut aus und schaute weiterhin zum Fenster hinaus.

»Aber Sie sind bereit, uns bei diesen drei Vorwürfen totale Immunität zu gewähren?«

Haydon schaute wieder Hirsch an, der nicht gleich auf DeLeon antwortete, schließlich jedoch nickte. »Ja, dazu sind wir bereit.«

»Außerdem muß noch ein weiterer Punkt vereinbart werden«, sagte DeLeon. »Wir wollen nicht, daß unsere Namen im Zusammenhang mit diesen Straftaten von der Polizei erwähnt werden. Wir wollen nicht zum Spektakel der Medien gemacht werden. Wenn wir Ihnen in dieser Angelegenheit zur Seite stehen, fordern wir, daß man von uns nur unter dem Terminus ›glaubhafte Quellen‹ spricht. Wenn wir zu einem späteren Zeitpunkt dennoch ans Tageslicht gezerrt werden . . .« Er zuckte mit den Schultern. »Sie dürfen unsere Identitäten jedenfalls nicht an die Presse weitergeben.«

»Okay«, sagte Haydon. »Aber eines möchte ich klarstellen. Wenn sich ein Teil Ihrer Informationen als unkorrekt erweisen sollte, und sei es auch nur die kleinste Einzelheit, dann sind alle Versicherungen, die wir Ihnen gegeben haben, null und nichtig.« Er schaute DeLeon direkt in die Augen und fügte hinzu: »Also seien Sie vorsichtig, Mr. DeLeon.«

»Einverstanden«, erklärte DeLeon. »Und wie sollen wir Ihnen die Informationen übermitteln?«

»Mr. Hirsch hat einen Block hier und einen Kugelschreiber. Nennen Sie ihm einfach die Namen der Mädchen, ihr Alter, die Namen der Männer, die Sie für Ihre Dienste bezahlt haben, um wen es sich bei ihnen handelt und ob die Mädchen Ihrem Wissen nach noch leben oder schon tot sind, nach Möglichkeit auch die Daten der Todesfälle. Es würde uns helfen, wenn Sie uns die Mädchen in der Reihenfolge nennen könnten, wie sie aus Brasilien hier eingetroffen sind.«

DeLeon nahm ein kleines Notizbuch aus seiner Westentasche und lehnte sich gegen das Seitenfenster, um besser sehen zu können, während er ein paar Seiten durchblätterte, um zu finden, was er suchte. Dann diktierte er so trocken, als lese er aus einem Inventurbericht vor, die Informationen, die Haydon gefordert hatte. Da viele der Namen brasilianisch waren, buchstabierte er sie geduldig. Als er über einzelne Details befragt wurde – Fragen, die Hirsch so geschickt einwarf, daß man erkennen konnte, wie weit er bereits informiert war – lieferte DeLeon bereitwillig die dazugehörigen Antworten.

Während dieser banalen Auflistung von Namen und Daten fuhr Guimaraes fort, zum Fenster hinauszuschauen. Er schien nur darauf zu warten, daß DeLeon pflichtgetreu eine unangenehme Aufgabe erledigte, bei der Guimaraes ihn begleitete, weil er gerade nichts Besseres vorgehabt hatte. Haydon wunderte sich über seine plötzliche Geistesabwesenheit. Hatte dieser reiche und offensichtlich kluge Mann einen Stich vom Wahnsinn seines Neffen mitbekommen, war es ihm deshalb möglich, sich so blasiert zu verhalten angesichts einer Untersuchung, die ihn trotz der Versicherungen, die man ihm gegenüber gemacht hatte, mit Gewißheit in höchste Schwierigkeiten, wenn nicht zum Ruin führen würde? Dachte er darüber nach, wie er erst die anderen und zuletzt sich selbst zerstört hatte? Zeigte er auch nur einen Hauch von Bedauern, oder war er lediglich wütend auf sich selbst, weil man ihn erwischt hatte? Beschäftigte er sich überhaupt mit all diesen Fragen?

Haydon fand es höchst seltsam, daß weder Guimaraes noch DeLeon irgendwelche Fragen über den Mörder gestellt hatten, obwohl die Morde ihnen mehr als mysteriös vorgekommen sein mußten, als sie miterlebten, wie die brasilianischen Mädchen eines nach dem anderen gestorben waren. Aber vielleicht hatten die Nachrichten über ihren Tod nur oberflächlich ihr Interesse berührt, als ein absurder Zufall, mit dem sie nichts zu tun hatten? Vielleicht wußten sie gar nicht, um wie viele Todesfälle es sich tatsächlich handelte, oder vielleicht waren sie so sehr damit beschäftigt, ihre eigene Haut zu retten, daß ihnen der Tod von ein paar Mädchen aus den Slums keineswegs als wichtig erschien.

DeLeon diktierte weiter. Haydon unterbrach ihn von Zeit zu Zeit, um den einen oder anderen Punkt klären zu lassen. Es tat ihm jetzt schon leid, daß er sie in seinen Wagen gebeten hatte. Er würde sich stets an sie erinnern müssen, wenn er in den Wagen stieg – zwei Männer, die bis ganz nach oben gekommen waren. Es war gut, zu wissen, daß nicht nur die Crème nach oben stieg. Auch Wertloses wurde hochgetrieben, und es mußte abgeschöpft und vernichtet werden.

»Ich glaube, das ist es«, sagte DeLeon schließlich. »Zählen Sie.«

Hirsch blätterte zurück und zählte fünfzehn Namen. »Lassen Sie mich nachprüfen, der Sicherheit halber. Drei von ihnen befinden sich außerhalb dieses Staates und leben noch. Acht sind tot. Vier leben hier in Houston.«

»Das ist richtig.«

Hirsch reichte Haydon die Liste, der sie kurz durchblätterte. Er stellte dabei fest, daß zwei der Mädchen achtzehn waren, die anderen zwischen zwanzig und dreiundzwanzig.

»Das reicht für den Anfang«, sagte er und drehte sich um. »Wir melden uns wieder bei Ihnen und setzen die Diskussion zu gegebener Zeit fort.«

Hirsch ließ den Motor an, fuhr hinaus ins Licht und kehrte zum Eingang mit dem Baldachin zurück. Zwei Portiers sprangen herbei und rissen die Türen auf. Guimaraes kletterte hinaus und ging um das Heck des Wagens herum, bevor er das Foyer betrat. DeLeon stieg ebenfalls aus, streckte dann aber seinen Kopf ins Wageninnere und schaute Hirsch und Haydon an.

»Kommen Sie zurück und bestätigen Sie uns, was wir besprochen haben?«

»Worauf Sie sich verlassen können«, sagte Haydon. Er schaute sich nicht einmal um.

DeLeon blieb noch an der offenen Tür; ihm war nicht ganz wohl bei der Sache. »Ich warte darauf, von Ihnen zu hören«, sagte er.

»Wir rufen an«, sagte Hirsch.

DeLeon schaute ihn an. Er schien noch mehr sagen zu wollen, war aber offenbar nicht sicher, ob er es tun sollte. Vielleicht war er nun doch argwöhnisch geworden.

»Fahren wir«, sagte Haydon zu Hirsch, und DeLeon zog sich zurück und schlug die Tür zu, als sich der Wagen in Bewegung setzte.

Weder Haydon noch Hirsch schauten sich um, als sie die Plaza umrundeten unter dem leuchtenden Wolkenkratzer, der sich gebieterisch in die Nacht erhob und die Sterne in den Schatten stellte.

33

Als Haydon am nächsten Morgen in Dystals Frühstückslokal kam, saßen Mercer und Russ Million bereits beim Lieutenant am Tisch und tranken Kaffee. Million schickte ein Lächeln quer durch das Lokal, als Haydon auf sie zukam. Der junge Assistent der Staatsanwaltschaft hatte in den zwei Jahren, die Haydon beim Präsidium arbeitete, das volle Vertrauen des Kriminalbeamten gewonnen. Million sprach leise, war etwa so groß wie Haydon und trug ziemlich langes, kastanienbraunes Haar mit helleren Strähnen. Seine Kleidung erinnerte immer ein wenig an den wilden Westen, aber er achtete darauf, daß sie geradezu militärisch adrett war, genau wie sein breiter Schnauzbart. Er zeigte die Haltung eines Texas-Rangers aus früheren Zeiten und ein entwaffnendes, freundliches Lächeln, das unabsichtlich die Tatsache verschleierte, daß er in Wirklichkeit hart und standhaft war und die Verfolgung von Straftätern liebte. Haydons Mutter hätte ihn in jeder Beziehung für einen echten Gentleman gehalten.

Jetzt nahm sich Haydon den einzigen noch freien Stuhl, und die Kellnerin stand auch schon da mit dem Kaffee.

»Wie ist es gegangen?« fragte Mercer.

»Bestens. Hirsch hat sich einen Oscar dafür verdient.«

»Sie meinen, die zwei haben ausgepackt? DeLeon hat nicht den dritten Grad angewendet?« Million grinste.

Haydon schlug den Aktenumschlag auf, den er in der Hand hatte, und gab jedem von ihnen drei zusammengeheftete Blätter.

»Sind Sie sicher, daß Sie sich keine Blöße gegeben haben?«

»Es wird klappen«, sagte Haydon. Er trank schweigend seinen Kaffee, während die anderen die Liste durchsahen.

Million begann als erster zu sprechen. »Skandalöse Zeiten, Jungs.«

»Ja, ich kenne ein paar von den Namen«, sagte Dystal.

»Bei einigen von ihnen könnten wir Mord ersten Grades ins Feld führen«, sagte Million. »Die Geschworenen hören es nicht gern, wenn kleine tote Mädchen einfach wie Müll weggeworfen werden. Ich bin froh, daß es nicht mehr den Tatbestand ›Beihilfe nach der Tat‹ gibt. Das wäre für ein paar von den Leuten zu gut.«

»Und wie wollen Sie von hier aus weitermachen?« fragte Mercer an Haydon gewandt.

»Was die drei Mädchen betrifft, die außerhalb dieses Staates leben, übergeben wir die Akten einfach den betreffenden Staatsanwaltschaften. Damit haben wir das erst mal aus dem Weg. Bleiben für uns acht Tote. Wir haben die Leichen von dreien – die zwei, die Leo in der Leichenhalle entdeckt hat, und Petra Torres. Wenn wir diese als Mordfälle behandeln, wie es Russ Million will, müssen wir eine Beziehung zwischen den Mädchen und den Männern herstellen, denen sie gehörten. Das gelingt uns mit Hilfe von Guimaraes und DeLeon. Wenn wir die Fälle rasch erledigen wollen, können wir den Männern, die sie gekauft haben, das Zeugnisrecht bei Straffreiheit einräumen und die Fälle abschließen. Wir können natürlich auch erreichen, daß die Namen der Männer wochenlang durch die Medien gezerrt werden; dann freilich dürfen wir kaum mit Schuldgeständnissen rechnen.

Bleiben also fünf tote Mädchen, deren Leichen bisher nicht gefunden wurden. Vielleicht finden wir das Mädchen von diesem Antonio Vianna, aber ich möchte ihn eigentlich nicht mit einem Mordprozeß belasten. So, wie DeLeon es mir berichtet hat, verliebte sich der Mann in das Mädchen und war völlig verzweifelt über ihren Tod. Er hat sie gut behandelt, solange sie lebte, und ihr ein anständiges Begräbnis in Cuernavaca besorgt. Bleiben noch vier vermißte Mädchen. Und da haben wir dieselbe Wahl: Entweder wir räumen den Männern Straffreiheit ein bei einer ausführlichen Zeugenaussage, oder wir eröffnen diverse Mordprozesse, suchen nach den Beauftragten, die die Leichen beseitigt haben, und lassen uns zeigen, wo sich die Leichen jetzt befinden. Vorausgesetzt, sie existieren noch. Und das alles kostet Zeit.«

»Kann man nicht durch die Aussagen von Guimaraes und DeLeon die Männer, die sich der Mädchen entledigt haben, festnageln?« fragte Dystal.

»Nein – es sei denn, Guimaraes und DeLeon hätten tatsächlich miterlebt, wie die Leichen beseitigt wurden«, sagte Million und schüttelte dazu den Kopf. »Das alles ist nur Hörensagen.«

»Und was ist mit diesem Russ Wilson?« fragte Mercer und bezog sich dabei auf die Liste, die ihm Haydon gegeben hatte. »Er ist zu Guimaraes gekommen und hat sich beklagt, weil sein Mädchen gestorben ist. Das ist keine Aussage nach dem Hörensagen.«

Million nickte mechanisch. »Doch, genau das ist es. Es ist vor Gericht ein Paradebeispiel von Hörensagen.«

»Aber wir könnten sie doch alle festnageln wegen Verletzung der Einwanderungsbestimmungen und wegen Förderung der Prostitution, oder nicht?« bohrte Mercer weiter.

»Sicher, mit den Aussagen von Guimaraes und DeLeon. Aber um sie zu bekommen, müssen wir mit ihnen verhandeln. Stuart und Leo haben gerade eine Menge Schwierigkeiten hinter sich, um die Zusage der Straffreiheit zu umgehen, damit Russ einen Mordprozeß gegen sie eröffnen kann, falls er das für richtig hält. Man kann nicht alle wegen Mordes anklagen. Man müßte die geeigneten Fälle auswählen. Entscheiden, wen man am härtesten treffen möchte, und ihn dann verfolgen.«

»Ach, verdammt«, sagte Dystal.

Haydons Rücken schmerzte. Das waren erst die Vorgespräche. Bei solchen Diskussionen konnte man wochenlang weitermachen, in Fällen von Massenmord monatelang. Die juristischen Manöver mußten umfangreich und ausführlich vorbereitet und besprochen werden, und in den meisten Fällen dauerte das lange Zeit. Er schaute zum Fenster hinaus auf die Schnellstraße. Der Verkehr kroch über die Adern aus Stahl und Beton hinter den staubigen Scheiben. Er fragte sich, wann der Geschäftsführer des Lokals zuletzt die Fenster hatte putzen lassen.

»Wegen der toten Mädchen mache ich mir momentan die geringsten Sorgen«, sagte Haydon. Er langte in seine Tasche nach dem Zigarettenpäckchen. Kaffee, Zigaretten und kein Schlaf. Reiner Selbstmord. Er erinnerte sich, was Maureen Duplissey gesagt hatte über Kaffee, Zigaretten und Gesichtsfalten. »Ich möchte diesen Rafael stoppen, und das gelingt uns nur mit Hilfe der vier Mädchen, die noch am Leben sind.«

»Aber wie?« Wieder war es Mercer, der die Frage stellte.

Haydon war darauf vorbereitet. Er hatte sie mit Hirsch und Mooney besprochen, hatte selbst lange und ausführlich darüber nachgedacht.

»Wir holen die vier Männer und sagen ihnen klipp und klar, was los ist. Sie müssen unseren Wünschen nachkommen, weil sie sonst dran sind wegen Verletzung der Einwanderungsgesetze und Förderung der Prostitution. Wenn sie mit uns zusammenarbeiten, stellen wir ihnen in Aussicht, diese Anklagen fallenzulassen. Wenn sie uns dagegen hinhalten, und noch ein Mädchen stirbt, eröffnen wir gegen den, der sie gekauft hat, einen Mordprozeß.

Sind sie dagegen zur Zusammenarbeit bereit, so zapfen wir ihre Telefonate an, damit wir wissen, wo Rafael als nächstes zuschlägt. Wenn wir wissen, wo das sein wird, soll der Betreffende sein Mädchen für einen Tag mitnehmen auf eine kleine Reise, damit wir jedes Zimmer in der Wohnung mit Abhöranlagen und mit Videokameras ausstatten, wo das möglich ist. Danach soll Rafael das Mädchen besuchen, tun, was er mit ihm vorhat, und wir kommen dazu und erwischen ihn in flagranti.«

»Wau! Darüber sollten wir erst noch ein bißchen reden«, sagte Million und legte die Liste beiseite. »Erstens brauchen wir keine Strafverschonung bei diesen vier Männern zu vergeuden. Wir zapfen einfach ihre Leitungen an. Das geht ohne weiteres. Das heißt, wir können die drei, die uns nicht weiterhelfen, die volle Härte des Gesetzes spüren lassen. Mit dem vierten, wer es auch sein mag, müssen wir verhandeln.«

Millions Gedanken arbeiteten wir eine Falle. Die drei anderen Männer hörten ihm zu, während er jeden von ihnen der Reihe nach anschaute und wußte, daß sie ihre Zustimmung geben mußten zu dem, was zu geschehen hatte.

»Die Beobachtung wird ein bißchen kitzlig sein. Wir gefährden unseren Fall, wenn eure Leute einfach draußen auf der Straße in einem Wagen mit Monitoren sitzen oder in der Wohnung nebenan, wenn sie zuhören und zusehen, wie dieser Verrückte dem Mädchen eine tödliche Dosis Tollwutviren verpaßt. Wie wird das in den Augen der Geschworenen aussehen? ›Was – ihr habt zugelassen, daß dieser Mann das Leben des Mädchens in höchste Gefahr brachte, damit ihr ihn wegen versuchten Mordes festnehmen könnt?‹ Der Verteidiger wird rot anlaufen und wütend werden. ›Eine Falle‹, wird er schreien. Nun, das könnte man bestreiten, und ich bezweifle, daß er diese Art von Einspruch aufrechterhalten könnte, weil ihr den Täter ja nicht dazu getrieben habt, dieses Mädchen zu besuchen. Aber er würde uns in die Defensive drängen, und wir müßten beweisen, daß sein Einspruch nicht zutreffend ist. Dennoch meine ich, das könnten wir riskieren. Aber ... Nicht einzugreifen und nicht zu verhindern, daß dieses Monster dem Mädchen eine tödliche Dosis von irgendwas verpaßt, wo es in eurer Macht gestanden hätte, dies zu verhindern – das dürfte schwer zu erklären sein.«

Haydon schüttelte den Kopf. »Russ, wir wissen nicht, auf welche Weise er es ihr verpassen wird. Wir wissen nicht, wie er vorgeht. Wie können wir ihn daran hindern, wenn wir nicht wissen, was er tut?«

»Ich bin mir nicht sicher«, sagte Million. Er strich sich über den Schnauzbart, formte ihn mit den Fingern. »Ich weiß es nicht. Es ist verdammt riskant, so etwas zu planen. Es wäre kein solches Problem, wenn ihr ihn bei einem Mordversuch schnappen könntet. Das heißt, wenn er zusammen mit dem Mordversuch eine andere Straftat begehen würde. Vielleicht wenn er das Mädchen vergewaltigte. Oder etwas klaute. Ich weiß nicht, aber so würde es viel stärker wirken vor den Geschworenen.«

»Ach, verdammt«, sagte Dystal wieder. »Das ist doch kein Schachspiel.«

»Tut mir leid«, entgegnete Million. »Ich schildere euch nur, was ihr im Lauf der Gerichtsverhandlung erwarten könnt.«

»Und was ist die Alternative?« fragte Mercer.

»Die Alternative wäre, daß wir Rafael einfach weitermachen lassen wie bisher und zusehen, wie er noch ein paar Mädchen umbringt, bis wir einen Haufen Indizienbeweise beisammenhaben. Die können wir dann den Geschworenen vorführen und damit rechnen, daß er freigesprochen wird«, sagte Haydon bitter. Er war wütend, nicht auf Million, sondern auf das System, wie er es schon Dr. Morton erklärt hatte. Genau das hatte er dem Arzt klarmachen wollen. Es war zum Verrücktwerden.

»Wissen Sie«, fuhr er mit leiser Stimme fort, »wenn man die Sache aus der ethischen Perspektive betrachtet, frage ich mich, was moralisch fragwürdiger ist: zuzusehen, wie er einem Mädchen eine tödliche Dosis Tollwutviren verpaßt, die wir mit einer prophylaktischen Impfung wirkungslos machen können, oder warten, bis er noch zwei oder drei Mädchen umgebracht hat, während wir versuchen, die exakten, genauen und legal zulässigen Indizien zu sammeln, um dem Buchstaben des Gesetzes zu genügen und einen Richter und die Geschworenen zu überzeugen, daß dieser Verrückte über jeden vernünftigen Zweifel hinaus Menschen umbringt. Was mich betrifft, halte ich das für eine rhetorische Frage, auf die ich auch eine Antwort bereithalte.«

Rings um den Tisch herrschte tiefes Schweigen.

»Ich bin auf der Seite von Stu«, knurrte Dystal. »Scheiße, machen wir es so, wie er es vorschlägt.«

Mercer schaute Million unverwandt an. Der Verkehr auf der Schnellstraße floß hinter seinem Profil vorbei – ein endloser Blutstrom dieser Stadt. Hält man ihn auf, wird die Stadt krank – kommt er zum Erliegen, stirbt die Stadt.

»Okay, wir versuchen es. Leitet alles in die Wege«, entschied Mercer. »Russ, Sie versuchen Ihr Bestes, um unseren Problemen zuvorzukommen. Seien Sie mit dabei, wenn es soweit ist. Sagen Sie ihnen, wann sie Rafael Guimaraes schnappen sollen, und übernehmen Sie die ganze Zeit die Kontrolle des Einsatzes, um soviele Fallstricke wie möglich auszuschalten.« Er schaute sich in der Runde um. »Ihr müßt doch wohl alle zugeben, daß es keineswegs eine solide Sache ist. Er könnte die Nacht bei irgendeinem der Mädchen verbringen und nichts weiter tun als sich danach am Morgen die Zähne zu putzen.«

»Gut«, sagte Haydon. »Ich bereite den Papierkram für die formelle Anklage vor und wir verhandeln mit demjenigen, dessen Telefonnummer Rafael anruft.«

»Und was ist mit Guimaraes und DeLeon?« fragte Russ.

»Türmen Sie alles, was Sie sich ausdenken können, auf sie«, sagte Haydon rasch. »Am liebsten würde ich diese beiden festnageln und einen der anderen frei davonkommen lassen, wenn er uns hilft, die zwei hinter Schloß und Riegel zu bekommen. Ich will sie haben – selbst wenn wir alle anderen laufenlassen sollten.«

Jeder stimmte ihm zu.

»Aber«, ergänzte Haydon, »ich möchte, daß alles zurückgehalten wird, bis wir die Leitungen angezapft und Rafael in unsere Schußlinie bekommen haben. Wenn wir mit den Anklagen Wind machen, erfährt Rafael vielleicht davon und ändert seine Pläne. Also behalten wir zunächst alles für uns und versuchen, ihn zu schnappen.«

Innerhalb von acht Stunden nach dem Treffen beim Frühstück waren die Telefone der vier brasilianischen Mädchen angezapft. Der schwierigste Teil der Aktion war es gewesen, acht Männer zu finden, die in Schichten arbeiten konnten und Portugiesisch verstanden. Man fand vier Beamte, die bei der Spezialtruppe für mexikanische Einwanderer arbeiteten und in beschränktem Umfang Portugiesisch verstanden; die anderen mußte man von den sprachwissenschaftlichen Abteilungen der Rice University und der University of Houston anwerben.

Beamte des Morddezernats wurden von weniger dringenden Fällen abgerufen und zu einer Vierundzwanzig-Stunden-Bewachung Rafaels abgestellt, was Hirsch und Mooney von dieser Aufgabe befreite, so daß sie sich dem Papierkram für die Anklagen widmen konnten. Blieb noch das Problem, herauszufinden, wem die beiden Unbekannten aus dem Leichenhaus »gehörten«. Da in diesen Fällen die Leichen vorhanden waren, mußten sie ordnungsgemäß identifiziert werden – und das bedeutete den Beginn einer umfangreichen Korrespondenz mit der Polizei in Rio de Janeiro, die sich mit den Fotos der Toten in die dortigen Slums aufmachte. Eine hoffnungslose Aufgabe, an die keiner so recht glauben wollte. Zugleich hatte ihnen Arturo Longoria die Namen der drei Handelsschiffe genannt, die für die Schmuggelei benützt wurden, und die Namen der Schiffsoffiziere und Matrosen, welche in die Sache eingeweiht waren. Es wurden Haftbefehle ausgestellt, mit denen sie bei ihrem nächsten Landgang in den Vereinigten Staaten verhaftet werden konnten. Der Zollbeamte am Houston-Schiffskanal, der ebenfalls in der Sache steckte, wurde gefaßt und in Haft genommen.

Um vier Uhr am selben Nachmittag saßen Mooney, Hirsch und Haydon in ihrem kleinen Büro, das vom Bereitschaftsraum abgetrennt war, hatten die Schreibtische voller Akten, und ihre Monitore leuchteten grün, während sie die Berichte eintippten. Das Telefon klingelte, und Haydon nahm den Hörer ab. Es war Dystal. Haydon rollte seinen Sessel rückwärts zur offenen Tür des Büros und schaute hinüber zur Glaswand von Dystals Büro. Er sah, daß der Lieutenant sich über das Telefon gebeugt hatte wie ein Bär, mit dem Rücken zum Bereitschaftsraum.

»Stu, wir haben gerade einen Anruf vom Sicherheitspersonal in den Shelbourne Towers erhalten. Sie fordern ein diskretes Team in Zivil an, das hinkommen und einen Selbstmord untersuchen soll. Sieht so aus, als ob es Guimaraes wäre.«

Haydon schaute auf die Wanduhr im Bereitschaftsraum und rollte dann seinen Stuhl zum Schreibtisch zurück.

»Gott sei Dank, daß sie sich richtig verhalten haben. So können wir die Sache ohne Aufsehen erledigen. Leo und ich übernehmen das.«

Haydon rief Vanstraten an und verabredete sich mit ihm in den Shelbourne Towers, dann ging er mit Hirsch los.

Paulo Guimaraes war tatsächlich gestorben – in seinem Schlafzimmer mit Blick auf die Skyline von Houston. Aber er hatte nicht Selbstmord begangen. Vanstraten sagte, es sei ein Gehirnschlag gewesen. Die offene Flasche Schlaftabletten neben dem Bett, die das Hausmädchen gesehen und sie zu der Vermutung veranlaßt hatte, es könnte Selbstmord gewesen sein, war praktisch voll – es fehlten nur zwei Tabletten. Paulo Guimaraes hatte schlafen, nicht sterben wollen. Aber das Schicksal hatte sich wieder einmal als launisch erwiesen, mit Sinn für makabre Scherze. Es hatte ihn für länger schlafen lassen, als er beabsichtigte.

Haydon fand sich in völliger Übereinstimmung mit der Geschäftsleitung des Shelbourne, was den Wunsch betraf, Guimaraes' Tod geheimzuhalten. Er bat die Geschäftsleitung, jeden in Guimaraes' Wohnung zu beordern, der etwas über seinen Tod wußte, und informierte diese Leute dann darüber, daß der Verstorbene seit einiger Zeit von der Polizei von Houston überwacht wurde und daß das Präsidium wünsche, diesen Todesfall streng geheimzuhalten. Er deutete Folgen an für denjenigen, der auch nur einen Ton gegenüber irgend jemandem außerhalb dieses Raumes verlauten lasse. Und jeder schien dafür Verständnis zu zeigen.

Ein Wagen des Coroners traf ein, ohne Blinklampen, und fuhr über die Rampe auf der Rückseite hinunter ins Tiefgeschoß. In der Wohnung von Guimaraes blieb ein Polizeibeamter zurück, für den Fall, daß sie jemand unangekündigt betreten würde, und man kam überein, daß niemand an eines der Telefone von Guimaraes gehen sollte, bis sie von der Polizei freigegeben würden. Die Geschäftsleitung würde die Benachrichtigung der Verwandten der Polizei überlassen und sich völlig ahnungslos geben, falls sich jemand nach dem Aufenthalt von Mr. Guimaraes erkundigen sollte.

Schließlich war alles geregelt, und alle waren gegangen bis auf Haydon, Hirsch und den Polizeibeamten, der in der Suite bleiben sollte. Haydon wanderte im Wohnzimmer auf und ab und blieb schließlich an den Fenstern stehen. Die Wohnung ging nach Osten hinaus mit Blick auf das Zentrum, so daß der Einbruch der Nacht von hier aus nicht den üblichen farbenfrohen Sonnenuntergang zeigte. Die Dämmerung kam kaum merklich, vielleicht ebenso, wie der Tod Paulo Guimaraes im Schlaf überrascht hatte. Aber vom siebenundvierzigsten Stock aus war es klar, daß es hier keine ewige Finsternis geben würde. Fast ebenso rasch, wie die Dämmerung über die Stadt hereinbrach, wurde sie durchstoßen und durchlöchert und schließlich erobert von Milliarden einzelner Lichter, den Symbolen des Lebens, die sich bis hinaus zur Küste an der Galveston Bay erstreckten.

34

Während der nächsten achtundvierzig Stunden wich Rafael nicht von seinem bereits bekannten Zeitplan ab: Er nahm an den Visiten im Krankenhaus teil, hörte Vorlesungen an der Universität und arbeitete an Mortons Forschungsauftrag im Labor. Abends fuhr er nach Hause in seine schwarze Höhle. Hirsch und Mooney schoben den Papierkram schließlich beiseite und bestanden darauf, bei der Überwachung abwechselnd mitzumachen. Jeder fühlte, wie sich die Spannung steigerte, und jeder wollte an den entscheidenden Ereignissen, die zu Rafaels Festnahme führen würden, teilhaben.

Mit Genehmigung von Dr. Morton wurde einem Team vom technischen Dienst der Polizeibehörde Zugang zum Labor gewährt. Es sammelte Fingerabdrücke von den Instrumenten, die nur von Rafael benützt wurden, Haare aus einem Kamm in der Tasche von einem seiner Labormäntel, die in seinem Spind hingen, Speichelspuren von zerkauten Bleistiften in seinem Schreibtisch und Haarproben von einem Rasierapparat, den das Team ebenfalls in seinem Schreibtisch gefunden hatte. Sie wußten nicht, ob sie diese Proben jemals brauchen würden, aber Haydon bestand darauf, soviele Beweise wie möglich zu sammeln, damit man sie im Zweifelsfall gegen Rafael verwenden konnte.

Das Team suchte auch nach Spuren des Tollwutvirus unter den Vorräten von Viren, die Rafael bei seiner Arbeit für Dr. Mortons Forschungsauftrag aufbewahrte.

Am Nachmittag des zweiten Tages hatten sie die Viren entdeckt: sechs Fläschchen in einem Tiefkühlschrank, der nur von Rafael und Dr. Morton benützt wurde. Die Fläschchen waren beschriftet mit dem Namen eines Arbovirus, der die venezolanische Pferde-Enzephalomyelitis verursachte. Die Fläschchen wurden fotografiert und ihr Inhalt durch eine harmlose Salzlösung ersetzt, die dieselbe Konsistenz und dasselbe Aussehen wie die Originallösung hatte. Das Präparat mit dem Virus wurde als Beweis sichergestellt. Daß sie Rafaels Vorrat von Viren ohne sein Wissen durch eine harmlose Flüssigkeit ersetzen konnten, war ein Glücksfall, mit dem Haydon nicht gerechnet hatte. Wenn Rafael den Inhalt beim nächsten Mädchen in gehabter Weise benützte, konnte der Verteidiger nicht ins Gefecht führen, daß die Strafverfolgungsbehörde rücksichtslos vorgegangen war und zugelassen hatte, daß sein Mandant das Mädchen mit einem tödlichen Virus infizierte.

Am gleichen Nachmittag rief Robert DeLeon bei Haydon an. Er hatte seit zwei Tagen erfolglos versucht, mit Paulo Guimaraes Kontakt aufzunehmen. DeLeon war wütend und befürchtete, die Polizei habe den alten Mann festgenommen. Haydon versicherte ihm, daß das nicht der Fall sei, und beruhigte den Anwalt nach einem längeren Gespräch. Als er endlich den Hörer aufgelegt hatte, nahm Haydon per Funk Kontakt auf mit den zwei Kriminalbeamten, die DeLeon bewachten, und sagte ihnen, sie sollten den Anwalt ins Präsidium bringen. Am späten Nachmittag wurde DeLeon darüber informiert, daß Guimaraes gestorben war; außerdem wurde in allen vorher besprochenen Punkten Anklage gegen ihn erhoben. Innerhalb von Stunden hatte sich DeLeon des Rechtsbeistandes von Dane Massey, dem einflußreichsten Strafverteidiger von Houston, versichert. Beide waren nur allzu bereit, Haydons Wunsch zu entsprechen und die Festnahme wie die Anklage geheimzuhalten.

Während Haydon und Russ Million sich mit DeLeon und Massey befaßten, saß Leo Hirsch an einem kleinen Tisch in der

Cafeteria des Hermann-Hospitals und beobachtete Rafael, der von einem der öffentlichen Telefone direkt am Eingang zur Cafeteria aus mit jemandem sprach. Zur gleichen Zeit saß der Sprachprofessor Sergio Thomases in einem Reparaturwagen der Southwestern-Bell-Telefongesellschaft vor dem Sutherland-Luxus-Apartmenthaus mit Aussicht auf die Buffalo Bayou und den Memorial Park. Im Inneren des Wagens war es brütend heiß. Thomases, dem Kriminalbeamten und dem Techniker, die bei ihm waren, tropfte der Schweiß aus allen Poren, obwohl sie die hintere Tür des Wagens geöffnet hatten, um sich ein wenig Durchzug zu verschaffen. Die Nachtluft draußen war totenstill.

Thomases und die beiden anderen hatten ihre Kopfhörer nach hinten geschoben und tranken kalte Cola aus einer Kühlbox, als die Telefonleitung klickte und der Kontrollapparat klingelte. Der Techniker schaltete den Rekorder ein, und die großen Chromspulen begannen sich hinter ihnen zu drehen, während sich Thomases nach vorne beugte, die Ellbogen auf die Knie stützte und das Gespräch abhörte.

Rafaels Stimme war leise und nur wenig moduliert, was das sonst so musikalische Portugiesisch leblos erscheinen ließ. Er sprach mit dem Mädchen, ohne sich zuvor zu erkennen zu geben.

»Ich möchte heute abend zu dir kommen.«

Es dauerte einen Augenblick, bis das Mädchen seine Stimme erkannte. Thomases hielt den Atem an. Er wußte, daß die Polizei vier oder fünf Stunden Zeit brauchte, um den Raum zu präparieren.

»Ach, Rafael.« Sie lachte kehlig. »Nein, nein, er ist hier, in der Stadt. Heute abend geht er mit seiner Frau aus. Kann sein, daß er nach dem Abendessen herkommt. Aber morgen, was meinst du? Morgen früh fährt er für ein paar Tage weg.«

»Das weiß ich«, sagte Rafael. »Nein, morgen nicht.« Er gab keine Erläuterung dazu.

»Vielleicht morgen abend?« fragte sie hoffnungsvoll.

Rafael gab keine Antwort. Im Hintergrund hörte Thomases Leute miteinander sprechen. Ihre Stimmen waren erst laut, dann wurden sie leiser. Man hatte ihm gesagt, daß Rafael möglicherweise von der Cafeteria des Krankenhauses anrufen würde, und daß er nicht leicht zu verstehen sein würde. Aber es war kein Problem.

»Ich habe guten Schnee«, sagte er schließlich.

Sie lachte und sagte dann leise: »Also, morgen abend?«

Rafael gab keine Antwort.

Thomases, der sich mit dem Anzapfen von Telefonleitungen nicht auskannte, fragte sich, ob Rafael etwas bemerkt hatte. Er schaute den Techniker an im schwachen Licht der kleinen, blinkenden Kontrollämpchen. Der junge Mann schüttelte den Kopf und grinste dazu.

»Also, morgen abend?« fragte das Mädchen noch einmal.

Die Spulen des Tonbandgeräts drehten sich, sammelten jedes Geräusch, eine entfernte Stimme, ein unterdrücktes Lachen.

»He, Rafael«, sagte das Mädchen.

»Okay«, antwortete er. »Aber nicht dort. In einem Hotel.«

»Es ist mir egal, wo«, sagte das Mädchen.

»Im Hyatt Regency gibt es Suiten mit Stereoanlagen«, erklärte Rafael. »Ich werde eine für morgen abend mieten, auf deinen Namen. Ich komme um neun.«

»Gut – ich bringe die Schallplatten«, sagte sie.

»In Ordnung.« Dann hatte Rafael aufgelegt.

Der Techniker spulte das Band rasch zurück und ließ es noch einmal ablaufen für Thomases, der den Text Wort für Wort auf Englisch wiederholte und in einen kleinen Kassettenrekorder der Polizei sprach. Zugleich wurde das Originalgespräch auf eine andere Kassette kopiert. Der Kriminalbeamte steckte beide Kassetten in seine Tasche und verließ den Reparaturwagen. Minuten später fuhr er die San Felipe hinunter, fast sechs Meilen von der Polizeistation entfernt.

Haydon hörte sich die kurze Aufzeichnung viermal an. Es war die erste Gelegenheit für ihn, Rafaels Stimme zu hören. Während er lauschte, schaute er sich die Fotos an, die Leo von Rafael bei seiner ersten Überwachungsaktion am Nachmittag gemacht hatte. Sie waren aus zu großer Entfernung aufgenommen worden, als daß sie mehr als ziemlich körnige Konturen vermittelten. Das eine war ein undeutliches Profil mit den Umrissen des medizinischen Instituts und dem Parkplatz im Hintergrund. Ein anderes zeigte Rafael ebenfalls im Profil neben der Reihe von Briefkästen auf dem Korridor beim Hintereingang des Instituts. Eine Frontalansicht war das beste Foto; Rafael schien direkt in die Kamera zu starren. Leo hatte sich im dritten Stock der Parkgarage versteckt und ihn mit einem Teleobjektiv fotografiert. Rafael selbst stand im Sonnenlicht. In einer Serie von Fotos konnte Haydon den Rhythmus von Rafaels Gang erkennen. Er schritt entschlossen dahin, aber unter dem europäisch geschnittenen Sportsakko waren seine hängenden Schultern zu erkennen. Seine Augenbrauen waren buschig und gingen ineinander über, als er mit zusammengekniffenen Augen in die Sonne schaute. Seine Unterlippe war voll, und er hatte ein Grübchen im Kinn. Haydon wußte nicht, warum, war aber überrascht, daß es sich um einen gutaussehenden Mann handelte.

Haydon stationierte Pete Lapier mit Hilfe der Geschäftsleitung beim Empfang im Hyatt Regency. Um sieben Uhr am nächsten Morgen rief Lapier beim Morddezernat an und hinterließ, daß eine mit Stereoanlage ausgerüstete Suite unter dem Namen einer Dolores do Bandolin für eine Nacht reserviert worden war. Im Lauf einer Stunde waren alle Techniker, welche die Geräte zur Überwachung einbauen sollten, verständigt und auf dem Weg zum Hotel. Um halb neun saß Haydon im Coffeeshop des Hyatt und schaute hinaus in die tiefer gelegene Halle des Hotels. Er erkannte das erste Techniker-Team, das die Halle von der überdachten Einfahrt her betrat. Wie zuvor vereinbart, hatte man die gesamte Ausrüstung in normale Reisekoffer verpackt. Zwei Männer und eine Frau kamen gemeinsam herein, aber der eine der Männer ging gleich ans Telefon, statt sich ins Hotelregister einzutragen. Der andere Mann und die Frau erhielten die Schlüssel für eine Suite im sechsundzwanzigsten Stock von Lapier, der in einem Hyatt-Blazer hinter dem Empfangspult arbeitete. Sie nahmen ihre Koffer und gingen zu den Aufzügen, wo sie ein paar Sekunden mit einem älteren Ehepaar warten mußten, das bereits dort stand. Als ein Lift hielt, traten die beiden Paare hinein, und im letzten Augenblick kam der zweite Mann dazu, der gerade seinen Telefonanruf beendet hatte. Er tat so, als ob er die anderen nicht kennen würde.

Haydon saß an einem Tisch und schaute zu, wie die verglaste Liftkabine, umgeben von hellen Glühlampen wie ein Theatereingang, sechsundzwanzig Stockwerke nach oben glitt, mit dem ersten Techniker-Team, das wie staunende Teilnehmer eines Kongresses durch die Glasscheiben nach unten schaute.

Das zweite Team kam zwanzig Minuten später auf ähnliche Weise ins Haus. Der einzige Unterschied bestand darin, daß Lapier sich selbst um den Papierkram kümmerte und ihnen dann den Schlüssel aushändigte. Eine Viertelstunde, nachdem das zweite Team mit dem funkelnden Lift nach oben gefahren war, bezahlte Haydon seine Rechnung an der Kasse des Coffeeshops und fuhr ebenfalls hinauf.

Die zwei Suiten befanden sich in einem kurzen Querteil des sechsundzwanzigsten Stockwerks, und ihre Türen konnten nicht eingesehen werden von den langen Galerien aus, die im Inneren der hohen, überdachten Halle Zugang zu den meisten Zimmern boten. Das gewährte den Technikern mehr Bewegungsspielraum, und auf diese Weise konnten sie auch leichter hinüber zur Hauptsuite und zurück. Die Techniker, die in der linken Suite arbeiteten, mußten beim Bohren die Lautstärke ihres Fernsehgeräts aufdrehen, weil das Zimmer auf der anderen Seite besetzt war.

Marty Rangel war für die Installationen verantwortlich und führte Haydon in die Suite, die sich Rafael hatte reservieren lassen. Rangel war ein kleiner Mann mit einem Salz-und-Pfeffer-Schnauzbart und klaren Augen, die fast ohne Farbpigmente waren. Er sprach schnell, bewegte sich flink und hatte die Gewohnheit, die Zunge an den oberen Schneidezähnen zu wetzen, wenn er gerade nicht sprach.

»Ihr Mann wird hier in Nummer sechsundzwanzigneunund-dreißig sein«, sagte er und ging Haydon voraus in die Suite. »Okay, hier haben wir den Wohnraum. Das Schlafzimmer ist rechts. Fürchte, wir verschwenden euer ganzes Budget für diese Sache. Vier Videoeinheiten, zwei Kameras in jeder Einheit. Die Bänder, die wir benützen, sind teuer, die besten, die es gibt, mit ganz dicker Beschichtung. Denen kann man schon einiges antun, ohne daß die Bildqualität darunter leidet.«

Rangel trat in die Mitte des Wohnraums und schaute auf die Wand zur Suite Nummer 2638. »Okay, hier haben wir Glück gehabt. Diese Einheit ist hinter einem Spiegel.« Er zeigte auf ein Loch in der Wand, über einem bequemen Ledersessel. »Janet setzt gerade ein Spezialglas in den Spiegel ein. Diese Kamera nimmt alles auf von den Fenstern über den Tisch und das lange Sofa an der Wand bis zur Schlafzimmertür. Die andere ist über dem L-förmigen Sofa. Sie nimmt Teile des darunterstehenden Sofas auf, einen Teil der Bar und die Tür zum Schlafzimmer. Die hier ist nicht so leicht zu installieren. Wir müssen das irgendwie mit Tapete kaschieren. Janet arbeitet an einer Zellophanverkleidung, die dem Muster der Tapete entspricht. Zum Glück haben die Technologiespinner diese kleinen Linsen entwickelt. Mit denen von der alten Sorte kämen wir nicht zurecht.«

Er fuhr sich mit der Zunge über die Schneidezähne, während Haydon sich umschaute. Dann ging Rangel ins Schlafzimmer.

»Hier drinnen ist die eine Einheit auch leicht zu installieren. Die Kameras stehen in der Suite Nummer sechsundzwanzigvierzig, hinter dem Spiegel gegenüber dem Bett. Hübscher Platz für einen Spiegel, wie? So kann man sich das Haar kämmen, gleich nach dem Aufwachen – oder was? Mit diesen Kameras komme ich von den Fenstern bis zum Bett und zur Tür. Die andere Einheit ist genau gegenüber der, welche drüben über dem Sofa im Wohnzimmer angebracht ist. Sie gewährt einen guten Blick durch die Tür. Den Schrank bekommen wir übrigens auch mit dieser Kamera hier drauf.

Schön; mit den Kameras können wir achtundneunzig Prozent der Suite beobachten. Was wir nicht kriegen, sind der Eingang von draußen, der Schrank an der Eingangstür, die ganze Bar und das Bad. Aber wir können eine Kamera im Bad von sechsundzwanzig-achtunddreißig installieren, wenn Sie meinen.«

Haydon nickte und ging hinüber ins Bad. »Ich fürchte, das wird unumgänglich sein, Marty«, sagte er und schaute auf die Badezimmertür.

»Ist mir ein Vergnügen.«

»Wann werdet ihr fertig?«

»Gegen mittag. Na ja, vielleicht ein bißchen später, wo Sie jetzt auch noch was im Bad haben wollen. Wir müssen diesen großen Spiegel anderswo hin hängen. Und es dauert, bis wir das Spezialglas eingesetzt haben. Aber wir räumen unseren Dreck selber weg, so daß alles fertig ist, sobald wir die Suite verlassen. Ich schlage allerdings vor, daß die Hausdame noch vorbeikommt mit einem Raumspray. Kann sein, daß es danach ein bißchen nach Gips und Sägemehl riecht. Wir haben erstklassige Kameras und Aufzeichnungsgeräte, also schlage ich vor, wir geben ein paar Watt weniger in die Lampen. Wir benötigen nicht unbedingt Scheinwerfer.«

»Schön, kümmern Sie sich darum. Sie kennen sich am besten aus.«

»Okay.«

»Wie werden wir das alles im Auge behalten?«

»Es gibt einen Monitor für jede Einheit. So können wir alles gleichzeitig beobachten. Wenn die beiden auf dem einen Monitor nicht mehr zu sehen sind, brauchen wir nur auf den anderen zu schauen. So ersparen wir uns, immer von einer Einheit auf die andere umschalten zu müssen. Wenn zum Beispiel die Frau im Blickwinkel dieser Einheit bleibt, während der Mann in den Blickwinkel einer anderen kommt, brauchen wir uns nicht zu entscheiden, welche Kameras die interessanteren sind. Wir können beide Einheiten gleichzeitig betrachten. Das Bad bekommt einen separaten Monitor. Natürlich ist die ganze Suite mit Wanzen gespickt wie das verdammte Space Shuttle. Aber das ist kein Problem. Wir haben genügend Kopfhörer.«

»Großartig. Ich fahre jetzt zurück zum Präsidium. Rufen Sie mich an, wenn Sie fertig sind. Ich möchte hier gern noch einmal durchgehen, bevor ihr die Suite verlaßt.«

»Ich melde mich.«

35

Auf einen augenblicklichen Impuls hin hatte Haydon Nina angerufen und sich mit ihr zu einem späten Lunch bei »Cody« in Montrose verabredet. Es zeigte sich, daß das ein Fehler war. Er war geistesabwesend und ärgerlich über ihre Bemühungen, Konversation zu machen. Nach einer Weile ließ sie es sein. In Wahrheit hatte er gar nicht reden, sondern nur nicht allein essen wollen. Selbstsüchtig, wie er war, wünschte er sich nur, daß sie da war. Nach fast einer Stunde, in der sie Haydons mürrische Antworten ertragen hatte, sagte Nina, sie müsse jetzt wieder in ihr Studio.

Draußen beugte er sich durch das Fenster ihres Wagens und küßte sie, dann sagte er ihr, daß er abends voraussichtlich spät heimkommen würde. Eine Überwachung sei im Gange, und er wolle dabeisein. Sie lächelte, beugte sich hinaus, um ihm noch einen Kuß zu geben, und fuhr davon. Haydon ging zu seinem Wagen und ließ, nachdem er sich hineingesetzt hatte, die Tür offen, damit die brodelnde Hitze entweichen konnte. Dann meldete er sich über Funk. Dystal sagte, Rangel hätte gerade angerufen und sei bereit zur Überprüfung. Haydon erwiderte, er sei schon auf dem Weg zum Hotel.

Rangel und seine Techniker hatten fabelhafte Arbeit geleistet. Zuerst hatte man gedacht, daß die Monitore für die Einheiten von Nummer 2640 in dieser Suite sein müßten, was die Kriminalbeamten in zwei Gruppen gespalten hätte, wobei die eine das Wohnzimmer von der einen Suite und die andere das Schlafzimmer von der anderen Suite aus hätte überwachen müssen. Da Russ Million die Entscheidung treffen wollte, wann man gegen Rafael vorgehen würde, war die Frage entstanden, in welcher Suite er sich aufhalten sollte. Aber Rangel und seine Techniker überprüften die Leisten oberhalb der Türen zu den Suiten und fanden eine Möglichkeit, die dicken Kabel hindurchzuführen, so daß alle Monitore in 2638 aufgestellt werden konnten. Das löste ein schwieriges logistisches Problem.

Haydon betrachtete die Monitore, als zwei der Techniker durch die Suite 2639 wanderten. Rafael und Dolores do Bandolin würden ständig zu sehen sein. Zwei Techniker blieben während der gesamten Operation in Suite 2640, für den Fall, daß etwas mit den Kameras passierte. Sie konnten sich über Mikrofon mit der anderen Suite in Verbindung setzen. Haydon dankte Rangel und bat ihn, während der Operation anwesend zu sein.

Als er zurückkam in sein Büro, meldete er sich bei Mooney. Rafael machte seine Nachmittagsvisite im Hermann-Hospital. Hirsch war zu Hause zum Ausschlafen und hatte hinterlassen, daß er rechtzeitig geweckt werden wollte, um mit den anderen zum Hotel gehen zu können. Dystal, Haydon und Mercer saßen in Dystals Büro und gingen noch einmal alle Möglichkeiten durch, die sich im Verlauf der Überwachungsaktion ereignen konnten. Mercer machte sich immer noch Sorgen wegen der technischen Einzelheiten.

Um halb fünf rief Lapier an und berichtete, Dolores do Bandolin habe gerade eingecheckt und sei auf dem Weg in ihre Suite. Sie habe eine Tasche und ein kleines Köfferchen bei sich. Haydon rief Hirsch an und sagte ihm, er solle sich mit ihnen um halb sechs im Hotel treffen. Mooney würde Rafael beschatten, bis er im Hotel auftauchte. Als nächstes rief Haydon bei Russ Million an und bat ihn, bis Viertel vor sechs in die Suite 2638 zu kommen. Schließlich rief er noch bei Professor Thomases an und bat ihn um sechs in dieselbe Suite. Die Techniker, die sich bereits im Hyatt befanden, sollten während der Aktion dortbleiben.

Haydon erreichte das Zentrum im abendlichen Berufsverkehr. Die Hitze, die sich in den Mauern und im Pflaster gespeichert hatte, heizte die Auspuffgase der Busse und Privatwagen auf. Aber die Sonne war verschwunden. Obwohl Windstille herrschte wie am Äquator und die verpestete Luft kaum einzuatmen war, hatte sich hoch oben in der Stratosphäre eine dünne Wolkenschicht gebildet, die die Sonne des Spätnachmittags abschirmte. Die Luftfeuchtigkeit stieg zusammen mit der Temperatur, bis man nicht mehr feststellen konnte, ob man vom eigenen Schweiß tropfte oder vom salzigen Wasserdampf des Golfes. Nachdem die Sonne in den Wolken verschwunden war, wurde es in den Straßenschluchten fast dunkel. Die Neonlampen wurden früh eingeschaltet und spiegelten sich trübe in den Straßen.

Haydon kam ein paar Minuten zu früh in die großartige Halle des Hyatt, aber Hirsch war noch vor ihm eingetroffen und wartete in der tiefergelegenen Lounge. Die Bar dort war geöffnet und von einer Schar von Trinkern umlagert. Hirsch hatte Haydon hereinkommen sehen und ging auf ihn zu.

»Na, genug geschlafen?« fragte Haydon.

»Klar. Gibt's was Neues?«

»Nein. Aber es sieht gut aus, Leo. Sehr gut.«

»Hast du von Ed gehört?«

Haydon warf einen Blick auf seine Uhr. »Er sollte kurz nach sechs anrufen. Wir fahren lieber hinauf.«

Um Viertel nach sechs waren alle versammelt bis auf Ed Mooney, und Rangel erklärte mit leiser Stimme die Einrichtungen. Hirsch, Million und Thomases hörten aufmerksam zu. Während er sprach, schaute er auf den Bildschirm, wo sich Dolores do Bandolin im Wohnzimmer auf dem Sofa räkelte, ein Glas Champagner in der Hand, und auf dem Bildschirm »Das kleine Haus in der Prärie« betrachtete. Sie hatte ein fließendes Kleid an, das sie um die Hüften gezogen hatte, während sie die Fernsehsendung verfolgte.

Als das Telefon klingelte, wandte sich Haydon von der Gruppe ab und griff zum Hörer.

»Wir sitzen wieder in dieser verdammten Cafeteria«, sagte Mooney. »Er zupft sich geistesabwesend an der Nase und schaut hinaus auf das Scheiß-Wetter. Wenn nicht schon etwas anderes das Hirn dieses Bastards durcheinandergebracht hätte, dann würde es diese gottverdammte Routine schaffen, die jeden verrückt machen kann. Seit einer Stunde sind wir jetzt hier. Er sitzt immer noch auf demselben Stuhl. Nichts zu essen, nichts zu trinken. Es kommt mir so vor, als wäre er völlig gelähmt durch dieses Wetter.«

»Wir sind bereit.«

»Ist die Puppe schon da?«

»Ja.«

»Ist sie nett?«

»Ja.«

»Gut, dann hör zu. Es wäre mir sehr recht, wenn Dystal jemanden herschicken könnte, der mir hilft, den Kerl zu bewachen, sobald er in seinen Wagen gestiegen ist. Das Wetter wird, glaube ich, umschlagen, und ich möchte ihn nicht gern aus den Augen verlieren.«

»Gut, wird gemacht.«

»Ich melde mich wieder, lasse euch wissen, wann wir losfahren.«

Haydon hatte Sandwiches und Kaffee kommen lassen, und warmes Essen für beide Suiten bestellt. Sie richteten sich für den Abend ein, unterhielten sich und betrachteten hier und da die Bandolin auf den Monitoren. Sie hatten die Sofas und Sessel auf die eine Seite geschoben und die fünf Monitore an der gegenüberliegenden Wand aufgebaut. Die beiden, die den Wohnraum zeigten, standen links, die zwei vom Schlafzimmer rechts und der Monitor vom Bad noch weiter rechts. Manchmal, wenn die Bandolin aufstand, um sich Champagner einzuschenken oder ins Schlafzimmer zu gehen, war sie gleichzeitig auf zwei Monitoren zu sehen, aus verschiedenen Blickwinkeln. Ein Beweis für Rangels raffinierte Planung.

Die Bandolin sah fern; nach dem »Haus in der Prärie« die »Dukes of Hazzard«, und war bei der ersten Hälfte von »Dallas«, als das Telefon neben Haydon wieder klingelte. Es war Dystal.

»Ich habe Ed und Crowley per Funk. Rafael fährt los. Sie verlassen das Klinikum.«

»Sind sie die ganze Zeit dortgewesen?«

»Ja, meistens in der Cafeteria. Ed sagt, der Kerl ist noch rasch ins Labor gegangen, bevor er wegfuhr. Vermutlich um eine Flasche von seinem Gebräu zu holen. Ich melde mich wieder.«

Während der Werbesendung nach einer halben Stunde »Dallas« stand die Bandolin auf und ging ins Bad. Sie urinierte in Anwesenheit von drei Elektronikfachleuten, zwei Kriminalbeamten, einem Sprachprofessor und einem Stellvertreter der Staatsanwaltschaft. Dann schaute sie direkt in die Kamera Nummer fünf und betrachtete ihr Gesicht im Spiegel, glättete sich die Augenbrauen mit einem Finger und schüttelte das dichte, schwarze Haar. Sie lächelte, drehte den Kopf in verschiedene Richtungen, als sie sich aus den Augenwinkeln im Spiegel betrachtete, schien zufrieden zu sein. Dann machte sie kehrt und ging zurück ins Schlafzimmer. Sie bürstete sich das Haar, trat dann ans Bett und nahm ein paar Schallplatten aus ihrer Tasche. Summend und sich dabei leicht in den Hüften wiegend, drückte sie die Platten an die Brust. Sie war schön und bewegte sich elegant. Unmöglich, ihr nicht zuzusehen.

Nachdem sie sich Champagner nachgeschenkt hatte, legte sie eine der LPs auf den Plattenteller der Stereoanlage. Als sich die Nadel auf die erste Rille senkte und die schöne Stimme von Elis klar und deutlich durch die Lautsprecher kam, stand sie mit ihrem Glas auf und trat ans Fenster und schaute hinaus auf die Stadt, deren Lichter jetzt weitgehend vom Nebel eingehüllt waren, welcher vom Golf hereintrieb. Sie warf einen Blick auf ihre Armbanduhr, und als wäre das ein Signal, schauten auch die Männer in den Suiten nebenan auf die ihren.

»Glaubt ihr, daß er pünktlich ist?« fragte Million leise.

Haydon zuckte mit den Schultern. Es war Punkt neun.

Das Telefon klingelte, und Haydon nahm den Hörer ab.

»Er wird sich verspäten«, sagte Dystal. »Ed sagte, er kreist seit einer Viertelstunde um das Hotel, fährt einfach rundherum. Glaubt ihr, er riecht den Braten?«

»Wer weiß? Ist Ed sicher, daß er nicht gesehen wurde?«

»Er sagte es. Was macht sie denn?«

»Sie hört Schallplatten und vertreibt sich die Zeit.«

»Ist sie nervös?«

»Eigentlich nicht.«

»Nun gut, wenn er – Moment.« Es knackte, und Dystal brummte im Hintergrund. »Jetzt ist er in die Hotelgarage gefahren. Ed parkt auf der Straße und geht in die Halle. Crowley wartet am Garagenausgang. Ich hänge mich an Crowley, bis ich weiß, daß er bestimmt drinnen ist.«

Haydon konnte Dystal atmen hören. Jeder in der Suite

schaute Haydon an, der den Blick auf das zweite Telefon richtete. Es kam ihm vor wie volle fünf Minuten, bis es endlich klingelte und er den Hörer abnahm.

»Hier Lapier. Ed ist jetzt hier unten. Wir stehen im Blickkontakt, aber er hat den Mann noch nicht gesehen, und ich auch nicht.«

»Kann er zum Lift kommen, ohne gesehen zu werden?«

»Ja.«

Haydon gab Dystal Bescheid und saß dann da mit den Telefonhörern am Ohr. Er starrte auf den Monitor mit der Bandolin. Die Musik war zu laut, um das Klopfen an der Tür hören zu können, aber er rechnete damit, daß sie sofort reagierte. Beide Telefone schwiegen, und die Bandolin schaute immer noch zum Fenster hinaus, mit dem Rücken zu den Kameras. Rangel stand auf und drehte bei einem der Monitore am Kontrastregler. Es war eine kaum sichtbare Veränderung, eine nervöse Bewegung. Million saß da, die Beine übereinandergeschlagen, den Rücken gegen die gerade Lehne des Stuhls gepreßt, während er eine Tasse samt Untertasse balancierte und sich dann den Schnauzbart mit einem Finger glattstrich. Hirsch schaute nacheinander auf alle fünf Monitore, als rechne er damit, daß Rafael aus einem von ihnen springen würde.

Dann drehte sich Dolores de Bandolin langsam herum, und ein Lächeln teilte ihre Lippen, während Rafael gleichzeitig auf den Monitoren zwei und drei zu sehen war, von verschiedenen Seiten.

»Er ist drinnen«, sagte Haydon in beide Telefonhörer.

»Gut, ich hänge ein«, sagte Dystal.

»Bleiben Sie dran, Pete«, sagte Haydon zu Lapier. »Ed soll noch einen Moment warten.«

Rafael ging in die Mitte des Wohnraums. Er trug einen Regenmantel, und seine Arme hingen schlapp an den Seiten herunter. In der einen Hand hatte er einen kleinen Lederbeutel. Die Bandolin kam im Takt der Musik auf ihn zu, noch immer lächelnd, streckte die Arme nach ihm aus und hielt ein leeres Champagnerglas in der einen Hand. Rafael näherte sich ihr ausdruckslos, und sie schlang die Arme um ihn. Er langte mit den

Händen nach oben, machte sich frei und ging zur Champagnerflasche, die in einem Sektkühler mit Eis stand, schenkte sich ein Glas ein, und die Bandolin kam wieder auf ihn zu, noch immer lächelnd, und hielt ihm ihr Glas hin, daß er es vollschenken sollte. Er ignorierte sie, steckte die Flasche wieder ins Eis und ging an Dolores vorbei zu einem der Sessel. Dann zog er den Regenmantel aus, warf ihn auf den Boden und setzte sich.

»Okay, er bleibt«, sagte Haydon zu Lapier. »Ed soll noch fünf Minuten warten, um ganz sicher zu sein, bevor er heraufkommt. Sagen Sie ihm, er soll nur ganz sachte an unserem Türknopf drehen. Wir können es hören.«

Die Bandolin schenkte sich selbst ein und wandte sich wieder Rafael zu; ihr Lächeln war unverändert. Etwas kam Haydon bekannt vor bei diesem Lächeln. Er konzentrierte sich darauf, als sie auf Rafael zuging, der im Sessel sitzenblieb. Erst stand sie vor ihm, dann kniete sie sich auf den Boden, die Augen auf sein Gesicht gerichtet. Kniend lächelte sie ihn an und senkte den Kopf noch weiter nach unten, bis er fast zwischen seinen Füßen war. Jetzt erkannte Haydon den Ausdruck. Er hatte ihn bei Hunden gesehen, die sich bei Menschen oder einem anderen Hund einschmeicheln wollten. Sie wand sich genauso, wie er es bei Hündinnen gesehen hatte: eine Art sexuelles Vorspiel, die verzweifelte Bemühung, sich angenehm zu präsentieren, ein selbsterniedrigendes Sich-Anbieten.

»Was willst du?« fragte Rafael. Es war das erste Wort, das zwischen ihnen gesprochen wurde. Thomases übersetzte rasch und mühelos, ohne Pause.

»Alles«, sagte sie. Sie tauchte die Finger der einen Hand ins Champagnerglas und spritzte die Flüssigkeit auf ihre Brust, massierte den Brustansatz, ließ ihre langen, schmalen Finger tiefer nach unten in den Ausschnitt gleiten. Als sie sie, noch naß vom Champagner, wieder zurückzog, strich sie sich damit über die Lippen, den Hals und ihre glatten, zimtfarbenen Schultern, schob die Träger von den Schultern, damit das fließende Material über die Brust nach unten rutschen konnte. Dann beugte sie sich leicht nach vorn und ließ das Oberteil des Kleids auf die Taille fallen. Noch immer auf den Knien, nahm sie das Champagnerglas am Stiel und goß den Rest des Champagners langsam über ihre Brüste, bis sie glänzten, kleine Bächlein über ihren Nabel liefen und in den Falten des Kleids verschwanden. Nun stand sie auf und beugte sich langsam nach vorn, bis ihre Brüste vor seinem Gesicht waren, führte erst die eine, dann die andere an seine Lippen.

Er bewegte keinen Muskel.

Sie trat zurück, lächelte und stand aufrecht da, während sie sich das Kleid über die Hüften streifte und es bis unten auf die Knöchel fallen ließ. Sie hatte nur eine Netzstrumpfhose darunter an, die jetzt mit Champagner getränkt war. Nun kreiste sie mit den Hüften ein wenig und zog sich die Strumpfhose mit langen, spitzen Fingern vom Körper.

In diesem Augenblick bewegte sich in Suite 2638 der Türknopf. Niemand rührte sich bis auf Haydon, der aufstand und Mooney hereinließ.

Rafael trank sein Glas aus, stellte es auf den Boden, nahm seinen Lederbeutel, stand auf und ging an der großen, bildschönen Frau vorbei, ohne sie zu berühren – eine Zurückhaltung, die jeder Mann im Zimmer nebenan für unmöglich gehalten hätte. Dann setzte er sich an einen Tisch an der Fensterwand und begann den Beutel zu leeren. Das Mädchen drehte sich zu ihm um. Die Grübchen an ihren Hüften waren auf der einen Seite deutlicher zu sehen als auf der anderen, weil sie ihr Gewicht auf den linken Fuß verlagert hatte.

»Alles?« fragte Rafael. »Okay.« Er legte zwei durchsichtige Plastiktütchen nebeneinander auf den Tisch. Dann kamen ein Löffel, eine Kerze, eine Spritze, ein Gummischlauch, Streichhölzer und ein Fläschchen zum Vorschein.

»Da ist das Zeug«, flüsterte Mooney. »Er hat es mitgebracht. Sieht aus wie Kokain oder Heroin. Scheiße, der Dreckskerl macht ihr eine harte Mischung. Hoffentlich ist sie es gewohnt.«

Schweigend fuhr Rafael fort, das Rauschgift zu mischen.

»Verdammt, Stuart«, sagte Million. »Das kann sie doch umbringen.«

Keiner außer ihm sprach ein Wort, aber die Spannung elektrisierte den Raum.

»Sollen wir da zusehen, Haydon?« fragte Million. Seine Stimme klang gepreßt.

Haydons Herz hatte seinen Rhythmus verloren und schien durch den ganzen Brustkorb zu hüpfen. Million wandte sich von den Monitoren ab und schaute ihn an. Haydon fühlte den Blick seiner Augen.

»Er wird sie nicht umbringen«, sagte Haydon. »Sie ist jung, und er weiß, was sie gewöhnt ist. Er will, daß sie durch das Virus getötet wird.«

Niemand fragte ihn, woher er das wußte.

Rafael fügte den Inhalt des Fläschchens zu dem bereits fertigen Gebräu und zog alles in die Spritze auf. Das Mädchen zeigte keinerlei Gefühl, nur ihre Finger begannen sich nervös zu bewegen. Als die Spritze voll war, ließ Rafael sie auf dem Tisch liegen und wandte sich der Stereoanlage zu. Er legte eine neue Platte auf.

»Samba«, sagte Haydon, als die Musik die Wände zum Vibrieren brachte. Rafael hatte die Lautstärke aufgedreht.

Er setzte sich wieder und nahm den Gummischlauch. Das Mädchen kam auf ihn zu und streckte beide Arme aus, mit den Innenseiten der Ellbogen nach oben. Rafael wand den Gummischlauch rasch um ihren rechten Arm, nahm die Spritze und ließ die Nadel in die geschwollene Vene ihres Arms gleiten. Als er sie herauszog, schaute er die Bandolin an. Dann berührte er den Gummischlauch, riß ihn mit einem Ruck ab.

Jeder im Raum nebenan zuckte zusammen. Rafael schickte ihr das Rauschgift in einem einzigen Schuß direkt in die Blutbahn. Dolores stand still. Sie hob die Arme über den Kopf, breitete die Beine aus, um sicherer zu stehen, und stürzte dann mit einem Schlag zu Boden, als ob sie der Blitz getroffen hätte.

Million stöhnte.

Haydon ging ans Telefon und wählte eine Nummer. »Pete, besorgen Sie uns einen Arzt, der darauf vorbereitet ist, mit einem *Speedball* fertigzuwerden. Lassen Sie ihn unten warten, bis ich anrufe. Aber schnell!«

Das Mädchen war zu Boden gefallen wie eine Lumpenpuppe; die Arme lagen seltsam verdreht unter ihr. Rafael stand auf und kam um den Tisch herum. Er stand über ihr, bewegte dann seinen rechten Fuß und stieß ihren Kopf damit ein wenig zur Seite. Nun bückte er sich und öffnete eines ihrer Lider. Er nahm eine kleine Taschenlampe aus seiner Jackentasche und leuchtete ihr damit in die Augen. Danach erhob er sich wieder, schenkte sich ein Glas Champagner ein und trank es auf einen Zug aus.

Nach einer Atempause schritt er über das Mädchen hinweg und ging ans andere Ende des Sofas, wo er sich auszog. Er hängte seine Jacke über eine Stuhllehne und breitete das Hemd darüber. Nachdem er die Hose ausgezogen hatte, faltete er sie zusammen und bemühte sich, die Bügelfalte zu erhalten, bevor er die Hose über eine andere Stuhllehne hängte. Dann zog er Schuhe und Socken aus, stellte die Schuhe nebeneinander vor einen der Stühle, die Spitzen nach vorn, und steckte die Socken hinein. Das Unterhemd breitete er flach auf dem Boden aus und darüber legte er seine Unterhose.

Völlig nackt jetzt, drehte er das Mädchen hin und her, bis er es an den Fußgelenken zu fassen bekam; dann schleppte er es ins Schlafzimmer.

»Dreckskerl«, zischte Hirsch. Er wollte aufstehen, aber Haydon legte ihm eine Hand auf den Arm. »Verdammt, ist das denn nicht genug?« Er schaute Million an.

Millions Blicke waren auf die Monitore gerichtet. Er atmete wie ein Langstreckenläufer, hielt den Mund nur mit Mühe geschlossen dabei.

»Sie wissen, was jetzt kommt?« fragte Haydon und schaute Million an.

Million bewegte nur einmal kurz den Kopf auf und ab.

Als Rafael das Mädchen im Schlafzimmer hatte, drehten sich die Köpfe aller Zuschauer gleichzeitig zu den beiden anderen Monitoren. Rafael riß die Decke vom Bett und ließ nur das weiße Laken darauf. Er packte das Mädchen unter den Armen und zog es auf das Bett, achtete darauf, daß es genau in der Mitte lag, daß die Beine gerade waren und die Arme an den Seiten lagen. Er ließ sich einige Zeit mit ihrem Haar, das er ihr so um den Kopf drapierte, daß es wie Tinte über das Kissen floß.

Dann kehrte er in den Wohnraum zurück, nahm eine Handvoll Kerzen aus dem Lederbeutel und ging mit ihnen zurück ins Schlafzimmer. Die Kerzen stellte er am Fußboden auf, rings um das Bett, und zündete sie an. Danach ging er zur Tür, knipste sämtliche Lichter aus, ging hinaus ins Wohnzimmer und stellte auch den Plattenspieler ab. Er steckte eine Kassette in den Rekorder und schaltete ihn ein.

Es dauerte eine Sekunde, bis Haydon die afrikanischen Trommeln von »Burundi Black« erkannte. Es war die zweite der beiden rot markierten Platten der alten Wurlitzer im Haus der Parmer. Rafael knipste auch im Wohnraum die Lichter aus und ging dann im Schein des Kerzenlichts ins Schlafzimmer hinüber.

»Wir bekommen hier ein gutes Bild.« Rangels Stimme klang rauh, als er sich mit den Technikern in der anderen Suite in Verbindung setzte. »Vielleicht solltet ihr den Verstärker ein bißchen aufdrehen. Gut. Das reicht.« Er schaute sich um. »Gute Bilder.« Niemand achtete darauf.

Plötzlich war Rafael neben dem Bett. Das Zimmer war dunkel bis auf den Kerzenschein, der auf das Mädchen fiel und die Vorderseite von Rafaels Körper erhellte. Er hob die Arme und begann die Hände, die im Schatten nicht zu sehen waren, in flatternde Bewegung zu versetzen. Eine Wolke entstand, ein Nebel von Puder, der auf das Bett herabrieselte. Das Tempo der Musik beschleunigte sich, während sich ein Chor von Stimmen zu den synkopierenden Trommeln mischte, in einem Kontrapunkt-Rhythmus, der einen hypnotischen Effekt auf Rafael ausübte. Er bewegte sich in diesem Rhythmus um das Bett, sein Körper pulsierte und wand sich, während der Puder nach unten rieselte und das Mädchen weiß wie eine Leiche wurde. Je mehr sie an eine Tote erinnerte, desto mehr erregte sich Rafael, bis seine Erektion die Männer nebenan dazu brachte, daß sie wegschauten.

Es gab ein lautes Poltern, als Thomases auf dem Weg ins Bad einen Stuhl umstieß. Danach hörten sie, wie er sich übergab.

»Hast du die Schlüssel, Leo?« fragte Haydon. Hirsch sprang rasch auf. »Ed?«

Die beiden Kriminalbeamten öffneten die Tür der Suite und warteten, den Blick wieder auf den Monitoren.

Rafael zitterte und tanzte um das Mädchen herum; ihr Haar war jetzt ebenfalls weiß, ihr Gesicht eine Totenmaske unter all dem Puder. Die Musik beherrschte Rafaels Bewegungen, er wurde ein Teil von ihr, geriet immer mehr in Erregung, in einen Taumel. Plötzlich warf er sich auf das Mädchen.

»Packt ihn!« schrie Million und sprang aus seinem Sessel hoch. »Packt ihn!«

Hirsch war bereits draußen.

»Schickt den Arzt rauf«, rief Haydon ins Telefon und betrachtete dann auf den Monitoren, wie Hirsch durch die Tür in die Suite eindrang. Seine Silhouette war kurz im Licht von den Fenstern zu sehen. Haydon erstarrte, die Augen auf dem anderen Monitor, als Hirsch durch das Kerzenlicht auf Rafael zusprang, der sich bereits hochgestemmt hatte. Die beiden verschwanden. Augenblicklich ging drüben das Licht an, und Mooney taumelte durch den Raum und schrie: »Leo! Leo!«

Jemand schrie entsetzlich auf – es konnte jeder von ihnen sein –, und Haydon sah, wie Hirsch immer wieder ausholte, hörte die Schläge und sah den schwarzen Kolben des 38ers, der immer wieder auf den Kopf von Rafael sauste. Im hellen Licht erkannte er Blutspritzer an der Wand. Dann war Mooney bei Hirsch, fett, schnaubend und kämpfend. Eine Kerze hatte ein herunterhängendes Stück des Bettlakens in Brand gesetzt und Million war auf dem Monitor zu sehen, der das Feuer austrat und die anderen Kerzen löschte. Wieder war ein Schrei zu hören. Haydon erkannte die Stimme von Hirsch, und Mooney brüllte: »Leo! Leo! Verdammt, du bringst ihn ja um!« Und dann: »Million! Million!«

Lapier erschien auf dem Monitor mit einem zweiten Mann, und sie trugen das Mädchen aus dem Schlafzimmer, befleckten sich dabei mit Puder. Sie legten Dolores auf das Sofa im Wohnraum, und der Arzt reinigte ihre Nasenlöcher.

Auf dem Monitor Nummer drei war eine Mauer von Männern zu sehen, die alle in einer Ecke des Schlafzimmers standen und sich nicht bewegten.

36

Cesar Guimaraes kam mit seinem ganzen Familiengefolge aus Rio de Janeiro nach Houston, um seinem Sohn beizustehen. Dane Massey erhielt genügend finanzielle Mittel, um für Rafael und Robert DeLeon eine Verteidigung ungewöhnlichen Ausmaßes in die Wege zu leiten; genau das war es, was er vorgehabt hatte.

Als erstes bemühte er sich, Rafael gegen eine Kaution von 750000 Dollar auf freien Fuß zu bekommen, dann versuchte er es mit der Verzögerungstaktik. Da Rafael Brasilianer war und DeLeons Fall mit den Aktivitäten von Brasilianern in Zusammenhang standen, plädierte Massey dafür, Zeit zu erhalten, um die für beide Fälle notwendigen Informationen aus Rio und São Paulo zu erhalten. Ohne allzu große Mühe erreichte er, daß der Fall um Monate hinausgezögert wurde, bevor die Strafverfolgungsbehörde den Prozeß auch nur vorbereiten konnte.

Million und sein Stab beklagten sich nicht über eine Entwicklung, die sie vorhergesehen hatten. Sie sammelten die Unterlagen, die nötig waren, um Masseys Verzögerungstaktik entgegenzutreten, und wandten ihre Aufmerksamkeit dann anderen Dingen zu. Judith Croft wurde angezeigt wegen Förderung der Prostitution und Mittäterschaft bei der Verletzung der Einwanderungsgesetze. Auch sie wurde gleich danach gegen Kaution freigelassen. Dann begann Million, die Fälle gegen die reichen Männer aufzubauen, welche die brasilianischen Mädchen gekauft hatten. Die Beweise gegen DeLeon waren so stark, daß es Million nicht nötig hatte, seine Fühler zu Massey auszustrecken, um über eine Strafverschonung zu verhandeln. Statt dessen versuchten die Staatsanwaltschaft und die Polizei die Personen zu finden, welche die bis dahin nicht aufgetauchten Leichen der fünf Mädchen beseitigt hatten.

Vianna war kein Problem. Er führte die Beamten bereitwillig in das kleine Dorf Yautepec in der Nähe von Guernavaca. Dort, in der Mitte eines kleinen Friedhofs, wo die meisten Gräber mit selbstgemachten Kreuzen bezeichnet waren, lag das Mädchen in einer kleinen, weißen Krypta, die mit blaubemalten Muscheln besetzt war. Raymond Lyles hatte bei der Fahrt durch die Inseln von Florida kleinmütige Freunde auf seiner Yacht gehabt. Sie brauchten nur von der Polizei zu hören und waren auch schon bereit, gegen ihn auszusagen. Blieben noch drei Tote, die man bisher nicht entdeckt hatte. Es bedurfte monatelanger, zusätzlicher Ermittlungen, bevor die Beamten in die Mitte eines Salzfeldes in der Nähe der Raffinerien von Pasadena geführt wurden, wo man die zum Skelett gewordenen Überreste von Soyla Villas ausgrub. Und es dauerte noch länger, bis man dem Ölmagnaten Wilson wegen der illegalen Verbrennung von Lydia Pinheiro den Prozeß machen konnte. Vier weitere Monate vergingen, ehe die Prozesse im Todesfall Petra Torres und der beiden Mädchen begannen, welche Hirsch in der Abteilung »Unbekannte« im Leichenhaus entdeckt hatte. Mit Sally Steen, Sandy Kielman, Theresa Parmer und Pauline Thomas waren insgesamt zwölf Mädchen ums Leben gekommen.

Drei Tage nach Rafaels Festnahme im Hyatt Regency rief Nina Bob Dystal an, um ihm mitzuteilen, daß Haydon plötzlich eine schwere Grippe bekommen habe. Sein Arzt meinte, er könne einige Tage nicht zur Arbeit kommen. Nina weigerte sich eine Woche lang, irgend jemanden aus dem Büro oder von den Medien mit ihm sprechen zu lassen, und als Haydon schließlich zur Arbeit zurückkehrte, hohläugig und still, trugen bereits Hirsch und Mooney die Folgelasten der Untersuchungen und lieferten Million ständig Dokumente zu den Akten, die zur Vorbereitung seiner Prozesse nötig waren. Haydons Abgespanntheit dauerte Wochen an, und nur allmählich gewann er das Gewicht zurück, das er während seiner Krankheit verloren hatte. Diejenigen, die nahe mit ihm zusammenarbeiteten, waren zu sehr beschäftigt, als daß ihnen irgendwelche ungewöhnlichen Veränderungen an ihm aufgefallen wären, und als ihnen die Arbeit wieder Zeit ließ, es zu bemerken, hatte er sich so weit erholt, daß es ihm gelang, die Veränderungen seiner Persönlichkeit gut zu verbergen.

Über ein Jahr lang beherrschten die Morde an den Mädchen

und die prominenten Männer, die in diese Fälle verwickelt waren, die Schlagzeilen der Presse in Houston und tauchten auch immer wieder in den überregionalen Abendnachrichten des Fernsehens auf. Als leitender Beamter der Untersuchung mußte Haydon den Reportern immer wieder Rede und Antwort stehen. Es war genau die Art von Publizität, die er haßte, aber das Department verfügte nur über wenige Männer, die sich so gut ausdrücken konnten wie Stuart Haydon, und die Vorgesetzten wußten sehr wohl den Wert eines solchen Sprechers zu schätzen. Sie bestanden darauf, daß er ständig den Fragen der Presse zur Verfügung stand und über seine erfolgreiche Untersuchung berichtete. Da sie seine natürliche Zurückhaltung gegenüber Reportern kannten, brauchten sie nicht zu befürchten, daß er dabei seine Grenzen überschreiten würde.

Der Sommer wich zögernd dem Herbst, was bedeutete, daß die Temperaturen nur sehr allmählich unter die Fünfundzwanzig-Grad-Marke absanken. Der Winter gab nur ein kurzes Gastspiel, das heißt, es regnete häufiger, und machmal sanken die Temperaturen unter fünfzehn Grad. Die berühmten *Texas Northers* wehten vom Panhandle herunter und starben über der Golfküste. In einigen Nächten erreichte das Thermometer die Null-Grad-Marke. Dann war der Winter vorbei. Der Frühling dauerte nur kurze Zeit, dann kehrte der Sommer als rechtmäßiger Besitzer der Stadt zurück. Er schien sie im Grunde gar nicht verlassen zu haben.

Als Massey das Material zur Verteidigung von DeLeon zusammentrug, stellte sich heraus, daß er dabei in Bedrängnis geraten mußte. Longorias Aussage reichte DeLeon zum Verderben. Massey trat an Million heran, um Straffreiheit auszuhandeln, und bot im Gegenzug Informationen über einige der Mädchen, die noch immer vermißt waren. Million dachte nicht eine Sekunde lang daran. Als der Prozeß begann, war es klar, daß Massey für DeLeon nicht viel tun konnte. Er wurde zu lebenslänglicher Haft verurteilt, ohne die Chance einer späteren Entlassung auf Bewährung.

Für Massey bedeutete DeLeons Fall eine schwere Prüfung seiner Fähigkeiten als Strafverteidiger. Er hatte getan, was er konnte, aber die Ergebnisse zeigten, daß es aussichtslos gewesen war. Rafaels Wunden dagegen schienen nicht tödlich zu sein, obwohl Russ Million schwere Kanonen aufgefahren hatte. Er wurde angeklagt wegen schweren Mordversuchs im Fall Dolores do Bandolin, schwerer Förderung der Prostitution und Verschwörung zum Zweck der Verletzung der Einwanderungsbestimmungen, außerdem wegen Besitzes illegaler und gefährlicher Drogen. Jeder wußte von Anfang an, daß es keine Möglichkeit gab, Rafael wegen Mordes an den zwölf Mädchen anzuklagen. Wie einer der Zeitungsreporter bemerkte, gab es keinen einzigen direkten Beweis, obwohl die indirekten Beweise gegen Rafael erdrückend waren. Bei der Beweisführung vor einem Geschworenengericht waren erdrückende Indizienbeweise kein Ersatz für einen einzigen direkten Beweis.

In seiner Position als Verteidiger fühlte Massey, daß es mehrere Schwachstellen in der Anklage des Staatsanwalts zu entdekken gab, bei denen man den Hebel ansetzen konnte. Das Videoband war ein scheinbar unübertrefflicher Beweis, aber Massey versuchte, gerade dies zu seinem Vorteil zu nutzen. Die Tatsache, daß ein solcher Film entstehen konnte, beruhte auf Haydons Annahme, daß Rafael versuchen würde, der Bandolin eine tödliche Dosis Tollwutviren zu verpassen. Als die Polizei sah, wie Rafael dem Mädchen die Injektion gab, eine Injektion, von der Rafael annehmen mußte, daß sie die tödlichen Viren enthielt, warum hatte sie da noch siebzehn Minuten gewartet, ehe sie die Suite stürmte? Hatten die Beamten nicht gesehen, was sie sehen wollten? Da die Bandolin von der Wirkung des Rauschgifts bewußtlos geworden war, hatten sie ihr Leben gefährdet, indem sie die medizinische Versorgung hinauszögerten in der Hoffnung, den Angeklagten auch noch eines Akts der Vergewaltigung überführen zu können. Als sie dem Angeklagten gestatteten, noch länger als eine Viertelstunde mit der schönen, bewußtlosen und nackten jungen Frau in der Suite zu verbringen, hatten sie einen Akt der Anstiftung begangen zum Zwecke der Erlangung von Beweisen, welche die Polizei nicht erhalten hätte, wenn dem Angeklagten nicht diese Zeit gewährt worden wäre. Hatte die Polizei nicht sogar selbst ein Verbrechen begangen, indem sie zuließ, daß das Mädchen das Opfer eines möglichen Verbrechens wurde, eines Verbrechens, das die Polizei ohne weiteres hätte verhindern können? Außerdem: Wie konnte die Polizei wissen, daß das Mädchen nur bewußtlos und nicht tot war, als es auf dem Boden zusammenbrach? In beiden Fällen hätten die Polizeibeamten sofort handeln müssen, um weitere Verbrechen zu verhindern. Wenn das Mädchen gestorben wäre – hätte sich die Polizei dann nicht der Beihilfe im Amt schuldig gemacht? Waren sie nicht bereits schuldig geworden – schuldig der passiven Duldung eines Verbrechens und obendrein der schamlosesten Art von Voyeurismus? Außerdem führte Massey an, daß sein Mandant bei der Festnahme mißhandelt worden sei und eine gebrochene Nase, mehrere Risse und Verletzungen davongetragen habe, die genäht werden mußten.

Natürlich hatte Million diesen Angriff der Verteidigung vorhergesehen und eine ausführliche Verteidigung seines Verhaltens vorbereitet. Aber es wurde ein schwieriger Fall, ganz gleich, aus welcher Position man ihn betrachtete.

Am Ende freilich konnten weder die Verteidigung noch die Anklage ihre so sorgfältig vorbereiteten Plädoyers vor dem Richter und den Geschworenen halten. Obwohl man Dolores do Bandolin sehr sorgfältig bewacht und beschützt hatte, was dem Büro des Staatsanwalts keine geringen Kosten verursachte, war man zuletzt doch nicht sorgfältig genug gewesen. Eines Abends, drei Wochen vor Beginn des Prozesses, war sie kurz vor dem Essen zum Einkaufen gefahren worden. Im Supermarkt war sie untergetaucht und verschwunden. Zwei Tage später hatte sie ein Taxi von einem billigen Motel auf der Südseite der Stadt zum Internationalen Flughafen gebracht, und sie war an Bord einer direkten Maschine nach Rio de Janeiro gegangen. Sie verschwand in den Slumhöhlen, aus welchen sie fast zwei Jahre zuvor in die Vereinigten Staaten gekommen war.

Haydon nahm den Hörer von der Gabel, damit es nicht weiter klingelte. Er wollte nicht sprechen, legte den Hörer neben sich und schaute zu Nina hinüber. Sie war wach und sah ihn an.

»Findest du nicht, du solltest wenigstens mit ihnen reden?«

Er lag flach auf dem Rücken und schaute über das Fußende des Betts hinweg zu den hohen Fenstern, die hinausgingen auf die Terrasse und den darunterliegenden Rasen. Die Fenster waren offen, und ein schwacher Duft von Zitronenblättern kam herein.

Nina fuhr mit ihren langen Fingern durch das Haar auf seiner Brust. Sie nahm den Hörer und drückte ihn an sein Ohr.

»Hallo? Jemand da? Hallo? Detective Haydon?«

»Hier ist Haydon«, sagte er heiser.

»Ich fürchte, ich habe Sie geweckt.«

Haydon schaute auf die ovale Cartier-Uhr neben dem Bett. Es war zwei Uhr fünfzehn.

»Wer spricht?«

»Detective West, Sir. Wir haben ein Problem in dem Haus am University Place, mit dem Sie vor einiger Zeit zu tun hatten.«

Haydon konnte es nicht glauben. Er fühlte, wie ihn eine Welle der Übelkeit überkam.

»Hier ist ein Kerl, dessen Gesicht völlig weggeputzt ist. Die Frau hier meint, sie möchte Sie sprechen. Ich weiß nicht, wer sie ist. Sie möchte keinen Namen nennen.«

»Ich komme«, gab Haydon Bescheid. Nina legte den Hörer auf, lag dann einen Moment lang im Dunkeln und schaute auf das bläuliche Licht, das durch die Fenster hereinkam.

»Mein Gott«, sagte er nach ein paar Minuten, dann stand er auf und zog sich an.

Sämtliche Möbel in dem Haus waren mit weißen Staubschutzbezügen versehen, und es roch dumpf. Das Haus war jetzt seit über einem Jahr unbewohnt. Detective West und sein Partner empfingen Haydon an der Tür. Sie standen ruhig da, als Haydon durch den Wohnraum auf die Frau zuging. Judith Croft saß auf der Kante von einem der Sofas und rauchte eine Zigarette. Ihr schwarzes Haar rahmte das Gesicht so sorgfältig ein wie damals, als er sie zum erstenmal gesehen hatte – und noch immer war der Kontrast zu ihren blauen Augen, dem blassen Teint und dem tiefen Orange ihrer Lippen bemerkenswert.

Sie sahen sich einen Augenblick lang an, dann drehte sich Haydon um und ging hinüber zu dem Körper, der vor der Wurlitzer-Musikbox lag. West nahm den Bezug weg, den sie von einem Sessel genommen und über den Toten geworfen hatten. Rafaels Gesicht war nicht mehr da. Etwas sehr Wirkungsvolles hatte es vom Haaransatz bis zum Kinn abrasiert.

»Eine kleine Handfeuerwaffe, mit der man nur eine einzige Kugel vom Kaliber .41 abfeuern kann«, erklärte West etwas umständlich. Er hielt sie Haydon hin. Haydon warf nur einen kurzen Blick auf die Waffe in der Hand des Kriminalbeamten, dann ging er zur Croft hinüber.

»Ist Ihnen nichts passiert?« fragte er und schaute zu ihr hinunter.

Sie schüttelte den Kopf und blies eine Rauchwolke von sich.

Haydon setzte sich ans andere Ende des kurzen Sofas und zündete sich ebenfalls eine Zigarette an – das Ritual.

»Was ist geschehen?«

Sie stieß einen seltsamen Seufzer aus.

»Ich war die einzige in dieser – dieser traurigen Kollektion von Frauen, die nicht mit ihm geschlafen hatte. Ich wollte einfach nicht. Heute abend habe ich ihn angerufen. Sagte ihm, wir könnten doch einmal zusammenkommen und dieses schreckliche letzte Jahr für diesen einen Abend vergessen. Es hat ihm schwer zugesetzt, auch wenn er es sich nicht hat anmerken lassen. Er war reif für etwas Mitleid. Als er hierherkam, bin ich auf ihn zugegangen und hab' ihm den Lauf unter das Kinn gedrückt.« Sie räusperte sich.

»Wo haben Sie diese Waffe her?«

»Paulo hat sie mir vor langer Zeit gegeben. Zu meiner Sicherheit. Es war absurd, eine solche Waffe zu besitzen.«

Haydon konnte nicht umhin – er schaute hinauf zum Plafond. Dort oben klebten Fleischfetzen, an denen noch Haare hingen.«

»Und warum?«

»Ich habe doch gemerkt, worauf es hinauslief«, sagte sie. »Er hätte nie und nimmer das bekommen, was er verdiente. Ich habe gehört, daß Massey ihn für nicht zurechnungsfähig erklären lassen wollte. Dieser Mann war das Böse in Person. Es war nicht gerecht, ihn damit zu entschuldigen, daß er verrückt ist.«

Sie hatte die Hände züchtig auf dem Schoß gefaltet und schaute hinüber zu Rafaels Leichnam unter dem Tuch.

»Ich weiß, wie das aus meinem Mund klingt, aber ... Es ist eine Frage der Moral. Ich wollte nicht, daß sie hinweggefegt wird in einer Flut juristischer Spitzfindigkeiten.«

Haydon schaute sie an. Sie war makellos gekleidet. Er konnte ihr Parfüm riechen: *Bal à Versailles.* Er erinnerte sich an den schlanken Körper, den er unter dem teerosenfarbenen Morgenmantel gesehen hatte, an dem sonnigen Vormittag, als er sie zum erstenmal besucht hatte.

»Und jetzt, glauben Sie, hat er bekommen, was er verdiente?«

»Ich habe genau gewußt, was ich tat«, sagte sie.

»Warum haben Sie mich rufen lassen?«

Sie schaute ihn an. Zwei kleine Tränen bildeten sich in den inneren Winkeln ihrer beiden Augen. Sie liefen nicht herunter, sondern blieben dort, rund und bewegungslos wie Diamanten.

»Ich möchte, daß Sie mich verhaften. Mit Ihnen hat es begonnen, und ich wollte, daß es auch mit Ihnen endet.«

Dazu konnte er nichts sagen. Er nickte nur.

Danach sprach keiner von ihnen ein Wort. Haydon wußte, daß er sie festnehmen und ins Präsidium fahren mußte, aber er rührte sich nicht. Er spürte Wests Neugier. Auch das war ihm egal.

Judith Croft beugte sich nach vorn und drückte ihre Zigarette in einem Aschenbecher auf dem Beistelltisch aus. Der Saum ihres Crepe-de-chine-Kleids rutschte ihr übers Knie. Sie starrte vor sich auf den Boden.

»Haben Sie gewußt, daß Sally meine Mutter war?«

Die Frage hing in der stickigen Luft zwischen den gespenstischen Staubbezügen und Rafaels Leichnam, wie ein verschwendeter Gedanke, der nach einer Existenzgrundlage suchte. Haydon empfand großes Mitleid mit Judith Croft.

»Nein«, sagte er.

»Es war alles in einem versiegelten Brief, den sie ihrem Testament beigefügt hatte. Ich war ihre erste Schwangerschaft. Statt abtreiben zu lassen, hat sie mich ausgetragen und dann weggegeben. Es stand alles in dem Brief, die ganze Geschichte. Acht Seiten. Sally hat mich nicht aus den Augen verloren, als ich zur Schule ging und später aufs College.«

Wieder richtete sie den Blick auf Haydon. Er sah an ihrer Miene, wußte, daß es wenig Sinn hatte, weiter darüber zu sprechen.

»Sollen wir gehen?« fragte sie.

Haydon war sehr müde. Als er aufstand und ihr die Hand reichte, um ihr hochzuhelfen, roch er wieder den Duft ihres Parfüms. Er hätte viel dafür gegeben, weinen zu können.